# 花の暦は日々新た

【平成の句集と評論を読む】

大久保白村

Okubo Hakuson

東京四季出版

装　幀
高林昭太

カバー絵
神坂雪佳『百々代草』(1909年)より
ニューヨーク公共図書館蔵

# 目次

## Ⅲ　平成十四年～十五年

## 凡例

＊本書は俳誌「花暦」（平成十年二月号〜平成十九年十二月号）に連載されたものに加筆修正をおこないまとめたものです。

＊本文中に登場する作家の肩書等に関する記載は掲載当時のママとしました。

# 花の暦は日々新た

【平成の句集と評論を読む】

# Ⅰ　平成十年〜十一年

# 青柳志解樹『麗江』

俳誌「山暦」の主宰、青柳志解樹氏の第八句集『麗江(れいこう)』を読んだ。氏は昭和四年生まれ、前句集『松は松』で第三十二回俳人協会賞を受賞され、『麗江』はその後の平成四年から平成六年までの三年間に発表した作品から三百句を選んだものである。

句集名の「麗江」は中国雲南の奥地にある古都で標高二六〇〇メートルの山紫水明の地のよしで氏はこの地の魅力にひかれ再度訪ねておられるが、この句集の上梓を機会に句集を携えて近々訪問を計画されているよしである。この中国旅吟は今回の句集の一つの柱として数多く収められている。

火焔樹の花は火の鳥春の鳥　（平成四年）
永き日や松ばかりなる山を越え　（〃）
春夕べ騾馬を急がす鞭の音　（〃）
迎春花マーチョに乗りて二人づれ　（〃）
春泥に鶏の足あと蹄あと　（〃）
鷹鳩と化すや千里の旅の果　（〃）

麗江の蝶吹き上げて花菜風　（〃）
まみえしは総身花の老椿　（〃）
老椿別れ惜しめば花こぼす　（〃）
春愁や耳二つある支那の壺　（〃）
枝垂柳の揺れにまつはり胡弓の音　（平成五年）
春さむく兵俑馬俑ひしめける　（〃）
うるはしき春や壁画の女官たち　（〃）
苦恋花が匂へり春の月上げて　（〃）
鷹鳩と化すや真っ赤な日が昇る　（〃）
うつむいてダチュラの花は人を見ず　（〃）
永き日の牧童牛にしたがひぬ　（〃）
春愁やコキューーコキューーと胡弓の音　（〃）

度々、中国を訪れその風土をしっかり摑んだ力詠は題名を「麗江」と中国奥地の山都の名にしたのにふさわしく圧倒される想いで拝読し夢は中国の山里に飛んだ。この中国詠に接した点だけでもこの句集を読んでよかったと痛感した点の一つである。中国詠はまだまだ描きたい句が多いが紙数の都合により次の点に移りたい。

志解樹氏が創刊し主宰される「山暦」は昭和五十四年四月の誕生であるから既に二十年の歴

史を有する。氏は他に「植物文化の会」を主宰し著書には句集の他に『季語深耕・花』『随談花の歳時記』『百花逍遥』等。植物や花に関するエッセイ集も発行しておられる植物の専門家であられる。平成八年の「山暦まつり」では、花の美しさを世阿弥の「風姿花伝」から説きおこし、「本当の花の真実、花の美しさとは何かを抑えた句を作って貰いたい。そういう先鞭を俳句界につけて貰いたい。植物とか花とかは、今や芸術、文学の中心にある。それならばよく吟味して、一句でもいいから立派な植物の句、花の句を作ろう。そしてそれを山暦から俳壇へ発信していくくらいになってほしい」と会員に熱情をこめて語られたと聞く。氏の「山暦」会員指導のポイント、植物と俳句についての理念がよくわかる話として伝え聞いたが、先に抽いた中国詠でも「火焔樹」「迎春花」「花菜」「老椿」「苦恋花」「ダチュラの花」と植物への目差しは鋭くあたたかく適切である。「ダチュラの花は人を見ず」等まさに植物の専門家ならではの作品であり、花も喜んで「うつむいて」恥じらったことであろう。この『麗江』の植物の俳句はもう一つの大きな柱として数多く、句集中の第一句

酔うてきて月の木賊に足取らる　（平成四年）

から、最後の三百句目

肩の力抜いて行くなり枯芒　（平成六年）

まで植物詠の珠玉がちりばめられている。

巻頭の「月の木賊」の句に続き植物の句がまず六句、この句集への導入句として並んでいる。

小鳥をらねば日の遠くなるうめもどき　（平成四年）
触れ合うてみじかき袖を赤のまま　（〃）
山茶花を夢見るごとく見てをりし　（〃）
山茶花は誰も通らぬみちに散る　（〃）
わが胸のうちにもあるぞ竜の玉　（〃）
もう誰もゐなくなりたる冬珊瑚　（〃）

植物それぞれの特徴をとらえ、そこに情を注入し、「冬珊瑚」も「竜の玉」も「赤のまま」も一句の中に生き生きとしている。まさに「植物は今や芸術、文学の中心にある」作品の実践である。

この句集は、平成四年を「鷹鳩と化す」と題し一一二句、平成五年を「冬木の桜」一〇二句、平成六年を「苦恋花」八十六句により構成されている。平成五年並びに平成六年の植物吟から各四句を抽く。

艶すこしありて冬木の桜かな　（平成五年）
タンポポの国は鉄条網の中　（〃）
ひと口に食ふ木苺を摘み溜めて　（平成五年）

不況つづくなり唐辛子真つ赤なり　（〃）

これ以上口を開かず冬の薔薇　（平成六年）

朝顔のみなしぼみたる遊び蔓　（〃）

芭蕉かく破れて空の青さかな　（〃）

紅葉して鎧絨しに雑木山　（〃）

中国でも植物でもないが自然観察の陰影に富み、そこに人の営みを配した奥行のある作品群がもう一つの柱である。紙数の許す限り抽出し鑑賞記の結びとしたい。

ひぐらしに寝てひぐらしに目覚めけむ　（平成四年）

春疾風家郷を出でしころのこと　（平成五年）

黒光りするまで磨く冬の牛　（平成六年）

毛帽子をかぶればわが血さわぐなり　（〃）

古書店は古書のくらさに走り梅雨　（〃）

## 斎藤夏風『燠の海』

どんど火の燠の海とも渚とも

句集『燠の海』はこの句集に収められた三八〇句の中の平成八年のこの一句から題名がとられている。「燠」という字について「あとがき」で著者夏風は「あたたかい」という意味で「師のあたたかさと共通した感覚かも知れぬ」と解説しておられる。師とは山口青邨である。山口青邨は昭和四年「ホトトギス」同人となり昭和五年に「夏草」を創刊主宰。昭和三十五年から長く「ホトトギス」の同人会長を務めた。夏風はその「夏草」に昭和二十八年入会し昭和四十年には「夏草」の同人となった。

更に昭和六十年には主宰誌「屋根」を創刊し「夏草」の編集にも長い間携わった。その師青邨は昭和六十三年に逝去、「夏草」は平成三年に終刊解散したが夏風は終刊号まで編集を担当した。

この句集『燠の海』は夏風の第四句集である。第一句集『埋立地』に青邨は序文を記し「私は夏風君にデッサンをしなければ駄目だ、作品がよろよろ、形が崩れる、描写も不充分、腰を強く構成の骨組をしっかりしなければと口癖のやうに言った」等とあるが、その師の下、『櫻榾』『次郎柿』と句集を発行したが今回の句集は師青邨亡き後の最初の句集である。平成元年から八年までの作品であるが師青邨の最後を見守りそして師亡き後の「夏草」をしっかりと編集し混乱なく見事に終刊したその折々の句がこの『燠の海』の一つの大きな流れとして収められている。

若葉光めつむりて風浴ぶごとし　(師山口青邨入院)

着流しに花十薬の星座かな　(退院、雑草園に立つ)

東大のをはりのバスや夏落葉　(再入院)

夕空や五字抹消の蟬の稿　(病床にて起稿)

師の筆のゆきつ戻りつ梅雨の稿

鉛筆を抛ちてすぐ昼寝かな

蜩や視線の先の根津下谷

口ごもりつつ向日葵に昂りぬ　(病室に向日葵をもたらす)

盆過の作句のことに横を向き

里芋やむかしむかしの文化橋　(ときに故郷盛岡を語りて)

杉並に熟睡せむとや秋の蟬

リハビリの靴も揃へて秋団扇

浴衣着の秋も深しや検温器

すべすべの師の手吾の手冬の雲　(逝去)

冬の屍のもつとも唇のやはらぎぬ

おかへりの松の手入れも済んでゐて　（帰宅）
耳朶の毛の生えてそのまま冬の茶毘
晴天の朝の霜にあそぶ師よ　（ある朝に）
門松をまともに見れば師の笑ひ
七種や石屋を過ぎる弟子一人

この句集は平成元年から始まっているが、その冒頭に昭和六十三年十二月十五日に亡くなった師について詠んだ以上の二十句がまとめられている。師青邨九十六歳であった。

私の父、大久保橙青も山口青邨と東大俳句会で学び、「ホトトギス」でも同人会長をその後務め九十三歳で平成八年に亡くなったが、この『燠の海』冒頭の二十句はまるで父の事を詠んでいただいているような実感があった。

『燠の海』はその後も時折、師青邨や「夏草」の事が詠まれている。

雪渓に向ひてゆけば師のお寺　（平成元年）
先生を考へてをり月の枇杷　（〃）
青邨忌暮の挨拶はじまりぬ　（〃）
燈明を青師にたてて花の雨　（青邨先生納骨　夫人に同行／平成二年）
夜桜やなだれうつかに師の遺稿　（平成三年）
朱筆置き一誌安寧鳥曇　（「夏草」終刊号校了／平成三年）

一誌終ふ花の夕べの童子仏　（平成三年）
種売りの伽羅の垣根をめぐらしぬ　（「夏草」終刊記念淋代吟行）
葭切りや出潮の頃の波の丈　（〃）

「夏草」の終刊も見事であったが記念吟行をされた淋代は

みちのくの淋代の浜若布寄す　山口青邨

という師の名吟を偲んでのことであろう。その青邨居は「雑草園」と称されていたが、北上の日本現代詩歌文学館へ移されたよしである。
平成五年に「雑草園、庭木と共に北上市・日本現代詩歌文学館に移転」と前書して次の三句が収められている。

咲くままに一重椿の根切りかな
根切り窪すなはち出づる蟇
横たへて風の椿をみちのくに

その他にも

師の墓の雪中樹影相似たり　（平成五年）
片附けて骨壺ひとつ柞散る　（山口イソ夫人急逝／平成五年）

みちのくの雑草園の檜葉しぐれ　（北上に雑草園復元／平成五年）
先生の火鉢三尺動かして　（〃）
北上の田よりとうすみ師の机　（雑草園／平成六年）
豊年の水を注いで夫婦墓　（青邨先生・イソ夫人墓前／平成六年）

恩師の最後を指導された俳句でしっかりと残し、主宰誌をきちんと後始末して終刊。先生の奥様も亡くなり、先生の旧居は詩歌文学館に庭木ともども移し終えた。この句集はその間の記録がしっかりとまとめられている。

この間、夏風は父を亡くし

亡骸や秋霖鷺をまじへつつ　（父逝く／平成七年）

また、勤務先も定年、非常勤となられた。

寒月や永のいとまはまた次に　（平成八年）

主宰誌「屋根」は師青邨没後、季刊から月刊に移行、平成九年十二月で百号を迎えられた。師の後始末を見事に成し遂げられた夏風氏が今後は「屋根」と共に大きく飛躍される事を祈りたい。

## 林翔『あるがまま』

俳誌「沖」の副主宰、林翔氏の第六句集『あるがまま』を読み傘寿を過ぎてなおその瑞々しい詩情に満ちた作品に感銘を深くした。氏は一九一四年（大正三年）生まれ、「馬酔木」に学び能村登四郎が昭和四十五年「沖」を創刊するにあたり編集を担当。昭和五十八年には編集長を辞し、副主宰となり現在に至っている。昭和四十五年出版した第一句集『和紙』で第十回俳人協会賞を受けられた。「沖」創刊以来約三十年、登四郎主宰を支えて今日の大結社「沖」を築き上げた力量は素晴らしいものがある。『和紙』の後『寸前』『石笛』『幻化』と出版し平成元年に『春菩薩』を出版された。今回の『あるがまま』は平成元年から八年までの平成の世に入ってからの作品から約四七〇句を選ばれ、林翔氏七十代後半から八十代へかけての八年間の作である。

句集名「あるがまま」は

冬木かげわが影なべてあるがまま

よりとられている。「あるがまま」は虚子も好んだ言葉と記憶するがこの平成二年の作品も氏の八十歳を目前にした落着いた心境が投影され奥行きのある秀吟となっている。

氏の作品は傾向もバラエティに富むが音楽方面に詳しいよしで音楽それもクラシックに関する

作品が多く含まれている。

春の滝ドレミの音をたがへけり
チェロの音は深淵ときに瀬の岩魚
梅雨の地を湧き出づる音かベルリオーズ
耳鳴りへ楽の切り込む夜涼かな
ラフマニノフ聴かな巌搏つ秋濤を
ボレロめき春めく一日一日かな
ピアノ涼し音が音追ひ音に乗り
虫絶えぬアリアは燃ゆる恋の唄
新秋の小夜更けて聴くカンツォーネ

季題を詠むにしても音楽に詳しくないと上手くゆかない。梅雨のベルリオーズ、ラフマニノフの秋濤、ボレロの春、ピアノの夏、アリアと虫、さすがである。
七十を過ぎ八十を越えると作品に自分の年齢を反映し詠む作家は多い。氏も大正に生まれ

秋鏡つくづく大正をとこかな

と詠まれ、長い昭和の戦前、戦中戦後を生き抜き、

言に出て平成と云ふ寒日和

を迎え、平成の世を、

老われを敬ふ熨斗の真紅かな

飾羽の紅が祝ぎ色帽子　（喜寿を迎ふ）

数へ年ならばならばの八十の春

傘寿へと片足掛けて雪見かな

と齢を重ね句を詠んでゆかれる。平成十年の新春を益々お元気に或る出版社の新年会でもお会いした。しかし高齢になると先輩俳人も一人一人世を去られ時には自分より若い人に先立たれる事もある。『あるがまま』はそんな別れの句も多い。

森の会火の会いまは露の君　（久保田博氏急逝）

月仰ぎ老松仰ぎ来しものを　（百合山羽公氏逝去）

冬麗の遽かに虚し富子逝く　（十二月一日、岡本富子逝く）

わが見得ぬかの世の花を見給へや　（亡き正木浩一に）

雲上に亡き友満てり雷迫る

君亡くて山毛欅峠いま枯葉のみ　（吉良蘇月氏を悼む）

雪降れり天上の詩がこぼせしか　（北村太郎氏逝去の後　二句）

吹越やかの世の友の誘ひ文

永訣にともしびゆらぐ春夜かな
（冨岡掬池路氏逝去、通夜にて）

笠智衆釋智衆梅さかりなり
（笠智衆氏逝去）

楸邨亡し大き虚ろの梅雨の闇
（加藤楸邨氏逝去　二句）

指で書きし字は死といふ文字梅雨の闇

啓蟄や心の虚洞を如何にせむ
（馬場移公子さん逝く）

誓子逝くそのきさらぎの望月に
（三月二十六日は陰暦二月十五日なりし）

友二人喪ひし夜の梅雨深酒
（六月十三日、石川魚子・大槻位逝去）

十三夜涙月夜となりにけり
（原柯城氏逝去、その通夜に）

われも亦掻き消えたしや彼岸花

才女逝く三途の水もぬるむころ
（北村仁子の訃に）

師と呼ばむ人は皆逝き春も逝く
（四月二十八日、瀧春一氏逝去）

無くてならぬ人亡し今日の散紅葉
（坂巻純子逝く　二句）

黄泉に届きしか深秋酔泣きの声

句集最後の一句も

鬼でもよし納めの句座に純子来よ

であり、一句一句詠み捧げ句集に収められた氏の人柄がわかる。奥様の句も多くはないがしっかりと詠み継がれている。

共に春愁茶碗二つに茶の冷めて
白南風や妻は水吾は空気にて
紅梅に祝がれて妻は七十路へ
耳遠き妻へ声張り寒昴
角を振る伊勢海老どうせう妻の留守
葱刻む楽しさ知りぬ妻の留守

最後の二句は妻の留守であるが平成八年の作。ご自身で葱を刻まれるとは若々しいし恐れ入った。氏は「沖」の副主宰であるとともに、本家「馬酔木」の顧問同人でもあり、「馬酔木」とのあるいは秋桜子先生との関わりも句に記録されている。特に「馬酔木」八百号に際し詠まれた次の句には感心した。

重陽や八百の「真」重ね来て

秋桜子を偲ばれた句から二句を抽き鑑賞の結びとしたい。

烈々の陽も雄ごころや喜雨亭忌
師よ今日の風を涼しと思さずや　（七月十七日、染井墓地にて）

## 藤田あけ烏『赤松』

大阪府堺市に生まれた著者の家の裏庭に一本の赤松があり、京都・福知山の親戚の寺へ疎開されるまで毎日この赤松を見て過ごされたよしで、『赤松』の句集名はこの少年時代に親しんだ裏庭の赤松を念頭に決められたようである。「あとがき」ではこの庭の赤松について、春夏秋冬の有り様を記し「この赤松に信仰にも似た憧憬をいだきはじめていました」と回顧される。この赤松は少年が疎開された後、大阪地方の大空襲で黒焦げになってしまったが、今でも当時見えていた生駒山等を眺めると赤松がその姿をあらわすそうである。「あとがき」では「私の今日の俳句における自然観や宇宙観の、そして万象の大いなる理や愛、春夏秋冬の移ろいの機微などを、生家のこの赤松が身を以って私に教えてくれたような気がします」とまで記されている。

裏庭の赤松は空襲に消えてしまったが、著者藤田あけ烏氏の心の中に生き続け、折りに触れ氏のまならに姿を現すのであろう。句集中に赤松を題材とされた句も多い。赤松に出会われた時、氏の詩情は強く刺戟を受け、「裏庭の赤松」を戦火に失った少年の日の悲しみと、生家に過ごした日々を想起されるのであろう。

赤松に日の当りをり池普請

赤松のしきりに雪を落とすなり
あか松は芯くろ松は花こぼしけり
郭公やあかまつを焚く登り窯
赤松の高みに日差冬隣
しぐれくる空か赤松高くあり

昭和十三年生まれの著者は裏庭の赤松を毎日見ていた少年時代こそ、まだ句作をしていなかったが十七歳というから昭和三十年頃であろうか、早くも俳句をはじめ、青少年雑誌「若人」の俳句欄に投句、選者であった石田波郷を知り昭和三十九年には「鶴」に入会され、波郷選を受け、当時は「百舌男」と号されていたよしである。

その後、幡谷東吾主宰の「花実」、伊藤白潮主宰の「鴫」に学び「鴫」の編集長を経て平成五年三月「草の花」を創刊主宰され今日に至られる長い俳歴を持っておられる。しかし句集は初期に『小冊雑草拾遺』を出されたもののその後句集を編まれることがなかった。今回の『赤松』は平成元年から九年夏までの作品より自選され、それ以前、即ち昭和の時代に作られた句は「潔く全て捨てることにしました」と「あとがき」に記される。

長い俳歴を有しながらあまりにも見事な潔さで「俳句は履歴書である」との立場から見るとせっかく長く作り続けてこられたのにと惜しいような気がする。

初期句集名に「雑草」の二字が入っているが、この『赤松』を読んで植物を詠んだ句の多いこと、植物と他の物との取り合わせに独特のひらめきのある句が多いことに興味を覚えた。少年時代一本の裏庭の赤松に毎日注いだ眼差しは、他の植物にも親しく注がれ詩情を育むのであろうか。そういえば主宰誌を「草の花」と題しておられる。

三椏の枝をころがる霰かな
狩りぐさの定家かづらの冬紅葉
いちぢくの葉の残りをる寒九かな
からたちの黄の褪せてくる飛雪かな
枯菊やつむりふたつの二上山
警察の横の畠の九条葱
藤もまた連れ落葉せり普茶料理
あぢさゐの枯れて日当たる根雪かな

『赤松』は平成に入っての約九年間の作品と「あとがき」にあるが句の配列は「冬Ⅰ」「春」「夏Ⅰ・Ⅱ」「秋Ⅰ・Ⅱ」「冬Ⅱ」「新年」の順に三三一句が収められている。最初の「冬Ⅰ」三十六句のなかから抽いたのがこの八句であるが、「三椏の枝」と「霰」、「いちぢくの葉」と「寒九」、「からたちの黄」と「飛雪」等々独特の味つけぶりである。もう少しこのあけ烏俳句を味読し楽しみつつ抽かせていただく。

言の葉の寒うて伊賀の初ざくら
石走る垂水ぞ惚け猫柳
あづさ弓はるの小川の鼓草
夜の神が揺りこぼさるる桜かな
一本の桜を出づる夜の雲
少年に長けし姉あり花なづな
火渡りの大煙くる蓬かな
菖蒲の芽薬師の山の水引きて
すず懸の空のけむれる野焼かな
一生は束の間野蒜摘みにけり

「冬I」に続く「春」から抽いた十句であるが、「野焼」を詠んで「すず懸の空」「火渡り」と「蓬」等それぞれ視線の先に植物をしっかりと捕えて一句の中に据えられる。

道明寺まで二駅の青いちぢく
夕星は立浪草の浪の上
暗がりに麴の木のある夏休み
丸き葉の桂の見ゆる暑さかな
雲下りてきて一雨の月見草

橡は照り朴はくもりぬ川遊び
無花果の葉の怖しき花火かな

平成五年創刊の「草の花」も順調に今年は五周年ということになるが、昭和時代の作品をさっぱりと切り捨て平成の世に入っての作品で実質的な第一句集を編まれた著者あけ烏氏はまだまだ若く、意気軒昂に二十一世紀の俳句を見据えてこの句集を編まれたように思う。長い俳歴の中に作られた作品から、近作の三百余の句だけを自選して句集にまとめた姿勢はまさに未来へ向けて発進するための準備を整えられたのであろう。

益々のご活躍を祈りたい。

## 大井戸辿『旦過』

「欅」という俳誌がある。平成九年九月号で百号を迎えた。その代表が句集『旦過（たんが）』の著者大井戸辿氏である。上下関係のないひらかれた円座の心を旨として辿氏を中心に創刊された。

連衆と一つ心に明易し

創刊百号記念に寄せられていた一句である。『旦過』は氏の第一句集であるが、氏の俳歴は長い。戦時中から作句をしておられたようで昭和十八年にある新聞社の俳句大会にて〈白鳥の大きく舞へる海静か〉が二席入選されているよしである。その後石田波郷の「鶴」で学び、岸田稚魚の「琅玕」に創刊より参加、昭和終焉の年に稚魚が亡くなり、平成元年に「欅」を創刊されている。句集名を『旦過』とされたのは「雲水が夕べに宿り翌朝はそこを立去るの謂である。一作に心を残さないという意味では相通じている」と思われてのこととある。作品も「欅」以前の作品は一章三十二句に留め、平成元年から八年までの作品を一年一章として三四二句の構成である。「欅」での円座なのか「連衆と一つ心」に句にいそしんでいる現在を大切にしておられるからであろう。

さて『旦過』を拝読し一つの特徴として五体のある部分や現象から自然を体得して一句を物に

される手法に並々ならぬ冴えを感じた。巻頭の句も「顎」に焦点を当て

顎長き男もつとも初笑　（平成元年以前）

である。「汗」を読んでは

汗の顔ぬぎ棄つるごと洗ひけり　（平成元年以前）
なかなかに一語もどかし汗の裡　（平成二年）
ほのぼのと六十年の汗の臍　（〃）
臍つたふ汗に瞑りゐたりけり　（平成三年）
にこにこと汗ほのぼのと寿（いのちなが）　（平成六年）
世に狎るは汚るるに似て汗拭ふ　（平成八年）
なにを得てなに失ひし汗拭ふ　（〃）

とバラエティーに富み、「膝」は

おのが膝労るごとく栗を剝く　（平成二年）
秋冷のはたとありけり膝頭　（平成三年）
気ふさぎの膝を抱きて遠蛙　（平成五年）
草餅やぶ厚き膝も母ゆづり　（平成七年）

と「栗剝き」で妻の膝を、「草餅」で母の膝を想われる。「目」についても

炎天になにかを探す目をしたる　(平成元年以前)

涼しさにつよく眼をつむりたる　(〃)

目に深く沁みて緑の日なりけり　(平成元年)

湯ざめしてきてだんだんに眇かな　(平成二年)

と多彩。「足」についても春秋を詠み

夕べまで素足たのしきふくらはぎ　(平成二年)

春暁のいまだ目覚めぬ蹠　(平成三年)

今朝秋の足を拭ひてをりしかな　(平成七年)

夕風をことに素足の喜べる　(平成八年)

そのほか表情も豊かに

暑さ故の仏頂面と知らざるや　(平成元年)

秋風にふつと真顔になりしかな　(平成二年)

頰杖や見飽かぬものに春の雪　(平成三年)

感覚も豊かに

麩を指が覚えてゐたりけり　（平成元年以前）
秋近き風ありなしに夜の肌　（平成二年）
手の冷えのこの淋しさのいづくより　（〃）
蜩やさみしきときは手を洗ひ　（平成四年）

この五体でつかむ句材の延長線にある感銘句を挙げる。

一歩だに冬夕焼へ進み得ず　（平成五年）
若者に白息さへも及ばざる　（〃）
淵明のかの世へ昼寝しにゆかな　（平成八年）

さて、長い作句人生のなかふとかえりみると

思ひ出す故人の多し後の月　（平成五年）

師と仰いだ波郷、桂郎、稚魚も亡く、円座を共にした同志にも故人が多い。平成以前としてまとめられた三十二句のなかには

只一度罵られたる春の雪　（悼友二先生）
振返る夜目にも柿の禅寺丸　（桂郎先生葬）
口つぐみをれば波郷忌暮れにけり

なにもかも落葉と吹かれゐたりけり　(稚魚先生葬)

が含まれてをり、その後も平成元年に

あたたかやこつと骨壺納まりし　(稚魚先生百ヶ日)

夜咄に微苦笑されし遺影かな　(稚魚さんを偲ぶ会)

先生に安心の語や霜浄土　(風鶴院波郷居士)

その後も師を偲ぶ句を詠み継がれる

江東に先生の墓雁渡　(平成二年)

あつみやのけとばしの湯気桂郎忌　(〃)

浅草に酔の巻舌桂郎忌　(平成三年)

波郷忌に五日遅れし墓前かな　(〃)

綿虫をばかり先生七回忌　(平成六年)

眼中の人の波郷の忌なりけり　(〃)

水洟の不覚や亡師許されよ　(平成七年)

最後に情感豊かな人柄が感じとれる感銘一句を記し鑑賞を終わる。

熱燗や人にもありし隠し味　(平成五年)

## 大島民郎『金銀花』

句集『金銀花』を一読しふと思いついて書斎の本箱から馬酔木年間句集の一九五五年版を探し出した。『金銀花』の著者、大島民郎は昭和十七年慶應義塾大学在学中に句作を始め水原秋櫻子に師事、昭和二十八年に「馬酔木」同人に推されたという経歴を巻末の略歴で知ったからである。一九五五年版の馬酔木年間句集は千数百の会員が参加した当時の「馬酔木」作家の集大成であるが現在の俳壇で活躍中の方々も数多く、若き日の諸氏の熱気がひしひしと伝わってくる一冊である。昭和二十七年馬酔木賞を受賞、三十代の若々しい大島民郎もこの年間句集に十五句の作品を寄せている。うち五句を抽出する。

北海の雨冷え冷えとミルク濃し
烏賊干すや秋風あをき楡のもと
なかまど野の舗装路を馬もどる
鈴蘭やまるき山頂牧をなす
ひらきたる牧まだ霧のあそぶのみ

大島民郎は句集『金銀花』のあとがきで、

「若き日に水原秋櫻子先生から戴いた葉書の一節の、『表面は淡々とさりげなく、しかもしみじみと心に沁みとおる句を作られたく……』を生涯の指針として、一路精励してきたつもりではあるが、古希を越えてなお前途遼遠のおもい否み難く、ただただ斯の道の深さに惑うばかりである」と記しておられるが、秋櫻子先生から葉書をいただいたのはこの年間句集の頃だったのだろう。その後、「馬酔木」を代表する作家の一人として活躍された民郎は秋櫻子没後の昭和五十九年堀口星眠の「橡」創刊とともに「馬酔木」を辞し、現在は「橡」の有力作家として活躍中である。堀口星眠は昭和二十八年に民郎と一緒に「馬酔木」同人に推されている。

『金銀花』は、『薔薇挿して』『灯の柱』『観葉樹』に続く第四句集で昭和六十年夏から平成六年の暮まで、約九年にわたる作品の中から三四五句を選んだ句集で、九年間の作品を一年一章ごとにまとめられている。

牛うまれ牧をいろどる金銀花　（平成五年）

句集名とされた一句であるが「金銀花」とは忍冬の花の漢名で、白い花が後に淡黄色に変わるからと『花の歳時記』にあった。普通は「すいかずら」と読むが冬になっても葉がしおれないので「忍冬」というとか、花の盛りの甘い香りが特徴である。巻頭に置かれた句は

その中に日覆あらぬは海女の舟

で「その中に」で全景を読者に見せ、海女の舟に焦点を合わせてゆく手法はまさにベテランの技

である。安心して句集の世界に入ってゆける巻頭の一句である。この句に並ぶ第一頁の二句目は

背泳の敗者をつつむバスタオル

である。勝った者に場内の視線が集中しているなか、敗者を丸ごとつつみ隠す大きなバスタオル、余計な説明は一言もせずに俳句とはかくあるべきと示している。

古賀まり子淡く花野の日に焼けて

という句もある。「由布院二句」と前書されたなかの一句である。古賀まり子は昭和二十七年同時に馬酔木賞を受賞したが、現在は民郎と共に「橡」の自選同人として活躍している。馬酔木賞受賞後、清瀬病院で療養を経験された方と記憶するが、そんな昭和三十年前後のことを想起すると、三十年後の由布院で花野に遊び秋の日に焼ける古賀まり子が実に巧みに表現されており「淡く」が効いている。

昭和六十年から六十一年にかけての第一章は「春落葉」と題されているが由布院の他にも旅吟が多い。

ねんねこは素通り子規の記念館　（松山）

蟻出でて坊主地獄をふちづたひ　（別府）

月山に逢へねど朴の花ざかり　（山形）

教会へきざはしのぼる山の蟻　（軽井沢）
火の国の厄日過ぎたる陸稲の香　（南阿蘇）
深秋の扇ひらけば紅楼夢　（江南の旅）

昭和六十二年は「九輪草」と題し三十二句が収められているが、やはり旅吟が多い。

雪のこる浅間隠しも梅日和　（安中）
使者の間に昼寝ゆるさぬ百虎の図　（川越喜多院）
霧に濡れ実も九つの九輪草　（内山牧場）
台風や漁舟をつなぐあこうの根　（鹿児島）
石人をのこし旅立つ陶祖神　（寿官陶苑）

民郎は大和を憧憬の地として移り住み既に二十六年になるとのことだが、大和に落着く閑もないのでは等と思うような旅吟への挑戦ぶりである。
昭和六十三年は「蔓手毬」と題し二十八句を収める。このなかに

春の蚊をふせぐと牧舎蜘蛛の陣
刈草にまじる落花も仔牛の餌
春睡と見せて耳張る牧の犬
アメリカの牧草とどく聖五月

降り出でて牧守る犬も昼寝どき

等の牧場詠があるが、若い時から得意とする俳枕だけに句にする切り込みぐちに並々ならぬ冴えがある。

むささびの巣へはとどかず蔓手毬　（赤城山）
石獣に守られ牡丹芽の支度　（江南の旅）

等の旅吟も引き続き収められている。昭和から平成へ移った年は「朴の木」と題し二十八句を収める。

# 肥田埜勝美『有楽』

山荘に籠り句集『有楽』を読んだ。以前一度読んだがもう一度じっくり勉強させていただきたい句集として山荘に置いてあった。最後の略歴を読んで驚いた。今日は六月四日、著者肥田埜勝美さんの誕生日である。『有楽』を上梓されたのも平成九年六月四日、一年前である。誕生日を祝し『有楽』鑑賞の拙い筆を執ることにした。

甚平や縄文人の痩軀継ぎ　（平成八年）

使はずにネクタイ古ぶ昼の虫　（平成元年）

時たまお姿をお見かけしても背広にネクタイなどは見た記憶がない。いつも肩の凝らない気さくないでたちで親しみを感じる。もっとも甚平のお姿に接するほど親しくさせていただいているわけではない。何となく親近感を覚えているのは家が近いからかも知れない。私は狭山で勝美さんは隣町の所沢である。近くには古戦場もある。

野の西の古戦場より秋の声　（平成三年）

狭山湖の近くの文学碑の丘には地元紙の「所沢俳壇」の新旧選者二十名の合同句碑が建ってい

るが、

薪能暗きを川と見て泣くも　　肥田埜勝美
鶯餅たひらに持ちて母がりへ　　肥田埜恵子

のご夫妻のお名前もある。
「あとがき」で「結社の仲間達と、或いは妻と二人で旅をする時は何より楽しい」と記されているだけに恵子夫人を詠まれた句は自宅で旅先で数多い。私もある超結社句会で恵子夫人とは共に勉強する機会を持っているが夫人も俳句作家として主人を補佐し活躍しておられる。句集中の夫人を詠まれた句を年代順に抽く。

握りては土に聞く妻暖かし　（平成元年）
をみならのしんがりに妻滝近し　（平成二年）
めづらしき妻のうたた寝水中花　（平成三年）
妻の丈に吊りし玉葱三つ四つ　（〃）
妻の出すままに着て冬深みけり　（〃）
蕗の香に染まるまで妻蕗剝くや　（平成四年）
馬とめて妻の馬待つ夏薊　（〃）
野歩きへ妻を放つや鰯雲　（〃）

封筒に宛名貼りつぐ妻の聖夜　（〃）
晴女の妻の不思議や梅日和　（平成五年）
口少しとがらせて妻栗を剝く　（〃）
傾ぐ妻よ春潮迅き渡し舟　（平成六年）
汗の妻に直さるるシャツ裏返し　（〃）
猫舌の妻に馴らされ蜆汁　（平成七年）
湯葉好きの妻に付きあふ春の暮　（〃）
帰り来し妻の声する葭戸かな　（平成八年）
大胆な妻の鋏や十二月　（〃）

夫人を詠まれた句はまだあるが十七句を抽いてしまった。この句集は平成元年から八年までの作品から編まれているので、毎年春夏秋冬折に触れ恵子夫人を詠み継がれており微笑ましい。昭和六十三年この夫人の協力を得て所沢で創刊された「阿吽」は今年で十周年を迎えられることになる。

忽忙の一年なりし新茶かな　（平成元年／一周年）
石の上にも三年の句誌初仕事　（平成三年）
一誌持てば眼が大切や白椿　（平成四年）
佳き会へ五月のシャワー浴びて行く　（平成五年／五周年）

阿吽創刊以後妻夏を病まざりし　（平成八年／一〇〇号自祝）

勝美さんは昭和二十一年、山口青邨に師事し作句を始められた。「ホトトギス」同人会長として俳誌「夏草」を主宰し東大俳句会でも活躍された青邨師である。勝美さんは折に触れ青邨師を偲ぶ句を詠まれ句集にも収めておられる。

梅一枝青邨句碑を直指せり　（平成元年）
先生の慈眼残れる青芒　（平成八年／北上市「雑草園」）
先生の籐椅子かくも質素なる　（〃）
籐椅子の対（つひ）青邨にイソ夫人　（〃）
「青邨」の名乗誰より涼しかりし　（平成八年／昭和二十一年、初めて句会へ参ず）

昭和二十三年、国立東京療養所で石田波郷を知り傾倒、二十八年「鶴」復刊にあたり入会、翌年には同人となられたが、のちに同人を辞し作句を休まれたよしである。句集中この波郷を偲ぶ句もある。波郷の墓は東京都下深大寺にある。

深大寺丈余の切子ともりけり　（平成元年）
土用芽や先生の墓腰低き　（〃）
子規の柿波郷の柿と二つ置く　（〃）
命終の師を思ふ柿沁みにけり　（〃）

植替へし一樹根づきぬ惜命忌　（〃）
波郷句碑林火句碑露光りあふ　（平成五年）
かの頃も下戸悲しみき風鶴忌　（平成六年）

療養中であろうか加藤楸邨の選も受けられたようだが、昭和四十八年には作句を再開、小林康治の創刊した「泉」に入会された。既にこの二人の師も亡く追慕の句を詠んでおられる。

小林康治亡し凍雪に雪墜ちて　（平成四年）
柘榴二顆は楸邨知世子照りあへる　（〃）

『有楽』は旅吟が多い。「あとがき」で「未知の山河や其処に住む人達との出合いは、新鮮な感動の源であり、おのずと作品も生まれる。そういう楽しさが作句の支えになったので、句集名を『有楽』とした」と記しておられるが旅吟より好きな句を紙数の許す限り抽いて鑑賞の結びとしたい。

近江いま狐雨ふる葭の花　（平成二年）
一樹蔭なき大阿蘇の草刈女　（平成四年）
堀辰雄旧居の一位熟れそめし　（平成五年）
壬生狂言観るおとがひの御飯粒　（平成七年）
北上山系星ばら撒きし夜涼かな　（平成八年）

## 高田風人子『惜春賦』

高田風人子さんは虚子直弟子として現在も活躍中の方である。星野立子の「玉藻」でも活躍されたが、虚子の「ホトトギス」へ投句を始められたのは昭和十九年夏とのことである。しかしその後約二年間「ホトトギス」誌上に風人子さんの名前は見当たらない。落選を繰り返されたのである。その風人子さんが「ホトトギス」の巻頭に初めてなられたのは昭和二十四年十二月号であった。大正十五年生まれの風人子さんが二十三歳の時であった。

虚子は昭和二十六年十月二十日の朝日新聞のコラム「私の推す新人」で風人子さんを推挙されている。落選二年を重ねつつ努力を重ねてきた若者が虚子期待の新人にまでなったのである。

風人子さんは現在、日本伝統俳句協会の機関紙「花鳥諷詠」の座談会「五百五十句研究」のメンバーの一人として活躍されているが、昭和六十三年には俳誌「惜春」を創刊された。平成の世になって既に十年「惜春」も十年の歳月を重ねたが若い人たちも多く活気に溢れた雰囲気と伝え聞く。

句集『惜春賦』は昭和五十六年から平成二年までの十年間の句を自選され三四七句を収めて平成八年十二月に上梓されたものである。

句集に編まれた十年間は立子先生が昭和五十九年に亡くなり風人子さんが約四十年勤められた

会社を退職され、還暦を迎え更に俳誌を創刊される等、風人子さんの人生でも大きな変化のあった十年であった。

立子忌も現のこととなりしはも　(昭和六十年)
雛の日のかなしき法事はべりけり　(〃)
立子忌や高士は孫よ受付す　(平成元年)
立子忌の梅に立ちをり励まばや　(平成二年)

立子忌は三月三日、雛祭の日である。

人生の峠とは何時蟬時雨　(昭和六十一年)
還暦は一つの峠秋の立つ　(〃)
六十はまだまだ子供梅白し　(昭和六十二年)
人生の峠いくつも法師蟬　(平成元年)

還暦という一つの峠を越え更に次の峠を目指す心意気が伝わる。大正最後の年に生まれ、すぐに昭和を迎えた風人子さんは昭和の年号と共に齢を加えられた。昭和最後の日を迎えた風人子さんは感慨また格別のものがあったことであろう。

昭和とは今日まで福寿草を見る　(昭和六十四年)

夕べ来し昭和の終る冬日とこそ　（〃）

主宰する俳誌を「惜春」とし今回の句集名を『惜春賦』とされた風人子さんは句会仲間から「惜春といえば風人子さん」と親しまれており惜春の句も多い。

年々歳々歳々年々春惜しし　（昭和五十六年）
惜春の情海見ても山見ても　（昭和五十八年）
ふと出でし涙は何故や春惜む　（昭和六十三年）
西方に大きな星や春惜む　（〃）

この昭和六十三年に俳誌「惜春」を横須賀市浦賀町で創刊されたがこの浦賀は、風人子さんにとって

惜春や生まれ育ちし港町　（平成元年）

であった。風人子さんはこの港町を折に触れ詠まれている。

潮煙茫々土用波の景　（昭和五十七年）
防風や潮平らかな日なりけり　（昭和五十八年）
初空や明治よりある造船所　（昭和六十三年）
我に向き来る冬浪を迎へ立つ　（〃）

沖航くはタンカー船か汐まねき　（〃）
珍しき帆船通る小春かな　（〃）
わが町に出来たる菖蒲園案内　（平成元年）
笹子鳴く昔要塞地帯かな　（〃）

風人子さんは「あとがき」で「私の生涯に於て、虚子先生と同じ世に生を享け得たのは至福であった」と記されている。風人子さんにとって虚子は虚子ではなく、今でも「虚子先生」なのである。

月の人虚子に俳句を学びしと　（昭和五十七年）
虚子恋の我等に小諸秋の雨　（〃）
朝月や西の虚子忌の坊の上　（昭和五十九年）
頼朝の虚子の鎌倉松の内　（昭和六十年）
花に雪こは珍しの虚子忌かな　（昭和六十三年）

「あとがき」では更に「俳句とは人間の探究ではなく、人生の軌跡だと、私は思う。花も鳥も人も同格と観じて、太陽の恵みに生を営む人々の詠う、小さないとおしい詩だと思う」と記され眼差しはいぬふぐりや蟻にもやさしく注がれている。

我去るを見送るごとく犬ふぐり　（昭和五十九年）

雲を又抜けし太陽犬ふぐり　（〃）
働くや大蟻小蟻中蟻も　（〃）
犬ふぐり見る我が影にならぬやう　（昭和六十年）
犬ふぐり踏んでゐしとは恐縮す　（〃）
何事や蟻の話の聞えざる　（昭和六十一年）
蟻の道飛脚めきたる蟻もをり　（〃）
犬ふぐり人も素直が好かりけり　（昭和六十二年）
健康が何よりと蟻見てゐたり　（〃）
蟻泳ぐとは知らざりし速かりし　（〃）
一番の働き者は蟻とこそ　（昭和六十三年）
公園の入口の犬ふぐりかな　（平成元年）
マーガレットに虻寄るな蟻寄るな　（〃）

また、「あとがき」には「四季の巡りに情を寄せる人々の生活の歌だと思う。季題は私にとって伴侶である」と記され、「俳句即ち花鳥諷詠と信じて五十年」と来し方を顧みる。

妻と見る大きな夕日子供の日　（平成二年）
初花や花鳥諷詠しみじみと　（昭和五十七年）

## 小澤克己『オリオン』

「遠嶺（とおね）」という俳誌が川越市から発行されている。主宰は川越市に生まれ育った小澤克己である。一九四九年生まれの四十代の若々しい主宰である。しかし「遠嶺」は平成九年には五周年を迎え立派な記念行事を数々推進されたうえに三百頁にも及ぶ充実した記念号も発行された。

小澤克己の師は「沖」の能村登四郎である。「沖」に学び俳誌を創刊された方は多い。それぞれ個性あるよい俳誌であり、「沖」のよい環境のなか協力しつつ切磋琢磨し「沖」と共に各誌が発展している点は誠に見事なものである。その方々の中でも小澤克己は若さが武器である。じっくりと作家を育てられる時間を持っている。「遠嶺」には若く注目すべき作家が集まり育ちつつある。

　青き踏む遠嶺の光まとひつつ　（平成九年）
　木の芽風青年芭蕉ここに立つ　（〃）

句集『オリオン』は昭和六十二年の『青鷹』平成五年の『爽樹』に次ぐ第三句集であり、平成五年から平成九年までの四四〇句より構成されている。第二句集までが「沖」に学んでいた時代の作品であるのに対し今回の『オリオン』はすべて主宰として作品を通して一門を指導してきた所産である。
　小澤克己は「あとがき」で「さて主宰誌『遠嶺』を創刊し、もう五ヶ年が過ぎたわけですが、私の提唱しました『情景主義』も、やはり作品の『完成度と生命力』を重視してきました。『情は人、景は自然。人と自然が一体となったものが、情景俳句』の実践は、謙虚に、かつ誠ごころをもって成していかなければなりません」と記されている。一門の主宰として会員へ語りかけつつ自戒の気持が含まれている文章である。
「題名を『オリオン』としたのは、ギリシャ神話の巨人よりも、冬の夜空にある『オリオン星座』に因んでいます。悲劇に終わった神話よりも、永遠に耀く星座に託したかったからです」とも記されている。一門を率いて心は新世紀を眼は未来を見据えているのであろう。高齢化の目立つ俳壇で若き主宰の持つ未来は豊富である。

　　湖の冬オリオンを私有せり　（平成六年）
　　オリオンの真下に熱き稿起こす　（平成九年）

小澤克己はオリオンに限らず星を仰ぎ男のロマンを昂揚し未来への夢を語られる。

　　見えぬ敵あり冬星は十字なす　（平成五年）
　　牛座の真中に寒の杭細る　（〃）

星と星指でなぞれば祭来る　（〃）

ヨーロッパに旅されても異国の地から同じ星を仰ぎ、

夏星の座の組み変はる大氷河　（平成五年）

平成五年は「蒼き地球」と題し

冬麗の荷解きて蒼き地球出づ

と詠まれているが、平成六年以降平成八年までの年次ごとの題名はすべて星を題名とし平成六年は「星の感触」である。

凩や沖にまばゆき星跳ねて　（平成六年）

樹の上の星の感触夏隣　（〃）

松の芯超新星の写さるる　（〃）

手はつばさ夏の星座を駆けめぐる　（〃）

真新し遠嶺星あり夕菅野　（〃）

帰省子が来て星空を沸き立たす　（〃）

秋潮の舳は天狼星（シリウス）を昂らす　（〃）

流星や喉噴き出づる一詩あり　（平成六年）

夕菅野に新星の誕生を期待し流星に詩心を昂揚され、平成七年は「銀河の端」平成八年は「星月夜」と題して広大な宇宙のなかの自己を注視し星の生命と共に輝く未来に希望を託される。

星座とは律義な仲間寒木立　（平成七年）
山葵田は星呼ぶ青さ水迅る　（〃）
星空となるまで森のさへづれり　（〃）
北斗まで韻く五月の怒濤かな　（〃）

「遠嶺」と共に生まれ育ってゆくお子様方も星に関心を持たれるようになる。主宰としては弟子に、父親としてはお子様に未来を星に託して語られるのである。

嶺の秋子が付け始む星日記　（平成七年）
惑星の質問責めとなる夜長　（〃）
嬰生まるはるか銀河の端蹴つて　（〃）
子が描けばどれも涼しき星の数　（平成八年）
長き夜の子と読む星座物語　（〃）

まさに「情は人、景は自然」である。お子様はやがて星だけではなく俳句にも強い関心を持たれるのではなかろうか。
小澤克己は引続き星に託して情景主義の句を詠み継がれる。

花野から花野へスターダストかな　（平成七年）
変はらざる己ありけり冬銀河　（〃）
星冴ゆる言葉に翼生まれけり　（平成八年）
星空に身を入れ春を惜しむなり　（〃）
ペンネーム遣ひしころの星月夜　（〃）
星月夜まことの道の曲がりなし　（〃）

まさにこの道をゆくである。真直ぐに進むべしである。

金星の軌道に触れて桐一葉　（平成八年）
視野あらむ限りを冬の星座かな　（〃）
天網に星々絡む糸櫻　（平成九年）

句集『オリオン』に出てくる星は数多い。しかし常にそこに人が存在する。人と星の対話がある。そして星は明日も明後日も新世紀になっても輝き続けるのである。

辿りきていまだ麓や夏木立　（平成九年）

巻末の一句である。まだまだこれからである。ご健吟を祈りたい。

## 茨木和生『倭』

『倭』は茨木和生の第六句集である。第四句集『丹生』は平成三年初秋までの作品で編み、第五句集『三輪崎』は『丹生』とほぼ同じ期間の作品のうち、熊野で詠まれた作品をまとめ更に熊野の平成四年までの作品を加えて編まれた。

『倭』は平成三年暮れから平成四年の熊野で詠んだ作品以外の作品に始まり平成八年末までの三一八句で構成されている。

茨木和生は朝日新聞奈良版の俳句欄で右城暮石を知り昭和三十一年に暮石が「運河」を創刊した時に参加、以来暮石に師事し平成二年に暮石より「運河」の主宰を継いだ。暮石はその後平成四年に郷里の土佐に帰り平成七年に九十六歳で帰天された。

右城暮石と茨木和生は良き師良き弟子として注目を集めた存在であった。大阪の和泉書房から「大阪の俳人たち」という本が既に五巻出ているが、その第三巻に茨木和生が右城暮石を担当し執筆している。師を語り師を紹介し行き届いたレポートである。

ちなみに「大阪の俳人たち」は「大阪俳句史研究会」が大阪を中心に関西の俳句史を掘り起こしその史料を誤りなく保存することを目的に取り組んでいるいわば超党派の研究会であり、既に五巻で四十四人の俳人をレポートしている。

『倭』にはこの敬愛する師暮石の最晩年を師の故郷に訪ねた作品が毎年のように収められている。

「師右城暮石のふるさと土佐に住まふこととなりしを見送りに行きて」という前書の平成四年の句に

田水張り蛙も呼び寄せてありし
げじげじもむかでもなじみふるさとは
水恋鳥聞きふるさとの一日目
水恋鳥寝て聞き障子開けて聞く
薇にあらず蚯蚓を干してをり
何よりも潮鳴りよけれ桜の実
螢保護最優先にして棲める

等の句があり、その次に「暮石先生は」と前書をして

螢とぶとぶと艶なる翁ごゑ

の句がある。ふるさとに帰られた師のさらなる長寿を祈念する心情の溢れる作品である。

平成五年にも「暮石先生を訪ねて」と前書して

のぼりこといへる鰻の子を汲めり
雛の日の男ふたりが沖見詰む
つばめかと思ふ速さに土佐の蝶
土佐一の宮の深空に囀れり

等がある。多忙のなか寸暇をさいて老いた師を訪ねた弟子、師弟は土佐の沖を見つめ何を話し合ったのだろうか、いや何も話さなくとも師弟の心は堅く繋がり通い合っていたのである。

しかし、高齢の師は病み平成六年には「暮石先生を見舞ふ」と前書し

もう鴨が来たかと聞かれ寝入られし

となり、平成七年にも同じく「暮石先生を見舞ふ」と前書して

濁流の沖へ拡がる端午かな

と師の平癒を祈りつつ一人で沖を見つめたのであった。

しかし、高齢の師は愛弟子にすべてを託し平成七年八月九日天国へ旅立たれた。急報を聞き「みまかられし暮石先生の土佐に急ぎて」と前書された句は

虫鳴くや柩のお顔横向きに
通夜の灯の届くところも虫鳴けり

月明の山々見ゆる通夜の家
迎火のけむり腕にまつはれり
納棺をせし祭壇に目白籠

であった。暮石先生に尽くし支えてこられた和生の目に師の横顔は土佐の沖をふたり並んで見た時と同じように今にも弟子の方に向きを変えてくるかの如く見えたのであろうか。

故郷の大自然のなかに帰り最後の数年をひたすら自然と向き合って暮らしてきた師暮石は故郷の虫時雨のなか愛弟子に見送られつつ、旅立ってゆかれたのである。

茨木和生は京都に在住されていたが還暦を迎え定年を機に故郷の大和に戻られるよしである。師暮石と同じように自然により近く向かい合って俳句に取り組まれるのであろう。

『倭』に続く第七句集はより一層大和と関わった句集にしたいと「あとがき」に記しておられる。

茨木和生は平成八年第十一回俳人協会評論賞を『西の季語物語』で受賞されている。『西の季語物語』は俳句総合誌「俳句」に連載されていたものを中心にまとめられたもので、単に関西地方の季語を発掘したに止まらず、その季語の時代背景並びに生活にも踏み込んでまとめられた好著で興味深い評論であった。

和生は「あとがき」で「季語となっているものが形をかえたり、存在そのものが危うくなっていくことに心をいためている」と記し、「苗障子」などの例をあげて「機械化という便利さと引き換えに、体験と知恵の蓄積になるものの多くが失われ」「それらにかかわる言葉までも「死語」という形で、現代人は葬り去ろうとしている。せめて次の世代に、ものとしての存在がなくなりつつある季語を残すために、私はそんな句を詠んでおきたい」という思いを抱きつつ句集を編まれたと記されているが、『倭』にはそのような風土色の濃い句が多い。その一部を記し鑑賞の結びとしたい。

ひとあぶりしたるこのこのこがねいろ
ワイシャツに付けり蝗の分泌液
あぶれずに日を受けゐたる狸藁塚
飛んで来し虫を摑めば源五郎
金星の見えざるまでに霜くすべ

## 辔田進『知命』

辔田進主宰の「春郊」の平成十年九月号の巻頭作品のなかに

梅雨明や句集の帯は濃紺に
句集上梓土用鰻をもて祝がむ

の二句が含まれている。

句集『知命』の発行日は平成十年七月十五日である。しかし『知命』の富安風生先生の「序に代えて」は昭和四十七年四月に書かれたものでこの間に二十五年の歳月が流れた。

著者が五十歳を迎えた記念に句集を計画され師風生が早々と認めた序文だったのである。その句集が日の目を見るのにこれだけの日時を要した理由は序文のなかで「君は好きな俳句に淫して本務を二の次ぎに出来る人ではないのである」と風生先生が書いておられる通りのご性格が一番大きな理由のように思える。そのおりおりに自分の句集より他のことを優先しついに四半世紀の歳月が流れた。冒頭に紹介した「春郊」の巻頭作品は「身辺抄」と題する十五句であるが紹介した二句のほかに

　　句友より祝ぎの桜桃誕生日

と大正十二年生まれの氏は既に七十代もなかばに立ち喜寿も近い。

同じ「身辺抄」のなかに

　　吉男忌や夜の河原の白あぢさゐ
　　凌霄花燃えて風三樓忌なる

の句も含まれているが句集上梓自祝の句を案じつつ風生先生のもと共に学んだ人々のうち既に亡くなられた方々に思いを馳せられたのであろうか。

序文を記された風生先生も昭和五十四年に亡くなった。この『知命』はその先生選の句を季題別にまとめて句集の後半に掲載している。

昭和十七年著者が十八歳で郵便局に勤め風生先生指導の句会に参加、風生選の「若葉」に投句を始めてから先生が亡くなるまでの入選句をすべて収録している。その数は二千七百余句になり「若葉」には未掲載の句会などでの入選句も網羅している。

そしてそのなかから著者の愛着の深い六百句を抽出し年代順にまとめ句集前半に掲載する形式をとり索引や略年譜、「あとがき」も合わせ三七七ページの大冊である。年譜については近年まで記録されているが作品は昭和五十四年の途中まででありその後の二十年余の作品はいずれ「知命以後」としてまとめるご計画のようである。

したがって最近の「春郊」や「若葉」に掲載された記憶に新しい作品は今回の句集では拝見することはできない。

しかし句集を計画された五十歳ごろには既に「若葉」を代表する作家のひとりとして活躍し編集も担当しておられたので歳時記などで親しんでいる句も『知命』には多く拝見することができる。しばらく頁に従い進俳句の世界に親しんでみたい。

まず口絵として風生先生の懐かしい字の色紙が掲げられている。

春を待つ心博と命名す　富安風生

昭和四十七年長男の誕生を祝い先生からいただいたよしである。

昭和四十一年に神山幸子さんと結婚されたが夫人も「若葉」の有力作家として活躍、現在も「春郊」の編集や発行に進主宰を援けておられるが今回のこの句集作成にも大いに力を添えられたことであろう。年代順の作品は著者年齢に応じ十年ごとに区切られる。

二十代の作品より

花南瓜隣組長を母がする　（昭和十九年）
老守衛口開け歌ふ労働祭　（昭和二十二年）
筍を発止と立てし大地かな　（昭和二十三年）
ガールフレンドボーイフレンドソーダ水　（昭和二十五年）

戦時中の句も今拝見すると懐かしい。あとの三句は『富安風生編歳時記』にも収録されているが四句目の片仮名の句は今も時々雑誌などで取り上げられる片仮名を上手に使った特徴のある句。

　ボート屋のサマータイムの時計二時　（昭和二十六年）

も珍しい。サマータイムがまた復活する話もあるが。

　倉敷ではたしか芙蓉が咲いてゐた　（昭和二十八年）

こういう句柄も「若葉」で流行した時期があった。しかし風生直弟子の進作品の二十代の部を読んで風生先生の選句の幅の広さ、懐の深さを再認識した。

三十代の作品より

　白玉は何処へも行かぬ母と食ぶ　（昭和三十一年）

白玉の代表句、しばしば例句として描かれる。白玉の兼題が出た時この句が邪魔をして苦労させられた。私はこの句に限らず進俳句の母ものが好きである。

　膝を疼め給ひし母と墓参かな　（昭和三十四年）

この前の年に父を亡くしておられる。

隣室に母在す燈火親しめり　（昭和三十五年）

四十代の作品より

晩婚や月にかがよふ花八手　（昭和四十二年）

角川書店の『季寄せ』にこの句が例句として採り上げられている。しみじみとした人生の哀感が詠われていて好ましい。

さくらんぼ六月生れ讃ふべし　（昭和四十二年）

今年の誕生日に桜桃を贈った句友はこの句を踏まえていたのである。

父となり冬三日月を負ひ帰る　（昭和四十八年）

この句も前掲の『季寄せ』に紹介されている。

昭和五十七年に「春郊」の主宰を継承された「若葉」の代表作家であるから歳時記や季寄せに多くの作品が紹介されているのは当然であるがそういう作品が随所に収められている大冊の句集だけに『知命』は読みでがある。同時に次の「知命以後」を早く拝見したくなる。昭和五十年代後半から平成にかけての句集の上梓の一日も早いことを期待しつつ鑑賞を結びたい。

## 上田五千石『天路』

平成九年九月二日、六十三歳にて急逝された上田五千石の第五句集である。処女句集『田園』にて俳人協会賞を受賞、その後『森林』『風景』『琥珀』の各句集を編まれた。今回の句集も平成四年から作品の取りまとめなど生前に準備を進めておられたよしである。急逝を受け息女上田日差子により刊行された。

昭和二十九年大学在学中に秋元不死男に師事、「氷海」「天狼」に投句し「氷海」同人。昭和四十八年「畦」を創刊主宰し大きな結社に育て上げ主宰誌に毎月発表される巻頭作品はご自宅のある成城にちなみ「成城集」と題しておられた。亡くなる直前までテレビや新聞、総合誌でも活躍され現俳壇の牽引車のごとき立場であったのでその急逝は惜しみてもあまりあるものがある。

旅とても孤りかなはず都鳥　（一九九二年）

句集冒頭の一句である。句集『天路』を拝読して旅吟の多いのに驚いた。よくいえば東奔西走の活躍ぶりということになるが、亡くなられてみるとやはり疲労の蓄積であったのであろうか。「孤りかなはず」が悲痛にも感じられる。旅吟より抽きつつその足跡を暫くたどってみたい。

鷹鳩と化したる塔の高みかな　（一九九二／南京）
遠山の雪を花とも西行忌　（一九九二／金瓶村）
六甲の雲の泊りも明易し　（一九九二／六甲）
花ながらうきくさ流れ詩の母郷　（一九九二／柳河）
秋風や亡びしものに名の誉　（一九九二／興禅寺）
花時の籟ををさめぬ関の松　（一九九三／安宅の関）
春潮に入日の道の三里ほど　（一九九三／滑川）
けふ以後やしぐれ日和を潟の常　（一九九三／福島潟）
冬凪に連ねて巖のロザリオよ　（一九九三／天草）
浮巣見て宵の堅田に人訪はず　（一九九四／堅田）
立山の夜冷は隠れ雷鳥も　（一九九四／立山）
まゆつばの濃くなる伊賀の夜話や　（一九九四／伊賀）
水仙やこゑ密々と仏たち　（一九九五／湖東）
早鞆の凪の二夜に冬深む　（一九九五／門司）
出航やるるりくくりとかいつぶり　（一九九五／田子の浦）
鳥たちに卯月芽吹の樽櫟　（一九九五／伊香保）
母音習ふ日本語学科小鳥来る　（一九九五／ウラジオストック）
蛤の翁の句こそ身にぞ入む　（一九九五／大垣）

うつた姫雲の浅間に降り立てり　（一九九五／浅間）
鐘夕べ奈良は余寒のかちんそば　（一九九六／奈良）
涼しさのはじめや宇津の川瀬風　（一九九六／宇津谷）
この庄の田水びたりに桐咲けり　（一九九六／越後）
蠍（さそり）など食へば綺羅なす古都の夜雨　（一九九六／瀋陽）
峠路や秋を瑞葉の肥後大根　（一九九六／熊本）

足跡のすべてを抽出していないがこれだけでもまさに席の暖まる暇がない。最後の年も八か月ほどの間に

相川の磯のつばめに夏ぞ来し　（一九九七／佐渡）
堂塔の昔はあらねほととぎす　（一九九七／豊後国分寺跡）
合歓咲くや越を母情の信濃川　（一九九七／新潟）
さびしさは妹背の島の秋燈　（一九九七／瀬戸内海）
三瀧山去るや秋蟬甦り　（一九九七／広島）

と精力的であった。この旅吟の合間に隠れがちながら人柄を偲ばせる人間愛の句が見られる。

佳句秀句すなどることを初仕事　（一九九二）
花合歓ややうやく愛づる人の恋　（一九九四）

ともなふにわりなきひとや墓まゐり　（一九九四）
炭火吹くむかし朋友相信じ　（一九九五）
冬薔薇死よりも愛にこころ遣り　（一九九五）
呟くや故友の句碑に侘助に　（一九九六）

人間愛は主宰としての繁忙の日々を背後からしっかりと支えている夫人に向けられた時に見事なる絶唱となる。

霜の菊来世も汝と添ひとげむ　（一九九五）
磨り減らぬ妻の歳月きりぎりす　（一九九六）
秋風や吾妻をつひの知己として　（一九九六／婚三十六年自祝）

「畦」の発展の陰にそして上田五千石の俳壇での活躍の支えに夫人の存在が大きなものがあったのであろう。
この五千石の句も父を詠む時と母を詠むときには屈折した心情の反映した句を残す。

滅法界やさしかりけりセルの父　（一九九二）
蚊遣香父のをんなもみんな果て　（〃）
世に母と在りしたたかさ実梅捥ぐ　（一九九四）
羅や母とて女ざかり経し　（一九九四）

七草やいまにもせちに母の情　（一九九五）
寒暮光わが降架図に母よ在れ　（一九九五）
母が哭くわが三歳の雪の景　（〃）
履まざりし父の遺言返り花　（〃）
母逝かす大事これなし鴨足草　（一九九七）
母の忌をひそみごころにほの涼み　（一九九七）

かつて〈万緑や死は一弾を以て足る〉と詠まれたがこの句集にも

こときれてゐればよかりし春の夢　（一九九四）
生に倦まば枯蔓のごと吹かるべし　（一九九五）
老残のことは思はず花に酔ふ　（一九九六）
わが消なば道こそ絶ゆれ百日紅　（一九九六）

平成九年九月号の「畦」の「成城集」のなかに次の句がある。

吾呼ばひ誰かこゑ振る露の秋

九月二日、五千石は旅立たれた。ご冥福を祈り鑑賞を結ぶ。

## 鷹羽狩行『十二紅』

「狩」を創刊主宰して二十年、山口誓子、秋元不死男を師系に句業五十年を迎え「自祝の句集」になればと思っている。と「あとがき」に記されている狩行第十二句集である。氏は戦後の昭和から平成にかけての時代を代表する俳人の一人であり、現在は俳人協会理事長としても活躍中である。多忙のなか作品もゆるぎなくこの『十二紅』のなかにも

人の世に花を絶やさず返り花　（平成七年）

など正面から季題に取組み瑞々しく新鮮な感覚で詩情を深める作品が多い。『十二紅』は平成七年から九年までの三年間の作品から六百九句を収録しているが海外吟は別にまとめる計画があり含まれていない。『十二紅』に触れる前に過去の狩行作品から一句集一句を抽き「狩行の世界」を楽しんでみたい。かつて愛称した句も多い。

天瓜粉しんじつ吾子は無一物　（『誕生』）
摩天楼より新緑がパセリほど　（『遠岸』）
胡桃割る胡桃の中に使はぬ部屋　（『定本遠岸』）

わが名書きこれより長き夜の稿　（『平遠』）
紅梅や枝々は空奪ひあひ　（『月歩抄』）
流星の使ひきれざる空の丈　（『六花』）
秋風や魚のかたちの骨のこり　（『七草』）
支那街にすする昼粥不死男の忌　（『八景』）
どこまでも麦秋どこまでも広軌　（『長城長江抄』）
座布団の一つ離され主宰の座　（『第九』）
若竹の中と思へぬ暗さかな　（『十友』）
昔より聖者は痩せて枯芭蕉　（『十一面』）

さて『十二紅』である。「黄連雀」の別称とのことであるが句集の内容とは無関係である。このところは三年ごとに句集を編まれ数字を付しておられる。現在の「狩」の主宰巻頭作品には「十三星」と題しておられるので次は三年後「十三星」を二十一世紀の句集として考えておられるのかも知れない。

桜貝誓子の詩片かも知れず　（平成八年）
下萌のここ書斎ここ居間の跡　（誓子邸跡／平成八年）
誓子忌の夜は万蕾の星となれ　（平成八年）

初学時代の狩行は誓子一筋「せいこさんに片思い」とからかわれたりしたよしである。その狩行も主宰誌をはじめ多くの大会や新聞雑誌の選句に多忙な日々を送られている。最近の「狩」を読んだら月平均三万句と座談会で披露しておられた。しかし「狩」は二十年間一度も遅刊なく毎月二十日発行がきちんと維持されているとのこと。当然のことではあるがこのへんにも「狩」が飛躍的に発展した秘密の一つがありそうだ。選句をしつつ作句もされる。

選句してつのりしものに湯ざめかな　（平成七年）
夜長つぎ足しつぎ足して選句かな　（〃）
選句せむとや生まれけむ世はさくら　（平成八年）
選句辛かりし一夜の虎落笛　（〃）
落選の句の供養せむ納め酒　（〃）
句選びは種子採りに似て冬ごもり　（平成九年）

「狩」の人の選句は当り前のことではあるが「作品本位」の姿勢が徹底していて超党派句会などで同席しても清々しい。年功序列などを排し作品本位の句会指導で類句類想に厳しく対処する句会で鍛えられているからであろう。

俳人協会の機関紙「俳句文学館」八月号の「編集室から」に主宰は理事長として一筆記しておられる。

未発表句ということが守られていない大会くらい不愉快なものはない。あらかじめ見せたり、添削した句を投句させて、好成績をおさめる主宰もいるという。そういう結社の人たちは、主宰の句も知っているとしか思えない選句をするので、当然主宰が高点という結果になる。以上は各種の全国大会地方大会に出かけての私の体験であるが、これでは作品のレベルアップはは かれない。選句は作品本位でありたい。冷まじや選句にもある組織票

理事長のご努力に期待するところ多大なものがある。このように全国を駆け回る日々とあって旅吟が多くなる。

茶畑のまるみを眠る山も持つ　（平成七年／宇治）

眼前に白梅意中には紅梅　（平成七年／太宰府）

雪吊りに透く松島の島の数　（平成七年／宮城）

行く雁や芭蕉の知らぬ河口堰　（平成八年／長良川）

美しき遍路とともに鈴も去る　（平成八年／足摺岬）

大阿蘇の裾を花野としてひろげ　（平成八年／熊本）

不発弾あるやも知れず草いきれ　（平成九年／沖縄）

逃げ水を追ひて太平洋に沿ふ　（平成九年／北海道）

止り木は一段高し檻の鷲　（平成九年／松山）

北から南までそして東奔西走、ほんの一部を抽出しても大変なものである。作句力の旺盛なること超人的であるが芝居や映画を見ながらどんどん作り映画が終わると作品群が揃っているとのこと。

火の恋に身を溶かすまじ雪女　（平成七年）

映画『藏』を鑑賞しつつ作られた句のなかの一句である。
これだけ忙しいと酒など飲んで無駄な時間を過ごす時間はないというところだが

熱燗や降りこめられてもう一本　（平成八年）

と数少ないが酒の句も残される。
狩行俳句は「ごとく」の使用頻度が多いが今回も数多く「ごとく」俳句が収録されている。紙面の許す限り印象に残る「ごとく」の句を抽出し鑑賞の結びとしたい。

水餅を魚のごとくに摑み出す　（平成七年）
罪を負うごとく目深に田植笠　（〃）
鎹（かずがい）のごとき一信露けしや　（平成八年）
蜃気楼沖にも祭あるごとし　（平成九年）
白馬駈け下りるごとくに滝の水　（〃）

## 進藤一考『白昼』

句集『白昼』は進藤一考の第六句集である。今までに『斧のごとく』『黄檗山』『櫂歌』『太陽石』『貌鳥』を編まれ別に俳人協会編の「自註現代俳句シリーズ」で『進藤一考集』を上梓されている。

進藤一考は昭和四年生まれ、角川源義の「河」に参加され同人として活躍、源義没後の昭和五十四年一月「人」誌を創刊主宰されてこの一月が二十周年記念号となる。今回の句集『白昼』はこの二十周年を迎える自祝の意味もあるようだ。

収録作品は平成三年から平成五年途中までの四七四句で構成されているが「あとがき」にも触れられているように旅吟が多い。しかしこの旅吟は作者としての旅の自覚を伴わないものだったよしである。「人」誌の主宰として全国各地の句会指導にも出かけて各地の誌友と地元を吟行しての作品だからだそうである。「あとがき」を読みなるほどそうかと思ったが、主宰の仕事はやはり激務のように思われる。今回の句集をまとめる途中で病気入院等体調も崩されたよし、ご自愛を祈りたい。

この主宰のご努力で「人」は発展を続け二十周年を迎えられたわけだが結社の出版事業としての「人叢書」もこの『白昼』で一五〇篇になるようで一門の活発な動きが拝察できる。

また、第二十回の全国大会を沖縄で開催されるよしであるが沖縄など離島へもよく指導に行かれているようで収録作品も多い。

紅型の絵付け一張り冬の坂　（平成三年／沖縄）
一夜経て海溝までの甘蔗しぐれ　（〃）
緋寒桜みちびく潮に祝女の島　（〃）
大いなる曇りのつづく御願解　（〃）
落ち鷹の受水走水脈づきぬ　（〃）
波老ゆなゆうな一花の返り花　（〃）
暈に倦む冬日の残る西武門　（〃）

「沖縄七句」と前書のある句であるが地名や沖縄の言葉を詠みこんで沖縄への想いは強いようだ。沖縄の緋寒桜は「元日桜」とも呼ばれ沖縄県本部町の八重岳はこの桜の名所、約四千本の桜並木は一月十五日から「花見まつり」が始まり二月初旬までが見頃と聞く。日本列島の桜前線のスタートである。

平成三年は更に八重山列島にも飛ばれ十七句を収められている。沖縄本島では八重山列島を先島と呼んでいる。

先島や一蕋吐きて仏桑花

海人（うみんちゅ）の胸三寸の雲の峯
かぬしやまの唄に微醺の蒲葵（くば）の花
蝶交む芭蕉布に織る鋤の柄
日永さやゆんたに育ち波の上　（ゆんたは島の歌）
よなぐにさんの羽化の間近かさ白日夢
刳舟（さばに）出て月夜の烏賊を釣るといふ
うりづんや二夜がかりの疑似餌針
高砂魚（ぐるくん）を空揚げにせよ夜景いま

十七句から九句を抽いたが本土を遠く離れた南の島ではやはり「沖縄歳時記」が必要なようだ。筆者も昨年十二月種子島吟行に参加したがハイビスカス、石蕗の花、れんげ草等が同時に咲いている景色と島言葉にとまどった。
句集はこの八重山列島十七句に続き、更に沖縄本島六句が収録されている。

龍柱に驟雨到らば気負ひづく
洗骨の祖にかしづきて島の汗
花梯梧天与の刻の到りけり
山丹花艇庫に睡る爬竜船

沖縄とか八重山とか前書のない島の句から抽く。

島に耐へ酒にたよりて搗布風呂　(平成三年)
しほさゐの新嘗祭に出会ひけり　(平成三年／青島)
天草や朝に三たびの雁の列　(平成三年／天草)
珊瑚石柱に組めり蛍出づ　(平成四年／宮古島)
一島の地下に貯水の飛燕かな　(〃)
ランタナやほろほろ鳥が騒ぎ立て　(平成四年／西表島)
鼈赤し島の野苺蜜を富む　(平成四年／与那国島)
箱亀の雨には鳴きぬ屛風裡(ひんぷんり)　(平成四年／石垣島)

「あとがき」に沖縄などの島とは別に北海道にも度々足を運ぶことになり「己の風土の本土について見直したいと思った」と記されているが日本列島の南から北辺までご指導の足を運ばれ精力的である

秋風や曳行船を艇が押す　(平成三年／函館)
飛砂埋むアイヌ墓原真葛原　(〃)
青蝦夷の月を虜囚としてゐたり　(〃)
白菜市劇団四季の天幕と　(平成三年／札幌)

雪起し向ひ洞爺といふ地なり　（〃）
蝦夷黄菅狐の恋を誘ひけり　（平成四年／道北より南下）
とくとくと霧の這ひ出て礼文草　（〃）
サロベツの集乳缶に青嵐　（〃）
牧夫らのほういほういとサイロ詰め　（平成四年／道南）
火を放つ牧場祭の枯虎杖（どぐい）　（〃）
才色に思ひ当たれりななかまど　（〃）
江差追分一つで暮す大根出し　（〃）

北海道と沖縄以外の本土も東北から九州まで南北にひろがる日本列島を主宰はご指導に努力されておりつくづく大変だと思った。紙数の許す限り感銘句を挙げご健勝とご発展を祈り鑑賞を締めたい。

湧きに湧く埠頭の鷗破魔矢享く　（平成三年）
一碗に手毬麸の浮く十二月　（〃）
清明の波にきららの青舞鯛　（平成四年）
啓蟄の屋根踏みしめて瓦職　（平成五年）

## 村田脩（合同句集『歳華悠悠』より）

東京四季出版から合同句集『歳華悠悠』全三巻が発行された。各巻とも一俳人の近作五十句に自選された代表作三百句を加えて三五〇句の作品が一挙に掲載されている。第一巻は十一名の昭和初期生まれの俳人が参加している。

たまたま俳誌「萩」を拝読しその内容に感銘し主宰村田脩が参加している『歳華悠悠』第一巻を入手し繙いてみた。村田脩は近作五十句に加える自選の三百句を二冊の句集とその前後に区分し「『野川』以前」「野川」「破魔矢」「『破魔矢』以後」として自選されている。この区分に従い村田脩の俳句にしばらく親しんでみたい。

村田脩は昭和三年生まれ。旧制山口高校時代に正岡子規に心酔され、俳句を山口青邨指導の東大ホトトギス会に学び、同時に中村汀女に師事、雙葉学園に勤務されつつ中村汀女が主宰する「風花」の編集を担当された。平成二年に「萩」を創刊主宰されたがその「萩」も十周年が目前である。「萩」は「平明にして高貴なる文芸としての俳句」を目指し、作品と文章のバランスのよい編集で読み易く、作品も各人の個性を引き出して伸ばすご指導ぶりで活気に満ちている。句集も『野川』を昭和五十年に、『破魔矢』を平成三年に上梓されている。『歳華悠悠』に自選された「野川以前」の句は十八句である。処女句集『野川』を刊行された時にどのような事情でこの初期作品を句集に収められなかったのかは私は知らないが、今回選ばれた十八句は瑞々しく村田脩の若き日の世界を想起させるに充分な秀作が揃っている。『歳華悠悠』がまさにこれ等作品に登場する舞台を提供したといえよう。

白薔薇水をはじきて生けられし
廻航や湖心夕焼に包まるる
螢光燈人おのおのの秋の旅

景を鮮明に描写してゆるぎない。第一句の「白」が見事である。

銀杏散る雨の敷石工学部
石階の陽も柔らかよ卒業す

東大ホトトギス会の世界であろうか。次に『野川』からは七十一句を自選されている。

旅さびし信濃追分水澄めり
小鳥来て浅間嶺出づる水あふれ
コスモスに戸隠は夜の驟雨かな
雪嶺の薄日よ鮭を吊し売る
ほととぎす湯宿は朝の火を配り

秋の星奥多摩端山眉をひき
天を圧す風の象潟寒椿

どの句も的確な描写力でかつ叙情豊か、自然に接するに極めて謙虚であり読む者の心の中まで清めてくれる。

葛咲くや風さけぶ日の大修院
修院の夜もともさぬに野分過ぐ

当別トラピストの前書のある二句である。村田脩は二十三歳の時にカトリックに入信されたよしが野中亮介氏の寸評で紹介されている。

その中の白さ秘む石しぐれけり
花の日の岩打つ波の白く柔ら

先に白薔薇の句の「白」の扱いに触れたがこの二句にも宗教的な「白」への愛着を感ずる。第二句集『破魔矢』からは九十八句を自選されている。平成二年「萩」を創刊された翌年の出版である。

春光に確かめて道あやまたず
こころ寄る人みな遠し初氷

主宰として一誌を持ち一門をひきいる感懐をどことなく感ずる。

　朴の花ひかりを得たる二花のあり

朴の花は白い。白は村田脩の詩情を一層昂揚させる。それは神への祈りにも似て清らかである。

　白樺と白樺との闇灯取虫
　白雲の立ちつぐ山の破魔矢かな
　白鷺の争ふ河原蓬萌ゆ
　白く大き卵産みをり羽抜鶏
　白鳥もしづまりをらむ春の月
　白山に仕ふ家とぞ炉を開く
　白鷺を粉河に見たる秋暑かな
　朝顔のおほかた白に雨ありし
　禅寺の景色白菜太りつつ

『破魔矢』以後の作品からは一一三句を自選されている。
景の描写に人世の哀歓が加味して詠まれるケースがふえてきたようだ。

　山吹や白紙に想をまとめゐて

戦後得し生涯西瓜太らせし
立ち働く人ばかりなる年酒かな
息白きこと確かむも齢かな
笹鳴やしんじつはつね寡黙にて
筍飯いづこもいつか家族減り
夏つばめ青春の気はなほ失せず
初嵐直言の人ひとり減り

『破魔矢』以後に続く近作五十句が更に自選されている。

水仙の背筋正しくけふに処す
ひと掻きに雪は重さをもて応ふ
沈丁やこの道を子ら育ち去り

水仙、雪、沈丁の季題が絶妙に働き、「平明にして高貴ある」と目指した「萩」俳句が結実しつつある。

咲き衰ふのも好ましき薔薇の家

若き日に詠まれた白薔薇と長い歳月を経て詠まれたこの薔薇の家の間に人生がある。ご健勝にて益々のご健吟を祈りたい。

## 畠山譲二『海の日』

平成十一年一月三十一日畠山譲二が主宰する俳誌「海嶺」の新年会兼六周年記念祝賀会がホテルグランドヒル市ヶ谷にて盛大に開催された。その席上主宰の第四句集『海の日』を祝して花束を贈呈したのが主宰の長女であり「海嶺」創刊以来俳句を父に学んでいる駒井奈保子であった。

父の日の贈り物問ふ娘の電話　（平成六年）

年の湯に離れ住む娘を想ひをり　（平成八年）

平成九年十二月主宰にとり妻でありり奈保子にとり母であった畠山紀代子が急逝された。主宰夫人として「海嶺」創刊以来紀代子の活躍ぶりは目覚ましく、左党の主宰の健康管理はもちろん「海嶺」の台所も支えかつ作家としても味わい深い句集『安房』を上梓して、まさにこれからという所であった。

「海嶺」の危機かと思われたがこの危機を救った一人が結婚して離れ住む娘奈保子であった。父であり俳句の師でもある主宰を補佐し健康管理を含め身辺の気配りに主宰の心の支えともなり地味ながら貴重な活躍をしている。一門のなかからも編集に発行に以前にも増して力強い協力体制が整い若々しいメンバーも育ち順調に運営されている。来年の七周年にはさらにいろいろとご計画も進められておられるよしである。

この「海嶺」の旗印として掲げているのが「向日性と冀求」である。創刊以来折にふれ繰り返しこの方針を一門に説き最近はしっかりと定着してきたようである。主宰もまた作品で指針を示す。

今年また海の句を書き筆始め　（平成六年）
鶯や日は観音の上にあり　（〃）
壽と書く墨を磨る養花天　（〃）
泰山木初の一花を天に上ぐ　（〃）
泰山木冬の幹とし逞しき　（平成七年）
菜の花や沖のぼりゆく日の雫　（〃）
野球部のこゑ高く駆く夏の浜　（〃）
明日もまた強く生きむと暑気払ひ　（〃）
賀状書く真白き筆をおろしけり　（平成八年）
目刺干す島の蒼天鳶群れて　（〃）
八朔の沖わたりゆく日の高し　（〃）
秋天へ透く上棟の槌の音　（〃）
冬麗へ扉を押して今日はじまる　（平成九年）

日の庭へ向け開け放つ白障子　（〃）
春耕や日の畦を行く猫車　（〃）
菊花展入口にして香を放ち　（〃）

「海嶺」を平成五年に創刊して作品を通して一門に呼びかけてきた歴史が記されている。作品は向日性を実践し前傾冀求に徹する。
この傾向は対象が海に向かうとより一層輝きを増す。仲間うちで海の譲二と呼ばれるが海は譲二の詩嚢を殊に刺激するのであろう。

常のごと日にくつがへる彼岸波　（平成六年）
朝凪の沖を指しゆく船白し　（〃）
海女ひとり防風摘める朝の浜　（平成七年）
一艇の沖を指し航く朝ざくら　（〃）
向日葵の海に向き咲く茎高し　（平成八年）
海よりの胸にさやけき朱夏の風　（〃）
海の日の海見て一と日心充つ　（〃）
ふるさとの海おだやかに三ヶ日　（平成九年）
たまさかに聞こゆる春の怒濤かな　（〃）
沖よりの日ざしに弾け海桐の実　（〃）

昭和五十七年七月二日当時「春嶺」編集長をしていた愛弟子譲二を遺して師岸風三樓は七十一歳の生涯を閉じた。今「海嶺」に孫弟子が育ちつつあるが先師の謦咳に接した人は少ない。

師の忌来と鴉群れ啼く半夏生　(平成六年)
今年雨にならざる師の忌半夏生　(平成八年)

「向日性」は岸風三樓から受け継いだ旗印である。

書斎に籠りひとり師を偲ぶ畠山譲二の姿がこの二句に描かれている。

主宰として「海嶺」を創刊するまで長く「春嶺」の編集長を担当していたが、やはり主宰として一門を率いてからは紀代子夫人の良きコントロールもあって以前とかなり変わられた点がある。

そんな主宰の日々も「海の日」には綴られている。

締切の迫る「書評」を稿始め　(平成六年)
俳誌編むことに勤しみ夜の秋　(〃)
メーデーにかかはりもなく稿継ぎぬ　(平成七年)
黄金週間書斎に籠りゐて終る　(〃)
起きぬけの書机にもの書き肌寒し　(〃)
膝掛をして夜も深く書机にあり　(平成八年)

三周年を迎え「海嶺」も活気に満ちていた。

春燈や文箱に溢る祝ぎのふみ　（平成八年）
処暑の風入れて独りの朝の書机　（〃）
寒燈に引く辞書重し新書斎　（平成九年）
一誌編む思ひあれこれ夜長の燈　（〃）
一誌編み終へてひとりの秋思かな　（〃）

五周年を迎えて

欠号なき俳誌編み来て文化の日　（〃）

と詠まれている。欠号どころか遅刊も一回もないのである。
夫人を亡くされ痛恨の想いを

年逝くや独り旅立つ妻愛し（かなし）　（平成九年）

と詠まれて平成九年が終ったが「海嶺」は順調に遅れることなく編まれている。「海嶺」三月号も二月中に届いた。主宰詠より一句を描き「海嶺」の発展と主宰のご健勝を祈り鑑賞を結びたい。

屠蘇祝ぐや娘の手作りのせち料理　（平成十一年）

# 岡田日郎『大槍』

句集『大槍』は岡田日郎の第八句集である。岡田日郎には句集のほかにも著作が多く、特に「山」に関する著作で知られる。俳人として自ら山に登り、俳句を詠まれている作家として第一人者であろう。山については深田久弥の名著に『日本百名山』があるが、「百名山」のすべてを踏破したのも岡田日郎であり、平成九年には『俳句で歩く百名山』を上梓しておられる。

俳人としての岡田日郎は昭和二十三年福田蓼汀が創刊した「山火」に学んだ。福田蓼汀は虚子に学び「ホトトギス」の作家としてやはり山の俳句で知られていたが、虚子の題字をいただき「山火」を創刊したのである。「山火」で活躍した岡田日郎は蓼汀没後「山火」を継ぎ既に十年を越えた。「山火」は平成十年には創刊五十周年を迎え六百号に達した。この記念として『新訂・山の俳句歳時記』等を刊行されたが、句集『大槍』も個人的記念として自祝の出版である。

平成七年に『赤日』を刊行されており今回の『大槍』には平成六年から同九年までの四年間の作品からまとめられている。四年間を一年一章として山の名を付されている。

男体（平成六年）一三六句
浅間（平成七年）一三〇句

平標（平成八年）九十三句
瑞牆（平成九年）一一一句

この各章とも「山」を主とした吟行地が作品の前に脚記され、吟行以外の作品はそれぞれの章の最後に雑詠と脚記してある。
健康にも恵まれ現役の登山家として山登りをしつつ俳句を詠んで来られた四年間の記録である。ちなみに句集名の『大槍』も北アルプスの槍ヶ岳のことである。岡田日郎は「あとがき」で句集名とした由来を「平成九年夏に、五十年ぶりに北アルプス表銀座コースをたどり、東鎌尾根の真下に立って、槍ヶ岳を頭上に仰いだとき、『大槍』の呼び名に心底から納得した。その日、大槍ヒユッテに泊まり、天候にめぐまれるまま翌朝、槍ヶ岳頂上に立つことができた。夏の北アルプスの山々には白雲が飛び、岩稜にはさまざまな高山植物の百花が咲き競う。永遠に変わることのない風光の中に立って、そろそろ老齢期を迎えつつあるわが人生のはかなさを思わないではいられなかった。私の処女句集『水晶』は槍ヶ岳をもって始まるが、ここにまた槍ヶ岳の頂上を踏み得た記念として句集名とした」と記されている。臨場感に富む文章として感銘し抽かせていただいた。この時の作品は「瑞牆」のなかに「（北アルプス表銀座縦走路）槍ヶ岳」と脚記して二十句が収録されている。

お花畑百花総揺れ万華鏡
雲に触れ白山一華みな顫ふ

岩稜にはや実を結ぶ山荷葉
岩稜にこぞり総立ち岩鏡
駒草の砂礫地よぎる縦走路
お花畑岐路あり岩に白ペンキ
一花揺れ揺れの伝はりちんぐるま
ゐざり這う雲に岩爪草濡るる
ちんぐるますれすれ雲の押移る
夕雲に岩濡れずちんぐるま濡れ
夕雲の押寄せお花畑閉ざす
駒草や夜は草閉ざす縦走路
夜明月照り雪渓の隠れなし
雪渓に砕けんばかり夜明月
槍沢の雪渓視野に余りけり
金剛の大槍仰ぐ御来光
大槍のかぶさるところお花畑
大槍の途中張りつき一雪渓
大槍の鎖の岩に岩弁慶
大槍に立つ涼風の中に立つ

文章同様に臨場感に富み、高山植物も句材として次々に詠みこまれている。句集中の圧巻の部分として全句を抽かせていただいた。
岡田日郎の健脚ぶりは作品の詠まれた場所から一句ずつ抽いても、紙数が不足するほど多いが足跡の一部を抽出してみたい。

群嶺の中に白亜の初浅間　(西上州・槍沢岳／平成六年)
降る雪や薄墨に明け足尾町　(備前楯山・足尾／〃)
雪原となりし牧場塔一基　(美しヶ原／〃)
奥駈けの嶺々まだ真白春夕焼　(奥秩父・妙法ヶ岳／〃)
初日わが胸に山頂踏み得たり　(西上州・赤久縄山／平成七年)
猿軍団大雪渓をよぎり跳ぶ　(一の倉沢／〃)
白樺林滝へと一路通じけり　(浅間高原／〃)
岩ひばり高鳴きてより雲湧き来　(谷川岳／〃)
杉聳え堂塔聳え百千鳥　(比叡山／平成八年)
縦走路まではびこりし金鈴花　(上越・平標山／〃)
十六夜の月の輪金剛山照らす　(金剛山／〃)
渓流に晒菜升麻実を結ぶ　(仙人ヶ岳／〃)
開帳や七面天女に朝日さす　(七面山／平成九年)

山上に御師の墓地あり蕗の薹　（御岳／〃）
焼酎にあらかぶ汁や対馬の夜　（対馬／〃）
岩肌に触れ石楠花のもつれ咲き　（瑞牆山／〃）

俳人協会の理事として、また俳句文学館の図書室長としてもご活躍されながら各地を歩き句を詠み継いでおられる岡田日郎の更なるご健吟を祈り、雑詠とされた句を毎年一句抽き鑑賞の結びとしたい。

よろけ飛びしつつ冬蚊の失せにけり　（平成六年）
蓼汀句碑やや古り牛蒡咲きぬ　（平成七年）
蛇祀る奥社に詣で春惜しむ　（平成八年）
先端の一花まで咲き藤垂るる　（平成九年）

## 原田青児『日はまた昇る』

『日はまた昇る』は「みちのく」主宰原田青児氏の『ある晴れた日に』に続く第七句集である。今回も句集名に「日」の一字が入っているが向日性に満ちた句集であり明るい。伊豆高原に薔薇園を経営されていることでも知られる氏の作品は常に太陽のもと燦々と輝いている。句集は

薔薇園に来てゐていまは初鴉　(平成四年)

に始まり

冬桜散るといふことなかりけり　(平成九年)

にて締めくくる三四六句を一年一章に区分して構成されている。巻頭にカラーグラビアで経営される薔薇園の真赤な薔薇の写真が掲げられている。続いて「みちのく六百号記念刊行」と表示されている。「みちのく」は昭和二十六年遠藤梧逸により仙台にて創刊され昭和六十一年原田青児が主宰を継承した。

燗熱うしてしみじみと梧逸の忌　(平成四年)

梧逸忌のすめば雪くるならひにて　（〃）
初雪ののちの悟逸忌とはなれり　（平成九年）
熱燗といへど人肌梧逸の忌　（〃）

遠藤悟逸は高齢により主宰を譲ったのち平成元年に亡くなられた。燗酒を酌み雪に先師を偲ぶ切々たる句に創刊以来共に俳誌を育てつつ歩んできた歳月が瞼に浮かびその想いが籠められているようだ。

薔薇園経営の氏の作品にはいろんな薔薇が登場する。その薔薇の表情は、我々が日頃鑑賞する薔薇とは違い美しいだけではない。

薔薇園に撒くには足りぬ年の豆　（平成四年）

広い薔薇園に住む鬼はどんな鬼であろうか。と思えば

薔薇園にモリアオガエル棲みつきし　（平成四年）

と珍客が棲みつく。

みんみんに急かされてをり薔薇剪定　（平成四年）
剪り進む薔薇の妬心を感じつつ　（平成五年）

園主と薔薇の対話。剪られた薔薇と残された薔薇と。園主にだけ解る薔薇の気持であろうか。
一日の労働が終わり園主は

杜にひびかせ薔薇園を鎖す音　(平成五年)

と音高く薔薇園を閉ざす。その薔薇園も年末年始ともなると

歳晩や薔薇園闇の大いなる　(平成五年)
初明り薔薇園はまだ闇の中　(平成九年)

と静かに眠っている。しかし園主の仕事に休みは少ない。

注文の牛糞届き年つまる　(平成六年)
寒肥をもらひし薔薇の名は王妃　(平成九年)

園主は黙々と仕事に励む。

この日焼け薔薇のためとは口にせず　(平成九年)

春夏秋冬、薔薇園の風情は様々である。薔薇の盛りには園主は

薔薇五月薔薇より先に目覚めゐて　(平成五年)

喉渇く千花の薔薇の中にゐて　（〃）

黒薔薇のあたりもつとも濡れゐたる　（〃）

跪くは薔薇を捧ぐるときにこそ　（平成九年）

薔薇を賛美し、芽ぐみのときには

闘志いま萬の薔薇芽の中にゐて　（平成八年）

薔薇芽ぐみ土龍精出しはじめけり　（平成九年）

土龍ともども闘志を燃やす。花季を過ぎれば

御礼肥もらひて薔薇は梅雨に入る　（平成九年）

と御礼肥に一息入れ、日照りが続けば薔薇とともに雨を乞い、

喜雨到る音のはじめは森よりす　（平成六年）

喜雨到る薔薇園薔薇のさんざめき　（〃）

薔薇と喜びを分ちあう。薔薇園に秋色が迫れば、

薔薇園の黄落薔薇のアーチより　（平成四年）

新涼のうす煙上げ薔薇園は　（平成五年）

今年藁届き薔薇園豊かにす　（平成八年）

とどこか薔薇園に落ち着きが漂う。しかし園主は

秋旱農薬を買ふ拇印押す　（平成四年）

と準備おさおさ怠りはない。そんな薔薇園でもときには

薔薇園に少し飽きたる少女かな　（平成五年）

薔薇園の妻の携帯電話鳴る　（平成五年）

薔薇園主馬鈴薯掘りをしてみたり　（平成六年）

こんな日もある。しかし原田青児氏は薔薇園の経営だけに携わっていられない。「みちのく」主宰としての仕事もある。

けふ夏至と思ひつつ発つみちのくへ　（平成九年）

いわき支部のスタートに当たっては

漲れる夜明けの力いま薔薇に　（平成六年）

やはり薔薇に託して祝吟を寄せられる。一門の北京吟行を率いては

天安門広場の霧の夜を歩く　（平成四年）

などの句を詠み、札幌支部の句会に臨んでは

秋耕のサイロがくれにまた一人　（平成九年）

と多忙な主宰の仕事も句も残しつつこなされてゆく。この青児氏の俳句のスタートは虚子の「ホトトギス」で大正八年現在の北朝鮮に生まれた青児は現地で俳句を学び昭和十三年には「ホトトギス」初入選を果たし昭和十六年には「安義ホトトギス会」を作り大陸旅行中の虚子を迎え直接指導を受けたこともあるよしである。あとがきに平成六年に「遠藤悟逸生誕百年記念」として宮城県草飼山山頂に虚子句碑〈遠山に日の当りたる枯野かな〉を建立したことを記しておられこの句集中にも

寒椿虚子に『喜寿艶』てふ句集　（平成九年）

を収録されている。虚子が喜寿を迎えたおり生涯の作品から七十七句を選び自筆して編んだ句集である。その喜寿を迎えられた感懐であろうか。向日性に富み明るい句集を編み続けられる青児氏の若々しく艶なる次句集を期待しつつ鑑賞の結びとしたい。

## 皆川盤水『高幡』

句集『高幡（たかはた）』を一読して心にずしりと重いものを感じた。それが何に起因するのか。二度三度読み返してみた。そして女流全盛のなか、女性の句集に馴れ親しんできた私の舌に久しぶりに男性らしい男ぶりの句集の味を思い出させてくれた。この句集には男の象徴、「父」がよく登場する。いろんな姿の父が毎年詠われている。

父の忌の夕風散らす花木槿　（平成七年拾遺）
父の忌の墓を笹鳴めぐりゐる　（平成八年）
裏木戸を出てゆく父の寒施行　（〃）
寒肥を鋤きこんでゐる父の鍬　（〃）

裏木戸を出てゆく父の後ろ姿、しかも用件は寒施行である。男の黙々たる姿が描かれている。そして寒肥を鋤きこむ父の姿を「鍬」に焦点を絞りやはり父は無言である。そして父は黙って掌を見せるのである。

旧正や掌の鍬だこを見せる父　（平成八年）

「鍬だこ」に年輪が語られ、生活の基本は今も旧暦である。「旧正」という季題がどっかりと据わり動かない。

自然薯を褒められてゐる父の顔　(平成八年)

無言の父の表情が詠われている。「男は黙って勝負する」とはコマーシャルかで聞いた言葉ではあるが、そんな気がする。

自然薯の黄葉貌につけ父戻る　(平成八年)

父は常に無言である。「今時の若い者」は男も化粧をし何かを耳からぶら下げたりするが、盤水の描く父は「自然薯の黄葉」である。土くさく野性的な風土の味もする。

鰡飛ぶと一人舟出す父の声　(平成九年)

泥鰌掘る父へ提灯つけて待つ　(〃)

自然の恵みはいろいろとある。「父の声」が登場したがそれは「一人舟出す」父の働く声であり饒舌ではない。そして子も無言で提灯を提げて父を待つのである。

ひたぶるに初鶏の声父の座へ　(平成十年)

そんな父の座は誰にも坐れない威厳がある。「ひたぶる」が一家の長たる父を見事に描いている。

畑屑を焼きゐる父に初音かな　（平成十年）
父の家の大戸の前の軍鶏の籠　（〃）
盆入りの指図こまごま父の声　（〃）

家長として盆仕度を指図する父の声は「こまごま」であっても無駄はない。日本の父の姿が懐かしい。

さて句集から父の句を抜きつつ感想を記してきたが句集『高幡』は盤水氏の第十句集になる。過去に『積荷』『銀山』『板谷』『山晴』『定本板谷峠』『皆川盤水集』『寒靄』『随處』『曉紅』等があり、著書も『むかしの俳句』『俳壇人物往来』など多数あり私の書架にもそのなかの数冊が並んでいる。

大正七年、いわき市に生まれ少年時代から兄の二樓や山田孤舟に手ほどきを受けられたというから俳歴は長い。戦後は「かびれ」などを経て昭和三十三年に「風」の同人になられ、四十一年には「春耕」を創刊主宰されている。この「春耕」も三十年以上の歴史を重ねられ「記念事業」として「季寄せ」を取りまとめられた。

作品はもちろん文章欄の充実した俳誌であり主宰も毎月味わい深い文章を記されている。ある時は少年時代親しんだ俳句を回想し、また蕪村の旅吟に託して「旅」を想い、時には「彼岸花」に子規や茂吉とともに、この花の咲くころ亡くなられた父を偲ばれる文章であった。

「春耕」の誌評をかつて記した記憶をたどり資料をとり出してみたら

父の墓とりまいてゐる曼珠沙華

の句などを紹介していた。やはり氏の父の句や文章に抽かれたようである。

さて「男ぶりの句集」と評したこの『高幡』には「父」とは別の「男」も登場する。

花札を手なぐさむ水夫梅雨の月 (平成七年拾遺)
簗守りの日焼の胸の守り札 (〃)
蛇捕りが廃鉱口を覗きゐる (〃)
鶏提げて馬喰来るや福寿草 (平成八年)
朝湯出て端午の帯をきつく緊む (〃)
はやばやと朝顔買ひて行く男 (〃)
強き酒匂はせ漁夫の夕涼み (〃)
喇叭吹く男が城に菊花展 (〃)
外套の襟耳にあて屛風売 (〃)
獅子舞が面のうちより咳洩らす (平成九年)
茱萸嚙んで鉱夫闘鶏はじめたり (〃)
闘鶏師目先鼻立て酒臭し (〃)
よろぼひて去る郵便夫棕櫚の花 (〃)
五月闇軍鶏飼ふ男なまぐさし (〃)

滝浴びて来し山伏のひろき胸　（〃）
塔婆書く僧に首振る扇風機　（平成十年）
鼬罠かけしと兄に耳うちす　（〃）

いろんな男の世界が描かれている。男の香りなのである。どちらかというと机の前に座っている男ではなく野性的な男である。この男ぶりの句集にも女性はもちろん登場する。

朝顔市濡れし髪撫で妻戻る　（平成八年）
うつうつと花咲きしかと妻が言ふ　（平成十年）
病床の妻へ届けし花衣　（〃）

平成十年の二句は「妻病みて三十日ほど入院す」の前書がある。
その他季題の扱いなどにも特徴があり興味深く拝読したが、紙数も尽きた。ご健勝を祈り他日また鑑賞の筆を執ることとしたい。

## 森田公司『遊神』

「かたばみ」主宰森田公司さんの句集『遊神』を読んだ。「かたばみ」は埼玉県与野市に発行所を置き公司さんが昭和五十一年に創刊された。既に二十年を越える歴史を持ち埼玉の風土にしっかりと根を張りつつ全国に枝葉を広げておられる。この句集を拝読し「かたばみ」をときおり読んで感ずる風土色を感じた。

落羽松芽立ちの中のかな女句碑
わが庭に田島が原のさくら草
帰省子に桑の径ある秩父かな
往還に出て竹馬の秩父の子
打ちに打つ秩父夜囃子盆地冷え

句集『遊神』は平成元年と二年の作品を「午祭」の章にまとめ、三年と四年の作品を「八朔」の章に、五年と六年の作品を「楸邨忌」にまとめ全部で三五一句を収めている。抽出した五句は「午祭」から気がつくままに抽いたが生まれ育たれた埼玉への風土愛がそこはかとなく感じられる句ばかりである。

句集名の「遊神」については「あとがき」に解説され『『遊神』は、篆刻士三国佐洲氏作の私の関防印の字句である。意味は三国氏によると『心豊かなこと』とのことである。『心豊かに生きてゆくための俳句。澄んだ心で自然・人生を見つめての作句。人間があって俳句があり、心があって作品ができる』この主宰誌『かたばみ』の理念を一貫してゆきたい」と記されている。したがって句集名にちなむ句があるわけではない。しかし二年ごとにまとめられた三章の題名にはちなんだ句がある。「午祭」は

くつくつと百合根煮てをり午祭

から抽かれたのであろうが風土色をやはり感ずる午祭の句である。
この郷土愛を感ずる句の数々の印象とともに人間を感ずる句も集中に多い。

妻が摘み来たる土筆の袴とる　（午祭）
花となる二人暮しの埋けし葱　（〃）
母の日や古き世を言ふ妻とをり　（〃）
妻と出て鯛の兜煮菖蒲の日　（〃）
妻の言耳に逆らふ夜の秋　（〃）
先生のことを妻言ふ夜半の秋　（〃）
八月を妻に言はれて懶けをり　（楸邨忌）

着ぶくれて知足の二人暮しかな　（〃）

妻を詠まれた句を主に抽いてみたが「かたばみ」の理念である「人間があって俳句があり、心があって作品ができる」の実践を一句一句に感得する。
また忌日俳句が多く収められている点もこの句集の特徴であるがそれぞれの故人に関す豊富な知識に裏付けられた作品内容に感銘すること頻りである。

筆癖を褒められてゐて茂吉の忌　（午祭）
こごみ和へ妻と突ける啄木忌　（〃）
破れ傘花となりをり太宰の忌　（〃）
白紙に罌粟の種子とる光琳忌　（〃）
紅ちがや岩に植付け艸心忌　（〃）
一膳の飯をよく嚙み木歩の忌　（〃）
茎だけになりたる煙草太閤忌　（〃）
ひやひやとする山にゐてたかしの忌　（八朔）
婦人らと甘きもの食ふ太宰の忌　（〃）
姫昔艾に花やひばりの忌　（〃）
御師（おし）の家水を打ちある守武忌　（〃）
からたちの刺つやつやと義経忌　（〃）

西鶴忌二次の句会に酒が出て　（〃）
縁かるき眼鏡に換へて鷗外忌　（〃）
用のなき人が立ち寄る兼好忌　（楸邨忌）
内面のわれも悪かり茂吉の忌　（〃）
己が食ふだけのもの買ふ芙美子の忌　（〃）
羅生門蔓地を這ひ餓鬼忌過ぐ　（〃）
水減りし河原火を焚く木歩の忌　（〃）
阿修羅木を鳥が塒に文明忌　（〃）
稿債をかかへて旅に漱石忌　（〃）

忌日句のすべてを抽いたわけではないが毎年いろんなジャンルの人を題材に故人の特徴や一面を描写してひとつの世界を作っている。お好みの花に地味ながら「鶯神楽」があるようで、

雛の日に咲いて鶯神楽かな　（午祭）
気負ひなく鶯神楽咲きにけり　（〃）
待つ花の一つに鶯神楽かな　（八朔）
境木となりゐて鶯神楽咲く　（楸邨忌）

と毎年詠み継がれておられる。

師の加藤楸邨は平成五年七月三日八十八歳で亡くなられた。七回忌を迎える今年上梓された句集の最後の章は「楸邨忌」と題し追悼句などをまとめられている。亡くなる前にも次の句が収録されている。

楸邨の一句と問はれ鰯雲　（八朔）

鰯雲ひとに告ぐべきことならず　加藤楸邨

その日「悼楸邨先生」と前書して

弔砲として秩父より梅雨の雷　（楸邨忌）

と詠み

その日より口が重たし蟇くくと　（〃）

と詠まれた。師の次の句が想起される。

蟇誰かものいへ声かぎり　加藤楸邨

同じく師の句が想起される次の句を記し鑑賞の結びとしたい。

明け方の夢十二月八日かな　（楸邨忌）

十二月八日の霜の屋根幾万　加藤楸邨

## 星野麥丘人『燕雀』

句集『燕雀』は「鶴」主宰星野麥丘人氏の第四句集である。平成四年から平成七年までの四年間の作品より三八一句を各年ごとに区分して取りまとめられている。前句集『雨滴集』では俳人協会賞を受賞された。

主宰されている「鶴」は石田波郷が創刊、石塚友二が継ぎ、更に麥丘人に受け継がれ平成十一年八月号で六五〇号を迎えた。その記念行事のひとつとして深大寺境内に次の句碑が建てられた。

草や木や十一月の深大寺　星野麥丘人

十一月二十一日が波郷忌で墓は深大寺にある。今回句碑を建立された場所には平成三年十一月二十一日波郷二十三回忌に「鶴」の五五〇号を記念して

吹き起る秋風鶴を歩ましむ　石田波郷

の句碑が建てられており、今回の麥丘人句碑の建立で師弟句碑となった。今回の句集『燕雀』にもこの師系にゆかりの先師追慕の句や深大寺で詠まれた句が収められている。

初晴や波郷の墓を乾(から)拭きす　（平成四年）

はまにがな石塚友二七回忌　（〃）

哀草果は友二に似たり冷房裡　（〃）

「初晴や」の句はこの句集の巻頭句でありこの句を第一句に据えられた点に「鶴」主宰として創刊主宰への並々ならぬ心酔の情が伝わってくる。麥丘人氏が「鶴」に入会されたのは昭和二十一年とのことであり大正十四年生まれの氏が二十一歳の時であった。

深大寺野ヶ谷のみちの火焚鳥　（平成五年）

秋晴の彼も一人や深大寺　（〃）

水仙を供華とせしこと両三年　（平成六年）

深大寺蕎麦を啜りて年賀かな　（〃）

友二忌や紙風船の白と赤　（〃）

鰈食ふ友二忌過ぎし海の町　（〃）

年々の白雲木と波郷忌と　（〃）

波郷忌の過ぎたる墓に水つかひ　（〃）

友二忌の昼いちまいの蕎麦せいろ　（平成七年）

盃に波郷忌友二や十三夜　（〃）

先師二人に関する句を毎年詠み継いでこられた足取りが清々しく伝わってくる。
この『燕雀』を読んで植物に詳しく、その草木の特徴をとらえて句にしておられる点が印象の一つとして残った。先師を詠まれた句のなかにも平成四年、友二の七回忌で「はまにがな」が採り上げられている。一読戸惑ったが植物図鑑で確認して納得した。その他、珍しい草木を題材とされている句を少し抽出してみる。

雨がきてはんてん木の六日かな　（平成四年）
姑の忌のむらさきはななはびこりぬ　（〃）
女らの通りすぎたるゆすらかな　（〃）
提灯花珈琲の香のしてきたり　（〃）
燈台の風くるところあふひかな　（〃）
山風や盗人萩の狎れやすき　（〃）
氈瓜（かもうり）の甲乙なんぞいふなかれ　（〃）

はて、と思って調べたら氈瓜は冬瓜の古称とあった。氈瓜と古称を使い成功している。

茜掘るをとこ七十七といふ　（平成四年）
たぶの木の影は踏まずよ神迎　（〃）

平成四年の九八句から抽出しても以上の通りでかなり多い。別に珍しい名の草木でなくよく知られた草木にも次のような句がある。

姫しやらの冬芽とみたり葬みち　（平成四年）
はこべらや日の当りゐる素焼甕　（〃）
鶏頭を蒔けば蒔くものすでになし　（〃）
葛の花久女の墓は山の中　（〃）
萩の声中洲の鷺のおちつかず　（〃）
カトレアや怠けてをれば瞑りて　（〃）
嫂に遠くなりけり枇杷の花　（〃）
クリスマスローズ女は髪染めて　（〃）

日常身辺にある草花、吟行等でよく眼にする草花を淡々と詠まれて味を出されるところに多年にわたる修練の芸の冴えを感ずる。
麥丘人俳句の真髄はこの日常のなんでもない出来事を題材に、季題の選択も的確に一句を仕上げ俳句の味を出される点にある。草木など植物以外の句にも数多くの味のある作品が見られる。句集中よりそのような作品を少し抽いて見てみたい。

鎌倉の夜の湯豆腐となりにけり　（平成四年）
父の日の市民農園父ばかり　（〃）

蝮酒飲んでなんともなかりけり　（〃）
山の日に山の音きく秋扇　（〃）
己が声の大きすぎたる枯野かな　（〃）
冬深し新聞読めばすぐ昼に　（平成五年）
子規のこと訊かれてゐたる彼岸かな　（〃）
虚子のこと虚子に訊きたし十三夜　（平成六年）
くつさめの夫唱婦随といふべかり　（〃）
松花堂弁当男雛女雛かな　（平成七年）
啓蟄の長き電話となりにけり　（〃）

句集名『燕雀』については「あとがき」で「朝目が覚めましたらこの言葉が浮かびましたので、そのまま句集名としました。したがって、句集の内容とはなんのかかわりもありません」と記されている。「燕雀」といえば「燕雀安（いずく）んぞ鴻鵠（こうこく）の志を知らんや」を思い出すが、あえて「燕雀」を句集名とされた氏の狙いは世の「鴻鵠」連中に「作品で勝負」と言われているように句集を拝読して感じたことを記して鑑賞の結びとしたい。

## 上田日差子『忘南』

断定に若さものいふ黄水仙　（昭和六十三年）
日焼まだらに青春晩期すぎゆくか　（〃）

句集『忘南』は上田日差子の第二句集である。昭和六十二年から平成十年までの十二年間の作品から構成されている。

第一句集『日差集』は昭和六十二年の刊行であった。高齢化の目立つ俳壇にあっていかにも若々しい昭和三十六年生まれである。冒頭に掲げた二句は句集第一章から抽いたが二十代の作品であり、何事によらず「若さものいふ」年齢であり、この句に「黄水仙」の季題を持ってくるところが日差子の世界であり期待される未来である。高齢者の句を読み慣れた眼に「青春晩期」の措辞が眩しい。

句集は十二年間を五章に区分しているが第一章は昭和最後の二年間で構成されている。

人形に人垣のでき巴里祭　（昭和六十二年）

に始まる五十句が収められているが若さとセンスがよくマッチした句が多い。

木洩れ日の連弾にあり青葡萄　（昭和六十二年）
窮屈なパイの断面小鳥来る　（〃）
万愚説雲のかたちの受話器とる　（昭和六十三年）
筋立てて語れば嘘に草茂る　（〃）

「小鳥来る」「万愚節」「草茂る」の各季題の扱いに冒頭の「黄水仙」と同じ日差子の世界が見える。

凍蝶の凍てざるものに紋の白　（昭和六十三年）

この句には日差子俳句の無限の可能性、未来への大きな期待を感ずる。そして第二章に入る。平成元年から三年までの作品六十六句であり結婚までの作品である。日差子は父五千石の下、昭和五十四年の十代から俳句をはじめた。父五千石は日差子の作品や選句を見て大いなる期待を抱いたのではなかろうか。虚子が娘立子に抱いたように。五千石は「畦」創刊のときより、俳句は「眼前直覚」で作るべきだとの信条を持っていた。その父の指導の下、日差子俳句は研鑽を積み独自のセンスに磨きがかかってくる。

初霞して湾口をふさぎたる　（平成元年）
野遊びの遊び道具に縄一本　（〃）
彫刻展出て白靴の先とがる　（〃）

木を横に倒して橋に水温む　(平成二年)
待春や駝鳥のかぶる日の帽子　(平成三年)
初雲雀胸のハンカチ翔つごとし　(〃)
虹のベール噴水に生れ婚約す　(〃)

第三章六十句は平成四年から六年まで、第四章五十句は平成七年と八年で構成されているが新婚から子育てに負われる日々が詠み継がれ圧倒される思いであった。

対にして使ひ初めなる雑煮椀　(平成四年)
新居まだ片づかぬ間の初写真　(〃)
立夏今日母となるべき告知受く　(〃)
胎の子に噴水の楽聴かせやる　(〃)
胎の子と一つ呼吸に端居せる　(〃)
胎の子も家族にかぞへ西瓜食む　(〃)
産声を男の子とききし三日かな　(平成五年)
春暁や夢のつづきに子をあやし　(〃)
泣くといふ言葉聴き分け桜草　(〃)
子と合はす小皿の昼餉小鳥来る　(〃)
初泣におのが一歳讃へたり　(平成六年)

摘草にしやがみて知りぬ子の視界　（〃）
夏旺ん手づかみ食ひに子の昼餉　（〃）
乗らば父の背は舟絨毯の海よ　（〃）
子の自我強し薄氷を窓と見て　（平成七年）
野遊びのはじめにつくる葉の紙幣　（〃）
新玉の指三本に齢足り　（平成八年）
新樹光泣いて浄めし子の瞳　（〃）
水鉄砲受けて母の威新たにす　（〃）

まさに育ちゆく子がよくわかる作品であり子育てに追われつつ、よく詠みつづけたものである。
第五章は平成九年と十年の七十四句が収められている。子育て俳句は更につづく。

入園の子の母切に落花浴ぶ　（平成九年）
熱の子にいたはられゐて明易し　（〃）

しかしこの子の祖父であり日差子の父五千石が九月二日、急逝され「畦」も十二月で終刊となった。日差子は父の詩精神を継ぎ「ランブル」を平成十年に創刊。子育てと主宰の仕事を両立させてゆくことになった。かつて星野立子が父虚子の勧めもあって「玉藻」を創刊したのが昭和五年、同じ年に長女が生まれたのであった。主宰と子育てを立子は進めたのだが、父虚子の支援があった。日差子にはその父はもういない。

手つかずの父の机辺や灯の夜寒　（平成九年）
父在さぬ日数ふやして梨をむく　（〃）
遠ざかる人のにはかや冬すみれ　（〃）

「畦」の終刊に伴い「ランブル」の他三誌が誕生した。その間にも子育てはつづく。

子の声の我を離れぬ初鏡　（平成十年）

主宰としての日差子は父を偲びつつ我が道をひたすら進む。

また父に尋ねたきこと花柘榴　（平成十年）
雲海の一峰父として仰ぐ　（〃）
稿継ぐに端座し直す田園忌　（〃）
父の背の広さを想ふ踊かな　（〃）

主宰としての日差子俳句が二十一世紀に大きく花開くことを期待し「ランブル」の発展を祈り、句集『忘南』鑑賞の結びとしたい。

## 深谷雄大『端座』

句集『端座』は深谷雄大の第十二句集である。平成六年秋から平成九年春までの二年半の作品から四〇八句を収められている。ご挨拶状に「満身創痍のなかに再起をかけた句集です」の一節があった。この期間、病魔との闘いに多くの時間を割かれた記録が「あとがき」のなかに触れられている。病魔と闘いつつ主宰誌「雪華」は平成十一年八月、二百号を迎えられた。旭川を墳墓の地と定めて昭和三十年からは、かつて住まわれた旭川に定住、昭和五十三年旭川で創刊された俳誌である。

雪なかに倒れて夜の星いだく
柩形に家置く雪を故郷とす

雄大氏の以前の作品である。今回の句集『端座』にも多くの雪が詠まれている。雪国に住んだことのない人にとり雪国の生活は想像を越えるものがあるようだ。「雪月花」等と称して月や花と同じように賞でてなどいられない「雪と斗いつつ雪と共存して生活」をされていくのである。『端座』を拝読し、この雪との生活を詠まれた数々の句に大いなる衝撃と強い感銘を受けた。句集は年代順に、更に内容に応じ十三章に区分されている。章を追って「雪」の感銘句を抽いてみたい。

はらからの訃を負うて来る雪時雨　（平成六年／世の慣ひ）

「十一月二十四日、長兄通、長逝」の前書がある。はらからの訃報も雪の降るなかに届いたのである。

子（ね）の月の雪連れて来る風の神　（平成六年／世の慣ひ）
風なくて旬日の雪積む庭木　（〃）
すこしづつ降り溜めて来し雪根づく　（〃）

筆者の住む狭山はお茶の産地であるが冬の間、たまには雪の降ることもある。しかし「すこしづつ降り溜め」はなく降ったら次は解けるだけである。「根づく」こともない。まさに旭川の風土が詠ませた句である。

暁光にのぼる雪煙一輛車　（平成七年／闐ぎの雪）
橇馬の樹に繫がれし鼻嗤ふ　（〃）
風衝樹とぎるるところ雪轍　（〃）
徹宵の闐ぎの雪を見に出づる　（〃）
命綱ゆるめて軒の雪おろす　（〃）

山越えの一本道の別れ雪　（〃）

人々だけでなく、一輌車も馬も樹々も雪と闘いつつ北の大地に生きているのである。

春眠の醒めたる朝（あした）雪のなし　（平成七年／浅き眠り）

雪の消えた北海道が淡々と詠まれて印象が強い。

百幹に蝦夷春蟬の鳴きそろふ　（平成七年／浅き眠り）

万物が生命の讃歌を奏で北海道のもう一つの顔が詠まれる。

山越えて来て野に失せし雪の雁　（平成七年／雪の雁）
雪穿つブリキの炭火歳の市　（〃）
雪積みて山を下り来し死者の橇　（平成八年／死者の橇）
雪おろし終へ来たる手に年の豆　（〃）

短い夏が終われば雪の使者は山を越えてすぐ訪れる。

指呼の間の神神の座や深雪晴　（平成八年／月華の道）

「神神の座」とは先住民族が「大雪山」を呼んだ言葉とのこと。雪深き山奥に民族の神が座っておられたのだろうか。

反転の除雪車の灯の閨照らす　（平成八年／月華の道）
山上の雪の楯なす初日影　（平成九年／危座の夢）
雪撥ねて温床の戸の注連直す　（〃）
墓石を積む離島への雪の船　（〃）

平成二年から旭川では、雪と氷と灯のイベント「雪あかり」が開かれるようになった。雪と闘ってきた人々が雪と協調共存する姿なのであろう。平成九年地元のイベント吟行句。

蠟灯に氷の火屋なせる雪あかり　（雪あかり吟行）
氷像を灯の透く真夜の空凍れ　（〃）
行き迷ふ御伽の国の雪あかり　（〃）
雪片のほのめく風の氷灯籠　（〃）
天上の星の華やぐ雪あかり　（〃）

北海道の中心、旭川に住まわれ、その土地の特に雪との暮らしを詠まれた句を鑑賞してきたが、句集『端座』のもう一つの柱は、氏が「満身創痍」と表現された闘病の記録である。「あとがき」によれば句集の冒頭に掲げられた海外旅吟二十句の後、体調を崩されたようである。

着ぶくれてイタリア風邪のまだ抜けず　（平成六年／世の慣ひ）

という句が旅吟後に見られるが平成七年に入り病吟が増える。

緑立つ日の身の起たぬ熱に臥す　（平成七年／遥けき月日）
痢病神現(げん)の証拠(しょうこ)を煮て呼ばふ　（〃）
点滴の刻しばらくは虹を見る　（〃）
恙身を清むる雪の大旦　（平成八年／死者の橇）

病と闘いつつ雪とも闘う日々となる。

長春花ながき恙の身を厭ふ　（平成八年／春の夢）
鍼二十刺して動けぬ雪の果　（〃）
激痛を治めし座薬花曇　（〃）
日盛りの術後の片目妻を見る　（平成八年／言葉なさねば）

こんな闘病の日々のなか「雪華」は毎号編みつづけられた。

鉛筆を持つ手の痺れ日雷　（平成八年／春の夢）
午睡どき過ぎし片眼に句稿取る　（平成八年／言葉なさねば）
校正の眼病み頸痛(や)み寝(ね)帷子(かたびら)　（〃）

片眼もて終へし校正風邪心地　（平成八年／銀河の尾）

「雪華」二百号も風土色豊かな俳誌として拝読した。師八束の「正座の文学」の教えを守る雄大氏のご健勝とご発展を祈り筆をおく。

端座して眠らずに見し春の夢

# Ⅱ　平成十二年〜十三年

## 星野椿『雪見酒』

稲畑汀子編『ホトトギス新歳時記』の季題マーガレットの例句のなかに

ファウストのマーガレットに又会ひし　星野早子

が採録されている。星野早子とは即ち星野椿現「玉藻」主宰のことで、十八歳の折の作品である。昭和二十三年六月、虚子は息子の年尾や孫の早子等十五名で北海道旅行を楽しんだ。同行の京極杞陽からファウストの恋占いの話を聞いたばかりの早子はマーガレットの花びらを一枚ずつとり花占いをしてこの句を作った。花占いをしたメンバーの中には年尾の長女中子(現「花鳥」主宰坊城中子)もいたが、祖父虚子はそんな孫たちの姿を見て

髪黒くマーガレットの中に立つ

と詠んだ。昭和五年、星野立子の長女として生れた早子は祖父虚子、母立子から俳句を学び昭和五十九年立子没後、「玉藻」の主宰を継ぎ現在に至っている。母立子が虚子の勧めで「玉藻」を創刊したのは早子が生まれた昭和五年であり「玉藻」とともに育ってきたことになる。

マーガレットの花言葉は「恋占い」で花びらをとりながら青春の一日を楽しんだ星野早子のこ

のマーガレットの句は、おおらかな個性に加えて母立子譲りの感性がマッチして清々しい。椿主宰の『雪見酒』にも青春が登場する。

露台よりわが青春の海見えて　（平成八年）

鎌倉の海であろう。そして椿先生にとって海は青春の想い出を秘めているとともに詩情を育む泉でもあるようだ。句集『雪見酒』は平成七年から十年までの作品をまとめた三二七句より構成されているが、海に関する句も多い。巻頭の第一句も海である。

卯波濃し水平線に島一つ　（平成七年）

海の句を抽きつつ椿先生の句をしばらく楽しんでみたい。

鎌倉は波の音より明易し　（平成七年）
アマリリスフランス料理窓に海　（平成八年）
夏山の向ふ（ママ）は海と思ふ風　（〃）
海越えて来て秋風となりにけり　（〃）
海峡を渡り金風やゝ荒く　（〃）

平成八年、ブラジルに旅をされても

波頭月のサンバを乗せてくる

と旅先の海をリズム感よく詠まれている。

どことなく卯浪の匂ふ段葛　（平成九年）
沖に日矢十一月の波頭　（〃）
海を見て富士見て過す三ヶ日　（平成十年）
サーファーの寒の怒濤に立ち向ふ　（〃）
浚（ママ）巡と春の波音遠かりし　（〃）
誕生日水戸の梅見て海を見て　（〃）

誕生日は二月二十一日、祖父虚子は二月二十二日である。

怒濤まだ心にありて梅を見る　（平成十年）
暮れて来し海に春月無かりけり　（〃）

句集『雪見酒』は主宰される「玉藻」の八百号記念俳句叢書として刊行された三十人三十冊のなかの一書であり、「あとがき」では「以前から玉藻俳句叢書に加わり度いと思いつゝ月日を重ねてしまった。この度ふとした事から急遽玉藻俳句叢書に加わる事になり、長年の夢を実現した。私の歩みは反撥力はあるが持続性がないので困ったものである」と自省されつつ記されている。

一途なる事の尊しホ句の秋　（平成七年）
守り継ぐ一灯のあり去年今年　（平成八年）
この道を行くと決意の秋扇　（平成九年）
雪のことこれからの事言はずとも　（平成十年）

持続性が句の背後に隠れている句である。先生は「持続性がない」と自省されているが、新世紀を目差し「玉藻」を率い、日本伝統俳句協会理事として、より高い志を持たれての自省の弁と解したい。

厳然と花鳥諷詠初句会　（平成十年）
夜々の月二十一世紀も間近　（〃）

椿先生の句には俳句の楽しさ、明るさがある。華がある。句集の題名とされた句は

雪見酒なんのかんのと幸せよ　（平成十年）

であるが、こんな椿節の句を味わえるのも『雪見酒』の楽しみである。

いさきてふ漢字がなくて旬なりし　（平成七年）
緑蔭に車を待てばやがて音　（〃）
偲ぶとは恋しきことよ夕端居　（平成八年）

秋晴に攫はれさうになりにけり　(平成八年)
春風の様な話も時に良し　(平成九年)
恋めくや雪見障子を閉めてより　(平成十年)

「恋めくや」の次の句が「雪見酒」の句である。青春真っ只中の如しである。しかし人生無常、平成九年には最愛のご主人、椿俳句にもっとも大きく影響を与えたともいわれる中村祐二氏に先立たれた。

短夜を長く感じて看取りけり　(平成九年)
句を遺し愛を遺して明易し　(〃)
夫遠く手の届かざる梅雨の月　(〃)
今日よりは一人の膳よ梅雨灯　(〃)

その悲しみを胸に同じ平成九年十一月「玉藻」八百号記念大会は「玉藻」にご縁の深い三笠宮若杉殿下を始め多くの来賓の方々をお迎えしパレスホテルで盛大に開かれた。

水澄むや虚子と立子の裔にして　(平成九年)
天高し八百号を祝ふべし　(〃)

今、「玉藻」は九百号を目指し若々しい戦力を多数加えて着々と進んでいる。そんな或る日の椿先生の句を抽き鑑賞の結びとしたい。

八百号出来しを告げる菊の墓　（平成十年）

落葉踏み三笠宮家近づきぬ　（〃）

## 鳥居おさむ『なみなみと』

巻頭から十句をまず抽く。知らず知らずに読み進めさせられた句集だからである。いきなり鳥居おさむの世界に引き込まれたのである。面白いとかなるほどとか、そんなこととは違う俳味がある。

花苔に水ゆきわたる湖北かな　（知恵の実／平成三〜四年）
どくだみをこれぞ立華と活けにけり　（〃）
ちぬ釣りの底は数十枚の紺　（〃）
無花果の知恵の実といふむらさきに　（〃）
虫しげき繻子の光の闇を往く　（〃）
月光に縁どられゆき振り向かず　（〃）
稜線を風の芒の駆け登る　（〃）
ピアニシモ暗譜の顔の艶めく秋　（〃）
湖の灯や新酒を酌んでときめける　（〃）
冬帽子仰向けに置き月容るる　（〃）

静謐な雰囲気のなか、季題を通して鳥居おさむの画く景が読者の眼前に浮かんでくる。

句集は、平成三年から十年までの作品を年代順に六章に区分して四百句が収められ、『体内時計』『草清水』に次ぐ第三句集である。この間、鳥居おさむは平成四年一月に俳誌「ろんど」を創刊されている。「ろんど」は「在来の型にこだわらない」誌面構成が一つの特徴であり主宰作品が一番最後に配され、一般会員作品が最初に、ついで一般同人、主要同人と続く構成は在来俳誌のスタイルと逆であり印象に残ったが、「あとがき」の『なみなみと』をまとめ得ましたのも、俳誌『ろんど』の運営にここまで行動を共にして来た人々のお陰と深く感謝しております」という部分も「ろんど」の誌面構成の主宰の謙虚なスタンスと合わせ実感強く読ませていただいた。

さて静謐な風景描写で季題がしっかり据わる「おさむ俳句」を少し抽出してみたい。

囀りのあと美しく争ひぬ　（音景色／平成五〜六年）
紫陽花の濃くなる夕の音景色　（〃）
夕虹へ抜錨ひかる雨期の明け　（〃）
春雪は擬宝珠の傷を癒しゐる　（声の峠／平成七年）
引鴨の声の峠と思ひけり　（〃）
夕かけて色めく鬼灯市の空　（〃）
水べりに来てなみなみと春の闇　（時の尾／平成八年）
桜しべ踏み時の尾を踏むごとし　（〃）

羽子板の断崖なして売られけり　（時の尾／平成八年）

海神の眼差しゆるむ岬の梅　（心噴く／平成九年）

心噴く言葉のありぬ菜の花忌　（〃）

鳥獣保護区絮たんぽぽが旅へ出る　（〃）

生き飽きしいや生き飽かぬ初明り　（生き飽かぬ／平成十年）

花疲れ人疲れして蝶やすむ　（〃）

小満の山野をつつむ水の声　（〃）

菜の花忌とは司馬遼太郎の忌であろうが、菜の花忌をそのまま季題として詠み平成九年の章の題「心噴く」にもされている。遼太郎作品に特別の思いがあるのかも知れない。明治や明治以前の文人の忌日で季題扱いされている例はあるが遼太郎あたりになるとまだあまり作例も少なく珍しい。しかしこの辺の奔放な詠みぶりも「おさむ俳句」の特徴のように思える。句柄が若々しく題材の着想が若々しいのである。題材として神社仏閣が古いというつもりはないが、そのようなところに題材を選ばれる作例より、より新しい着想が眼につくのである。その特徴はカタカナの扱いにより鮮明に現れている。カタカナを嫌ったり避けたりする俳人もいるが、「おさむ俳句」はカタカナを大胆に取り入れている。冒頭に挙げた十句のなかにも「ピアニシモ」があるが集中より少し抽いてみたい。

バードウィーク鴉の黒を持て余す　（知恵の実／平成三〜四年）

草の絮翔つオーボエの吹きはじめ　(〃)
ライトアップの城の憂鬱春立てり　(音景色／平成五〜六年)
緑陰や言葉シャッフルしつつ恋　(〃)
夕焼の微塵をつまむピンセット　(〃)
カフェオレの渦が先触れ野分来る　(〃)
初祝詞禰宜のバリトンひびく池　(声の峠／平成七年)
コロッケのはじめサクリと新樹光　(〃)
クリップをカラーとしたる梅雨晴間　(〃)
霜晴れや死後もパノラマ山の墓　(〃)

「霜晴れ」の句は鎌倉長勝寺と前書がある。寺を吟行されても「カタカナ」で詠まれている。

遠雷のピッチカートに雨読せり　(時の尾／平成八年)
華麗なるバラの大露凝るを待つ　(〃)

「薔薇」を「ばら」と記すか「バラ」と記すかは作家の感性により違うのか、作品のその時々の情況で使い分けられるのか、難しいテーマであるが概して「若い感覚」の人に「バラ」派が多いようだ。

正月は時を追ふ身のピット・イン　(心噴く／平成九年)

青梅雨のケーキと熱きダージリン　（心噴く／平成九年）
その中のプリマドンナの虫高音　（〃）
ヴィオロンのあごに白布や雨冷ゆる　（〃）
かまきりのロングドレスが道塞ぐ　（生き飽かぬ／平成十年）

カタカナの句を全部抽いたわけではないので、使用頻度もかなり多いことがわかる。かつ音楽関連のカタカナも多く「ピット・イン」あたりになるとかなり思い切った使い方である。一つの特徴といえよう。この特徴がまた魅力のあるところである。
最後に特に印象に残った三句を記し鑑賞を終わりたい。

色鳥の声より先を彩はしる　（音景色／平成五～六年）
表面張力に先づ口づけむ温め酒　（声の峠／平成七年）
憲法の日の箒目を際立てて　（生き飽かぬ／平成十年）

## 土生重次『刻』

土生重次が創刊主宰されれ十周年を目前にされている俳誌「扉」の十二月号を繙いて驚いた。巻頭に主宰の「会員の皆様へ」というご挨拶が掲載されている。この十二月号で主宰を辞し難病との闘いに専念される旨が淡々と記されている。

「扉」は十年近い歴史のなか、主宰のご指導で育ったメンバーにより引続き運営されるよしである。

句集『刻（とき）』は、この土生重次の第四句集で平成六年より十一年秋までの、ほぼ六年間に「扉」誌刻々集に発表された九百四十余句から四三六句を入集したものである。後半の三年間は次第次第に体の自由を奪っていく難病との闘いの中で、日々命を刻むように詠み継がれてきた句である。しかし句集には病気のことは全然詠まれていない。「あとがきに代えて」と題する編集委員会の文章の中に病状が簡潔に記されているだけである。句集の前に詠んだ「扉」十二月号の「刻々集」には

秋燈ナースの衣装白づくめ
足音でナースと思ひ秋の夜

等の句が掲載されていた。句集「刻」にはそのような句はなく、主宰として各地に指導に出向かれた吟行句や、着々と育った弟子の句集に寄せられた祝吟がまず印象に残った。難病と闘いながら一門の先頭に立つ主宰の姿、弟子成長の記録でもある。「扉叢書」への祝吟に籠められた主宰の喜びと期待に感銘したのである。

祝藤木秀峰句集「寒の水」上木（扉叢書第三篇）
峰々の青に優りて寒の水（平成六年）
祝安藤馬城生句集「島ことば」上梓（扉叢書第五篇）
涼風や長居にはづむ島ことば（平成八年）
祝福江幸夫句集「引鶴」上木（扉叢書第六篇）
引くといふ鶴をとどめて涼新た（平成八年）
祝板敷浩市句集「黍の穂」上梓（扉叢書第八篇）
夕涼や李朝の呉須のやはらかし（平成九年）
祝原田紫野句集「道」上梓（扉叢書第九篇）
瀬戸の島島へまねきの虹かかる（平成九年）
祝堀川草芳句集「裏山」上梓（扉叢書第十篇）
山彦の山を駆け抜け秋高し（平成九年）
祝馬場孤舟句集「藁の音」上梓（扉叢書第十一篇）

注連を綯ふ両掌はぐくむ藁の音　（平成九年）

祝小松麗句集「草笛」上梓（扉叢書第十六篇）

草笛吹く草のもつ音を探るごと　（平成十年）

祝安藤馬城生句集「風の礫」上梓（扉叢書第十四篇）

風鈴の音そのままに風変る　（平成十年）

祝磯村光生句集「花扇」上梓（扉叢書第十五篇）

薫風や頁繰るたび花の色　（平成十年）

祝小泉容子句集「伝言板」上梓（扉叢書第十七篇）

冬日和思ひ短き伝言板　（平成十年）

祝喜多杜子句集「てのひら」上梓（扉叢書第十八篇）

冬うらら小指の長き観世音　（平成十年）

祝武田規子句集「水ゐくぼ」（扉叢書第十九篇）

水馬の力みて水のゐくぼかな　（平成十一年）

句集中の扉叢書への祝吟は以上の十三句であったが、平成三年創刊以来の主宰のご指導の成果で五周年を過ぎた頃から「扉」が会員叢書の面でも飛躍的に発展し、昭和十年生まれのまだまだこれからという若々しい主宰を中心に期待の結社として地歩を固めつつあったところで思いもかけぬ難病に取りつかれた主宰の心中は察するに余りあるが、句集「刻」にはその気配さえ感じさせぬ向日性に富む句が揃えられている。
主宰の闘病の決意と意欲が強く感じとれる。
病気がかなり進行したかと思われる平成十一年も秋までの二十八句が収められているが病気に関する句はなく淡々としてかつ骨格のしっかりした句が揃っている。適宜抽出してみたい。

遮断機の向う側にも初荷かな　（平成十一年）
炎柱に闇おしよせるどんど焼　（〃）
日脚伸ぶ鼻から歩く檻の象　（〃）
日時計に刻のくつきり春隣　（〃）
子の部屋の壁に武将の破れ凧　（〃）

この子は初孫の智希(ともき)君であろうか。『刻』にはこの初孫の成長を詠みとめた句が、そっと収められていて心温まる。

うろこ雲嬰の歩みの的は我　（平成六年）
子の丈に切貼りの花白障子　（〃）
はじめての背伸びの先の遠花火　（平成七年）
炎のゆるむだけの子の息聖夜菓子　（〃）
蜜豆やどこか絵本の子に似たり　（平成九年）

「蜜豆」の句には「孫・智希満四歳」の前書がある。「扉」の発展とともにすくすく育つ孫を見る眼差しが、子のいろんな姿をとらえて微笑ましいのである。

ちょっと変わった視点では忌日俳句の題材に興味を持った。

三鬼忌や文字が胸反る虫眼鏡　（平成六年）
太宰忌や麻のスーツに凭れ皺　（〃）
河童忌や刻に色つく砂時計　（〃）
味噌汁に口開かぬ貝敗戦忌　（〃）

最初の平成六年から抽いたが、三鬼、太宰、芥川という人々の忌日に虫眼鏡、麻のスーツ、砂時計を配した作句ぶりに重次工房の冴えを感じた。四句目は「私は貝になりたい」とかいったドラマの題名を想起した。

「扉」十二月号を区切りに闘病に専念されるよしであるが、まだ六十代の重次氏である。私の父も八十代で似た難病にかかり次第に自由のきかなくなる手足に苦しんだが、はるかに若い重次氏が見事に難病を制し次の句集で勝利宣言をされる刻を期待し鑑賞を結びたい。

## 前野雅生『星宿』

句集『星宿』は前野雅生の第四句集である。平成三年から八年までの六年間の作品四一〇句より構成されている。この六年間を一年一章の六章に区分し各章ごとに表題を付されている。その表題がなんとなく粋である。句集名の『星宿』も粋である。星座のことだそうで「かねてからのこだわりで決めた。暦法の二十八宿にも通じ、語意の古さに比べ、語感からくるイメージは却って新鮮に思われ気に入っている」とあとがきに記されている。
各章の題も「こだわり」を持ちつつ決められた気配を感ずる。

平成三年「貸眼鏡」五十二句
平成四年「神頼み」六十四句
平成五年「判官贔屓」六十六句
平成六年「地酒の名」七十六句
平成七年「旅上手」七十二句
平成八年「言へぬこと」八十句

ただし、それぞれの章題にゆかりの句がある。

待春や窓口にある貸眼鏡
初秋や気休めほどの神頼み
菊人形までも判官贔屓かな
地酒の名肴に春はおぼろかな
竹落葉踏めばいささか旅上手
やぶつばき悔のこしても言へぬこと

章題にちなむ句を抽出したが句柄が粋であり私には江戸前の味が感じられる。一句一幕の芝居を見ているような雰囲気がある。『星宿』という句集名にちなむ句はないので、やはり「こだわり」の所産であるようだ。

句柄が粋と評したが妙に凝っているのでなく自然体なのである。だからさらりとして読後の後味がよいのである。各章ごとに少し句を抽出してみたい。

ないよりはましの仕事や日脚のぶ　（貸眼鏡）
雪吊のいましばらくは張りとほす　（〃）
春分や番茶で嚥みし腹ぐすり　（〃）
いぬふぐり余分な日差なかりけり　（神頼み）
民宿は南風抜けてゆくところ　（〃）
朱の鳥居たちはだかりし寒さかな　（〃）

見ゆるもの見えて屋上あたたかし　（判官贔屓）
考へて考へぬいて梅雨に入る　（〃）
葡萄剪るときどき鋏空打ちし　（〃）

写生をされるときも自己を凝視されるときも肩に力が入ったりしていないから読むほうも疲れないのである。自然体の詠みぶりは俳句になりそうもない言葉や景色も自然に包みこみ俳句にしてしまわれる。次は後半の三章から抽出する。

涅槃図を見し目に人体解剖図　（地酒の名）
寺にゐて正体不明の暑さかな　（〃）
自然学習センターにきし蝗かな　（〃）
年甲斐といふお荷物や寒蜆　（旅上手）
奥津城に位階勲等地虫出づ　（〃）
落慶法要手近なるものみな芽吹き　（〃）
江戸名所図会なる川の弥生かな　（言へぬこと）
ロールシャッハテストの蝶もおぼろかな　（〃）
冬の古都ツアーおばさんばかりかな　（〃）

どんな言葉も事柄も雅生俳句工房に持ち込まれるとさらりと俳句になってしまうのである。ごく自然体で。この技は月日などの数字の詠み込みにも見事に発揮される。そして作例も多く句集の特徴のひとつにもなっている。

一月の海となるまで川急ぐ　（貸眼鏡）
まつすぐにつく六月の濤のあと　（神頼み）
偏旁ばらばら七月予定表　（〃）
十二月八日の何も持たざる手　（〃）
六月や山のうどんに花がつを　（判官贔屓）
大潮や七月の砂ぎぎと鳴り　（〃）
八月がまたきて登る九段坂　（〃）
何たべてみても八月十五日　（〃）
紙で切る人差指や十二月　（地酒の名）
一月も終りにかかる浅草寺　（旅上手）
この橋のすなはち三月十日かな　（〃）

最後の句は東京大空襲の日をさしている句であろう。
句集を通じ旅吟ももちろん見られるが江戸前の感じが濃いものがあり楽しませていただいたが

ふるさとにして浅草の師走かな　（貸眼鏡）

の句にめぐりあいなるほどと首肯した。略歴で確認すると「昭和四年浅草に生る」とあり現在は埼玉にお住まいのようだが浅草生れの浅草育ちであるようだ。そうすると

この川にこだはりつづけ寒きかな　（貸眼鏡）

の句も隅田川が目に浮かんでくる。

一冬のすぎたる木場の広さかな　（貸眼鏡）
本郷菊坂座職の簾かかりけり　（〃）

平成三年の句だけでもこんな句が抽出できる。読み易く印象に残る句集であったが紙数の許す限り印象句を抽き鑑賞の結びとしたい。

鳴声のまだ抜けきれぬ蟬の殻　（貸眼鏡）
椅子にある影をさらひし秋の風　（神頼み）
残り鴨初心にもどり泳ぎをり　（判官贔屓）
ものの芽のえいえいおうと立ち上がる　（地酒の名）
伝法に啼いて神田の寒鴉　（旅上手）
ジャスミンと指をさされてより匂ふ　（言へぬこと）

## 石田勝彦『秋興』

今年の俳人協会賞は石田勝彦の句集『秋興』に決定した。選考の経過を報ずる俳句文学館によれば満票で選ばれたよしである。書架より『秋興』を取り出しあらためて一読してその静謐な句柄を堪能した。

冴え返るとは取り落すものの音
春寒の林に入りてゆきしまま

巻頭の二句である。季題のとらえかたに凄みを感ずる切れ味である。成瀬選考委員長の「職人芸の冴え」という評も頷ける。

勝彦氏は大正九年生まれ。楸邨の「寒雷」にしばらく席をおいたが石田波郷の「鶴」に昭和二十九年より学び波郷門のひとりとして知られる。波郷没後「泉」の創刊に参加、同人として現在活躍中であり、『秋興』は第三句集である。

平成元年から八年までの句のうちから二九〇句を収録されているが、編年別にせず四季別に配列されている。句集名の『秋興』に関する句があるわけではないが「『秋興』はもともと漢詩に使われている題の一つで、よく知られている唐の杜甫の詩をはじめとして、境涯的な悲愁、悲哀の趣が濃い。別にそれに倣うつもりではないが、この漢詩の題の趣に惹かれるところがあって集名に借りた」と「後記」に由来を記されている。句集『秋興』を読みおえていかにもぴったりの題名と首肯した。句集二九〇句のトータルがどことなくそんな雰囲気なのである。この題名のつけかたも「職人芸」のうちなのであろう。春の部から少し抽出してみたい。

うとうととしてかたくりの花ふえて

花だけが漢字で何故か片栗がきちんと見えてくる。

雛飾る誰のものともあらぬ雛

そういえばそんな雛も多い。しかしそんな雛を詠んでいる人はいなかった。平明に詠んでしかも類想から抜け出している。

耕しの使ひもすなる鍬のみね

春水を傍へに使ふ鉋かな

中七の省略が効いた措辞により定形にぴたりと納めて格調も高い。

一瓣にして酒中花のまぎれなし

まさに職人芸の味である。

かたはらに鶯餅のやうなひと

風生門にいると

街の雨鶯餅がもう出たか　富安風生

がすぐ想起されて「鶯餅のやうなひと」など、なかなか思い浮かばないがどんな人なのだろうか。作者の自解を聞きたい句である。

しかしこんな俳諧味も『秋興』のもう一つの世界なのである。

数へざる数へられざる石鹼玉

春眠に屈し春愁にも屈し

俳句の題材の身辺に数多くありながら見落としているものがいかに多いかを教えられる句である。春眠の句で春の部が終わる。いや春愁の句というべきなのだろうか。

夏の部は七十一句である。ちなみに春は七十九句であった。

召さるるといふ空の夏燕かな

さきほど自句自解を聞きたいと書いたがこの句集には前書は一句もない。五七五の定型に句を収め多くを語らず読者の解釈に任せているのである。繰り返し読んでいると秋でもなく春でもない夏燕ならではの句と理解されてくる。

合戦の名どころにして鮎の竿

職人は安易に古戦場などとは言わないのである。季題次第である。合戦の名どころだから鮎の「竿」が効いてくるのである。

黴のものの埃のものの中にあり

遅れたる足を引き寄せ蟇

写生の眼の確かなること、まことに見事なものである。

首ひとつ据ゑて泳いでゐるらしく

泳いでいるらしいのである。泳いでいないのかも知れない。プールなどではこんな人もときに見かける。でも俳句にしてはいない。

勝彦俳句工房ではどんな時も稼働している。見落としがないのである。秋の部は八十三句である。

コスモスのまだ触れ合はぬ花の数

帯文で太字で抽出されている句である。

　新しき胡桃と古き胡桃かな

句の景が読者によりさまざまに見えてくる句である。まるで手品のようにである。絵ではなく俳句でこそ描ける世界がそこにあるので読者の鑑賞は無限にひろがる。俳句らしいのである。

　われよりも低きに林檎高きにも

林檎畑が見えてくる。秋の空の高さも見えてくる。

　君が胸林檎を磨くためにあり

藤村の詩がふいと浮かんでくる。

　ころがつて帽子の箱や冬支度

そして冬の部に入る。八十五句である。新年は冬に含めてある。

　柊が咲けば墓前にかく集ひ
　波郷忌や朝の雨とは水に降り

波郷の墓は深大寺にある。十一月二十一日が波郷忌である。私が訪ねるときは何故か雨が多い。

　大海の端踏んで年惜しみけり

コスモスの句とこの句が帯文で太字で紹介されている。大海の端とは上手く表現したものである。年惜しむがぴたりと決まった。

亡き妻のしづかに坐る雪の椅子

人事句もあり旅吟もあるが前書はすべてない。すっきりとした句集の編みぶりである。

寒風や砂を流るる砂の粒

まさに寒風らしい句である。受賞のお祝いも申し上げ鑑賞を結ぶ。

## 浅野正『年々歳々』

年々歳々句碑さびも花の齢古る　（平成六年）

浅野正句集『年々歳々』はこの句が句集名の由来のようだ。「著者略歴」に「昭和二十一年より富安風生先生、岸風三樓先生に師事」とあり句歴は長い。これだけ長い句歴を念頭に句集名由来の句を鑑賞するとずしりと重い年輪をひしひしと感ずる。
昭和六十三年から平成十年までの十一年間の作品から三八四句を自選された句集であるがすべて平明にして難渋な句はなく淡々たる詠みぶりである。風生先生が唱導されていたまさに「中道俳句」のお手本であり風生若葉の教えをしっかりと受け継がれた句集と読み終えて思いを新たにした。そしてその師系を示す句も句集にしっかりと収められている。まずは師系追慕の句をしばらく鑑賞したい。

明日葉や亡き師を偲ぶ爪木崎　（昭和六十三年）
風生忌寒のもどりの幾そたび　（〃）
膝正し師の「富士百句」読みはじむ　（平成三年）
師に逢ふごと吉野も奥の花にあふ　（平成四年）

師の評伝書くや遅々とし年暮るる　　(平成四年)

平成五年梅里書房より発行された『岸風三樓の世界』の巻頭を飾る文章は浅野正の労作「評伝※岸風三樓」であったが、ご自分で撮られた写真も豊富に使い風三樓を語り尽くして余りないものがあった。富士に風生を、吉野に風三樓を偲びつつ「中道俳句」の王道を正俳句は更に詠み継がれる。

初富士の師の幅かかげ年迎ふ　　(平成五年)
真間山のさくら句碑古り花も老ゆ　　(〃)
不受不施の寺苑高きに朴咲けり　　(平成六年)
梅にイち恩師を思ふ風生忌　　(平成八年)

風三樓を継いで「春嶺」の主宰であった宮下翠舟先生に平成九年に先立たれ

師を悼み逆波たてる青嵐　　(平成九年)
花水木師亡き七曜虚しかり　　(〃)

と痛恨の想いを句にされている。平成十年にも次の句がある。

師の詠みし富士百態を筆始　　(風生)
師の墓の塔婆にやさし桜東風　　(翠舟)
夏霧の晴れてまばゆき師の山河　　(風三樓)

三人の師を偲び折に触れ詠まれていた正俳句は三代目「春嶺」主宰菖蒲あやに期待を託されて次のように詠まれている。

爽やかにあや女寿ぐ祭笛　（平成十年）

『年々歳々』を拝読して大正元年生まれで今年米寿を迎えられる正さんがまことにお元気で各地の吟行に参加されて作句力も旺盛なことに驚いた。その足跡を感銘句とともに追ってみたい。

春蟬や苑に古りたる能舞台　（昭和六十三年／岩国）
住吉の浦波立てる初あらし　（昭和六十三年／桑名）
雪虫が舞ひ栗駒山のもう見えず　（昭和六十三年／鳴子）
七岳の稜線美しき山の秋　（昭和六十三年／湯の山温泉）
まほろばの美濃も奥なる花に逢ふ　（平成二年／根尾）
渓川の激つ瀬白き花月夜　（〃）
暁光の生駒山を指して鳥渡る　（平成二年／箕面）
花また花如意輪寺みち坂がかり　（平成四年／吉野）
鵜の長の岩をふまへし面がまへ　（平成四年／美濃）
七島の一つを指呼に春の潮　（平成六年／下田）
白銀の嶺々かがやける春まつり　（平成六年／飛驒）

城壁に谺し雷雨いたりけり　（平成六年／ハイデルベルク）
五大堂へ丹の橋二つ秋高し　（平成六年／松島）
彫刻の森に生れし青蜥蜴　（平成七年／箱根）
彩雲の沖にひろごる真野の秋　（平成八年／佐渡）
引鶴の列や朝日を燃え立たす　（平成九年／出水）
捕鯨基地すたれし浜に幟立つ　（平成九年／三陸）
色なき風白虎隊士の墓にかな　（平成九年／会津）
小牡鹿の寒き目ほそめ人を恋ふ　（平成九年／奈良）
釈一茶の位牌を拝す虫しぐれ　（平成十年／信濃）
莨蓙干して平家の里の菊日和　（平成十年／湯西川）

吟行地をすべて抽出したわけではない。それでもこのように東奔西走の活躍ぶりであり驚異的である。その正俳句のもうひとつの特徴は老練にして枯淡の趣のある俳諧味である。どことなく風生晩年の老艶な俳句に通ずるものを感ずる。

江戸前の料理もよろし花見舟　（平成三年）
異国モデル薔薇に向ひてパフ使ふ　（平成七年）
読初の微苦笑俳句これはこれは　（平成八年）
婦長殿お玉杓子の瓶さげて　（〃）

おでん屋の亭主自慢の世話女房　（〃）
女医に胸診られて戻る街薄着（ママ）　（平成九年）

さらに師風生と同様に老に意欲的に対応し若々しさを感ずる。

喜寿艶てふ一語たのもし万年青の実　（平成一年）
傘寿の賀うけて盃上ぐ鮟鱇鍋　（平成四年）
精一ぱい生きる八十路の夏帽子　（平成八年）
壮年の心を今に青き踏む　（平成九年）

米寿を直前にして壮年の気概にある正さんである。されば酒も愛し酒の句も多い。紙数の許す限り美酒の句を適宜抽き益々のご健勝を祈りたい。

秋刀魚刺地酒またよし志摩の宿　（平成五年）
酒美味しうるめもよろし土佐料理　（平成六年）
飯蛸の歯ごたへしこと美酒の酔ひ　（平成七年）
守宮愛し独り酒くむ窓に来て　（平成八年）
旅なれや山女魚酒くむ山の宿　（平成九年）
鯛わたの酒肴もよろし浜の秋　（〃）
独酌にも慣れて十年や蜆汁　（平成十年）

# 小澤克己『花狩女』

句集『花狩女』は「遠嶺」主宰小澤克己の『青鷹』『爽樹』『オリオン』に次ぐ第四句集である。作品は平成九年夏から平成十一年冬までの三六二句を五章に区分し、構成されている。

主宰誌「遠嶺」は平成四年四十二歳のときに創刊された。現在五十歳の主宰であるが「遠嶺」も順調に発展し八周年を迎え、八月号が通巻百号になる。高齢化俳壇のなかで若々しい主宰であり俳誌も既に実績を積み上げており今後に大きな期待を感じ注目している一人である。句集名の『花狩女』にもその若さを痛感する。

桜狩という季題があり俳句では花といえば桜の花のことをさすのだから花狩というのも解るし茶摘女などともいうから花狩女というのも解る。しかし桜狩は「山野に桜を尋ねて清遊すること」で、虚子の句に〈山人の垣根つたひや桜狩〉があるがやや古風な感じがある。しかし「花狩女」とくると如何にも現代風な感がする。

小澤克己の造語といえるが桜狩と比べてはなやかさがあるが作品で更に検証してみたい。「花狩女」は平成十一年上期の章「玩具の汽車」の中に集中して十六句が収録されている。全句を抽く。

やはらかきことばつかへり花狩女
くれなゐのころもまとうて花狩女
うすものの闇へと誘ふ花狩女
二の腕のうつつの白さ花狩女
花狩女風をいだけば匂ひけり
潮騒や花狩る女の影ひとつ
幽明の雨の細さを花狩女
花狩女ひかりの野辺を辿り来し
海原に陽の道ありし花狩女
くちびるに風をうかがふ花狩女
夜は一糸まとはざるらむ花狩女
星影に髪解き放つ花狩女
焚かれたる炎はるかに花狩女
蠟涙のひとすぢ赤し花狩女
黄昏と黄泉近づけて花狩女
夢見て夢見てその後知らず花狩女

全句を抽いたのは連作風であり「やはらかき」言葉の花狩女が登場し「その後知らず」で終る

まで物語風でもあり一句や一部の句だけを参考に抽くのでは作者の意に反するようにも思えたからである。

花狩女はある時は濃艶にそして時には清楚に、夢幻の世界に読者を誘い込み、最後に「その後知らず」と突き放されても読者はなお夢想の境地にさまよわされるのである。

小澤克己の世界にいつ「花狩女」は入り込んだのであろうか。その謎解きの手掛かりは「やはらかきことばつかへり」の二句前の

櫻狩りしてきて熱き女かな

の句にあるようだ。従来からの季題である桜狩で花見をしてきた一人の女性を描き更に次の句

しばらくは落花の髪を愛しめり

とも詠んでみたがそこで「花狩女」という言葉が小澤克己の作句工房に飛び込んできたのではなかろうか。花の精に魅せられた花狩女が季題として市民権を得てゆくような気がするし興味をそそられる造語である。

句集『花狩女』のように同じ季題で数多くの句が収録されている例は他にない。むしろ季題の扱いは多彩である。一例を挙げると、第一章の「天に鷹」は平成九年後半の夏以降六十二句で構成されているが六十の季題が縦横に駆使されていて同じ季題を使用しているのは次の二例だけである。

凩や昔の葉書小さかり
ガラス館みな木枯しの音たてて
星の部屋出て彩山の雪しまく
雪しまく遠野は風の見ゆる里

これだけ豊富な季題を駆使される小澤克己が「花狩女」だけは例外的に集中して一季題に取り組まれたところにこの季題に託された思いの深さをあらためて痛感させられる。この点につき小澤克己は「あとがき」で「花狩女」についての思いを記されている。

『句集名』を『花狩女』としたのは、芭蕉の『季節の一つも探り出したらんは、後世によき賜』（『去来抄』）という姿勢に倣った。また、私が提唱する『情景主義』の〈新しさへ一歩踏み出す季の心〉にも呼応させた。つまり『花狩女』は『花』（春の季語・櫻及び春の花の総称）を主題として、行事の『花見』『櫻狩り』をする女人を情景的に組み合わせ、必然的に成立した季語である。『花狩女』の持つイメージは〈華やぎ〉と情景による〈具象性〉である。これは、主宰誌『遠嶺』が、創刊五周年を経て、十周年へと向から、結社の重要で、大きなテーマ（〈華やぎ〉と〈具象〉）とも合致している。

主宰誌を通して提唱されてきた「情景主義」の一つの結実として「花狩女」を世に問われたのである。

俳句の指導者として自らの理念を世に問い、その理念を信奉する多くの弟子を育て後継者を育成するためにはやはり相当の時間が必要である。虚子の「花鳥諷詠」の旗印にしても「時」が必要であった。

五十歳にして「花狩女」に至り、主宰誌も百号を越えようとする小澤克己の豊富なる未来に期待したい。最後に五つの章からこの作者の特徴の一つである天文に関する感銘句を抽き、鑑賞を結びたい。

通さるる銀河の中の奥座敷　（天に鷹／平成九年）

星空の中なる塔や花辛夷　（櫂と魚籠／平成十年上期）

流星や窓辺の壺のギリシャ文字　（窓辺の壺／平成十年下期）

ふらここを北斗に懸けて遊ばむか　（玩具の汽車／平成十一年上期）

遠嶺いま銀河をしかと摑みけり　（銀色の封筒／平成十一年下期）

## 阿部誠文『ある俳句戦記』

貴重な一書を読んだ。それは阿部誠文の『ある俳句戦記』である。感銘したその第一は「よくもまたこれだけの貴重な資料を探し調べあげたもの」という点であり、第二は「そのご努力の結果ご紹介された無名作家の作品の迫力」である。

昭和五年生まれの私は戦地に行く前に敗戦を迎えた。しかし空襲の体験はある。しかし戦時下に育った経験はあの戦時下にこれだけの俳句が詠み残されているのかと感慨深いものがあった。ここに作品を紹介されている作者の多くは無名である。俳句を作られて間もなく戦死された方もあるであろう。だから詠み継がれた作品ではなく戦いのなかで詠み遺された作品である。

　砲兵にて向日葵の花抱き死せり　奥沢青野

と戦友の死を詠んだ作者はやがて

　わが今ぞたふれ野菊にすがりたり　奥沢青野

と敵弾に斃れるのである。

この阿部誠文の『ある俳句戦記』は戦時中の作品を探し求められたご努力も大変である。「あとがき」によれば三千名におよぶ外地で句作をされた方々のリストを種々手を尽くして集められその方々を通じ資料を入手、俳句文学館の蔵書三万五千冊を一冊一冊点検もされている。今回紹介されている資料を列記させていただく。

『支那事変三千句―戦線編・銃後編』「俳句研究」より
「支那事変新三千句」「俳句研究」より
山茶花同人編「聖戦俳句集」
胡桃社同人編「聖戦俳句集」
水原秋桜子編「聖戦と俳句」
「大東亜戦争俳句集」「俳句研究」より
桜田士郎編「大東亜戦争防人の賦」
陣中新聞南十字星編集部編「南十字星文芸集」
岩原玖々著「俳諧部隊」
水原秋桜子編「聖戦俳句集」
吉田冬葉編「大東亜戦争第一俳句集」
雑誌兵隊編集室編「兵隊の祝祭」
ビルマ句集「仏桑花」

「槐樹句集」
村尾五羊未刊句集「白塔」
宮本一泉編「任大湾」
「白廟」
「拓魂―恋飯島にて」「松籟」より
永井卯吉郎編「ガラン島雑詠　自選句集」
「南方野戦郵便隊従軍の思い出」にみる松葉星幼の俳句

これだけの資料を集めるのも大変ならそれを読み仕分けてゆくのも大変である。まさに労作なのである。この資料収集により得た作品から阿部誠文の『ある俳句戦記』は戦線俳句を今回は整理してこの一書をまとめられている。その作品の鑑賞あるいは解釈から戦争の実態に少しでも迫り作者の心情にも迫られている。

誰何いらへなき春宵の一瞬時　乃美青田

誰何に答えられないのは「敵」である。その一瞬

銃声下朧夜の影くづをれぬ　乃美青田

倒れたのは「敵」の方であった。

国権と凍夜守る貌けものめく　伊集院聖三

阿部誠文はこの句の場合は最前線の兵士の人間喪失の現実を詠んでいると評されて戦争の実態に迫られている。

ポケットの籾も尽きたり飢ゑて撃つ　松隈青壺

飢えに苦しむ兵士の姿である。以上適宜抽出した作品は支那事変の部である。阿部誠文はこの項の「おわりに」を「戦争の必要論と戦争は悪だとする反戦論とは、平行線のまま続く。そのなかの新しい道の一つが、マハトマガンジーの無抵抗主義ではなかったか、と考えられる」と結んでいる。この書は俳句を通して戦争の実態に迫り歴史に書かない場面を紹介もしているのである。支那事変時代のまだ勝利しているころでも兵士は飢えていたのである。

やがて戦線は不幸にも拡大し大東亜戦争へ突き進み敗戦への道を進むが折節に詠まれた兵士の作品はいずれも戦争の実情を伝えて余りない。そして敗戦、俘虜となり帰国のときがくる。

桐咲けりゆきて祖国を興さばや　松下不知

生き抜くことのできた喜びが感じられる。

『ある俳句戦記』は合同句集が中心にまとめられ多数の兵士の同時経験が競詠されて俳句による戦記になっている。このような労作は今までになかったしいつしか埋没してしまう懸念があった。阿部誠文は「あとがき」でまさに今書かねば従軍体験者も高齢化し語り部も資料も失われると説く。更に戦時中の文学研究が空白な状態にありその空白を少しでも埋める必要があるとも力説されている。戦争俳句の研究により戦争の実情を知ることの必要性にも触れられている。またその「戦場という極限状況において、人間がいかに生き、何をなしたか、それが、どう表現されたか」ということは文学のテーマである。「人生いかに生くべきか」そのものであり従軍俳句にこそ文学的命題が問われているといってもいい。と力説し多くの兵士の合同句集を取りあげる意義を強調されている。さらには今も世界のどこかで繰り返される戦争について「戦争とは何か」を問い直す必要にも触れられている。

『ある俳句戦記』はそのような問題提起もされている著作である。そこに紹介されている多くの無名作家は即ち無名戦士でもある。

戦時下の諸々の制約のなか詠み遺された作品にささやかでも光を当てられたこの労作に心から敬意を表し平和ぼけとまで言われる現在の日本で俳句ブームを満喫している多くの俳人に一度目を通して欲しい一書であると付言してこの稿の結びとしたい。

## 田中水桜『麻布』

「さいかち」主宰田中水桜の句集『麻布』を読みその向日性に富む作風に感銘を覚えた。

茫々と摑み得ぬ「虚子」読初む

巻頭の一句である。句集『麻布』は平成七年から十一年末までの五年間の作品から四二七句を選びまとめられている。大正十年生まれの水桜の七十四歳からの五年間の作品ということになる。主宰される「さいかち」は虚子を師系に創刊され通巻八百号を越える老舗俳誌である。その主宰が読み初めの一書に「虚子」を選びなおその真髄を摑まんと努力をされておられる。句集『麻布』を繙きこの冒頭の一句にふと向日性を感じたのである。

句集の四二七句は五年間の作品を新年を別項にまとめ他は四季にまとめてある。

初富士や胸を貫く無の一字

海隔てて初富士恐ろしきまで崇し

念力ふやす炎の時計初明り

父子凧屋上園へ犬奔る

新年の句であるが加齢を感じさせる句がない。やはりそこに前向きなものを感じるのである。水桜を直接知らず名声のみを伝え聞く小生であるがこの作句志向に共鳴を感じ読み進んだのである。

　　ミレニアムのひかり撒かるる初電話

新年の二十六句は新世紀を志向したこの句で締められている。続く春の部は一〇七句であるが旅吟が多いのが印象に残る。結社の主宰は全国の誌友を直接指導されるべく各地に出向かれることが多くなかなか激務でもある。そんな旅吟にも作風ははっきりと表現されてくる。「さいかち」の目指すものでもあるようだ。瑞々しいのであり向日性に富むのである。

　　神の申し子淡墨桜天へ満つ　（飛驒淡墨桜）
　　満天星の関へ鈴振り百句成る　（白河の関）
　　心経誦す一行に春の闇ほぐる　（円応寺）
　　般若経鬼門に埋めし草萌ゆる　（奈良）
　　五戒制札立てて菩提樹芽吹きをり　（増上寺）
　　おしくらまんぢゆう拙速が勝ち座禅草　（みちのく）

座禅草の句などは水桜俳句の向日精神がよく表れている。

拙速を尊ぶところにも明るさと前向きなものに題材を指向されるところを感じる。加えて練達の俳諧味が効いている。座禅草をここに持ち込まれた点である。座禅草とおしくらまんじゅうをつなぐキーワードが拙速という諧味に魅かれる。春の部から俳諧味のある句では

遅ざくら農協りんご箱なんぼ　（白河の関）
閻王の舌が塗りたて囀れり　（円応寺）
飛火野を天女同伴春の鹿　（奈良）

など数も多い。水桜俳句のもうひとつの特徴である。
次に夏の部へ読み進む。八十九句である。向日性と俳諧味を備えた句を適宜抽く。そこに水桜俳句の世界が広がる。

桜の実翁の足がふみたがる　（気比神宮）
重臣は登城軽輩は草を刈る　（姫路城）
関跡に海鳴り満たす小判草　（安宅関）
実朝の歌碑朗々と雨蛙　（黒羽）
歌麿の墓の撫で肩濃紫陽花　（鳥山高源院）

秋の部は一二八句で四季のなかで一番多い。水桜俳句の旅吟はその土地の風土や歴史に根ざした句に魅力がある。水桜の旅吟を鑑賞しつつその風土を味わいたい。

雪舟の石の生きざま秋の風　（石見益田）
肩たたきせむ人麻呂へ木の実降る　（〃）
四方に秋蟬国宝の碑へ金の幣　（那須国造碑）
おはぐろとんぼ役の行者の眼が無数　（修験堂跡）
縁切りて紫式部育てをり　（東慶寺）
駆込み寺へ刻を違へず小鳥来る　（〃）
結界出で解脱に遠し穴まどひ　（雙林寺）
秋の蜂試す仁王の力こぶ　（櫄亭）
掠り傷ほど秋天へ避雷針　（姥捨）
うつしゑは維新の証新松子　（松下村塾）

作品の一部であり旅先のごく一部を紹介しているわけだがその土地の歴史風土に溶け込んで作句に努められていることがよくわかる。
最後に冬の部の作品七十七句から印象に残りかつ向日性や俳諧味を感じた句を紙数の許すかぎり抽出し句集『麻布』の鑑賞を締めくくることとしたい。

時雨るるや日豊本線背後過ぐ　（隼人塚）

この背後の描写が味なのである。

隼人塚胸まで没し草枯るる　（隼人塚）

火山灰（よな）踏めばしかと足型冬の蝶　（〃）

一信者念珠きりきり雪に揉む　（安房）

日蓮の脚下へ施米豆も撒く　（〃）

冬木の芽とろけ地蔵に視線なし

落葉七彩縄文の煙出す

行灯を置けば艶めき散り紅葉

クリスマスツリー赤い木の実をふんだんに

点滴は天使の母乳冬うららか

神も妬む刻ありマフラー失へる

涅槃図はさておき直視石蕗の雨　（医光寺）

落人の掬びし泉紅葉散る

## 佐怒賀正美『青こだま』

佐怒賀正美の句集『青こだま』を拝読した。お名前はかねて承知しているのだがお会いしたことはない。神田の学士会館の談話室に何冊かの俳誌が置いてある。そのなかに「ホトトギス」や「若葉」とともに「天為」があり私は超党派句会仲間の「天為」の方の作品を読ませていただいている。そこで佐怒賀正美のお名前と作品を印象に残したのかも知れない。略歴や「あとがき」を呼んで「天為」同人とあったのでそんな気がした。しかし「秋」や「恒信風」の同人でもあり超結社のパソコン句会も精力的に楽しまれているようである。その活躍のなかの平成八年から十一年までの三年余の作品から三八三句を選ばれたのが第三句集『青こだま』である。

「天為」のイメージが強いまま一読したので「天為」の雰囲気を感じたが「あとがき」では「この句集には石原八束の思い出がたくさん詰まっている」と記されている。一九七八年に石原八束の「秋」に入会、一九九八年（平成十年）に亡くなるまで八束に師事され最後の三年間は編集長も務められたということでもあり改めてなるほどと首肯した。

句集名の「青こだま」も八束一周忌に際し詠んだ

仮幻忌や蓮あらしの青こだま

からとられている。改めて句集より師八束に関連する句を抽出して見たい。まず平成九年の「煩がまち」十九句がある。「石原八束の選を受けた最後の『秋』特別作品」と前書がある。適宜抽出する。

冷房や手始めに血を抜かれたる
怪鳥の背の凹みほど灼ける都市
日盛りや継接ぎしるき中年自我

その中に「佐渡五句」とさらに前書した句がある。

はまごうや命を詰めし流人たち
一天四海その真ん中の泉鳴る

平成十年の「真夏の夢」には師の最後を看取る痛恨の句が悲しい。

病める師の野人の面や梅雨の夜
訃報を胸に繰返しゐる裸かな
詩吐いて暑隠り文琴八束居士
悲しみのけむる暑さや八束逝く
夏の光ベレーを胸に師は逝けり

ゆつくりと師亡きこころの天の河　（佐渡）
一盞（いつさん）は亡き師を呼ばむ天の川
魂はこぶベレーの小舟天の川
月の出や師亡き鷺坂うるみ伸ぶ
天の師の笑みに白鳥降りてくる　（宮城県伊豆沼）

佐渡は師との思い出の多い俳枕なのかも知れない。平成十一年に入ると追慕の句が多くなる。

月満ちて師亡き詩猟や去年今年
九世（くせ）の戸や師の世の声の雪かもめ　（丹後）
天狼星（シリウス）は師の句の韻（ひび）き雪の与謝　（〃）
はんなりの藤や亡き師の膝下まで　（春日部、牛島の藤）
師に問うて日は暮れにけり藤の花　（〃）
師の胸をくぐりぬけんと藤そよぐ　（〃）
八束忌のもみ合ふ蓮のくぼむ青
蓮満ちし池を修忌へいそぎけり
蓮池わたる天道虫や八束の忌
その中の映る桔梗や師の墓石
青梅雨や大きひかりは墓の上

八束との思い出は各地を吟行されてその土地土地の思い出とも重なっておられるようだ。近年は交通手段の多様化、発達もあり各結社ともに吟行が活発で鍛練会とか夏行だとか盛況である。この正美句集『青こだま』も旅吟が多い。

水仙のつぼみ浄土や波こだま　(越前/平成八年)
雪晴や崖に出てゐる神の鶏　(〃)
石見卯浪世を去る歌ののこりけり　(石見/平成八年)
それぞれの人麿伝や水すまし　(〃)
冬紅葉かぶさる嶋根濡れ締まる　(佐渡/平成八年)
夜潮きく花野の中の能舞台　(〃)
地獄図の嗤ひは雪に跳ねだせり　(佐渡/平成九年)
白南風や焦げてこけしの首入りぬ　(鳴子/平成九年)
佐渡灼けて口中赤き木偶の首　(佐渡/平成九年)
かへす手に影の退(ひ)きたり風の盆　(越中八尾/平成九年)
ゆらゆらと伸びる灯の坂風の盆　(〃)
沢音たつ秋かげろふの歌舞伎村　(伊那大鹿/平成九年)
かげろへる渡良瀬の蘆焼き起こす　(渡良瀬川遊水池/平成十年)
春暑し波を吐き出す佐渡の岩　(佐渡/平成十年)

行く春や遠流の島の火入れ巫女　（佐渡／平成十年）
早苗田やうしほ曇りの安寿塚　（〃）
光陰のふくらむ晒し楮かな　（伊予土佐／平成十年）
白鳥の鳴き落したる入り日かな　（宮城県伊豆沼／平成十年）
天橋の雪の彼方の見えきたり　（丹後／平成十一年）
寒風や松で固めし島二百　（松島／平成十一年）
万華鏡はみだす鴨の羽紋かな　（伊豆沼／平成十一年）
空洞包む瘤ひしめくや根尾桜　（根尾淡墨桜／平成十一年）
天降りくるひかりの中の瀧ざくら　（三春瀧桜／平成十一年）
入道雲さへぎる木々や無宿墓　（佐渡／平成十一年）

佐渡へは毎年そして一年に度々行かれているようだ。やはり八束との思い出がたくさん詰まった土地なのだろう。句集『青こだま』はまさに師八束へ捧げる鎮魂の句集と拝読させていただいた。

## 今井杏太郎『海鳴り星』

いきなり「あとがき」に触れるのもおかしいかも知れないが、簡潔にして余韻のある内容である。七行だけである。全文を引く。

『通草葛』以後の作品の中から、呟きのかけらのようなものを拾い集めてみたら、こういうことになった。

けだるいものばかりである。

能登地方では「カペラ星」のことを「海鳴り星」と呼んでいる。大羽鰯漁の頃、海が時化やすいことから、こう呼ばれるようになったらしい。

そういえば、いつも、濡れているような菜の花いろの星である。

前回の句集『通草葛』は平成四年に上梓しておられるから、それ以後の作品ということになる。なお昭和六十一年には『麥稈帽子』を上梓しておられる。「呟きのかけら」とか「けだるいもの」と自称しておられるが杏太郎の「呟き」は「珠玉」の作品を生み、「けだるさ」とは「ひらがな」の妙味である。

うすらひのうごいて西国へむかふ

句集巻頭句である。「ひらがな」をちりばめ「西国」が一段と引き立つ手法である。二句目は

さざ波のあふみに春の祭あり

であり「ひらがな」を駆使する冴えを見せやはり「春の祭」を引き立てている。

句集『海鳴り星』は平成四年以後の作品を暦年ごとの区分ではなく春夏秋冬の四季に区分して春八十九句、夏八十句、秋七十六句、冬八十四句の構成で編まれている。杏太郎俳句「ひらがな」の味を四季別にしばらく味見をしてみたい。

暮れながらしろがねいろの霜くすべ　（春）

畦を焼くけむりの上る美濃の国　（〃）

むさしのの次郎は朝寝してゐたる　（〃）

「しろがね」と書いていかにも「しろがね」らしく、「けむり」と書いて「けむり」の濃淡を描いている。

紅梅にきのふの冷たさがありぬ　（春）

はくれんの花のまはりの夜が明けぬ　（〃）

少年にたんぽぽの花盛りかな　（〃）

ひとのすることに防風摘みのあり　（〃）
裏返るたいざんぼくの春落葉　（〃）

「ひらがな」の扱いは草木の細やかな気配りに更に杏太郎の世界を展開する。それは「紅梅」と「冷たさ」をひらがなの「きのふ」で結び漢字の「紅梅」を引き立て、「はくれん」「たんぽぽ」「たいざんぼく」はともに「ひらがな」を使用して効果を高めて見るが「防風摘み」はそこだけを漢字にして焦点を絞る技を見せる。

ほつほつと咲いてひなたの翁草　（春）
木を叩く鳥ありあんず咲きにけり　（〃）
月の夜に咲いて狐の牡丹かな　（〃）
竜天に登りさくらの木が揺れぬ　（〃）

植物を時にひらがなに漢字に使い分けているが竜天に登る時は咲いている「桜」でなく、木の「さくら」なのである。「あとがき」に言われる「呟きのかけら」を珠玉の作品と評したのも、この妙技に感銘してのことである。

星空に芭蕉の花のけむりけり　（夏）
のうぜんの花は遠くに見ゆるなり　（〃）
ゆふかぜに吹かれて土用波の来る　（〃）

海に来てむらさきいろに日焼せり　（夏）
あかつきに雨あり青き葡萄あり　（〃）
月蝕の空にかみきりむしのこゑ　（〃）

日焼けは「むらさきいろ」で「紫」ではなく「青葡萄」に降る雨は「あかつき」なのである。「かみきりむしのこゑ」など聞いたことはないが月蝕の空がくると「髪切虫」ではないのである。そういえば「かみきりむし」の漢名は「天牛」というそうだ。

秋風にさそはれたれば道にをり　（秋）
てぬぐひを絞つて二百十日かな　（〃）
くらき木に青松虫のあつまりぬ　（〃）

青松虫は「かみきりむし」のようにひらがなではなく、木が「くらき」と「ひらがな」になるのである。最近多いあの青松虫はたしかに「くらき木」に籠って鳴いているようだ。

こほろぎのさみしいこゑをして鳴きぬ　（〃）
かまきりのをはりのこゑを聞きにけり　（〃）
てのひらをひらけば秋の寒さあり　（〃）

ふんだんに「ひらがな」を駆使した句である。「こほろぎ」の句と「かまきり」の句は漢字が一字だけである。その一字も一音であり焦点をぎりぎりに絞る手法である。

　うすあをき影あり冬の木と思ふ　（冬）
　綿虫はいちじくの木のまはりにも　（〃）

冬木は「うすあをく」綿虫は無花果でなく「いちじく」の木の周辺を飛んでいたのである。

　よこはまの港の船も冬に入る　（〃）

横浜でもヨコハマでもない「よこはま」が杏太郎の世界である。

　ひひらぎの花は佛の山に咲き　（〃）
　すずかけの幹のまだらもクリスマス　（〃）
　ふとしたることのあはれやひめ始　（〃）

姫始の句は「始」だけが漢字で「ひらがな」の効果をやはり出している。「ひらがな」の芸を楽しませていただいた句集であった。

## 山崎ひさを・平間眞木子・中村靜子編著『岸風三樓』

久しぶりに風三樓先生の作品をまとめてじっくりと拝読した。山崎ひさを、平間眞木子、中村靜子の三人の共編著による『岸風三樓』を読んだからである。昭和五十七年七月二日先生は七十一歳で逝去された。没後十八年、まさに光陰矢の如しである。高齢化社会の中での高齢化俳壇のことである。卒寿を迎えようとする先生が健在で活躍されていても良いぐらいである。そうすれば俳人協会でも更に高い位置で活躍されておられたことだろう。そんな気持ちにもなりながら繰り返し読んだ。

三人の方々が一七一句を、好きな句、印象に深い句を軸とし、それに併せて代表句を心に置いて選出されている。選出された句にはそれぞれ五百字前後の小文を自由にエッセイ風に付され、それも三人の方々が個性豊かに健筆をふるわれており往時を時には想起させられて楽しく読める。一句一頁の割り付けも読みやすい。

巻末には「解説」として風三樓先生が「俳句研究」の昭和五十五年九月号に執筆された「わが来し方」が転載されている。風三樓先生から直接指導を受けたことのない孫弟子や曾孫弟子が多くなってきたこの頃であり、そのような読者にも参考になる編集である。

「わが来し方」の最後はその前年に長逝された風生先生追慕の内容で締められている。風三樓先生がもう少し長生きされておれば俳句文学館で当然「風生展」が立派に風三楼先生の手で開催されていたのではなかろうかとそんな気もしてくる。

先生の文章に続き三人の共著が風三楼先生について記されている。著者と先生の関わりについては各句に付された小文でも充分に理解できるが最後にもう一度三人の文章で理解を深めることのできるので心憎いばかりの楽しい編集で繰り返しこの部分も読まされた。

病 嘘 吼 奥 に 黙 い て 獺 祭 忌

漢字にはすべてふり仮名が付されているのでその点も幅広い読者への対応ができる。この句は昭和六年の先生初期の作品であり山崎ひさをがこの句を巻頭にとりあげている。ひさをはこの句を含めて五十九句を選んでいる。この巻頭に選んだ句については先生に奥様が直接句意を質問されていただいたメモのことが解説に利用されて微笑ましい。

波 青 く ふ く れ 来 た り ぬ 手 鏡 に

昭和九年の作品で句集『往来』にも収められている。「青」または「波青く」を季題として詠まれた句であるが、ひさをが採り上げ先生の新季語の開拓に熱心であった一面を想起されつつ解説されている。

手 を あ げ て 足 を 運 べ ば 阿 波 踊

同じくひさをが採り上げている。風三樓代表句の一つである。先生、徳島にて阿波踊に一夜興じたがまさに「手をあげて」いればとにかく様になってくるのが阿波踊であった。

外寝らに黄ろき月は海を出づ

巻末には「岸風三樓略年譜」と「百七十一句索引」が付されていてこれも参考になる。この「外寝」の句は昭和九年の作、略年譜では昭和八年の項に「中学時代から始めた俳句にいよいよ没入。『若葉』を識り、富安風生に師事」とあるのでまさに没入し始めたころの作品である。当時、「ホトトギス」の有力新人の一人として風三樓の名をあげておられたのが風生先生であった。虚子編「歳時記」に例句として採用されているが中七は「黄色き月は」と表記されている。

以上の四句はひさをが選出した句であるが句集『往来』にすべて収録されている。昭和二十三年一月二十三日付けの風生先生の「序にかへて」では「わたしは君といふ人のことを『俳句きちがひ』といふ名ではじめて聞かされた」と触れ

門に待つ母立葵より小さし

が「風生先生から褒められた最初の作品」として風三樓が話していた、と書いておられる。この句を含む五十句を選出されているのが平間眞木子である。

私はある時期この風生先生の「序にかへて」を繰り返し読み両先生を理解した。「思想展砲口動き吾に対す」などの一連の無季俳句にも「この思想展の無季群作はわたしはひそかに君の心持

を忖度してわざと手を触れずに残しておいた」と書いておられる。

風生先生の「ふところの深さ」と「俳句は履歴書」といわれた風三樓を理解したのである。眞木子の選出句は

槍投げてよよとよろめく青芝に

の昭和八年作を最初に抽出し巻末の一七一句目

泰山木仰ぐ躬を寄せ過ぎゐたる

の昭和五十七年作にて一巻の締めを担当されている。「槍」の句と「泰山木」の句、ともに先生の病気に触れられており哀感に富む。享年七十一。「生前の作者を知る弟子達は、殆どこの歳を超えてしまった。せめて『先生の歳までは生きよう』と思ったのはつい昨日のことであったのに」と眞木子は追慕の情を込めて記されている。

中村靜子は、昭和二十三年作の

蟻あゆむすぐに絶壁とも知らず

に始まり

六月の夢の怖しや白づくし

の絶句まで戦後作品より六十二句を選出されている。ひさを、眞木子の小文が作者の身辺にお られての回想が多いのに対し地方在住、「はじめて俳句の指導を受けたのは富安風生で、それも職場句会が始まり。その句会の延長線上でいつか風三樓を識った」との経緯もあり選出句、小文ともに他のお二人と比較して少し距離感があり、それがこの一書『岸風三樓』を一段と内容の濃い重厚なものとしていると感じた。

## 高橋悦男『海光』

高橋悦男の第四句集『海光』を読んでその向日性に富む作品に魅かれた。俳誌「海」を昭和五十八年四十歳代で創刊主宰された氏が充実の時を刻まれた平成二年から平成十年までの九年間の作品から精選された句集である。「海」は平成十二年に二百号を迎えられた。

句集の帯文に「ふるさとは私の俳句の原点である。『海光』は海の光り、ふるさと伊豆の海の光りでもある」と記し主宰誌も「海」と名乗られている作者悦男である。句集巻頭の作品も元日の海の景である。

刻々に波新しき初日の出　（平成二年）

そして巻末の作品は大晦日の作品である。

終り良ければすべて良き日記果つ　（平成十年）

この見事な編集ぶりで四〇一句が収められている。

それでは向日性ある海の句をまず鑑賞したい。毎年海は詠まれている。ふるさとの海や旅先の海を。

海上の晴れて七重に雲の峰　(平成二年)

は「海七周年」と前書した自祝の一句である。

玫瑰やテープに残る鰊唄　(平成三年)

は「北海道行三句」と前書されたなかの一句である。

戦跡の鉄砲百合は海へ向く　(平成四年)

は「沖縄五句」と前書のあるなかの一句である。

千人の行く手に海の梅雨上がる　(平成五年)

は主宰誌「海」の十周年の折の句。

わが年の初日大きく海の上　(平成六年)

新海苔の故郷の海の香をあぶる　(平成七年)

海の日の海の風待つ貝風鈴　(平成八年)

平成八年「海の日」が祝日に制定された。

城裏は元寇の海黄砂降る　(平成九年)

片脚は陸を踏まへて海の虹　（平成十年）

毎年何らかの海を詠み継がれていることがわかる。そしてふるさと下田の黒船祭も年々詠まれている。

夏雲や錨を祀る異人墓地　（平成六年）
万の眼を闇に戻して花火果つ　（平成七年）
人力車駆けて黒船祭来る　（平成八年）
大花火待つ海の闇陸の闇　（平成九年）
ちょん髷に通きく黒人ペリー祭　（平成十年）

年々黒船祭が盛況になっていることがわかる。まさに

海中花火一湾の水噴き上げて　（平成十年）

という勢いなのであろう。「ふるさとは私の俳句の原点」と言われる悦男は地元の「海」一門とともにふるさとの祭に参加されて原点に立ち返り、新たなエネルギーを貯えておられるのであろう。

次に、海を離れて私が向日性を感じた作品に触れてみたい。

七転び八起きに立ちて雲の峰　（平成二年）

初鴨に水ひろびろとありにけり　（平成二年）
終着駅即始発駅山笑ふ　（平成三年）
納得のいくまで雲雀上がりけり　（〃）
蓬萊や海に始まる人類史　（平成四年）
若竹の切磋琢磨の丈揃ふ　（〃）
五月富士比翼の鳶の輪の中に　（平成五年）
仏手柑天上天下指さして　（〃）
鴨遊ぶ恋の水輪を広げては　（平成六年）
海の風蜜柑の花に来て白し　（〃）
今植ゑし記念樹に来て囀れり　（平成七年）
枯蟷螂残る命の眼の動く　（〃）
一と声は雲の中より百千鳥　（平成八年）
七島の晴れてはかどる袋掛　（〃）
雲の峰北回帰線越えてより　（平成九年）
夏痩せのわれを支へるわれよりなし　（〃）
飛び立ちて怒濤の蝶となりゆけり　（平成十年）
片蔭を天に広げて岩嶺立つ　（〃）

枯蟷螂を写生している時も、夏痩せに弱る時も、発想は前向きなのである。そして明るく大らかなのである。主宰誌「海」の十周年の折の句に千人の会員を詠まれているが沖にひろがる俳誌「海」の勢いを感じさせる向日性である。

更に作品に俳諧味があり魅了されるのである。例えば

人の世の悪七色にしやぼん玉　(平成二年)
閻汁の最も大きもの掬ふ　(平成三年)
嘘ついて舌の根乾く秋旱　(平成四年)
玉葱や海女の畑は木戸つけて　(平成五年)
八方塞がりの四方の隙間風　(平成六年)
便りなきことを便りに心太　(平成七年)
落し文誤配遅配もありぬべし　(平成八年)
鴨引いて村に老人残りけり　(平成九年)
鮟鱇の腹に一物ありにけり　(平成十年)

という調子で一年一句引いても読んでいて飽きず興味がつきない。

「ふるさとは私の俳句の原点」と言われ「ふるさと伊豆」をこよなく愛される悦男だが多忙な日々を過されていると思うようには伊豆の土を踏むこともできない。そんな時には味わい深い望郷の句を残されている。紙数の許す限りそんな望郷吟を引き『海光』鑑賞の結びとしたい。

草笛を吹くふるさとの風の音　（平成二年）

梅を見てをりふるさとに不義理して　（平成六年）

ふるさとを恋ふ目となりて粽解く　（平成八年）

花種蒔くふるさとの土とり寄せて　（平成十年）

柚子入れてふるさと香る冬至粥　（〃）

## 本井英『夏潮』

句集『夏潮』を読みつつ作者本井英の或る日を思い出した。その日とは平成十二年二月二十二日である。兵庫県芦屋市に財団法人虚子記念文学館が完成、テープカットの行われた日である。在りし日の虚子のお馴染の和服の扮装で馳せ参じたのが本井英であった。著書に『高濱虚子』（蝸牛文庫）『虚子渡仏日記紀行』（角川書店）を有し、平成六年および八年には虚子の渡欧の足跡を辿り「追っかけて虚子の旅」を行い話題を呼んだ本井英らしい登場ぶりであった。虚子への想いは独自の奥深いものがあり今回の文学館の建設や展示計画には多くの貴重なご意見を寄せられたよしである。

虚子と本井英のことを句集『夏潮』を読みつつ思い出したのは、題字の「夏潮」にある。題名の由来は「あとがき」などにも記述はない。しかし、平成六年の「『追っかけて虚子』の旅六句」には、

夏潮や我が人生の夏を過ぎ

の秀吟があり、平成八年の「『追っかけて虚子』の旅六句」にも、

天涯を目指すがごとく夏潮を

沈む日に置いてゆかれて夏潮に

があったからである。そして虚子の〈夏潮の今退く平家亡ぶ時も〉という著名な句を思い出したのである。本井英は「追っかけて虚子」の旅の折も、夏潮の季題に託して虚子を思い、今回の句集の題名にも、この夏潮を選ばれたのであろうと考えたのである。夏潮の句は「追っかけて虚子」の旅吟以外では、

夏潮の絞り上げては一つ巌　（平成三年）

の一句が収められている。

句集『夏潮』は本井英の第二句集であり昭和六十年から平成十年末までの十四年の作品から三四四句を収録されている。この間、平成四年には父を亡くされた。

昭和の兵たりし父逝く春の雪　（平成四年）

更に平成十年には夫人を亡くされている。したがって句集巻頭に、

—句集「夏潮」を故ジャンヌ・マリー本井久美子に献ず—

と記されている。七年におよぶ闘病生活ながら、その間フランス留学には同行もされていたようだ。ご夫人を詠まれた句は亡くなられた平成十年以外では、そんなに多いわけではないが一句一

句の重みは心にひびくものがある。

病む故の木の葉髪とは妻かなし　（平成三年）
妻も岳父も同じ病を半夏生　（平成六年）
病変のまぬかれがたく忍冬　（〃）

留学に同行されていた夫人は平成十年先に帰国される。

病む妻と倚る元朝の大玻璃戸　（平成十年）
妻帰国してより卓にヒヤシンス　（〃）
日本に病む妻遠き朝寝かな　（〃）
海猫も蝶も飛ぶもの妻を想はしむ　（〃）

留学を終わり帰国され看病にあたられたが遂に先立たれる。

咲きついで看取りの日々の忍冬　（平成十年）
息の音さよならさよなら夜は短か　（〃）
蜩に明け命日となるべき日　（〃）
妻を迎へに山の雨山の雷　（〃）
芙蓉落ち尽くし葬りのこと終はる　（〃）

妻の骨ひそと納めて山眠る　（〃）
骨壺を置きゐし場所に冬薔薇を　（〃）

平成十年の亡くなられる前後の作品は痛切胸を打つものがあるが本井英作句工房の特徴の一部であり作句の技が発揮されている。その一つはリフレインである。「さよならさよなら」の句は本井英作句工房ならではの哀切の秀吟である。『夏潮』よりリフレイン作句を少し抽きその技を鑑賞したい。

滝音がどおんどおんと鳴るごとし　（昭和六十一年）
教へつつ男郎花また男郎花　（平成元年）
まごまごとまごまごとするだけの蟻　（平成二年）
きしきしときしきしと翔け寒鴉　（〃）
すかんぽのぺらんぺらんと雨まみれ　（平成三年）
かなかなとかなかなとこみあげて鳴く　（〃）
熊蜂の空中戦の上へ上へ　（平成四年）
きゆつきゆつと抽んでたりし名草の芽　（平成五年）
ひつかかりひつかかり堕ち崖椿　（平成七年）
てらてらとてらてらと葉や早椿　（平成八年）
棉畑をとととととと驢馬で来る　（〃）

まごまごとする蟻、崖椿のすんなり落ちないさま、滝音の叩みかける音、それぞれここぞという時にリフレインの効果をあげて使用されている。「さよならさよなら」の絶唱につながっているのである。「かなかなと」の句はリフレインであるとともに中七下五へかけての「句またがり」という本井英作句工房のもう一つの特徴を併せ有している句である。「句またがり」で流麗な調べを演出しているのである。リフレイン同様「句またがり」の技法を抽出し味読してみたい。

落下傘花火の落下傘海へ　（昭和六十二年）
牡蠣船の奈落へと二人で降りる　（昭和六十三年）
手花火を円く振り波形に振り　（平成二年）
凍滝の万雷封じ込めにける　（平成三年）
囀りにうなじくすぐつたかりける　（平成四年）
流水に行雲に岩煙草かな　（平成五年）
誘うたと尾花誘はなんだと萩は　（平成六年）
渓茶屋の座敷足長蜘蛛はしる　（〃）
鴨のうちにおろおろ愚かさうなるも　（〃）

句集『夏潮』の鑑賞も紙数が尽きた。句集最後の頁より抽く。

笹鳴きのこれ以上短く鳴けぬ　（平成十年）

# 遠藤若狭男『船長』

私は句集『船長』の著者、遠藤若狭男を知らない。いやお名前は存じ上げているが面識はない。「狩」の方と承知しておりどこかの会合ですれ違うことがあったかもしれないが言葉を交わしたことはない。たまたま句集『船長』を読む機会があり「花暦」に採りあげてみたくなった。その若狭男の世界に触れてみたい。

知らない方だから著者略歴にまず目が行く。そこで句集より前に小説集『檻の子供』を昭和五十一年に上梓されていることを知った。興味ある経歴である。ふと句に目を通してみたくなる。第一句集は小説より十年後の昭和六十一年の『神話』である。第二句集は平成三年に『青年』を上梓され今回が第三句集で平成三年から平成八年までの六年間の作品より四一三句を選びまとめられている。昭和二十二年生まれ。俳壇的には若手に属する五十代の方である。句の前に「あとがき」を先に読む。「あとがき」は前半が「俳句朝日」に掲載された短文の転載で「季節の歓び」と題するロマンに満ちた内容である。後半も「近来、俳句をほんとうにむずかしいと思うようになりました」と心境を吐露されつつ坂口安吾、山本健吉、寺山修司の言葉などを抽きお住まいのある横浜のとある雑木林を歩く楽しみを述べられている。ますます俳句を読んで見たくなる。二回、三回読み返した。魅かれたのである。句集の構成は六年間を一年一章にまとめて章題を付されている。ここまではよくある句集の定型だが、更に一章を四つに区分し副題が設けられている。どこか小説的な雰囲気である。読者に訴える著者の意図も考えられる。章題、副題に添い改めて読みつつ題名由来と思われる句をメモして見た。

早稲田の空（平成三年）

太陽を雲のよぎりて涅槃変　（副題　涅槃変）
卒業や早稲田の空に帽子投げ　（〃）
麦笛を亡きたれかれの聞きをらむ　（副題　麦笛）
終戦日白湯を含みて癒す飢ゑ　（副題　白湯）
信ずべき神もとめ来し枯野かな　（副題　信ずべき神）

夜の胡桃（平成四年）

屈辱のかたまりとなり残る雪　（副題　屈辱）
白地着て水のごとくに時すごす　（副題　水のごとくに）
桐一葉落ちて大きな影生まる　（副題　大きな影）
置けばこつんと声を出す夜の胡桃　（〃）
聖夜劇終へし天使が母探す　（副題　天使）

すべての薔薇（平成五年）

春の雪ほどの華やぎ欲しと思ふ　（副題　春の雪）
すでに夏かもめに乗りて修司来よ　（副題　すでに夏）
薔薇園のすべての薔薇を捧げたし　（〃）
芒原分けゆきわれも山頭火　（副題　われも山頭火）
雄ごころを尽して裸木となれり　（副題　雄ごころ）

逢ふも別れも（平成六年）

にぎやかな数とはならず初雀　（副題　初雀）
十薬の百花咲けども母癒えず　（副題　百花）
影もひらひらとおはぐろとんぼかな　（副題　影もひらひら）
冬眠の森を出できし二人かな　（副題　冬眠の森）
雪国の逢ふも別れも雪の上　（〃）

青銅器時代（平成七年）

青銅器時代の剣も寒に入る　（副題　口髭）
あたたかや加藤郁乎の口髭も　（〃）
美しき世を待つごとく繭ごもる　（副題　繭ごもる）
秋の夜のことばあたためひとを待つ　（副題　ことば）
羽根とれて天使泣きだす聖夜劇　（副題　聖夜劇）

母の骨（平成八年）

胸に火をぽつと点して雪ぼたる　（副題　胸に火）
めつむれば女体となりぬ白牡丹　（副題　女体）
母のため柩の中を花野とす　（副題　柩の花野）
母の骨かくもかろきを拾ひ秋　（〃）
亡き母に見せたかりしに返り花　（副題　返り花）

このようにメモしつつ四百を越える句を章題、副題に区分され、そのひとつひとつが短編のような雰囲気があり全体では短編集のように編集されているように感じられた。更に物語めく俳句の数々が抽出句以外にも多く句集そのものが小説めく世界を感じさせた。これが若狭男の世界なのだろう。そんな句を更に抽く。

向日葵を剪つて無頼派とはなれず　（平成三年）
初蝶や一寸先に迅き流れ　（平成四年）
鳥籠にちらかる羽毛聖五月　（平成五年）
軽井沢夫人の犬に草じらみ　（平成六年）
草笛を雲にきかせて信濃去る　（平成七年）
初夢に炎上したる金閣寺　（平成八年）

若狭男俳句の物語めく世界は瑞々しいロマンに満ちた世界でもある。俳号にもされている故郷若狭と信濃を詠まれた句に殊にその印象が強い。

若狭路の風の薫らぬところなし　（平成三年）

梅雨明けのいよいよ青き信濃かな　（〃）

青胡桃信濃の山の立ちあがり　（〃）

夕立のあとの若狭に帰り来し　（平成四年）

蝶生（あ）れて信濃の空をかがやかす　（平成五年）

星あまた出でて信濃の星の秋　（平成六年）

梅咲いて湖を香らす若狭かな　（平成八年）

さて章題とその副題には触れたが句集名の由来の句を最後に抽出したい。初夢に金閣寺炎上を見た年、母を失われた年、

船長を夢見しむかし春の雪　（平成八年）

がある。副題が「胸の火」の章である。物語めく句集であった。

## 五十嵐播水『播水遺句集』

平成十三年一月十三日放映のＮＨＫ衛星放送「俳句王国」に五十嵐哲也が出演していた。当日の作品は

形見とてマフラー派手やネクタイも

であった。形見とは父五十嵐播水の形見である。播水は前年四月、一〇一歳にて永眠された。昭和九年より俳誌「九年母」を主宰されその八五〇号記念事業のひとつとして句集も計画されていたらしいが記念句碑、合同句集、祝賀会などを無事終られたところで亡くなり、句集は子息であり「九年母」を継がれる哲也と播水夫人八重子により『播水遺句集』として編まれた。その八重子夫人も「母の元気な間に出版したい」との哲也はじめ皆様のご努力を感謝されつつ播水のあとを追うように十月に九十六歳で永眠された。播水の平成九年以降の作品から妻八重子を詠まれた句をまず抽きお二人のご冥福を祈りたい。

妻に聞く花の名幾度金魚草　（平成九年）
老二人春の炬燵をいつまでも　（〃）

母の日や母喜ばす二人の娘　（〃）
向日葵は二人の長寿見守れり　（〃）
老二人極暑の庭に下りもせず　（平成十年）
病める妻秋燈の下物言はず　（〃）
妻昨日我今日庭に初蝶を　（平成十一年）
短夜や妻の遅寝を戒めて　（〃）
妻病みて客も少なや酔芙蓉　（〃）
病む妻に我は百寿の秋惜む　（〃）

長寿の夫婦の労りあいつつ過ごされている様子が目に浮かぶ句の数々である。
この遺句集は昭和五十五年『秋燕』を出版されて以後、平成十二年までの二十一年間の句から一二二七句が収められている。大正九年から虚子の指導を受けられ昭和七年には「ホトトギス」同人に推された虚子の直弟子生き残りの一人であった。

子規を呼び虚子呼ぶ須磨の法師蟬　（昭和五十九年）
絲瓜忌やホ句界虚子の言の如と　（昭和六十二年）
薄氷や今日虚子誕生日と想ふ　（昭和六十三年）
芽ぐむもの虚子庵の額その中に　（〃）
囀や子規虚子かはす言葉とも　（平成三年）

かしは餅虚子師と共に食べし日を　（平成五年）
虚子庵にも一度行きたし天の川　（〃）
子規虚子の雨月を惜しむ声聞ゆ　（〃）
師の床に参じ得ざりし虚子忌かな　（平成七年）
探し得し虚子師の書簡春暮るゝ　（〃）
虚子の軸まだかゝりゐる二月かな　（平成八年）
虚子庵の額とし聞けば欲しがりて　（〃）
虚子庵の額は咲き満ち百寿祝ぐ　（平成十年）
虚子を知る人ばかりなり花を見に　（平成十一年）
子規虚子を思へり枯木の須磨に来て　（〃）

著書に『虚子門に五十余年』のある播水らしく年々折節、虚子を偲ぶ句を詠み継がれている。百歳を越える長寿を保たれた播水は「九年母」の主宰としても最後まで第一線に立たれていた。

小夜時雨知らず校正すすみつつ　（昭和五十七年）
校正や春宵の卓花置かず　（昭和五十八年）
校正のすみぬ夜蟬は鳴き終り　（昭和五十九年）
わが著成る日を心待つ二月かな　（昭和六十一年）
大会のすみし安堵や初桜　（平成六年）

初蟬に編集のペンはたとため　（平成九年）
此の年にまだ字が書けて春炬燵　（平成十年）

また、本業の開業医としては五十嵐内科の看板を平成五年まで続け地域医療に活躍されていた。高齢にしてお元気な医師播水の顔を見て患者さんも安心感を持たれたことであろう。そんな老医の日々も淡々と詠まれている。

五六人診たる老医の初仕事　（昭和五十八年）
世のすみに尚ある老医去年今年　（昭和六十三年）
朝の蟬老医はげますごとく鳴く　（昭和六十二年）
春愁や老医に患者なき日あり　（昭和六十三年）
秋晴の庭に草引く老医かな　（平成元年）
ちゃんちゃんこ着て客迎ふ老医かな　（平成三年）

そして、九十四歳の時、

医を辞めて残る心や蟬しぐれ　（平成五年）
永年の老医をやめて古籐椅子　（〃）
医を辞めし我をなぐさむ轡虫　（〃）

聴診器を静かに置かれた。
平成七年一月十七日、阪神淡路大震災では住み慣れた自宅は全壊、庭も無残に変わり果てたが、幸いに怪我はまぬかれた。この体験も俳人の目でしっかりと詠み残された。

瓦礫ふみ紅梅見るや地震のあと　（平成七年）
夜廻りの声の消えたる地震のあと　（〃）
地震に逢ひ字の書けぬ妻落椿　（〃）
震災に心うばはれ虚子忌過ぐ　（〃）
地震のあと出来ぬ端居を恋うてをり　（〃）
新しき家に帰りて入る炬燵　（〃）

この句集の特徴のひとつは弔句の数である。最後に弔句から三句抽き百寿を越えられた播水遺句集の鑑賞を結びたい。

君悼む桜落葉の今朝ことに　（昭和六十年／下田実花）
君惜しむ年逝く銀河仰ぎつゝ　（平成元年／山口青邨）
咲きそめし梅に送られ君は逝く　（平成八年／千原草之）

## 本宮哲郎『日本海』

本宮哲郎の『日本海』を読み収録された作品の数々の骨太な風土色に魅了された。その源は海であり耕す大地であるようだ。「あとがき」に哲郎は「私の住む所から車で二十分ほどの位置に日本海がある。海には太初の色と匂いがあり生の鼓動が伝わる。あらゆる生物のパワーの源がこの大海に秘められている様に思う」と記されている。「日本海」を詠みこまれた句も数句ある。

曼珠沙華日の没る方に日本海　（平成八年）
葛垂れてゐる断崖や日本海　（〃）
山眠りをり日本海溢れをり　（〃）
すぐそこに日本海の茅の輪かな　（平成十一年）
わが骨を散らせよ月の日本海　（〃）

句集『日本海』は平成七年から十一年までの五年間の作品から三九三句が収録されている。『雪嶺』『信濃川』に次ぐ哲郎の第三句集である。哲郎は新春を迎えいつものように日本海を見に行かれる。視線の先に佐渡が見え隠れする。

荒海の佐渡が大きく初日浴ぶ　（平成七年）
元日の海の寒気が田に遊び　（平成八年）
荒海へみち伸びてゐる恵方かな　（平成九年）
元日の佐渡が見えたり隠れたり　（平成十一年）
初佐渡がくつきり見ゆと女のこゑ　（平成十二年）

このようにして迎えられた一年一年は大地を耕す農業の日々に続き、農業の日々は自然と共存して行く日々でもある。その生活を哲郎は高らかに詠み上げてゆかれる。骨太に、風土色濃く。

雪靄に眉目を濡らし葱を抜く　（平成七年）
雪止んですぐに湯気立つ荒鋤田　（〃）
種袋浸されてはち切れんばかり　（〃）
風の日は風にしたがひ種を蒔く　（〃）

巻頭から適宜農事詠を四句抽出したが頭のなかでは作れない農業の臨場感に満ち、厳しい作業の日々が詠われている。

藤の香や人はみな地を耕せり　（平成七年）
葬列の一部始終を植田水　（〃）
早苗饗や地酒地魚相揃へ　（〃）

野藤山藤が咲き満ち香る日も、野辺の送りに集う日も、大地を相手に過ごし、田植を終えた日は地元の恵みを持ち寄り祝酒を酌む。哲郎の作品はその生活のなかから生み出される。

田草取仁王立ちして憩ひけり　（平成七年）

どの亀も首あげて喜雨迎へけり　（〃）

哲郎も土地の人々も首あげて久々の雨を喜ぶのである。

穂孕みの稲に真珠のやうな露　（平成七年）

写生であるが慈しみ育てて来た稲に対する愛情が籠められている。吟行でたまたま立ち寄って詠む句と違い稲作に生活をかけ豊作を祈る心情が露の玉が真珠に見えてくる気持ちなのである。

終戦忌西瓜畑の荒らされし　（平成七年）

終戦の詔勅を聞き私は菜園に行きまだ青いトマトを幾つも食べた。あの日をこの句が思い出させてくれた。

月に脱ぐシャツの農薬くさきかな　（平成七年）

空き腹にひびく夕日のコンバイン　（〃）

一日の農事を終えて脱ぐシャツは汗とともに農薬の臭いがしみ、腹も空く。機械化されたとはいえ一日田畑で働いた身に夕日は優しくねぎらいの日差しを送るのであろう。

みどり児を抱き田仕舞ひの月とゐる　(平成七年)

お孫さんであろうか。月の兎を見上げて寛ぐひとときである。しかし翌日からはまた別の農作業が待っている。

牛蒡掘日のある方へ背を向けて　(平成七年)

葱育つ葉の切つ先に露を溜め　(〃)

冬耕の藁火が海を暗くせり　(〃)

大根の抜き穴にすぐ海のこゑ　(〃)

平成七年の作品から農事の歩みを詠まれた句を適宜抽出してきたが自然を相手にした農事の日々をたくましく詠み継がれていることに感銘を深くする。最後の二句に海が出てきたがこの海も日本海であろう。海の近い農業である。次に海を詠まれた句を平成八年以降の作品から鑑賞してみたい。

数へ日の海がきらきらしてゐたり　(平成八年)

海荒く鳴る方へ年移りけり　(〃)

捨てし田に火を放ち海見てゐたり　(平成九年)

間引菜の笊に夕日と海の風　(〃)

ねんねこの子の足跳ねて晴るる海　（〃）
海見ゆる小学校のさくらかな　（平成十年）
良寛忌海は吹雪を生むところ　（平成十一年）
秋の海味噌蔵の戸の半開き　（〃）

旅吟などでも海を詠まれているが日本海らしい作品を抽出した。海が生活のなかに存在していることがわかる。あらためて平成八年以降の作品から骨太な風土色の濃い作品を紙数の許す限り農事以外の句も含めて味わい句集『日本海』の鑑賞を結びたい。

寒鮒を一升桝に量り売る　（平成八年）
犇めきていのちの重き蛇袋　（〃）
毟りたる鶏をしばらく雪に置く　（平成九年）
花冷えの田より抜きたる足二本　（〃）
代搔きの泥の中から大鯰　（〃）
代田より泥足抜けば月上る　（平成十年）
玉葱の吊してありぬ神輿庫　（〃）
月上る茄子千本の真くらがり　（〃）
種俵白根が生えてしまひけり　（平成十一年）
密漁の鮭を網ごと脇ばさみ　（平成十一年）

## 藤沢周平『藤沢周平句集』

ＮＨＫテレビで三月まで十一回の連続番組で「藤沢周平の人情しぐれ町」が放映された。毎回完結形式であったが江戸の庶民の生活を描き楽しませてくれた。主人公の職業も、おけ職人、米屋、左官屋、歯磨き売り、植木職人など毎回変わり江戸博物館の世界に遊ぶことができた。その放映に刺激されて文藝春秋社から一年前に刊行された『藤沢周平句集』を再読した（以下、原句はすべて旧漢字表記）。

初鴉病者は帰る家持たず

本格的な作風である。周平は「馬酔木」系の俳誌「海坂」で真剣に勉強された時期があったのである。「海坂」は昭和二十一年に天竜市で創刊され現在も続いているが周平は昭和二十八年から二年ほどの短い期間ではあったが「馬酔木」同人の百合山羽公、相生垣瓜人の二人が指導する「海坂」で句作に励んだ。

藤沢周平の小説には時折、海坂藩という架空の藩が登場し海坂城の天守閣が聳え、城下町には青柳町や鶴子町、御弓町などが軒を連ね五間川がゆっくりと流れ、行者橋、とっくり橋を町人や武士が渡るのであるが、その海坂藩のルーツはまさにこの俳誌「海坂」にあったのである。「海坂」に発表された作品はこの『藤沢周平句集』では一章を設け「『海坂』より」と題して五十四句が収録されている。若き日の周平が俳句に親しんだ二年間の作品である。

陽炎や胸部の痛み測りゐる
聖書借り来し畑道や春の虹
桐の花踏み葬列が通るなり
桐の花咲く邑に病みロマ書読む
水争ふ兄を残して帰りけり
百合の香に嘔吐す熱のゆゑならめ
竜胆や人体模型かしぎ立つ
薄曇りゆく野の秋の薊濃し
肌痩せて死火山立てり暮の秋
汝を帰す胸に木枯鳴りとよむ
軒を出て狗寒月に照らされる

最後の「軒を出て」の句は色紙によく書いた句とのことである。当時、百合山羽公にほめられた句ということで自信を持って色紙に書いたようである。「海坂」で俳句に真剣に取り組んだ周平の気持が架空の海坂藩とその城下町を生んだが一方で小説『一茶』を書くことにもつながったのである。「小説『一茶』の背景」という随筆がこの句集にも収録されているが周平は一茶に興味を持った理由を「海坂」時代があったればこそと回想している。その随筆のなかで色紙についても色紙に似合う手持ちの句の少ないことにも触れている。三句目に抽いた「桐の花」の句は「海坂」で巻頭に採り上げられた句であるが「葬列が通る」では色紙に書き難い。

更衣して痩せしこと言われけり
麦秋やトロも鉄路も錆流す
メーデーは過ぎて貧しきもの貧し
花合歓や滙漑溝みな溢れをり

「海坂」より更に数句を抽いたが遺された色紙では「花合歓」の句は〈花合歓や田に漲れる雨後の水〉とか〈花合歓や畦を溢るゝ雨後の水〉という色紙もあると句集最後の「解説」で歌人清水房雄が紹介している。色紙を書いた時期は不明らしいが多分推敲のあとと理解したい。

十薬や病者ら聖書持ち集ふ
桐咲くや掌触るゝのみの病者の愛

の句もある。周平が「海坂」と関係した理由は郷里の山形県鶴岡市で肺結核と診断されて昭和二十八年、東京の北多摩の病院に入院した。二十代の周平は手術後療養所内の句会に誘われて参加、その指導をしていた人が「海坂」にやはり投句していたので共に投句するようになったよしである。したがって病院や病気の句が多くなるのである。その病院は野火止川のそばにあったので句会も野火止会と称して会誌も出していたそうである。『藤沢周平句集』では、この会誌の句から五十句を一章にまとめ「『のびどめ』より」として掲載している。冒頭に抽いた「初鴉」の句は「のびどめ」のなかの一句である。「のびどめ」収録句より適宜抽く。

はまなすや砂丘に漁歌もなく暮れる
残照の寒林そめて消えむとす
薯煮え居り貧しき夜なべ倦まむとす
薔薇色の初明りさせ病者らに
落葉無心に降るチェホフ読む窓に
鳩の群舞ふ城跡に青き踏む
故郷には母古雛を祭るらむ
石蹴りに飽けば春月昇りをり
黒南風の潮ビキニの日より病む

昭和二十年代末から三十年へかけての世相も窺える作品である。この句集では作品をこの二章のほかに「拾遺」と題して七句を別にまとめている。

夜深く蚊ら泣きけるは寂しとよ

は姉に頼まれて色紙に記した句で即吟らしいとのこと、

旧友の髪の薄さよ天高し

友もわれも五十路に出羽の稲みのる

の二句は句意からして晩年の作と思われるが時期は不明とのことであり色紙や短冊が遺されているよしである。

周平は本格的な作句は若き日、それも療養所時代であったがその後も折に触れ俳句を楽しんでいたのであろう。『藤沢周平句集』は俳句作品以外では「一茶とその妻たち」「心に残る秀句」など主に俳句に関連する随筆を九篇収録しており、藤沢文学の世界をじっくりと楽しませてくれる。

## 雨宮抱星『妙義春秋』

句集『妙義春秋』の著者、雨宮抱星は昭和三年群馬県妙義町に生まれ妙義に育ち俳句を作り続けてこられた。戦後すぐの昭和二十一年には「俳句と旅」に参加、同人として活躍されていた。以来五十年を越える作句人生のなかで『妙義路』『妙義の四季』『妙義湖』『妙義山房』と全て「妙義」の名を冠した句集を編んで来られた。今回の第五句集も「妙義」の名を冠し「ふるさと妙義」の春秋を詠うべく挑戦されている。句集『妙義春秋』は平成七年から十一年までの作品をまとめられている。年々の作品から「妙義」に関する作品を適宜抽出して見たい。

　波返す湖に寒気のこびりつく　（平成七年）
　閉ぢし目のなかに北風容れ夜の邃し　（〃）
　凍てすすむ湖は光を夜にゆづり　（〃）

「深夜の妙義湖」と前書のある三句である。深夜の妙義湖畔に佇むのはやはり土地の人であろう。「こびりつく」の措辞に旅人では感得できぬ迫力を感じる。また「夜の邃し」の「邃」の使い方に妙義の峻険を感じる。

かみなりの矢面に立つ屏風岩　（平成八年）
陣取りのごとく雷鳴岩を蹴り　（〃）

妙義界隈の「かみなりさま」の凄さは都会で聞くものとは比べ物にならぬ迫力がある。

枯木星余白を緊めて裏妙義　（平成八年）
枯木鳴る星を哭かせて湖の風　（〃）
枯葉踏む夜をさはがす裏妙義　（平成九年）
夏立つや妙義に限りなき星座　（〃）
稲架組まる妙義暮色を整はす　（〃）
妙義嶺に四温の温の不足がち　（平成十年）
雷鳴のちらかつてゐる巖の肌　（〃）
湯豆腐のいのち重ねて住む妙義　（平成十一年）
妙義嶺の水に哭かせて茄子の紺　（〃）
妙義路の明日へ一途の照紅葉　（〃）

ふるさと妙義の折節を情熱を籠めて詠み継がれている抱星である。その妙義は星のよく見える山国である。そして妙義の風土に育てられた抱星は星を仰ぎ妙義の星を詩情麗しく詠みあげてゆかれる。

父と子に寒露の星の生まれけり　（平成七年）
山頂に余寒のゆるむ星ひとつ　（平成八年）
秋涼の混みし山国星充たす　（〃）
流星やをとこの貌の嶺ひとつ　（〃）
枯桑や星みがかれて嶺を統べ　（〃）
着ぶくれて風重くする山の星　（平成九年）
冴え返る靴紐むすぶ星のなか　（〃）

妙義の星の数々である。星のなかで靴紐を結ぶ世界こそまさに山国妙義なればこそであろう。

春星や屋根の家紋を風が撫で　（平成九年）
神の嶺統べて寒露の星生まる　（〃）
掛け終へて一番星の潤む稲架　（〃）
嶺統べて星小寒を連れきたる　（平成十年）
尾根の雪揃ひの彩となる星座　（平成十一年）
湖寒し星にいのちを与へけり　（〃）

俳号に星の一字を持たれる抱星の世界は妙義の上に煌めく星空の世界でもあるようだ。この句集の平成七年から十一年の期間に抱星にとり痛恨の一事があった。最愛の夫人に病気で先立たれたのである。「あとがき」で作句への最高の理解者であったと妻を偲ばれている。句集では平成十一年の章の次に特に「膏肓の妻」と題する一章を設けて発病から納骨までの三十二句をまとめて鎮魂の頁として編集されている。

愛をいまむかしに戻す君子蘭　（退院）
秋立つや薬臭すでに妻に沁み　（八月みたび入院）
妻にまた腫瘍のきざし十二月
大寒や声が出ないと声詰らす
息絶えし唇に唇付け一月尽く
繰り返すだけのさよなら四温晴
きさらぎやあまたの神に妻加ふ

抱星は生前の妻から激励された言葉を思い出しつつ

初めての妻亡き屠蘇の苦みかな　（平成十一年）
妻に供く湯気の清らの土筆飯　（〃）
さまざまの詩を得独りの終戦日　（〃）

俳句の道を突き進まれてゆく。折柄、平成十三年の国民文化祭の全国俳句大会は妙義町で開催されることになった。

「新世紀、俳句の風を妙義から」のポスターが暮色の妙義山の写真を背景にできあがり準備は進む。そして主宰誌「草林」は創刊三十五周年を迎える。「草林」の表紙は主宰抱星が自ら撮影した妙義神社境内の写真である。抱星が創刊主宰して風土色の濃い異色の俳誌として抱星同様に妙義町で生まれ育ってきた俳誌である。「草林」の成長の記録も詠み継がれている。

過ぎ去るは瞬きに似て蒸し暑し　（創刊三十周年）

草林の大樹ひたすら囀れる　（三十周年記念合同句集）

空つ風生まれ遥かへ神馬馳す　（草林一〇〇号自祝）

季刊誌を平成八年四月号から月刊に移行されている。この五月号で通巻一二八号である。お世話をされる国民文化祭全国俳句大会の成功と「草林」の発展を祈り第六句集もどのような「妙義」を詠われるのか期待しつつ鑑賞を結びたい。

## 高木良多『櫻狩』

「春耕」同人会長高木良多の第三句集『櫻狩』を読んでその自然諷詠の男ぶりに魅了された。印刷所は嫌がるのかも知れないが漢字も徹底して旧字体である。念のために「春耕」誌上では流石に新字体であったが句集のうえでは桜は櫻、灯は燈、桧は檜などである。
この辺のこだわりぶりも印象に残るが巻頭の二句が

獵銃の音のこだまや蘆枯るる
須彌壇の上より聲や煤拂

であり旧字体にて句柄は骨太である。しかもこの二句だけが前句集『佐原』の拾遺として冒頭に収められている。その後は一年一章の構成で各章に題が付されて平成八年から平成十二年までの七章に区分されている。各章から同じこだわりの作品を抽く。

啓蟄や硝子圍ひのエレベーター　（御田植祭／平成六年）
片羽根を擴げてゐたり羽抜鳥　（〃）
春鴉舞ひあがりざま鬪へり　（彼岸過／平成七年）

假植ゑの葱の伸びきし彼岸過　（彼岸過／平成七年）
富士暮るる湖面に春の燈を映し　（原生花園／平成八年）
へこき蟲ころげて出でし石の上　（〃）
鐵の棒もてなだめたりどんどの火　（木葉木菟／平成九年）
佛間よりおわら祭りの燈の見ゆる　（〃）
老鶯の聲をはるかに船溜り　（新羅佛／平成十年）
修善寺や川のひびきの冬櫻　（〃）
一草も無き石舞臺秋暑し　（櫻貝／平成十一年）
奥の間に翁の聲や雪圍　（〃）
歌留多會いくさに往きし兄ありき　（玉椿／平成十二年）
藻疊の下より出でし秋の鮎　（〃）

一年二句抽出したが忘れかけていた旧字体とともにやはり忘れかけていた男ぶりの俳句の世界が蘇る。さてこの句集による作家評論は作家をむしろよく知らず作品から解釈してゆく事例が多いが今回も私は高木良多を全然知らない。「春耕」という俳誌を知り皆川盤水主宰を存じあげておりそこの同人会長と聞くのみである。その縁で句集『櫻狩』を入手して拝読する機会を得て冒頭に掲げたような印象を持ったのであるが、いざこのように抜き出してみると益々その印象を強くする。自然のなかの人物の扱いも掲出句の「鉄棒を持つ人物とどんどの火」「おわら祭りの灯を仏間から見る作者」「歌留多に偲ぶいくさの日の兄」「雪囲いと奥の間の翁の声」などに男ぶりの叙情を感ずるのである。それは自然諷詠にも片羽根の羽抜鳥の描写、「舞ひあがりざま」に争う鴉の写生、「川のひびき」と修善寺の冬桜、秋暑の石舞台に一草も無い描写、藻畳にひそむ鮎に見る秋の雰囲気など骨っぽい諷詠に共鳴ともいえる憂愁をふと感じたのである。最近の句集でよく気がつくものに旅吟の多さがあるが、『櫻狩』も東奔西走、その精力的な活動ぶりには驚くばかりだ。

春告鳥摩文仁ヶ丘を下るとき（沖縄／平成六年）
御田植の香取の太鼓とどろけり（香取／〃）
ししうどの花搖れどほし襟裳岬（襟裳／〃）
初鴨の脚痕まざと湖の宮（上高地／〃）
切支丹燈籠圍ひ冬木賊（静岡／〃）
苗木市の眞上に見ゆる天守閣（大阪／平成七年）
雪椿落ちつぐ鏡池を染め（羽黒／〃）
颪くればわたすげのわたとぶべかり（湯の上温泉／〃）
鴉の子サイロの屋根を翔つ構へ（北海道／〃）
寒葵芭蕉の句碑の裾圍み（岐阜／平成八年）
はぐれ鵜の春夕燒をとびてをり（犬山／〃）

夜叉五倍子の枝の先なる雪解富士　（甲斐／平成八年）
磨崖佛詣りの道やきりぎりす　（大分／〃）
山の影山より青し魚簗の水　（栃木／〃）
錢葵千國街道亡びたり　（信州／〃）
踏みこめば原生花園蜻蛉とぶ　（知床／〃）

全部抽出したわけではないが旅から旅への活躍は三年間だけでも北から南まで最近の俳人の姿をよく伝えている。句集前半だけでもこの活躍だから後半も旅吟は多いが海外詠は

秋の燈に浮きて眞白や新羅佛　（平成十年／韓國）
豐年やキムチ料理に銀の箸　（〃）

と韓国ぐらいで活躍が国内中心なのも何故か男ぶりに感じてしまうのである。良多作句工房はあくまで机上ではなく吟遊であり自然の中に身を投じてそこから句を授かる手法である。旅に眼が行き過ぎたが身辺の写生にも冴えのある句を残されているのが『櫻狩』の良多句集の良さである。作者は東京も杉並にお住まいのようだ。

芝生より一本立ちや曼珠沙華　（平成六年）
討入の日に集ひけり藥喰　（平成七年）
冬木の芽白洲の址のさざれ石　（世田谷檻棲市／平成八年）

朱の淡き蕾をのこし芙蓉枯る　（平成八年）

旅吟以外でもその現場で的確に写生されている。旅吟を拾った前半三年間の作品から旅の雰囲気のない作品を見直してその写生の確かさに良多作品の真髄を見た。また「藥喰」の季題の絶妙な味に良多のもうひとつの世界を見た。平成九年以降の作品からあえて旅吟を避けて良多工房の感銘句を紙数の許す限り抽き鑑賞を結びたい。

すさまじき夜風や豆を撒きし後　（平成九年）
跳ぶやうに吹かれ狐の剃刀よ　（〃）
秋の蟬枝よりこぼれ枝へ落つ　（平成十年）
東京に青空戻る寒露の日　（〃）
輪に切つて種薯の色見するなり　（平成十一年）
半夏生街に鴉の増えきしと　（〃）
をりをりにはとりのこゑ運動會　（〃）
風過ぎてより揺れにけり玉椿　（平成十二年）

## 今井千鶴子『花の日々』

向き合ひて虚子に学びし花の日々

句集『花の日々』の巻末の句である。「あとがき」で「『花の日々』という書名は、若い私が虚子先生と炬燵を隔てて相対し、いやいやながら口述筆記の仕事をしていた人生の花の時代を、懐かしく思い出した自作から付けました」と記されている。句集は平成四年八月に母を亡くしてより同九年四月の虚子忌まで、約五年間の句から三三九句が収録されている。母は今井つる女。虚子の兄の娘である。平成四年八月十九日、九十五歳で亡くなられた。「花の日々」の書名、そして平成九年の虚子忌までの句をまとめたとの「あとがき」を読んでつる女の次の句がふと頭に浮かんだ。

年々の虚子忌は花の絵巻物　今井つる女

私の父は「橙青日記」の八月二十日に「今井つる女先生逝く、今井つる女先生は虚子の親戚、私が海上保安庁長官のとき、天皇陛下四国ご巡幸に御伴した折、四国今治の今井家に立ち寄り、町長夫人であったつる女先生にお目にかかつたことがあつた。今夕十八時、豪徳寺にてお通夜、

お別れに行く」と記録、最後に

おもかげを残して星の流れけり　大久保橙青

と弔句を残している。橙青はその後二日続けてつる女先生について日記に弔句などを記しご交誼の思い出を偲んでいる。句集はその平成四年「母亡きあと」の章から始まる。

八月の海があんまり青過ぎる

句集巻頭の句である。以下、次のような母を偲ばれる句がある。

月の夜の人を遥かと思ひけり
母逝きし今年は雨の十三夜
大根の好きな仏でありにけり
亡き母に今年も買ひし福寿草

この母を亡くされたのちの日々、約五年間の作品を繰り返し拝読して「花の日々」は「旅の日々」であることに気がついた。

山国の刈田に藁を撒く仕事　（平成四年／小諸）
鶺は鶺鴨は鴨なり沼しぐれ　（〃／手賀沼）

山深く今年の雪の別れかな　（平成五年／那須高原）
梅雨の町夜は踊の町となる　（〃／郡上八幡）
舟虫のじつとしてゐるときの髭　（〃／伯耆路）
馬にしぐれ牛もしぐれて麓村　（〃／蔵王）
檻の鹿冬日かげればうづくまる　（〃／伊予）
日輪のかたちはありて鳥曇　（平成六年／金沢内灘）
桐の花山より雨の来りけり　（〃／信濃）
茅花の穂すがれ雪加の巣立つ沼　（〃／印旛沼）
島夕焼わが生涯の此の時間　（〃／グアム）
宿下駄の四角の音や天の川　（〃／山形）
朝市にそば屋の嫁女蝗売る　（〃／上州老神）
山頂の売店たたむ雪が来る　（〃／信濃飛騨）
冬草や太極拳の授業中　（〃／台湾）
ホノルルの動物園もクリスマス　（〃／ハワイ）
ときをりに旧館揺るる雪卸　（平成七年／小谷温泉）
大玻璃を海に開きて春炉あり　（〃／伊予）
朝湯出て桜に立てる男かな　（〃／吉野）
吸口は香りも高き野の三葉　（〃／信濃）

台風の雨脚が海渡りくる　（〃／香港）
ふるさとに風を祈りて踊りけり　（〃／風の盆）
うつそりと人現れし夕紅葉　（〃／滋賀）
幼子と貝を拾ひてクリスマス　（〃／沖縄）
ハンカチの木と呼ぶ白き花涼し　（平成八年／シンガポール）
ふと黒くふと白く日に千鳥翔つ　（〃／千葉）
ぷりぷりとコーヒー色の裸かな　（〃／ブラジル）
竹落葉竹のお茶屋の跡とこそ　（〃／松山）
山寺の仏見て来し朴の花　（〃／奥琵琶湖）
島の夏縄のやうなる雨が降る　（〃／香港）
滝の威の失せ水うすく落ちにけり　（〃／上州老神）
あいなめの釣れ短日の釣仕舞　（〃／房総）
滞在や椰子の木村のクリスマス　（〃／オーストラリア）
夏潮の引きぬ大きな亀残し　（平成九年／シンガポール）

五年間の旅吟から各地一句を抽出したが、以上の各地の作品だけで、一二五句と句集の三分の一以上に達している。毎年のようにクリスマスは旅先で迎えられている。俳句はまさに日記の如く記録されているのである。千鶴子俳句の花鳥諷詠は待望の孫娘に恵まれるや孫娘も題材として日記の如く記録される。

誕生の寒の月夜でありにけり　（平成六年）
生れし子に結衣と名付けて春を待つ　（〃）
着ぶくれてわが孫娘立ち初むる　（平成七年）
嬉しくてすぐに眠くて七五三　（平成八年）

千鶴子俳句は虚子に直々に学び俳句一族のなかで季題に殊に研鑽を積み、旅に出ても孫俳句を作っても季題の効かせ方は円熟しておられるのはむしろ当然であろう。私はこの句集でもうひとつの特徴は「あとがき」に「私は主宰俳誌を持ちません。草間時彦氏の〈甚平や一誌持たねば仰がれず〉の句の通り、普通のおばアさんでありまして、仰がれる先生ではないのであります」の心であろう。好きな俳句の手ほどきをして育てた人たちは方々の俳誌で活躍されている。俳誌を持つことによる「余計な事に拘らず」「煩わされる事」もなく純粋に俳句のあるべき姿を指導されておられる成果なのである。

茄子の種紫ならず蒔きにけり　（平成五年）
種を蒔く腰を定めてぱらぱらと　（平成六年）
日まはりの小さき種を蒔いてをり　（平成八年）

一誌を持たず俳句の種を蒔く千鶴子さんの健闘を祈りたい。

## 後藤比奈夫『沙羅紅葉』

句集『沙羅紅葉』は後藤比奈夫の第八句集である。平成八年から十二年までの五年間、四三一句を収められている。比奈夫は大正六年大阪生まれ。父の夜半につき俳句を学び昭和三十六年「ホトトギス」同人。昭和五十一年父の没後、父の主宰されていた「諷詠」を継承された。俳壇でも俳人協会副会長、大阪俳人クラブ会長などを務められた。現在も日本伝統俳句協会、俳人協会、大阪俳人クラブの顧問などをされており俳壇の重鎮としてご活躍中である。

底紅忌愛弟子老ゆるばかりかな　（平成九年）
底紅を溺愛したる父の齢　（平成十二年）

父夜半の忌は底紅忌といわれる。句集に『底紅』があるが高浜虚子に師事し「日本新名勝俳句」に入選した箕面の滝を詠んだ〈滝の上に水現れて落ちにけり〉は客観写生俳句の真髄として著名な句である。句集『沙羅紅葉』には父を偲んで訪れた箕面の滝も詠まれている。

滝落ちて箕面は空の深きところ　（平成八年）
滝音を淩ひし風の戻り来ず　（〃）

『沙羅紅葉』の五年間には「ホトトギス」の創刊百年という慶事もあった。父子二代「ホトトギス」の同人である比奈夫は「ホトトギス」三代の師を詠んで祝句とされた。

　平成のこの秋晴を虚子は知らず　（平成八年）
　菊に手を合せ年尾に手を合す　（〃）
　子規の句も爽やかなれど汀子の句　（〃）

主宰される「諷詠」も六百号を迎えた。「諷詠」は昭和二十三年、父夜半が創刊、「花鳥集」と称したが昭和二十八年に「諷詠」に改題、比奈夫は昭和二十九年から編集発行人として父夜半を補佐しておられた。

　五十年野暮を涼しと過し来し　（平成十年）
　生涯を托せし黴の一俳誌　（〃）
　句帳手に持つてゐるだけにて涼し　（〃）

比奈夫は「あとがき」でこの句集について「父は晩年、特に『俳句は抑情謙虚の詩』ということを言った。抑情は別としても、私は謙虚が好きだ。年を取ってきて、いよいよ好き。謙虚にしていると、何となく「物の見えたる光」が、いくらも実現しそうな気がするのである。勿論、季題に対する畏怖の情は、益々その度を深めている。俳人の一生は、まさに季題との相剋——と言って悪ければ——季題への没入に尽きると断じて誤っていないと思う。それにやや晩年の自由さが加わったのが、本著の中味ということになろうか」と述べておられる。句集を拝読して「あとがき」を読むとまさに季題に多角的に迫り「この季題にこのような見方があるのだ」と教えられることが多い。季題に対して革新的なのである。

雁風呂の焚けさうな木の蒐めあり　（平成八年）
雪解といふ湯上りのやうな景　（〃）
あたたかな上に時計も遅れゐし　（〃）
見上げれば空へ逃げゆく滝なりし　（平成九年）
聞えざり人の聞きたる秋の声　（〃）
枯枝は枯枝だけで完結す　（〃）
ときに風ときに水やり榾火守る　（平成十年）
飛花といふ一集団に襲はるる　（〃）
クリスマスカロルとめねば繰返す　（〃）
キャンプにもゐたる有閑マダムかな　（平成十一年）
梟の目もまた物を言ひにけり　（〃）
時雨てもルーズソックスルーズのまま　（〃）
酒はみな治聾酒といひ聞かせ飲む　（平成十二年）
沈黙は金ともちがふ壬生念仏　（〃）

心にもひろげ晩夏の一マップ　（平成十二年）

題材も「雁風呂」「治聾酒」から「ルーズソックス」までバラエティに富む。句柄も若々しい。季題に対して謙虚な姿勢がむしろ清新な風を作品に送り込んでいるようだ。

一月十七日思ひても思ひても　（平成十二年）

句集は平成八年以降の作品からまとめられているが阪神大震災は平成七年であった。神戸にお住まいである。筆舌に尽し難い思いもおありであろう。

雪がちらつけばと思ふルミナリエ　（平成十一年）

復興の進む神戸の町である。しかし「震災跡」と前書して、

いくら描いても凍てし空焼けし跡　（平成十一年）

の句も同じ年に詠み残されている。震災に直接遭遇された方々でなければわからないかも知れない痛切な凍て空である。句集『沙羅紅葉』の由来の句は

沙羅紅葉来世明るしとぞ思ふ　（平成十一年）

である。この句を含めて句集中にはどこか物語につながりそうな作品も多い。

懸想文誤字悲しともをかしとも　（平成八年）

一ヨット意識しそめし一ヨット　（平成九年）

敦盛のために巣を掛け月の蜘蛛　（平成十年）

五十年前の春塵かも知れず　（平成十一年）

数へ日の恋を占ひ地主の神　（平成十二年）

一年につき一句を抽いたが比奈夫俳句のもうひとつの味であろうか。読者に俳句を楽しく読ませてくれる。

主宰誌「諷詠」も順調で後継者も育っている。ご夫婦ご健康にダイヤモンド婚を迎えられたよし、遅ればせながらご祝意を籠めて鑑賞を結びたい。おめでとうございました。

絵らふそく立てて見送る年のあり　（平成十二年）

## 鷹羽狩行『海外吟　翼灯集』

平成十三年七月二十九日の毎日新聞の朝刊「毎日俳壇」の頁に選者の一人である鷹羽狩行の「ポルトガル」五句が発表されている。ナザレで憩うサングラスの狩行の写真が添えられている。

白壁の町並ゆゑに明易し

五句中のナザレにおける作品である。この度その狩行が上梓された『海外吟　翼灯集』は一九六九年から一九九九年まで三十一年間の、海外で詠まれた狩行作品の集成である。一九六九年の次は一九八三年と間が空くが海外の旅はまだ難しい時期であった。現在でこそ俳句の国際化が話題になり一九八九年には俳人協会、日本伝統俳句協会、現代俳句協会が協力して国際俳句交流協会が設立されて日本人の海外詠外国人のハイクの発表も珍しくなくなったが狩行の著名な海外詠

摩天楼より新緑がパセリほど

が詠まれた一九六九年ごろは日本人の海外詠はまだ珍しく、一ドルが三六〇円の時代であり、海外詠には季節感が全然違うとか絵葉書俳句に成りがちとか批判的な指導者もいた。しかし旅吟の

絵葉書俳句などの留意点は国内旅行でも同じであろうし、季節感は北海道から沖縄まで南北に長い日本国内だけでも大いに変化に富む。海外詠といえば戦前では昭和十一年の高浜虚子の船旅による欧州紀行や、戦後でも加藤楸邨のシルクロードの旅などがあるが狩行の海外詠は『翼灯集』の巻頭を飾る一九六九年の「アメリカの旅」に始まり継続して「俳句を世界へ、世界で俳句を」という明瞭な意識で果敢に挑戦して「海外詠」を多数発表してこられた。まさに「海外詠」の開拓者である。『翼灯集』には十四か国八二七句の作品から五九〇句を選び収録されているが、狩行は別に平成四年にも四回にわたる訪中吟を『長城長江抄』として二四一句を収録発表されている。冒頭に触れた毎日新聞の「ポルトガル」五句は『翼灯集』以後の作品ということになるが「明易し」という季題は海外の夏にはよく実感する。サマータイムに慣れない日本人の習性か、単に海外旅行ではすぐ夜更かしをするせいかも知れない。『翼灯集』の「明易し」はどうだろうか。

赤鼻のトロール人形明易き　（ノルウェー／一九九四）
明易く姫が人魚に戻る刻　（デンマーク／一九九四）
明易し小鳥の国のなかに覚め　（イタリア／一九九六）
明易きことにも馴れてゲル泊り　（モンゴル／一九九九）

海外の旅に馴れてこられると「明易き」ことにも馴れてこられるらしい。「ゲル」については後続の

モンゴルの夜立（よだち）とはこれ包（ゲル）に覚め
ゲルの扉（と）の鈴鳴れば朝露の中
朝寒やゲルの炊煙向き同じ

などの作品から理解した。狩行の海外詠はこのモンゴルの四句を読んでも季題の選択は多彩である。日本の歳時記の四季分類を越えてその土地その風土に応じて自由自在に季題を駆使されている。一九九九年のモンゴル作品は全部で四十一句が収録されているがうち二十二句が南ゴビの作品である。二十二句より適宜、夏の季題、秋の季題を三句ずつ抽く。

西日ある方を西とし駱駝隊
夕焼けて祈るかたちに駱駝坐す
尾をひつぱつてゴビの星流れけり
頬打つて親しや南ゴビの蠅
星月夜はるかは砂丘明りとも
逃げるたび鳴いて花野の鳴き兎

さて、狩行は「あとがき」で海外吟行に行かれると、都度一年後に五十句から百句を発表してきたと記しておられる。その作品から今回は『翼灯集』に一番少ないオランダで六句。一番多いイタリアは七十八句と収録作品の数は国により差はあるが十四か国の作品を年代を追い一句ずつ抽き狩行作品を鑑賞しつつ足跡を辿りたい。

大飛瀑妻子のために覚えおく　（アメリカ／一九六九）
根もとより森林映し湖の秋　（カナダ／一九八三）
牛のどかおのが乳房の上に臥し　（スイス／一九八九）
やさしさは白夜の国の羽根布団　（スエーデン／一九九四）
彫像にあらず白夜の抱擁像　（ノルウェー／一九九四）
炎天や獄のごとくに城遺り　（デンマーク／一九九四）
海に見せむと並立の夜涼の灯　（香港／一九九四）
花野また花野嵐が丘を来て　（イギリス／一九九四）
口紅も香水も濃くインディオか　（ブラジル／一九九六）
草いきれ煉瓦は土に還れざる　（イタリア／一九九六）
蛇に使はれて笛吹く蛇使ひ　（インド／一九九七）
白きもの太陽青きもの氷河　（アラスカ／一九九八）
水禽やラインを濠として古城　（ドイツ／一九九九）
北窓を塞ぎアンネの居間兼寝間　（オランダ／一九九九）
月と旅日と旅大草原の秋　（モンゴル／一九九九）

十四か国の句を繰り返し拝誦して、海外詠ではあるが旅人の眼でなくて現地での印象を素直にそこの住人の心になりきる努力をして、作品に反映されようとされておられる姿勢に強く感銘を受けた。その結果として日本の季節感を押しつけるのでなく、こだわるわけでもなくその土地その国の風土に馴染んで俳句にされているのである。スイスの六十五句は十日ほどの滞在での作品とのことであるが

壁掛のカウベルの金（きん）春を待つ
牛は散り山羊固まりて春うらら
レマン湖を水盤として大噴水
秋高し行くは牛とどまるは岩

と四季の感触を経験して四季にまたがる季題を活用してスイスの風土を忠実に俳句に表現された。まさに句集『海外吟　翼灯集』は海外での作句の教科書ともいえる内容であった。

## 茨木和生『往馬』

暮石の忌きつねのかみそりが咲けば　（平成十年）
山の色空の色澄む暮石の忌　（平成十一年）
暮石忌の太陽暑さ極まれり　（平成十二年）

茨木和生の句集『倭（やまと）』をこの欄で採りあげたのは平成十年十一月号であった。二つの特徴があったことを鮮明に記憶している。その一つは平成七年八月九日、九十六歳で亡くなった師、右城暮石との最晩年の交流の日々を綴った作品の数々であった。暮石は主宰していた「運河」を和生に譲り郷里の土佐に移り住まれていた。亡くなられた時の

迎火のけむり腕にまつはれり

等の追慕の句はよく覚えている。それだけに句集『往馬（いこま）』を手にして毎年詠み残されている暮石忌の句がまず印象に残った。掲出の三句の他に、「土佐山中の右城暮石出生地」と前書した、暮（くれ）石（いし）を訪ねた折の

暮石は四戸の小字竹の秋　（平成十一年）

も『往馬』に収録されている。暮石の忌日に偲ぶ他に師の出生地まで山中を訪ねておられるのだ。前句集の『倭』は師弟愛の句に満ちていた。その『倭』でもう一つ記憶に残っているのは、風土色の濃い印象であった。平成八年『西の季語物語』で俳人協会評論賞を受賞された和生らしく季語の扱いも多彩であった。その風土色の濃い季語を駆使される茨木和生の世界がこの『往馬』にはより濃く描かれていた。京都に住んでおられたが還暦を迎え、定年を機に故郷に近い奈良県生駒郡平群（へぐり）に移り住まわれた。師の暮石が故郷の土佐に住まわれたように。そして「日々仰ぐ小塩山は」と前書した

天皇を風葬の山初日差す　（平成九年）

の句を得られて第七句集『往馬』の巻頭に据え、平成十二年までの三五八句で一巻を編まれたのである。

野趣に富み、土の匂いの濃い作品をしばらく鑑賞したい。

雪催木桶二つに水張られ　（平成九年）
雪を踏み抜かずに鹿の逃げ行けり　（〃）
一本の針金なりし貂の罠　（〃）
洗はれてゐて流されず蛇の衣　（〃）
蛇の衣畳の上に延ばしけり　（〃）

吊られたる猪の乳首育ちゐず　（〃）
手に溢れさせて雲腸取り出せり　（平成十年）
山桜いまも盥に湯灌して　（〃）
滴りを受くる地蔵の地蔵盆　（〃）
休耕の山田も僧都外しゐず　（〃）
正月の地べたを使ふ遊びかな　（平成十一年）
岩に乗り上げて曲がれり秋出水　（〃）
一本は蝮酒なり月の宴　（〃）
見落しの橡の実一升ほど拾ふ　（〃）
どれかひとつはこのわたの握り飯　（〃）
雪見舟月輪熊の皮を敷く　（平成十二年）
種鯉に入れし萱束水温む　（〃）
孕雀土俵に跳ねてゐたりけり　（〃）
鼬傷片目に受けし緋鯉かな　（〃）
岩魚の目くもりをらねど死にゐたり　（〃）

どの句も都会から離れた山里の風が生き生きと吹いて野趣に富む。鹿は雪深い山野を踏み抜かずに駆け、蛇の衣は渓流に洗い畳に延ばし、吊り下げた猪の乳首は若い。子供たちは正月も地べたに線引きでもして遊び、月見は蝮酒を酌み、橡の実は拾いつくせない。村の鎮守の土俵だろうか、孕雀が跳ね遊び、新鮮な岩魚は死してなお目は明るい。和生は身辺の土臭い風土を詠み上げて、ふるさとへの暖かい愛を語られている。そんな和生の世界には狐も親しく登場し狐火もしかとみえる。

しかと見し炎を巻ける狐火を　（平成十年）
向かひ来ることあらざりし狐火は　（〃）
狐火の立ちしあたりといふところ　（平成十一年）
狐火を殺生石に見てみたし　（〃）
狐よと聞き耳立つる夜伽かな　（〃）
狐狸の立ち寄りし跡ある雪間かな　（平成十二年）
夜は狐来るといふなる漁港かな　（〃）
狐火を知らず狐もまだ見ずと　（〃）

たまに山里に旅に行き狐を見たとか狐火を見たというのではなく日常の生活圏に狐に限らないが野趣に富むもろもろのものが存在するのである。それは都会生活では忘れ去られ、また開発という名のもとに環境から失われゆくものに和生俳句の世界で息吹を与え思い出させてくれるのである。

素謡をして包井に立ちゐたり　（平成九年）

正月の若水も俳句の世界以外ではあまり使われない。何しろボトルの水の時代である。「包井」に素謡とはまさに和生の世界である。秋になると

後の雛飾りてひとり山に棲む　（平成九年）

「ひとり」などこの頃はよく使われる言葉だがこの句の「ひとり」はまさに効いている。次の「棲む」とともに。山里に残る素朴な風習である。雛も飾り古された時代物であろうか。

火山性鳴動続く草泊　（平成九年）

自動車が行き渡り道が良くなり草泊も廃れたかと思うがまだ残っているのだろうか。和生の世界はいろいろな忘れかけた景を思い出させてくれて有り難い句集であった。

# Ⅲ　平成十四年〜十五年

## 大牧広『昭和一桁』

ひえびえと代田に水皺誕生日

大牧広の誕生日は昭和六年四月十二日である。まさに「昭和一桁」世代のど真ん中である。私も昭和五年生まれの「昭和一桁」であるが、句集名の『昭和一桁』には正直、先を越されてやられたと心から思った。表紙や裏表紙には誕生日の新聞のコピーというのも心憎い演出である。更に、平成七年から平成十三年までの作品を

新雪（平成七年〜平成八年）四十句
暖流（平成九年）六十句
浅草の灯（平成十年〜平成十一年）一一六句
父ありき（平成十二年〜平成十三年）一〇六句

の四章に区分された内容にすっかり魅了され繰返し繰返し拝誦させていただいた。句集中「昭和一桁」は二句登場する。

冬帽子昭和一桁はるかなり　（父ありき）

春眠し昭和一桁ことに眠し　（〃）

明治大正の世代や昭和二桁の世代と違い昭和一桁には独特の哀感がある。他の世代とは共有できないものがある。私も昭和一桁を詠みこんだ句を作ったことがあるが、句会でもたまにお目にかかる。やはり昭和一桁の人の作句である。この世代も前半の人たちは古稀を越え周辺を見まわすと高齢化社会なのに病魔に襲われたたれかれの顔が浮かぶ。後半の人たちも多くは定年を過ぎ第二の人生に入っている人が多い。病気持ちも多い。昭和一桁は成長期が食糧難だった戦時中のため、どこか弱く高齢化社会から少し取り残されているのだとか言って脅かす人もいる。

余生とは薬嚥むことといわしぐも　（新雪）
癌研が目じるしといふ略図冷ゆ　（〃）
おのが身の金属疲労夜の秋　（〃）
仏飯を盗み食ひせしいくさの夏　（浅草の灯）

昭和一桁の共有する体験は大本営発表に始まる戦争であるが、戦地ではなく空襲である。そしてほんの数年の違いで特攻戦士になるところだった世代である。

炭はねし朝や大本営発表　（父ありき）
夏景色とはB29を仰ぎし景　（浅草の灯）
この坂は父想ふ坂空襲忌　（父ありき）

空襲忌川面に波の立ち上り　（父ありき）
水からくり空襲前に見し記憶　（〃）

回想の戦時体験である。俳人にも空襲を知らない世代が圧倒的に増え開戦の日の大本営発表を聞いていない、いやその時は私は生まれていませんでした、という人も多い。しかし昭和一桁の世代にとって終戦の詔勅までの大本営発表の日々、空襲体験は人生のなかで育ち行く日々であって忘れ得ぬ日々であったのである。兄や兄の友人が、特攻機に乗って還らぬ離陸を行い「ホタル」になって親しき人に帰ってきた、そんな体験の日々である。

白南風の果てやかつての特攻基地　（浅草の灯）
戦中の知覧にもさぞ青嵐　（〃）
逝くまでに知覧訪ひたし雲の峰　（父ありき）

昭和一桁の歴史は昭和を生き抜いてきた歴史である。戦後の荒廃から立ち直り高度成長期の時代、やがてその成長の歪みが目立ち始めた時代、労働運動も華やかなりし時代、その闘士のその後、大牧広は「昭和一桁」の視点でその社会の変遷を詠まれていく。

ここに来て社歌を歌ふか花の山　（父ありき）

軍歌を子守唄の替りに聞かされたり登下校の折節に歌って育ち、今でもお座敷芸に軍歌の唄える昭和一桁は企業人としては高度成長期の企業を支え多くの社歌が企業で誕生した。
花の山の靖国でも上野でも企業単位の花の宴が盛んである。せめて靖国の花の宴では「同期の桜」を合唱したいが歌詞を知らぬ人が会社の多数派になってしまった。あの「七つ釦の予科練」の若鷲も

予科練の頃をぼそぼそ花筵　（新雪）

と隅に追いやられる。

つくづくと人脈社会雪なき冬　（新雪）
喫煙コーナーに企業戦士の春愁　（〃）
いまどきのメーデー鶏の深眠り　（暖流）
やすやすと青嶺壊され家が建つ　（〃）
端居して地球汚れしこと思ふ　（〃）
青北風や男は背広鎧ふごと　（浅草の灯）
成人講座つねに誰かが咳こぼし　（父ありき）
メーデーに弾圧のごとざんざ降り　（〃）

メーデーと弾圧、それも遠い戦前の話であり

多喜二忌の魚は海へ向けて干す　（父ありき）

プロレタリア作家と官憲の拷問も昭和一桁直前の昔話である。昭和一桁も生き永らえて平和の時代に暮らし

腹に肉つくはみじめや花の昼　（父ありき）

となり、労働運動もすっかり様変わりしてしまった。

元闘士の宿の囲炉裏はくすぶりがち　（父ありき）

政治も曲り角かも知れない。塾や赤字線も目立つ。

失政や綿引きつれしちやんちやんこ　（浅草の灯）
国変へるやうな夕立は来ぬものか　（父ありき）
高層の灯は塾といふ万愚節　（浅草の灯）
赤字線が育くんでゐし藪からし　（〃）

大牧広の作句工房は昭和のあらゆる社会現象を五七五の世界に引きずり込む。しかも見事に季題を活かしている。万愚節も藪からしも動かない。「港」主宰として一五〇号を越え、恩師能村登四郎亡き後の二十一世紀の俳壇をリードされようとしている。ご健闘を祈り句集に収められた

「港」百号自祝の句を抽き鑑賞を結ぶ。

雲の峰一〇一号へとりかかる　（暖流）

## 松山足羽『山河』

句集『山河』は松山足羽の第三句集である。昭和六十一年に上梓された『鉄橋』、平成五年までの作品をまとめた『坐高』につぐ句集で、今回は平成六年から十一年までの作品より、四五四句を収録されている。この間平成十一年には別に『自註松山足羽集』を上梓されている。昭和六十三年に創刊主宰された「川」は平成十三年には誌齢一五〇号に達し順調に発展を続けられている。

さて今回の『山河』は一年一章の六章に区分して編集され各章に題が付されている。作品は歴史的かなづかいであるがすべての漢字に現代かなづかいによりふり仮名を付し、読み易く配慮されている。各章から題名の由来と思われる句を抽く。

巻尺の全長を引く春の海　（平成六年／春の海）
親の手紙盆の心になつてきし　（平成七年／盆の心）
人の踏む固さが冬の道となる　（平成八年／冬の道）
帰り花熱くしてゐる思ひかな　（平成九年／帰り花）
初山河郵便船が離れけり　（平成十年／初山河）

男組板雫を切りて日の短か　（平成十一年／男組板）

句集『山河』を繰返し拝読して、定型を守りつつ、定型に収まりにくい固有名詞を一句に上手く収め、しかも季題も活かされている数々の作品が印象に残った。一例を抽く。

海上保安庁北限の蒲団干す　（平成六年）

海上保安庁はアメリカの沿岸警備隊を模して海軍を失った戦後日本に創設されたいわば海の警察ともいえる存在であり密出入国や密漁の取り締まりなど島国日本にとり重要な役割をになう役所であり全国に海上保安部を配置しているが仕事柄灯台など辺境の土地の勤務も少なくない。この句は日本最北端の海の守りに就く海上保安庁の官舎であろうか、北の太陽に向き蒲団を干しているというのである。「北限」の措辞が海上保安庁という固有名詞と照応して一句に見事に収まり二句一章の顔を踏み定型の範囲にも収まっている。平成六年の作品は六十四句が収録されているが固有名詞を一句にまるごと収めて同じように印象に残った作品をご紹介したい。

鯛焼きや養老保険に加入して　（平成六年）
鳥獣保護区干潟へ布団干してをり　（〃）
女子師範学校出身さくら餅　（〃）
露坐仏へ五百羅漢へ初音かな　（〃）
蔵王雪嶺黙庵和尚に会ひに行く　（〃）

水中花俳句講座のはじまりに　（平成六年）
十一面観音堂へ蜷の道　（〃）
昼寝覚め算用数字途中のまま　（〃）
日傘して良妻賢母次は何に　（〃）
のろま人形二百二十日の首揃ふ　（〃）
曼陀羅華一花を挿して無月かな　（〃）
飢餓海峡帆立の貝殻山なして　（〃）

全体に占めるウェイトは多い。女子師範学校とか十一面観音堂や算用数字など普通は敬遠されそうなものを見事に収めておられ芸術的でもある。その足羽の芸を持ってすれば「鷹鳩と化す」のような難解季題も

鷹鳩と化して園児を引率す　（平成六年）

と見事にこなされる。引率する保母であろうかその人となりが俳諧味のある暖かい眼差しで描写されている。

犬ふぐり勇気凜凜たる色に　（平成六年）
天秤棒の荷に譲らるる春の泥　（〃）
身ほとりに蠅取蜘蛛と大言海　（〃）

霊山の延命水に赤蚯蚓　（〃）
しぐるるや賽の河原に氏素姓　（〃）
念仏紙百枚燃やす日の詰まる　（〃）

そして氏素姓や勇気凜凜などの措辞も「犬ふぐり」や「しぐれ」の季題を配して一句の中に消化されている。

燈台の畳へ届く鏡餅　（平成六年）

は句集巻頭の句であるが難しい言葉も難解な季題も使っていないが味のある句である。しかし固有名詞などを駆使した足羽俳句の芸に目を奪われて気がつかないほどである。しかしこのような句も加えて句集を編んであるところが『山河』の魅力なのであろう。六章のうち第一章に絞り鑑賞してきたが以下の章から定型に収まりにくい固有名詞を詠み込んで、かつ季題も活かした足羽俳句の芸術作を紙数の許す限り抽出して句集『山河』の結びとしたい。

餅花や軍隊猪口を売り出しに　（平成七年）
春霰エクスタシーと撃てりけり　（〃）
遣唐使船寄港地最も囀れり　（〃）
酒断地蔵尊蓑虫に取り憑かれ　（〃）
赤蟻のとりつく対馬丸海難碑　（〃）

法師蟬ばかり精神科待合室　(平成八年)
目まとひに京福電車停まりけり　(〃)
原子力発電所村大根干す　(〃)
辛夷の芽囲みて花鳥諷詠派　(平成九年)
山笑ふ越前万歳掛合ひに　(〃)
豆飯や親類縁者膝揃ふ　(〃)
桐の実の輝く少年野球団　(〃)
白百合や紀淡海峡その上に　(平成十年)
さくらんぼ青春讃歌してをりぬ　(平成十一年)

俳号を詠み込んだ俳諧味の一句も抽いておきたい。

マスクして足羽の顔と気付かれず　(平成十年)

## 皆川盤水『皆川盤水集』（自註現代俳句シリーズ続編）

平成十一年八月号の「花暦」に皆川盤水の第十句集を採りあげて鑑賞したことがある。女流全盛のなか男ぶりの句集として印象に強く残っている。父を始め男がよく詠まれ季題の扱いの特徴にも魅力を感じた。その印象が強く残っていたのでその先入観に悩まされつつ今回は自註句集を拝読した。第十句集は『高幡』であったが平成八年以降の作品でまとめられていた。今回の自註句集は盤水にとり二冊目で前回は昭和十六年から昭和五十三年まで、今回はそれ以降、平成七年までの作品から取りまとめられている。私が強烈な印象を受けた『高幡』の直前までの作品である。私は『高幡』で感銘した世界が『高幡』以前にもあったのかどうか検証してみたくなった。

懸巣鳴く廃銀山の父の墓　（昭和五十四年）
虫干や鳥打帽の父なつかし　（昭和五十八年）
父の忌や大き地梨の法事膳　（昭和五十九年）

『高幡』で拝読した盤水の父は「土の香りのする野性的な風土の味」であった。その父がやはりこの自註句集にも活き活きと描かれていた。昭和四十七年初秋に亡くなられたという父の墓は山墓であり懸巣の声が賑やかである。懸巣の声に盤水の気持ちが籠る。そして父と同じように鳥打帽を終始携行して手放さない。地梨の実る初秋である。梨の甘さに父への追慕の念が深まる。

玉子酒飲みゐる父に叱咤さる　（昭和六十一年）

日本語のパパと明治の父は違う。男の子には父は特に厳しい。玉子酒に英気を養いながらも父は息子に厳しい言葉をかける。そのような息子は長じて、かつての父の年齢に至り回想して父を偲ぶのである。今時のパパパパと呼ばれている父親像とは違うのである。

自然薯を高々と父持ち帰る　（昭和六十一年）

第十句集である『高幡』でも自然薯と父の姿が詠まれていた。

自然薯を褒められてゐる父の顔　（『高幡』）

自然薯の黄葉貌につけ父戻る　（『高幡』）

自然薯に出て来る父は常に無言である。「自然薯掘りが得意だった」という父は高々と掲げた自然薯にすべてを語らせて無言である。父の表情が句に詠まれている。

焼酎や父の胡坐のなつかしき　（平成元年）

盤水の描く父は常に無言である。そして口を開いた時は叱咤であったのである。盤水は父を詠むほかに男の姿を詠む。

『高幡』では盤水の俳句をそのように評した。今度は自註句集の男を詠まれた句を検証してみたい。

西瓜売り厚き筵をひろげけり　（昭和五十四年）
浅間嶺に雪来し夜の濁り酒　（昭和五十五年）
酒臭き御師が囮をかけてをり　（昭和五十七年）
学校に自然薯掘りの声とどく　（昭和五十七年）
大鱈を量る背筋をのばしけり　（昭和五十八年）
根尾人の担ひてきたる柳鮠　（昭和五十八年）

やはり男がよく詠まれている。男と詠まれていなくても男臭い句もある。盤水俳句の世界と私が解釈する「男ぶり」である。机の前にいる男ではない。書斎に籠る男ではない。大自然のなかで働く野性的な男である。読み進みたい。

泥鰌掘り集つて来て火を焚けり　（昭和五十八年）
作務僧の腰手拭や茄子の花　（昭和六十年）
篠の子採り灸のあとを見せにけり　（昭和六十一年）
酒臭き寒鮒売りが土間濡らす　（昭和六十三年）
岩魚釣り脛に大傷つけ戻る　（平成三年）

軍鶏抱きて水夫の来てゐる鮪宿　（平成六年）

泥鰌掘りこぼしてをりぬ茶碗酒　（平成七年）

どの句も野性的な男の句である。僧を詠んでも作務の僧であり墨染の衣をまとい、木魚を叩きお経をあげている僧でなく、腰手拭を下げて作務畑の手入中の僧で茄子の花が咲いているのである。

『高幡』では気がつかなかったが、盤水俳句の世界で女も屋外で働く姿がよく詠まれる。男ほどしばしば登場するわけではないが。

早乙女が火照ると脚をのばしけり　（昭和五十八年）

種差や海鞘を抱へて来る女　（昭和五十九年）

種差は地名である。農婦を詠み漁師の妻を詠み盤水の世界は風土に根ざし野性味に富む。

犬つれし娼婦鯖鮨買ってをり　（昭和六十年）

この句になると「風土に根ざし野性味」と違うように見える。しかし「鯖鮨」が微妙な味を作品に与えている。どこかに「野性」の感覚がある。

渡し守女礼者に愛想よし　（昭和六十三年）

働く男の句でもある。女礼者という季題も珍しい場面をとらえて詠まれていて案外効いている。

和布刈海女ときどき雪を払ひけり　（平成二年）

闘鶏に島の女ら肩いからす　（平成六年）

盤水の世界では女を詠んでも屋外の、働くたくましい女と鑑賞してきたが例外の対象がひとつある。

春の風邪妻に強いらる人参酒　（昭和六十二年）

花の種買ひ来し妻に夜の雨　（平成四年）

妻の客ばかり来る日や春障子　（平成七年）

奥様は家の中である。しかし三句とも季題の扱いが見事である。最後に紙数のゆるす限り、盤水のもう一つの世界である自然諷詠の季題扱いの妙味を感ずる作品を抽出してこの鑑賞の結びとしたい。

初桜朝の雀がこゑつくす　（昭和五十五年）

河鹿宿くらやみに湯を落しけり　（昭和五十七年）

薄氷の岸を離るる光かな　（昭和五十八年）

鳰の浮巣昨日はありてけふ在らず　（昭和六十年）

鶫ゐて野寺いよいよ枯深し　（平成五年）

## 稲畑汀子『さゆらぎ』

さゆらぎは開く力よ月見草

稲畑汀子句集『さゆらぎ』はこの句から題名を選ばれた。平成四年（一九九二）の作である。

胸に秘む虚子記念館夏木立

『さゆらぎ』の句の少し前にこの句が収録されている。句集名をこの句から選ばれたことに汀子のなみなみならぬ決意を感ずる。

昭和六十二年（一九八七）日本伝統俳句協会を設立し俳壇に大きな衝撃を与えた汀子は、更に懸案の虚子記念文学館の設立を心に秘めてその時期を模索していたが、三瓶山吟行で「力強い月見草の開花を目の前にした時」虚子記念文学館設立に向けた決意が「揺り動かされるのを感じていた」と「あとがき」で述べられておられる。その虚子記念文学館も平成十二年二月二十二日開館した。そこで延び延びになっていた句集に着手され、ゆかりの句を句集名とされた点にむしろ汀子の今後に賭ける決意が読み取れるのである。協会を設立し文学館を作り上げ、まさに体制は整った。これからこそが「為すべき事を成し遂げる時」と句集名にされたように思える。

協会や建物は作っただけでは仕上げたことにならない。どんな仕事をするかである。虚子が唱えた「花鳥諷詠」の王道を説き広めて行く決意を句集名から感ずるのである。
汀子の句はまさに平明にして余韻に富む。鑑賞する側が難渋することはない。汀子の作句の現場に句が案内してくれる臨場感に富むのである。

冬薔薇の萎えて萎えざる思ひあり
なほ高き空より落花加はりぬ
静けさや祭の果てし町覚めず
どこにでも止るとんぼと歩きけり
曲家の火伏の神も炉火埃
見てをれば投扇輿はやさしさう
春風や纏ふもののみな吹かれ
物置かぬことに徹して夏座敷
阿波を去る踊桟敷を解く道を
落葉より立ち上りたる大樹かな

句集は、平成二年から五年までの四年間の作品約四千句から、六〇一句を二年ごとに春夏秋冬に区分されて編まれている。前書のある句はない。だから

御慶無き汝が悲しみに触れまじく
鶏頭のもつともふさはしき忌日
満九十八の夏又逢へしこと

のような句もじっくりと作品として鑑賞することになる。

そして鶏頭のふさわしい子規忌に思いを致したりするのである。そこには前書に頼ることで定型を崩すことに落ちいらぬようにとの厳しい姿勢が読みとれる。

十七文字の文芸として、どのような言葉も練りに練り十七文字に収める厳しい姿勢も作品に反映している。

雪雲の素通り遠野物語
春秋を極めてしだれ桜かな
春暁を告げて天台烏薬の香
秋薔薇赤しハイデルベルグの夜
業平忌思ひ業平橋渡る
徒労とも見ゆる蠅虎の位置
水暮れて天神祭らしくなる
座がほのと動く神農さんの虎
カリフォルニアポピー咲かせて独り言

三十石船の来さうな葭雀
艶やかに冷やかに摩耶夫人かな
法善寺横丁一軒づつ師走

ハイデルベルグもカリフォルニアポピーもそして三十石船や法善寺横丁が十七文字のなかに円満に収まり一語一字に無理な負担をかけていないのである。解りやすい言葉を駆使しておられるから、少し固めの言葉がたまに出てきても驚く。そしてその措辞が上手く収まっていることにまた感銘を新たにするのである。

闇凍てて孤高の月となりにけり
蔦枯れて蔓の呪縛の残りけり
みよし野の花の奈落に今宵泊つ

「孤高」には闇と月、「呪縛」には蔓、そして「奈落」には花、を配して「孤高」「呪縛」「奈落」の固さをほぐしつつ十七文字のなかに収めて他の語彙では得られぬ効果をもたらしている。そのような汀子俳句の世界には上品な俳諧味もある。

一日の眠き時間よ亀の鳴く
白鬚に焚火の炎伸びたがる
狐火を見してふ人を信じけり

福笑よりも笑つてをりにけり
頭から食べて目刺でありにけり
明眸と思はせてゐるサングラス
担ぎたる案山子の顔の大きさよ

句集『さゆらぎ』は題名に静かな闘志を秘め、四年間の作品から八割以上の句を捨てて虚子から継いだ「花鳥諷詠」の王道を改めて世に問われた句集である。そして汀子は一門を率い全国を飛び廻るのである。

羅に包む闘志と旅心

## 本橋定晴『定晴句集』

『定晴句集』はいくつかの点で異色の句集である。著者の本橋定晴は「天穹」の主宰である。「天穹」は平成十年一月に定晴が創刊された。主宰ともなると句集は既に上梓されている方が多いがこの句集が第一句集である。「あとがき」で正直のところ「『個人句集』出版の考えはなく、希望もしておりませんでした」と顧みておられる。一誌を持たれる主宰の第一句集というところに異色と冒頭述べた理由のひとつがある。

次には「天穹」の創刊五周年記念事業の天穹叢書の第一号として、一門の声に押されて上梓の運びとなった様子なのである。巻末に主宰句集刊行委員会の代表のご挨拶と委員七十二名の方々の連名一覧が掲載されている。異色と感ずる第二点である。主宰の「あとがき」では「刊行委員会各位から客観的立場での意見も拝聴し、また、自選を重ね」たむねが記されており一門待望の句集であるとともに一門の意見を取り入れた「天穹」俳句の世界、「天穹」俳句の目指すものとしての句集であり叢書第一号に相応しい生い立ちと思ったのである。

異色と感じた第三点は主宰句集ともなると作品がすぐ掲載されている例が多いが『定晴句集』の冒頭二頁は句碑の写真である。ひとつは

良夜一樹生命の証影に置く

で広島市の名刹三滝寺の松野自得門下五十二名の句碑が立つなかの一基で、自然石に筆太に彫り込まれている。松野自得は高浜虚子に師事、昭和三年「さいかち」を創刊、定晴は昭和十七年より「さいかち」にて学ばれた。

もう一枚の写真は自得先生のお墓のある瀬戸内の生口島の

観世音天空に立ち冬澄めり

という句碑で潮声山耕三寺の寺苑内の観世音菩薩を詠まれた句を平成十一年に境内に建立されたよしである。

いわば二葉の句碑の写真とその由来を書き添える事で師系を語り師を追慕しそして師に捧げる句集という心を示されている。この扱いも異色というよりも編集の工夫に感銘する。

異色の第四点はその二葉の写真に続く二つの祝辞である。祝辞のひとつは二枚目の写真の句碑のある耕三寺住職によるものであり、いまひとつの祝辞は松野自得ゆかりの最善寺住職のものである。先師とのえにしをここでもそれとなく語られている。

異色の第五点は句集編集の手法としては時々ある方法ではあるが作品は春夏秋冬の四季別の四章に区分されている。ただし新年句は「気持ちの上から春の部へ収めました」と「あとがき」で断られている。気持ちの上とは新年は冬より春ということであろうが新年として一章を設けられていない手法も異色として感得した。
その春の章は冒頭に「新年十句」と前書して

東天紅鳴きやまざるに去年今年

から

射場始め的にとどかぬ飽かずみる

までが収録され、春の八十二句がその後に掲載されている。

春あけぼの空を描かば水彩画
駄菓子屋の土間春冷えの今昔
ふらここの少女俄に修羅なす髪
春落葉一葉謎めきうらがへる
創刊の表裏を見せて虚子忌過ぐ

春の句より抽いたが五句目の虚子忌の句は「天穹」創刊号を手に先師自得を偲び、師事された虚子を更に偲ばれたのだろうか。その他の四句には「春」の感覚のつかみぶりに定晴俳句の独特の世界を鑑賞できる。
夏の章は九十二句が収録されている。引き続き定晴俳句の世界にひたりつつ適宜抽出したい。

大歳時記手にずつしりと五月の譜
緑風にめの字めの字の絵馬さやぐ
八百萬の神の玉葱ごろごろ生れ
絶ゆるなき寺のせせらぎ自得の忌
自得みち万里へつつく草刈らむ

師松野自得は昭和五十五年七月七日に亡くなられた。句集に『自得俳句集』などがある。句集名の「定晴句集」も師の句集名と同じように名前だけのシンプルな型を選ばれたのだろうか。松野自得の句を一句抽く。

露の身に吾が撞く鐘の響きくる　　松野自得

秋の章も九十二句が収録されている。

爽快と稲妻を指す女を妻に
残暑の墓恐ろしきまで水吸へり
露の玉拂ひつくづく茅舎の句
茅舎恋ふ蓮の花托のがらんどう
灯火親し玉堂画室自得も居る

茅舎は「露の茅舎」とも呼ばれた。虚子山脈のなかでも茅舎の流れを自得は学ばれていたのだろうか。
冬の章は八十二句が収録されている。高崎に建立された自得句碑に関する句も四句収められている。

師の句碑に触れし落葉を拾ひけり

紙数の許す限り抽出し定晴俳句鑑賞を結びたい。

三四郎池落葉ばかりを踏みまどふ
秩父夜祭坩堝の果ての仮眠かな
腹からの声にはあらぬ豆を撒く
白き翼自由の翼ゆり鷗

## 岩岡中正『転換期の俳句と思想』

『転換期の俳句と思想』は「阿蘇」主宰岩岡中正の評論かつ随筆集である。朝日新聞社より二〇〇二年四月に発行された。

「阿蘇」は熊本県下最大かつ最も長い歴史を持つ俳誌であり、虚子、年尾、汀子の「ホトトギス」三代を師系として誌友は県下のみならず全国に展開している。

中正は平成十一年二月藤崎久を主宰の逝去に伴い主宰を継承されたが大正十年生まれの前主宰から一気に昭和二十三年生まれの主宰への大幅な若返りとなった。その効果は着々と現れ継承以後の活動も極めて活発である。

中正主宰は熊本大学法学部の教授として活躍の傍ら、五高記念館の館長も務め、俳壇では日本伝統俳句協会の理事としても注目される存在である。

今回の評論集は主宰継承以前から新聞雑誌などに発表されてきたものを、体系的に整理して取りまとめ世に問われたものである。

著者はこの本のテーマについて「あとがき」のなかで「二十一世紀を迎えて、時代はさらにめまぐるしく動きはじめた。本書は、二十世紀末までの進歩史観や自我中心主義の『近代』の終わりから、二十一世紀の『近代後』の世界観・価値観への転換をふまえて、いまこの私たちの俳句がどう変わりつつあるかについて考えるものである。俳句から時代を見、時代の中で俳句を見ること、さらには、これからの時代へ向けて、あるべき俳句について考える」と述べられている。そのテーマを追求しつつ「花鳥諷詠と現代」「俳句管見」「藤崎久を論」「風のノート」の四章に区分されている。

第一章の「花鳥諷詠と現代」は副題を「世界観としての花鳥諷詠」としており、更に五つの項目に区分されている。

第一は「有縁の世界へ―近代を超えて」と題し、作句について「安心（あんじん）のためのような気がする。自己顕示も自己表現も、ちょっとうっとうしい。いまここで『安心』と言ったのは、波郷の『蛍籠われに安心あらしめよ』の『あらしめよ』という希求としての安心ではなくて『安心そのもの』の世界のことである。『あらしめよ』という近代人の叫びの世界が、どうもつらい。超越も逃避も本意ではないけれども、やはり私は俳句に『安心そのもの』の世界を求めたいのだ」と述べ、「自足と安心の俳句、これこそが、二十一世紀に生きる最も現代的な俳句ではないかと私は思っている」と結ばれている。帯文にも引用されている基本的な考え方を冒頭にまず表明されている。

第二には「『自我』を問う時代―いまなぜ虚子か」と題して自然と一体化してこれと共に詠む最大の表現者として虚子をとらえ、第三項の「豊かな関係の世界―われら失いしもの」へつないでいる。この項は平成十三年の虚子記念文学館開館一周年記念俳句シンポジウムにてパネリストのひとりとして行われた講演をまとめられたもので、第四項の「虚子句解」は伝統俳句協会の機関紙「花鳥諷詠」に六回にわたり虚子の作品より十二句を解説されたものの転載である。

第五項は伝統俳句協会の機関紙のインタビューの転載であり主宰として目指すものとして「権威主義になってはいけないと思っています。また、主宰に『なる』とか主宰『である』とかが問題なのではありません。主宰として何を『する』かが問われていると思います」と決意を披瀝されている。事実、次々と新企画を打ち出して「阿蘇」に九州俳壇に、伝統俳句協会に強い刺激を与えておられる。

第二章の「俳句管見」は、副題を「俳句と現代をめぐる断章」として「阿蘇」に掲載の一頁の巻頭評論「俳句管見」のなかから抽出した三十編に「熊本文化」『野見山朱鳥没後三十年展』カタログ」「熊大だより」に寄稿された評論をまとめて構成されている。一編一編短文ながら滋味掬すべき評論である。ちなみに「阿蘇」の「俳句管見」は平成十三年十二月号までで五十三回を数えている。その評論のなかで折に触れ紹介されている中正作品に阿蘇の地蔵峠で詠まれた

いつか風となる身を秋の峠かな

がある。

第三章「藤﨑久を論」は前主宰存命中から「阿蘇」に連載執筆された「久を俳句鑑賞」に「久を俳句に学ぶこと」と題した講演を取りまとめたものである。久を俳句の鑑賞を通して「花鳥諷詠」「客観写生」の道につき中正の考えを述べておられる。鑑賞されている「久を作品」より一句を抽く。

冬の川見てゐて何も見てをらず

第四章「風のノート」は「俳句エッセー」である。地元紙の「熊本日日新聞」に折に触れ寄稿された二十八編に、英国留学中に「阿蘇」に寄稿されたエッセーをまとめられたものである。三章までの硬質の評論に対して第四章はデザートの味がする編集である。そのデザートの味のなかの一句を抽く。

これよりはスコットランド夏薊　　中正

第一章については更に「虚子論」を用意されていたが、さらに暖めて次回の課題とされたよしである。期待したい。

最後に「阿蘇」三月号より二句を抽き結びとする。

たましひとなりて吹かるる冬薔薇　　中正
ひとまたぎして春水となりにけり

## 榎本好宏『三遠』

縁あって榎本好宏句集『三遠』を繰り返し読んだ。多いに刺激を受け参考になる点があった。「三遠」とは「北栄の画家・郭熙が唱えた高遠、平遠、深遠の総称だが、山水画の手法」とのことで「高遠の神々しさ、平遠の広やかさ、深遠への不思議の眼差し」にどこか惹かれるところがあり句集名とされたよしである。集中にゆかりの一句があるわけではないが好宏作句工房の理念のようなものを感じた。

句集には、平成八年から十一年までの四年間の作品から三二三句を選び年ごとに四章に区分されている。各章の題は特にない。それぞれが「三遠」の世界のなかにありということであろう。この四年間は好宏にとり三十八年にも及ぶ宮仕えの最後の四年間であったよしである。その四年から「三遠」は今後の己の処し方に「これほどの至言はなかった」と「あとがき」で述べられている。宮仕えを離れ句集を出すにあたり句集名に「三遠」を選ばれた理由の一つは今後の作句生活にたいする決意の表明でもあろうか。好宏の師は森澄雄であり好宏は澄雄の主宰誌「杉」の編集長を昭和四十九年から約十八年も担当されている。

一の午二の午嬰が生まれさう　（平成八年）

誕生を心待ちされる姿が午祭に託して表現され、季題の繰り返しの技法に感銘した。

一重八重白あをさくら山さくら　（平成八年）
瓜茄子南瓜の苗もそよぎけり　（平成九年）
みみしひてめしひて秋に真ん中に　（〃）
雁帰る峰に仏名をのこの名　（平成十年）
笹鳴や墨するやうにそのやうに　（平成十一年）
秋霖やむかし通ひぬかよはれぬ　（〃）
煤逃げと言はれやうとも呼ばうとも　（〃）

同じ技法感覚のある季題との兼ね合いに妙味を感ずる。また、集中に忌日俳句も多い点も特徴と感じた。

天綴ぢをしまひに加ふ蓮如の忌　（平成八年）
円陣のなかに棟梁法然忌　（〃）
川音に二日過ごしぬたかしの忌　（〃）
赤子よく泣く日なりけり近松忌　（〃）
往還に酒蔵のこゑ西鶴忌　（平成九年）
辣韭をつまみそこねし西鶴忌　（平成十年）

急がざる旅に加へし近松忌　（平成十年）
権謀も花の色とし利休の忌　（平成十一年）
投げ銭のなかに草餅西東忌　（〃）
さざなみを西に送りぬ鷗外忌　（〃）

忌日俳句は別に季語をいれるべきという人もいるが、その点はこだわられていないようだ。むしろ、その人の特徴や史実などを踏まえ詠まれており、西東忌が一番新しいが既に没後三十五年以上を経過しており季感はともかく忌日季題として定着しているものが多く、作句にあたり研究の後が見られる作品群であると理解した。

食へぬ世の写真のセピア二月尽く　（平成八年）
春眠の揚子江から還りけり　（〃）
物干に岩波文庫春の風邪　（〃）

句集巻頭十句のうちの三句である。季題との取り合わせに微妙な感覚がある。好宏作句工房の重要な隠し味といえる。
同じ感覚の句を各年三句抽いてみたい。

春の蚊の手暗がりより建白書　（平成九年）
切字みなはたらかざりし蟬の穴　（〃）

鬼胡桃弟子の一人として侍る　（〃）
虫出しの大和に塔の柱跡　（平成十年）
半衿の後生大事やころぶと　（〃）
鬼灯に花やあふみに火薬樽　（〃）
尼寺に岡持入りぬ春の星　（平成十一年）
いくたりの子を虚子なせり岩煙草　（〃）
学僧の眼鏡落せし落葉掻き　（〃）

更にもう一つ感銘点に触れる。季題が豊富なのである。平成十一年は七十一句が収録されているが、季題の数は七十に達し歳時記の隅から隅まで活用されているのである。見事なまでに取り扱う季題が片寄らないのである。唯一、重なった季題は「冬の奥会津八句」と題した句のなかに「雪」が二句あるだけである。その八句を抽く。

越後より雪の奈落へ只見まで
除雪車の助手に昼餉の届きけり
極月の口開けの栄鮠（はや）の鮓
雪見酒前山に名のなかりけり
満月の雪のこの底焦れ死に
熊撃つて一里四方に待たれけり

雪折れの根曲り檜また寝落つ

黒板に御用納と書いて晴

雪の奥会津吟行である。雪の句が五句ある。除雪車、雪見酒、雪折れと雪の態様を詠み、満月の雪、雪の奈落は雪が重なると判定してのことだが、雪の傍題としては満月の雪は成立するかも知れない。主題、傍題を取り混ぜて歳時記を使い込んでおり、そこが見事と思ったのである。最後にその他の感銘三句を抽き『三遠』鑑賞をひとまず終わりたい。

雨音もして啓蟄の城ヶ島　(平成八年)

八朔の鯉の魚拓の吹かれをり　(〃)

追分といふ別れあり麻暖簾　(平成九年)

# 新谷ひろし『砥取山』

新谷ひろし句集『砥取山』を繰り返し拝読して大いに共鳴した点がある。その私の気持ちを「あとがき」で著者はぴたりとまとめられている。「あとがき」の冒頭八行をそのままずご紹介したい。

句集『砥取山』には、平成三年から七年までの五年間に発表した作品の中から三六〇句を収めた。句集名の砥取山は私が朝夕見馴れているわが住居から近くの一寸した山である。標高一六五メートル。昔、砥石をとった山とか。その麓の村が今は戸山と書く。わが住居はその戸山を中心に造成された戸山団地にあるが、それぞれの地名がいい。螢沢、月見野、赤坂など。すでに螢沢は句集名とした。いずれ月見野も句集名に利用したいと思っている。今回は山の名『砥取山』を用いたが、私の作品は身辺諷詠が中心で、どこか旅に出たとしても常日頃の視点でしかものを見られない。そんな自分を知るが故に背戸の山名がふさわしいと思った。

近年の俳句ブームにおかしなことがいくつかあるが、そのひとつがツアー的吟行の流行である。自分の家の周辺、居住する風土をあまり詠まずに句集全巻が旅吟に満ちていたりする句集がある。作品のよしあしのことではない。題材のことである。自分の住む風土を詠まず、通勤や買い物の道すがら眼にする「花鳥」を詠まず、家のまわりの紫陽花には眼もくれず紫陽花の名所を訪ねたりしている。「身辺諷詠が中心」にて「旅に出たとしても常日頃の視点で」との「ひろしの世界」に私は共鳴したのである。「あとがき」の最後の三行がまた良い。

句集『砥取山』は、甚だ狭い範囲の独りよがりの世界を詠じている。しかし、それが私の作品世界であるなら止むを得ない。一地方俳人が精一杯その時期そこに在って、詠いつづけてきた証であることを認めていただければ幸いである。

それでは私が共鳴した「ひろしの世界」にご案内しよう。

縄文の雪の香まとふ螢沢　（平成三年）

「わが居住の地は」と前書のある一句である。旅人が地名に惚れて詠まれた句と違う息吹を「雪の香まとふ」の措辞に感得する。その郷土の匂いを詠まれた句を更に抽く。

林檎嗅ぎうしろの山も春待てり　（平成三年）
かはらけは津軽の匂ひ雪解川　（〃）
ぬばたまの世界（すがた）にほへと残る虫　（〃）
人の死へ藁の匂ひの目刺食ふ　（平成六年）

朝夕見馴れた山も詠みこまれる。

戻るとき秋陽つれなし砥取山　（平成三年）

薫風やみどりまみれの砥取山　（平成五年）

砥取山老鶯の訛りききやすし　（平成六年）

新谷ひろしは青森県南津軽に昭和五年に生まれ、津軽育ちである。昭和二十二年青森の「暖鳥」に入会、吹田孤蓬に師事された。昭和二十四年には「あざみ」にも入会され河野南畦にも師事された。両師ともに既に亡く、集中には追慕の句も収められている。

薫風や孤蓬みたくて目をつむる　（平成四年）

そして「河野南畦先生御逝去」と前書きして

噫いまはひときはひびく鶴の声　（平成七年）

昭和三十年から「暖鳥」の編集を担当され、平成三年からは「暖鳥」を主宰されている。ひろしとともに「暖鳥」は青森に育ち誌齢七百号に近い俳誌である。

暖め鳥世紀を跨ぐはらからよ　（「俳句年鑑」二〇〇二年版）

句集収録句は「暖鳥」の主宰を引受けられてより五年間の作品ということにもなる。青森津軽の地名に愛着を籠め詠み込まれた句も多い。

冬うらら笹を靡かせ津軽富士　（平成三年）
老鶯に相槌打てり螢沢　（〃）
青田風道津軽へと続くなり　（〃）
風知草風にはじまる行合崎　（〃）
津軽坂野菊ばうばう人の影　（〃）
奥津軽巣藁吹かれて余寒あり　（平成四年）
聳(た)つ岩木山(いはき)いくたび仰ぐ草刈女　（〃）
蟬鳴かす子のふるさとは螢沢　（〃）
淋代のすすき原とぶ虻の粒　（〃）
芦の絮しろがね動き十三潟　（〃）
光陰は芽吹きを重ね岩木川　（平成五年）
雨脚のあゆみて霞む螢沢　（〃）
下北のほうたる見んと仏ヶ浦　（〃）
鎌研いで津軽はやさし葛の花　（平成五年）
柿日和津軽じよんがら潟わたる　（〃）
陸奥津軽凶作古絵馬大祓　（〃）
津軽野をひかるものとぶ雛(ひひな)の日　（平成六年）
春光や津軽訛りはわが出自　（〃）

花林檎家の奥にはおしら様　（〃）
時雨虹津軽海峡跨ぎけり　（〃）
野茨の生国津軽となへ　（平成七年）
八甲田の尾根を這ひゆく蝸牛　（〃）
けふ一日蜻蛉吐き出す岩木山　（〃）

最後に地名は詠まれていないが郷土愛の濃い句を抽く。

にんげんの素手もて叩き厩出し　（平成三年）
日輪や代田の蝶と影の蝶　（平成四年）
耕して土くれの黒うごきけり　（平成七年）

## 草間時彦『瀧の音』

『瀧の音』は草間時彦第八句集である。平成九年から十三年にかけての五年間の作品三九六句が収録されている。平成十四年五月一日発行とあるが誕生日である。大正九年生まれで

老いぼれて候菖蒲酒ふくみ　（平成十二年）

と八十歳の誕生日の句も句集に収められている。
句集巻頭の句が「体調を崩し入院」の前書のある

明け易し明けくれビルの壁ばかり　（平成九年）

であり「あとがき」で「生きているうちに『草間時彦遺句集』をまとめようかと考えた」と記されておるほどで、この五年間は闘病に明け暮れた日々であったことが作品から伝わる句集である。
句集の準備を進めているうちに病気も好転してこられたとのことであるが、闘病の折節を詠み継がれた作品には心痛む想いが強い。

あちこちが痛くて梅雨に入りにけり　（平成九年）

すつきりとせぬ退院の梅雨の雨　（〃）
点滴の窓に雷雲ひろごり来　（〃）
死ぬ病いだきてゐたる夜長かな　（〃）
病閑やなかなか赤くならぬ柿　（〃）

病み臥して毎日眺めている柿がなかなか赤くならない。なかなか良くならない体調に作者の気持ちが託されている。

こんな闘病の平成九年の作品のなかに

老夫婦土用うなぎをおごりけり　（平成九年）
灯火親し活字大きな本が好き　（〃）
芋茎汁としよりだけが喜びて　（〃）
ずいずいずつころばし柚子の香りの指組んで　（〃）
顔見世や北はしぐれてゐるらしく　（〃）
じやんけんに負けて鯛焼買ひにゆく　（〃）

のような本来の時彦俳句の世界が詠まれていて心暖まるのもこの句集の味になっている。

平成十年も闘病のなか時彦の世界は詠み継がれる。

初旅や駅弁うまき予讃線　（平成十年）

味醂干さてかははぎかうまづらか　(平成十年)
大相撲はじまつてゐし昼寝覚　(〃)
ねんごろに贋端渓を洗ひけり　(〃)
むし鮓や女ともだち女弟子　(〃)

しかし病状も一進一退であろうか。そのような病気とも自然体で向き合い淡々と詠みあげられていて物悲しい。

松過ぎや減塩食の芋牛蒡　(平成十年)
縦に雪海外旅行もう無理か　(〃)
茎太き病院食の新若布　(〃)
白粥やそろそろ吾も生御魂　(〃)
湯たんぽを包む部厚なぼろタオル　(〃)

病気を詠まれた句にもどこか時彦調の世界が見える。そして病状の良し悪しも自ら作品に表現されてくる。

減塩のかなしきおせち吾が前に　(平成十一年)
タクシーを待たせて拝む初地蔵　(〃)
一幕見春着の裾をたくしあげ　(〃)

死ぬまでは癒らぬ病ひ青木の実　（〃）
耳遠くなりし嘆きの春炬燵　（〃）
紅茶にも新茶のありて三時の茶　（〃）

海外旅行どころか吟行もできない病状でも、身辺のものから味わいある句を詠まれて教えられるところが多い。

にんにくをたたく刃や初鰹　（平成十一年）
鰺寿司に添へし生姜の梅雨入かな　（〃）
バスケットオープンサンドほととぎす　（〃）

今風にいえばグルメらしく減塩の指示を嘆かれつつも食べ物俳句の冴えは絶妙であり、句柄も若い。コーヒーも氷水も

ブラックのデミタス今日も暑からむ　（平成十一年）
氷水みどり妹赤は兄　（〃）

という調子で何故か食欲まで出てくる。

梶の葉にぴんぴんころり願ひけり　（平成十一年）

と詠まれた時は体調良好であったが

入院やもうあきまへん秋の暮　(平成十一年)
酒も駄目美食も駄目や冬ごもり　(〃)
深い冬人工透析週三回　(〃)

と入退院の繰り返しは続く。気持ちも時に高ぶり、時には萎える。

お迎へがなかなか来ずよ濃紫陽花　(平成十二年)
死にたい日死にたくない日濃紫陽花　(〃)

そのような日々でも気分の良い時は

白地着て逢引したし相手なし　(平成十二年)
掛香や色町の出のまぎれなし　(〃)
アロハ着て傘寿と喜寿の夫婦かな　(〃)

と小粋な世界も詠まれている。介護に関する新語も

草紅葉介護一級よろよろと　(平成十二年)

と意欲的にこなされてゆく。このように拝読してくると句集の帯に記された表現がまさにぴった

りと感銘する。即ち、「病みて齢を累ね、幽思忘れ難し、何によってか憂いを解かん。死生を以て一条と為し、ひたすら詠いつづけた著者の俳味、ここに余生を生きつぐ著者の境涯をつづる一篇」とある。

最後に平成十三年の作品から三句を抽き鑑賞を結びたい。

草萌えてドボルザークが聞きたき日　（平成十三年）

朝夕や麦藁籠に体温計　（〃）

年寄は風邪引き易し引けば死す　（〃）

## 粟津松彩子『あめつち』

高齢化社会の中でも高齢化の俳壇である。七十代で若手扱いされるやや異常な状況もある。高齢化といっても七十代中心のように思えるから今後十年でどう変わるだろうか。

しかし、作品活動も旺盛、所属俳誌にも毎月発表。句会にも出席、耳も達者。披講も毎月引き受けて音吐朗々とこなしている卒寿を越える俳人は珍しい。

ラグビーの天を落下の楕円球　粟津松彩子

「ホトトギス」五月号にラグビーの句をまとめて入選されている作品のなかの一句である。この松彩子さんが平成四年から十三年まで、八十代の作品から三三一句を選びこの度句集『あめつち』を上梓された。近詠のラグビーの句にも見られる若さが満ちている句集にこれでは七十代で老いがどうのこうのというておれぬと改めて教えられた。三三一句のなかに「老」の字のある句は二句しかない。

老鶯の天台の天声として　(平成五年)

老妻を走らすことも年用意　(平成六年)

即ち、ご自身の老いなどの句はないのである。

痛めたる背骨に寒さありにけり　（平成七年）
突く杖の握りゐる手の悴まず　（〃）
骨折の重き枷負ひ十二月　（平成十年）
コルセット薄暑を締めてをりにけり　（〃）
突く杖を汗が握ってをりにけり　（〃）

九十年も使えば生身の体のどこかが痛む。しかし見事なまでに前向きに対処されていて向日的で句は明るいのである。

冒頭、引用したラグビーの句は句集のなかにもある。スケートもある。句材の対象も活動的で若々しいのである。

スケートの銀盤削るごとき音　（平成九年）
ラグビーの馳けて天馳け大地馳け　（平成十二年）
レフェリーのジャージラガーに紛れ馳け　（〃）
ラグビーの一瞬が一笛に生れ　（〃）

音楽や絵画にも句材を求められる。

シャガールの間に春塵のバイオリン　（平成八年）
ツィゴイネルワイゼン寒の鎮魂歌　（平成九年）
バイオリン聞こえて来さう雪霏霏と　（〃）
永久の春眠に遺愛のヴィヨロンも　（〃）
シャガールの美術館へと落葉踏み　（平成十一年）
ルノアールの裸婦をあたためゐる暖炉　（〃）

松彩子さんは京都に生まれ、現在も京都に住んでおられる。俳句は十代の頃から学ばれ、以来、中断することなく続けられている。「ホトトギス」の同人には昭和二十四年に私の父、大久保橙青とともに推されたとお聞きしたことがある。初学のころの師は京都在住の田中王城である。王城は虚子の最も古い弟子の一人、虚子から「俳諧の西の奉行」と称されたという人である。特に京都名勝俳句については著名である。

山二つかたみに時雨れ光悦寺　田中王城

その王城の紹介で吟遊中の虚子に会いその後、年尾、汀子と「ホトトギス」三代に師事してこられ八十年に近い俳歴を持っておられる。

事始てふ故事知りて京育ち　（平成十三年）

京都生まれの京育ち。師の王城にならい京の句も多い。

嵐山の冬日沈めて大いなる　（平成六年）
嵐山の余さざりけり冬紅葉　（〃）
祭牛紖の森の草を食む　（〃）
大文字に佛顔して十日月　（〃）
京風といふは濃きもの味噌雑煮　（平成七年）
露霜といふもの嵯峨にありにけり　（平成九年）
北嵯峨の露の天台末寺かな　（平成十年）
底冷の底といふ日の京にあり　（〃）
大文字点火に星も黙しけり　（平成十一年）
左大文字の筆勢左利き　（平成十二年）

年尾先生に「君は披講が巧みだから、披講子の後輩が出来ても、やり続けなさい」といわれ百人を越える大句会の披講を「やり続けて」卒寿を越えられた。張りのある声は健在であり、意欲旺盛で句柄も若々しい。

蛍火とわれと逢瀬のごと雨に　（平成四年）
香水の封切る小さき決意あり　（平成五年）

人にたとへれば美貌のさくらんぼ　（平成七年）
これやこの春のエスカルゴのスープ　（平成九年）
メーデーの字が躍動のプラカード　（平成十年）
あそび女にあらず才気の女郎蜘蛛　（平成十二年）
人の世と月下美人の夜を重ね　（平成十三年）

多彩な題材に取り組まれ感覚もまた若さが失われずいわば小粋なのである。この長い作句活動のなか『あめつち』は第四句集である。句集に対する姿勢が真摯であり厳格であることがわかる。この次は満百歳の記念に九十代の作品から選びぬいた句集を是非拝誦したいものである。その心を胸に『あめつち』から、さらに感銘句を紙数の許す限り抽出して鑑賞を結びたい。

火の小さく夏炉大きくありにけり　（平成五年）
大琵琶の風も霞みてありにけり　（平成六年）
壁に蜘蛛大きくなりて現れぬ　（平成八年）
逆縁の児の大文字読めるかや　（平成十年）
天国も地獄もあらず金魚玉　（平成十一年）
今日と聞くより子供の日なりしかな　（平成十三年）

# 小澤克己『小澤克己句集』『新・艶の美学』

平成十四年八月一日小澤克己は五十三歳の誕生日を迎えられた。俳句を本格的に始めて二十五年になるとのことである。

俳句を本格的に始めるといってもいろいろな方法があるであろうが、克己の場合は作句だけでなく評論に講演に多彩である。主宰誌も持たれた。主宰される「遠嶺」は創刊十周年を今年迎えられた。年齢五十三歳という若さである。前途に期待されることまさに多大である。

平成十四年「遠嶺」十周年の年にあたり『小澤克己句集』をふらんす堂から、評論集『新・艶の美学』を本阿弥書店から相次いで上梓された。『新・艶の美学』は平成五年に上梓された『艶の美学』に続くものである。

『新・艶の美学』は俳句総合誌「俳壇」に平成十二年から二年余にわたり連載されたものをまとめられたものである。二十一名の作家を四章に分けてひとりひとりを「エロス」をキーワードとして解説された異色の評論である。評されている各人それぞれ参考になるが、なかでも圧巻と感銘を深くしたのは最後に取り上げられた克己の師、能村登四郎の項である。他の二十人に比し紙数も一番多く費やしておられる。

能村登四郎については平成七年同じく登四郎の弟子、大牧広の『能村登四郎の世界』を評したことがある。あらためて今回小澤克己の『新・艶の美学』に収められた「能村登四郎・人間と自然のエロス」を拝読して登四郎が育てた多くの弟子に思いを致し「広の世界から評釈した登四郎」と「克己の艶の美学から見た登四郎」の、その大きさに畏敬の念を新たにした次第である。克己のペンも能村登四郎の項の冒頭にて「この『艶の美学』の行き着くところ、その一つが能村登四郎であるということは疑いのないことだった」と思いを記されている。登四郎というと「馬酔木」に投句を始められてから没の月を重ね巻頭を得るまでに十余年という伝説は門外の者にも知られる苦労話である。やがて「合掌部落」の登四郎として紹介されるような立場になりながら、その定説を乗り越えて努力邁進を重ねる師の姿を説く克己のペンも実に艶そのものである。

その登四郎が克己などの弟子を育てる拠点として「沖」を創刊主宰されたのは五十九歳の時と聞く。克己は冒頭に紹介した通り五十三歳を迎えられたばかりである。創刊主宰された「遠嶺」も十年の歴史を重ね弟子も育ちつつある。克己の登四郎をしのぐ活躍に期待するものである。師をしのぐ活躍は弟子の師への最大の報恩でもあろう。

その克己の『小澤克己句集』は平成十五年刊行予定の句集を含む五冊の句集と二つの評論の「抄」である。句集の方は各句集とも八十句を選び「抄」とされている。

私は「花暦」の誌上で平成九年刊の『オリオン』と平成十二年刊の『花狩女』を採りあげて評した。「花暦」の創刊前の昭和六十二年に第一句集『青鷹』、平成五年には『爽樹』を上梓されている。来年に予定されている句集名は「春の庵」である。既に二句集について評しているので克己作句工房の伝統的切れ字の用例について見てみたい。第一句集『青鷹』から選ばれた八十句を読んで上五の「や」の切れ字使用例が一句もない事に気がつき、その後の推移を検証してみたくなったのである。第二句集『爽樹』になり

まひまひや地球自転に捲みつつも
葦刈るや夕日を嶺に収むまで

の二句と多いとはいえないが

凩や沖にまばゆき星跳ねて
白南風や仏眼閉ぢしまま千年
踏青やまだ見ぬ嶺を胸に抱き
菜の花や地球が軽くなつてゐる
流星やパリの古地図の青表紙
秋風や石の心臓ごととりとす
木枯しや卓布に金の馬車駆けて

と『オリオン』では七句に増え、『花狩女』では

朝焼や求道の眉目たしかなり
新秋や図鑑の魚の動きだす

秋澄むや美濃よりとどく密造酒
凩や昔の葉書小さかり
浅春や湖守が竹を編んでをり
貝寄風や海より蒼き旅ごろも
万緑やすつと己の道が見え
竹伐るや昨日と明日の真ん中で
冬雷や棋盤に王の動かざる
初東風や編まれて蒼き生簀籠
潮騒や花狩る女の影ひとつ
冬凪やおのれ打ち消す旅をして

と使用例が二割ちかくになる。『春の庵』ではまた減り

壺焼や一合升の溢れをり
紅梅やかぼそきこゑをつなぎあふ
春行くや一指も海に触れずして
短日や獣の檻に岩ひとつ

と四句である。最初は極端に少なかったということだろうか。最後に各句集から「遠嶺」の推移

を感ずる句を抽き結びたい。

遠嶺まで道まつすぐに刈田晴　（『青鷹』）
白薔薇一輪遠嶺発行所　（『爽樹』）
辿りきていまだ麓や夏木立　（『オリオン』）
遠嶺いま銀河をしかと摑みけり　（『花狩女』）
嶺あらばさらに高きへ秋オリオン　（『春の庵』）

## 藤岡筑邨『海近く』

「りんどう」主宰「信濃毎日新聞俳壇」選者藤岡筑邨の句集を興味深く拝読した。古くは、高浜虚子、富安風生に師事、現在の「若葉」誌上ではお名前を見ないが「若葉」同人でもある。まず、印象に残ったのは「海鼠」の登場である。前句集が『海鼠の夢』でありその余韻でもあろうか。この『海近く』は第八句集である。『海近く』の「海鼠」は句集六句目にまず姿を見せる。一九九六年の作である。句集は西暦で表示して二〇〇〇年までの五年間の作品から四〇六句を収録している。

神もなく仏もなくて海鼠かな　（一九九六）
見てをりて海鼠に見られゐるごとし　（〃）
あつけらかん海鼠一匹喰ひ終へて　（〃）
海鼠身を寄せ合ふ煌々たる灯の下　（〃）
海鼠嚙むいつまで嚙まば気が済むや　（一九九七）
海鼠知らん顔なつかしむ我に　（〃）
海鼠食ひ知るより知らぬこと多し　（一九九八）

海鼠喰ふはじめて喰ひし人は誰そ　（一九九九）
二千年はじまるといふ海鼠喰ふ　（二〇〇〇）
手にとりて海鼠が海鼠の形となる　（〃）

引き続き「海鼠」は筑邨俳句の世界に健在である。酒の肴として賞味される「海鼠」であるが、楠本憲吉の『たべもの歳時記』によれば古事記にも登場するそうで人類との付き合いは神代に始まるらしい。俳句も芭蕉などの例句もある題材としての歴史は古い。師事された風生の全集で探したが風生作品はなかった。酒肴として珍重されるので酒との取り合わせの作品など句会で時折目にするが収録された筑邨の「海鼠」はまさに「海鼠」そのものに挑戦された作品ばかりである。次に印象に残ったのは「蟻」である。「海鼠」の場合は旬の「海鼠」であるが、「蟻」は四季にまたがり筑邨の世界に活躍する。

ゆく春のいつぴきの蟻マンション出て　（一九九六）
いつぴきの蟻首かしぐ海の前　（一九九七）
吸殻を迂回し蟻の道出来る　（一九九八）
海見て食ふおむすび蟻にも二三粒　（〃）
靴の先蟻をりデパート開店前　（〃）
箒目に蟻ゐて八十八夜かな　（一九九九）
冬の蟻いよいよ黒を深めけり　（〃）

蟻に声かけて三月はじまりぬ　（二〇〇〇）
冬の蟻恐龍となり構へをり　（〃）

いっぴきの小さな「蟻」をやさしく観察される筑邨の世界は蟻の四季をとらえてあたたかい。次に印象に残った事は句またがりや破調を多用した軽妙洒脱な自由自在の詠いぶりである。「海鼠」や「蟻」の引用句のなかにも、その傾向の句が見られるが筑邨俳句の世界を演出する技法の妙であろう。

脱ぎ捨ての靴下初鏡の中に　（一九九六）

句集巻頭の句である。やはり十八文字で二句一章の詠みぶりであるが帰宅されたところであろうか、「初鏡」が思いがけぬ登場をして早くも筑邨の世界に誘われる。

木々囲ひ終りて新藁日和とも　（一九九六）
春めくと日本橋銀座間歩く　（〃）
人間嫌ひにて白鳥に餌をやる　（〃）
さくらさくら笑へば八重歯のぞく子に　（〃）
さくら満開仲間顔して桃一樹　（〃）
うすくうすく蛸の脚そぐ花の冷え　（〃）
花見ると敷く新聞にオウムの記事　（〃）

御輿よいしよいよいしよい日本橋わたる　（〃）
鏑流馬待つ馬首振つて落着かず　（〃）
うしろ向いてゐる朝顔を見せてもらふ　（〃）
花火ひらく花火に賭けしいのちいくつ　（〃）
冬が来るぞ一茶の里の雀たち　（〃）
冬青空かもめ橋てふ渡りつつ　（〃）
目利の顔ならぶ羽子板市の裏　（〃）

一九九六年の作品から適宜抽出した。この年の作品は九十五句収録されている。十四句を抽いたが類似の句は多い。
「さくらさくら」とか「うすくうすく」と切り出して中七下五を締めてみたり、「よいしよいよいしよい」との掛け声を句に取り込んで祭の雰囲気を醸成してみせたり、「冬が来るぞ」と上五に置いて信州柏原の一茶の里につなげたり、「冬青空」と「かもめ橋」や、「目利の顔」と「羽子板市の裏」の取り合わせなど筑邨俳句の世界が「強がったり構えたりせずに心の赴くままに」詠み上げられていることがよく解る。

おでん酒「横綱だつて負けるわさ」　（一九九七）
ふるさとに来て「そうずら」といふ息白く　（〃）

筑邨の世界にはこのような会話の世界もある。口語俳句というところだが風生の高弟のひとり加倉井秋をの世界に通じるものを感ずる。

成人の日や口中にガムぐちゆぐちゆ　（一九九九）

下五の破調が世相をうまく表現している。

梅雨深むバーグマンの鼻とがり　（一九九七）

キャベツ抱へてジェームス・ディーン来る　（一九九九）

洋画の世界が意外な取り合わせで筑邨の世界に登場する。
最後にここまでの分析に入らない感銘二句を記し鑑賞を結ぶ。

浮浪者にふるさと遠し流しびな　（一九九六）

東京の雪は芝居のごとく降る　（一九九九）

## 星野麥丘人『亭午』

『亭午』は平成八年から十一年までの四年間の作品からまとめられた星野麥丘人句集である。第四句集『燕雀』も平成十一年十月号のこの「花暦」誌上で鑑賞させていただいた。それ以後の作品ということになる。当時、主宰される「鶴」は六五〇号を迎えられたところであったが、順調に号を重ねて平成十四年十月号が六八八号である。七百号は一年後である。

朝焼やファックス沖縄より届く

「鶴」六八八号の主宰巻頭作品「宵闇魔」から一句を抽いたが、頁を読み進めると七百号記念事業が発表されている。事業の一つが二代目主宰石塚友二句集の刊行である。麥丘人は三代目の「鶴」主宰である。創刊は昭和俳句史に一時代を築いた石田波郷である。前句集『燕雀』と同様『亭午』でも節目節目で先師追慕の句を詠み継がれている。

朝顔を蒔く日波郷の誕生日　（平成八年）

波郷は大正二年三月十八日生まれで、亡くなったのは昭和四十四年十一月二十一日である。墓は深大寺にある。

雨吸つて波郷椿の都鳥　（平成八年）

蟬鳴かぬ深大寺とはけつたいな　（平成八年）

平成八年の波郷忌法要では

花ひひらぎ十年はいま二昔

という痛切な追慕の句を詠んでおられる。
また二月八日の石塚友二忌には

遺影微苦笑松雪草の一鉢に　（平成九年）

同じ年の波郷忌には

先生の忌なれば晴れよ龍の玉　（平成九年）

と詠み、すぐ旅に出たが

波郷忌を過ぎて雨降る淡海かな　（平成九年）

と追慕の念はいやますばかりである。追慕の作品は毎年詠み残されて句集にも収めておられる。

曼珠沙華波郷に遣らむ友二にも　（平成十年）

文鎮の佐渡赤石や風鶴忌　（平成十一年）

麥丘人作品の特徴としてはここまでに紹介した追慕の作品にも見られるが植物の扱いの多彩にして上手さである。この特徴を少し追求してみたい。

花種の袋の文字のアメリカ語　（平成八年）
柳絮とぶ古き厩舎の辺りより　（〃）
河骨に寝不足の日のありにけり　（〃）
午前雨午後また葡萄の花に雨　（〃）
ひもろぎの冬芽立ちたるけんぽなし　（平成九年）
梅若葉われにとりつくえへん虫　（〃）
朝いちばんに見し鳥柄杓かな　（〃）
空港を出てコスモスの田舎みち　（〃）
百剝いて百一つめも渋柿ぞ　（〃）
花ミモザ帽子を買ふと言ひ出しぬ　（平成十年）
雨許す蓮の浮葉のひろごりに　（〃）
へうたんを咲かせ誰にもかまはれず　（〃）
むさし野の椎や欅や七五三　（〃）
花疲れといふほど花を見てをらず　（平成十一年）

針槐練馬を出でて深川へ　（〃）
月下美人われにかかはりなかりけり　（〃）
ダリヤ剪る余生といふは忌詞　（〃）

数多いなかから一年につき四句抽出してみたが、まさにバラエティに富む内容である。また、麥丘人作品の特徴は日常のごく普通の出来事のなかから、さらりと材料を掬い上げ味わいの濃い作品に仕上げてゆかれる見事な技である。

足袋干してあり老人のゐるらしき　（平成八年）
ややはやき湯浴みとなりぬほととぎす　（〃）
晩学は眠たきものよ金魚玉　（〃）
しやぼんだま吹かねばならぬいはれなし　（平成九年）
皆老いぬアロハシャツなど着てをれど　（〃）
暑気払にもシミュレーションのありにけり　（〃）
佐賀に来て金魚買ふわけにもいかず　（平成十年）
めはじきと知らねば誰もふりむかず　（〃）
神無月鈴の音して鈴屋かな　（〃）
春が好きとは手放しでいへぬなり　（平成十一年）
老人の妻も老人酔芙蓉　（〃）

菊花展雀ときどき降りてきぬ　（〃）

季題の選び方の、つき過ぎず離れ過ぎずの上手さなのであろうし、また、季題の特徴をよくつかんで誰でもありうる日常をしっかり詠みこんでおられる味であろう。めはじきもアロハシャツも季題が座り良く動かない。

人事を詠んでも眼差し暖かく機微をとらえてゆるぎない。

万愚節二つは食へぬゆで玉子　（平成八年）
海に来て母の日母を忘れたき　（〃）
海鼠から食ふかと訊かれうろたへぬ　（平成九年）
人に血を遣りしことなし終戦日　（〃）
晩年か余生か破魔矢受けにけり　（平成十年）
風車奈良まで持つていくつもり　（〃）
カフェグレコ成人の日のハムエッグ　（平成十一年）
雪降つてから鴨鍋といふことに　（〃）

とにかく読んでも読んでも飽きないのである。面白いのである。最後にもう一句、面白くそして味のある句を抽く。

鮟鱇鍋かしこき人も食うべけり　（平成十一年）

## 落合水尾『蓮華八峰』

「浮野」という俳誌がある。平成十四年十月号が通巻三百号になる。埼玉県加須市に発行所を置き地元をしっかりと固めて逐次拡がりを見せている風土色の香り高い俳誌として拝読する度に印象を濃くしている。

昭和十二年生まれの落合水尾が昭和五十二年四十歳の時に、創刊主宰された。水尾が俳句を始められたのはまだ十代の昭和二十六年の頃と聞く。当時、加須市界隈は「ホトトギス」が戦火を避け一時発行所を移した場所でもあり「ホトトギス」系の俳人の多いところであった。水尾も岡安迷子、角田紫陽などの指導で俳句を学び始めたが、昭和三十一年長谷川かな女の主宰する「水明」に入会、かな女没後は長谷川秋子に師事、引き続き「水明」に学び、秋子没後「浮野」を創刊された。

第一句集『青い時計』を上梓されたのは昭和三十六年、二十代の時である。当時から俳句にかける決意が相当に高いものがあったのであろう。主宰される俳誌とともに句集も順調に上梓を重ね今回が第七句集である。

沖に手を届かせて切る抜手かな

句集に収められた句ではない。「浮野」九月号の主宰巻頭詠のなかの一句である。スポーツ俳句で向日的であるが遠泳などでよく見る景とはいえ俳句ではあまり詠まれていない。次の句とともに大いに共鳴かつ感銘した。

背泳ぎに変りて水を枕にす

私はこの二句の世界を更に堪能したくなり『蓮華八峰』を繙いた。『蓮華八峰』は前句集『徒歩禅』以降の九年間の作品から三七〇句を収めている。八章に区分してそれぞれに副題が付されている。最初の章は「剣」と題して平成五年から二句、その他は平成六年の句により構成されている。次の、「白山」は平成七年と八年の作品により構成されている。

夜の雪を積みてあれかしみをつくし　（平成五年）
一身ををさめて水着皺もなし　（平成六年）
居ながらに見ゆる花火を出ても見る　（〃）
夜祭の秩父を歩く手ぶらかな　（〃）
落し文ひらかば煙立ちぬべし　（平成七年）
どきたるところに草矢落ちにけり　（〃）
文化の日古自転車に油さす　（平成八年）

この八句に共通するものは自然体である。そして普段の出来事であり特別の状況ではない。そこに存在する詩情を見逃さず俳句に仕立てる水尾の眼力が素晴らしい。みおつくしに積もる雪、そのまま水に消える多くの雪と夜の航路に雪の積むみおつくしを見つめる船人の眼が厳しくもあり優しくもある。水着にもいろいろとあるが、一身をおさめる水着との措辞でどのような水着かその水着を着ている人の年代までが描けて健康的でもある。居ながらに見える花火をわざわざ出て見る、というよくある情景である。周辺の雰囲気が伝わる。

秩父夜祭の賑わいのなか手ぶらで歩く、これもよくある情景である。しかしこうして俳句にされると見落としていた詩心に気がつく。落し文を解きほぐした経験のある人は多い。そして何も出てこないのである。草矢で何かを狙うなんて句はよくあるが作為的である。草矢はただ届くところに落ちるのである。そこに牧歌的な詩が存在するのである。文化の日といってもただの休日である。古自転車に油をさし、さて主はどこに出かけるのであろうか。加須に残る浮野の自然鑑賞であろうか。「浮野」と前書された二句を更に抽く。

ぎしぎしや飢うるに似たる夕曇り　（平成八年）
夕づきぬ燈心草のひとむらは　（〃）

その加須からしばらく北上すると分福茶釜で知られる狸寺の茂林寺がある。

白障子狸に戻れさうもなし　（平成九年）

平成九年からは一年一章で編集されている。平成十年には三十八年の教職生活を勤め上げて退職された。

初ざくら怒濤のごとき定年へ　（平成十年）
老木の芽柳晴れて退職す　（〃）

いよいよ「浮野」を育てつつ俳句に集中できる環境になられたことであろう。主宰される「浮野」にはさきたまの風土の香りが強い。水尾作品も折に触れ詠み継がれるさきたまの情景が特徴のひとつである。

一滴は坂東太郎初硯　（平成十一年）
一堤は天の祭壇曼珠沙華　（〃）
冬花火つなぎの龍にしびれ来る　（平成十二年）
山月や寒気もみこむぎり廻し　（〃）

加須は田山花袋の小説「田舎教師」の里である。

野遊びのひとつは田舎教師像　（平成十三年）
花袋忌の田舎饅頭蒸(ふか)しけり　（〃）
炎天下歩きてやまぬ像ひとつ　（〃）
月の野にこぼるる声はお種さん　（〃）

退職されても長い教職生活であった。退職後の句である。

学校に行つてみたくてつくしんぼ　（平成十一年）

教へ子とその母と草取り終る　（平成十四年）

浮野という珍しい自然は良き俳枕でもある。

青浮野雨よぶ水の夕ぐもり　（平成十四年）

あとがきは簡潔に九行である。その冒頭に「野にむけていた視線を少し上げたら富士山があった。その山頂の蓮華八峰を想った」と記されている。巻末の句を記し鑑賞を結ぶ。

五月晴蓮華八峰一握に　（平成十四年）

## 稲畑廣太郎『半分』

『半分』は「ホトトギス」編集長稲畑廣太郎の第二句集である。第一句集はそのものずばりの『廣太郎句集』と題して平成十二年に上梓された。『廣太郎句集』の「あとがき」で「廣太郎さんは未だ句集を出されないのですか」と聞かれても「ほな、遺句集でもあんさんが作っておくなはれ」と冗談半分本気半分で言ったりしていた、と述べられている。

この表現にもあるように廣太郎は昭和三十二年兵庫県生まれであり関西に育った人である。昭和五十七年甲南大学を卒業してすぐ、母稲畑汀子が主宰する合資会社ホトトギス社に入社、東京に住むようになり、俳句も本格的に志されるようになった。昭和六十三年に編集長に就任、「ホトトギス」同人にも推挙された。平成十一年には社団法人日本伝統俳句協会の理事にも就任された。協会は廣太郎がホトトギス社で力を蓄え編集長に就任された時期に発足している。廣太郎は協会が育てた若手の一人でもある。

しかし「ホトトギス」内部ではよく知られる廣太郎も俳壇で知られるようになってきたのは最近である。特に理事就任後の積極的な対外活動が目立つようになってきた。

第二句集『半分』はそのような状況のなか平成十四年に上梓された。句集名は

濁酒そろそろ人生半分に　（平成十二年）

よりとられている。当時満四十三歳。「あとがき」で「これが半分だとして八十六歳という、高濱虚子より一歳長命である事になる」と記されている。高濱虚子は曽祖父にあたるのである。

血統といふ枷ありて仔馬かな　（平成十二年）

作者名とともに味わう時、この句は限りなく味わい深い。

年尾忌や酒控へろと母の言ふ　（平成十二年）

年尾は祖父である。母稲畑汀子は年尾の後「ホトトギス」を継ぎ、「ホトトギス」を強力に堅め直すとともに日本伝統俳句協会を設立して俳壇に衝撃を与え、更に虚子記念文学館を建設された。血筋とともにこの数々の業績を引き継ぐ宿命を持つ廣太郎にかかる期待は大きい。いわゆる他派からの視線もまた厳しいものがあろう。しかし、廣太郎の奔放さと繊細さをほどよく兼ね備えた性格、マネイジメント力はこれからの「半分」に大きな期待を抱かせるものがある。

そして作品もバラエティに富み無限の可能性を感じさせるものがある。この第二句集を、母稲畑汀子は事前には何も聞かされずに手にされたと聞く。「酒控へろ」と心配をする母は俳句の師ではあるが廣太郎は「花鳥諷詠」の新しい旗手として独自の世界を構築しつつ巣立たれているのである。濁酒の句も

老の頬に紅潮すや濁酒　高濱虚子
濁酒杣にはなくてならぬもの　高濱年尾

など、曽祖父や祖父とは違う新世代の味がある。濁酒の瓶もグラスも曽祖父の頃と違う「オシャレ」な物に変化している。

猟名残メインディッシュはジビエかな　（平成十一年）
蒜を要としたるレシピかな　（〃）
クラクション音色変りて梅雨に入る　（〃）
アスロックミサイル下の片陰に　（〃）
小鳥来る羽田空港Bデッキ　（〃）

とカタカナや横文字を自由に駆使したかと思えば

冬木立備中高松城址寂　（平成十一年）
橋青黄船赤白茶川長閑　（平成十二年）
太陽系第三惑星星月夜　（〃）

と漢字ばかりの句を披露される。

日脚伸ぶ鉄路繫いで来し旅に　（平成十一年）

筏曳く音はアレグロ夏の川　(平成十二年)
黄葉から紅葉へ渡る交差点　(〃)

のようにリズム感に富む軽快な句もあれば

夕河岸や虚子も歩きし由比ヶ浜　(平成十一年)
西鶴忌都市に中央区の多し　(平成十二年)
じねんじよや虚子も年尾も眠る山　(〃)

のように力感のある本格調もある。

猫の恋夫はシャムといふ噂　(平成十二年)
何もせぬ人を横目に夜業かな　(〃)
凩や赤提灯の誘惑に　(〃)
待ち惚け彼女は狐かも知れず　(〃)

などの大らかな俳諧味のある句柄も持ち合わす。季題の狐も猫の恋も思いがけぬ展開のなかにどっしりと句に収まる。
夜業の句も全体の雰囲気と本人の屈折した心境が描写されて既往の夜業の句のイメージを超えている。

その廣太郎も子育てを中心に新時代の家庭を築かれ

白樺や今日は父親らしくして　(平成十一年)
娘は手術長男受験準備かな　(〃)
柏餅ほんまに一年生かいな　(平成十二年)
ごきぶりや男子厨房に入る我が家　(〃)

廣太郎の今後の「半分」のウェートは大きく重い。前半の「半分」で築いた廣太郎の世界を次の「半分」で飛躍的に伸ばせる力を秘めた花鳥諷詠三句を抽き鑑賞を結ぶ。

寒鯉の錦も色を沈めたる　(平成十一年)
軽く引き大根重々しく置かれ　(〃)
雪吊の一直線といふ歪み　(平成十二年)

## 内田園生『老鶯』

句集『老鶯』は初代国際俳句交流協会の会長として平成元年から八年間采配を振るわれて今日の協会の基礎を築かれた内田園生が平成十四年十一月に上梓された句集である。平成五年から十三年までの九年間の作品から構成され『モロッコの月』『満天星』に続く句集である。氏には句集の他に文集や美術評論家連盟及び美術史学会会員として、絵画関係の著作も多い。外交官としてバチカン大使などの要職にもおられた方である。今回の作品はお仕事のうえでは国際俳句交流協会の会長として後半の四年間にあたり、各地を回られた作品が収められている。句集最初の平成五年だけでも

水琴や池に凍つるは塔の影　（当麻寺）
タンポポの絮の飛び交ふ古城かな　（ブカレスト）
生貝にレモン垂せば海涼し　（アテネ）
エーゲ海碧極りて風涼し　（クレタ島）
ハム・メロン好しローマには梅雨はなし　（ローマ）
梅雨寒やエッフェル塔は身を細め　（パリ）

頭失せ腕失せ如来は瀧となり　（唐招提寺）
ひげ振りつ蝦量らるる夜長かな　（台北）
秋晴や大パラボラ天の聲聞くか　（野辺山高原）
朱にまみれオレンジ啖ふ少女かな　（フィレンツェ）
時雨るるや如来の御眼潤みをり　（新薬師寺）

まさに東奔西走の活躍である。欧州へ俳句講演に諸国を巡回され台北俳句会と交流を重ねられた記録である。

国際俳句交流協会はそれまでに既設の現代俳句協会、俳人協会、日本伝統俳句協会が俳句国際化の対策として協力して設立した特色ある協会であるが、一面三協会の寄合所帯の側面があり会長として運営にはご苦労も多かったと思われるが

引退の安堵にひたる柚湯かな　（平成七年）
引退と決め白梅と相対す　（平成八年）

の二句にみられるように基礎の構築を成し遂げた充実感に満ちて引退をされた。現在も日本伝統俳句協会と現代俳句協会の顧問、俳人協会の名誉会員として三協会と関連を持たれているのもその功績が認められてのことであろう。

簡潔な「あとがき」で十余年前から、夏と秋は信州の一隅で過ごされているので信州詠が多い

と回顧されている。私の父、大久保橙青も縁戚関係にあった軽井沢のホテルに度々滞在していたが、遺された橙青日記の昭和六十三年八月四日に「十四時、前バチカン大使内田氏来訪、俳句インターナショナル発起人依頼さる」と記述している。ホテル滞在中の橙青を訪ねて国際俳句交流協会の設立につき説明し協力を依頼されたのであろう。句集名の『老鶯』も

老鶯に心委せて土いぢり　（平成十二年）

という信州での作品から採られている。後進に道を譲り、落着いた心と環境が一句に籠められている。軽井沢界隈の老鶯の声はなかなかの圧巻で閑古鳥より印象に残る趣である。

　その信州詠も平成五年のように繁忙の頃はさすがに少ない。ゆっくりと信州に腰を落ち着けることが出来なかったのであろう。引退をされた以後は信州生活も一層充実し

鐘撞けば火の山浅間笑ふなり　（平成八年）
紛れもなく秋は来にけり仙翁花　（〃）

と信州を堪能される。平成九年以降信州詠は増加し、

蛙鳴けど螢は現れず闇深し　（平成九年）
蜩や庭の手入れもこの辺で　（〃）
爽やかや白樺丸太の聖十字　（〃）

寂光をしづかに放ち女郎花　（〃）
古傘を畑に立てて案山子とは　（〃）

などバラエティに富む。最後の案山子の作品は

たつぷりともてなしやりし初蚊かな　（平成十年）
咲かむとて真赤に力む小鬼百合　（〃）
生けるごと霧押し入るや山の宿　（〃）
山荘の蚊の出迎へや大儀大儀　（平成十一年）
身をひそめ光源氏を待つ螢　（〃）
火取虫いい加減にせよ恐いぞよ　（平成十二年）

の作品につながる飄々とした園生の世界が詠まれている。この園生の世界は夏と秋に信州でリラックスされた時に限らない。句集巻頭の

野良猫や日向の屋根で寝正月　（平成五年）

にまず園生の世界が顔を出す。しかし飄逸さだけが園生の世界ではない。

落葉焚く燻るは業の深き枝か　（平成五年）
咳き込めば肺一面に荒るる海　（平成八年）

ホームレス政治議論の日向ぼこ　（平成九年）
人類の黄昏時か無月なる　（平成十年）
X線もて輪切りにさるる冬の朝　（平成十一年）

などには、別の園生の世界が見えてくる。この違いが句集『老鶯』の読んで飽きない味である。ふと考えこまされてしまい共鳴したりして読み進んでしまうのだ。
一年を二つに分けて季節により東京と信州の生活を楽しまれている心のゆとりを感ずる園生の世界でもある。最後に、ここまでで触れなかった園生の別の世界をそれぞれ代表する感銘句を三句抽いて鑑賞の結びとしたい。

をとめ座や海には蒼き夜光虫　（平成六年）
普段着で雑煮祝ふも喜寿と古稀　（平成十二年）
日向ぼこ人も小鳥も番にて　（平成十三年）

## 黛執『野面積』

黛執さんのご案内で牛飼村や田の神の鎮座する農村地帯の吟行をした事がある。夜は周辺に蛍の飛ぶ湯宿であった。執さんの俳枕の一つを見せていただいた思い出の濃い吟行で農村の風景を堪能した。当時は「春燈」の執さんとして親しかったが、その後も平成五年創刊主宰された「春野」誌上や総合誌誌上で作品を拝見して農村詠をはじめとする黛執俳句工房の味を楽しませていただいている。たまには超党派句会で同席をさせていただくこともある。

その執さんの第四句集『野面積』が上梓された。平成九年から十四年までの作品三五〇句が収められている。

石一つ脱けて遅日の野面積　（平成九年）
啓蟄の土をほろほろ野面積　（平成十一年）
竹馬の凭れてをりし野面積　（平成十四年）

句集名とされた「野面積」の収録作品である。実は野面積がよく解らず「あとがき」を拝読した。「蜜柑山に囲まれた私の日常起居の中でもっとも卑近な景物であり」と紹介されているが、作品を抜き書きして漠然と理解した次第である。「あとがき」では更に「農村詠の多いこの句集の風趣にも通うものとして」と句集名の由来を記されている。その農村詠は「のづらづみ」の風土を詠み尽くそうとされているかの如く集中に多彩である。これこそ黛執の世界なのであろう。

声かけて貰ひたさうに田草取　（平成九年）

はるかより和讃の声や田水沸く　（平成九年）

田の神の木皿割れをり鳥雲に　（平成十年）

しばらくは代田に映る柩かな　（平成十一年）

田仕舞の夕べをいそぐ鳥の影　（平成十三年）

天仰ぐことにも飽きて田草取　（平成十四年）

平成九年も平成十四年も田草取を詠み平成十一年には代田に映る野辺の送りが詠まれている。水田を一望される田の神も日々ご多忙な時期なのであろう。引用した作品には田んぼで働く農家の姿が見えてくる。

しかしそのような姿が見えぬ田園の自然そのものの移り変りを描写された執作品を味わうことのできるのも句集『野面積』の大きな特徴のように思う。

八十八夜すらりと川が伸びてきて　（平成九年）

雨雲の置いてゆきたる朴の花　（〃）

山の木を鳴らし八十八夜くる　（平成十年）

新涼や月の出際を鯉跳ねて　（〃）
霜晴の畦をんどりの高歩き　（〃）
藁塚に藁の香もどる忘れ霜　（平成十一年）
ふりだしに戻つてをりぬ蜷の道　（〃）
夕刈田ふはりと鷺を浮かせたる　（平成十二年）
さざなみをあつめてをりぬ余り苗　（平成十三年）
にはとりのひこひこ歩む厄日かな　（〃）
菰巻に沁みこんでゐる夕日差　（平成十四年）
麦は穂に流れてやまぬ雲ばかり　（〃）

うらやましいような環境であるがそのような自然の変遷を見落とさぬ執作句工房の技のひらめきを感ずる。雨雲の去った後の朴の花、放し飼いの鶏が自由に散策する姿、都会では味わえぬ藁の匂い等、執作品には日本の田園の雰囲気が漂う。町中の騒音などとは無縁なのである。
かつて案内いただいた牛飼村を思い出す作品も懐かしい。

牧柵に仔牛の和毛日脚伸ぶ　（平成十年）
夕虹や飽かず草食む土手の牛　（平成十一年）
夕焼や牛舎に咀嚼音満ちて　（平成十二年）

牛舎の夕べ、鶏が庭を自由に遊び、燕が牛舎を出入りしたり大きな蝿が牛のまわりを飛び回っているのであろう。

この執作句手法の二つの特徴は擬人的表現とリフレインの味であるようだ。擬人的作例としては

飛び越えてごらんと春の小川かな　（平成九年）
咲き満ちて困つたやうな花の村　（〃）
電線に飽きてつばくろ帰りけり　（平成十一年）
後悔をしてゐるやうに返り花　（平成十二年）
つくしんぼ摘まれたがつてゐるやうに　（〃）
揚雲雀揚がり足らぬといふ声で　（〃）

などがある。それぞれの擬人化の妙に感心する。春の小川だからこそ飛び越えてごらんとなり、返り花だから後悔しており、土筆が飛び出しているので摘まれたいのである。また

痛さうに空晴れてをり冬ざくら　（平成十三年）

の句のように作者のやさしい眼差しが擬人手法の句の特徴である。次にリフレインの作品は多彩かつ意表をつく。

竹を割く音のしゆるしゆる梅の中　（平成九年）
おんころころ薬師の森の木の実かな　（平成十年）
月明のゆらりゆらりと梵字どち　（〃）
狐こんこんいつまでも寝ない子に　（〃）
寒柝はさびし打たねばなほさびし　（平成十二年）
木魚ぽくぽく団栗の降る夜かな　（平成十三年）

読んでいて楽しい。難渋なところがない。寝つかぬ子には狐鳴くより狐こんこんであろう。団栗の降る夜は木魚打つではなくぽくぽくなのである。それが黛執の俳句の世界なのである。最後に感銘の三句を記し鑑賞の結びとしたい。

寄せてくる波に音なき暮春かな　（平成十二年）
親竹と揺れをたがへて今年竹　（平成十三年）
しばらくはたましひ探す昼寝覚　（平成十四年）

## 山田弘子『草蟬』

四月から「ＮＨＫ俳壇」の選者となられた山田弘子さんの句集『草蟬』を読んだ。山田弘子といえば平成七年阪神大震災の最中に「円虹」を創刊主宰、阪神地区の復興の槌音と共に号を重ね急成長、伝統俳句系指折りの俳誌に育てられた方として知られる。ただ主たる活動が関西以西ということもあるためか関東の伝統俳句以外では案外知らない人もいる。短期間に大きく伸びられたので知名度にまだばらつきがあるのであろうが「ＮＨＫ俳壇」への登場によりいわゆる全国区となられた。

作風は「花鳥諷詠」のなかで独特の心情を注入した作品が特徴の一つである。

今回の『草蟬』は平成十二年に上梓した『春節』以後の三年間の作品から三七四句を一年ごとにまとめられている。心情注入の弘子の世界をまず拾ってみたい。

ちやんちやんこなどは一生着るものか　（平成十一年）
春隣一歩退くこともよし　（〃）
人間は忙しさうよ穴惑　（〃）
人生はまだまだ愉快木の葉髪　（〃）

友情はときに激しく燗熱く　（〃）
風交は淡きがよけれ枇杷の花　（〃）
万両や怒りしづかに収むべし　（平成十二年）
みよし野の花待つ限り老いられず　（〃）
香水やすこし危険な私かも　（〃）
たましひを浚はれまいぞ花吹雪　（平成十三年）

それぞれ季題と心情のバランスに独特の弘子の世界を演出して「すこし危険な私」の存在感がある。

次に弘子の世界での季題の扱いの独創性である。従来の概念を抜けた写生である。

縄跳びの子が陽炎を出入して　（平成十一年）
水破るやうにプールに跳び込みぬ　（〃）
マフラーの色の冒険なら出来る　（平成十二年）
初場所や闘魂かくも美しき　（平成十三年）
ポケットの底の虚しき二月かな　（〃）

陽炎、プール、等々、弘子の扱う季題の世界であり、マフラーや二月の句は前述の心情注入作品とも通ずる味がある。

さて句集名の「草蟬」である。

しんしんと離島の蟬は草に鳴く　（平成十一年）

弘子は縁あってしばしば宮古島を訪ねて俳句交流を重ねておられる。「円虹」の地盤の一つでもある。その島の草むらに棲む体長二センチほどの小さな蟬であると「あとがき」に紹介されている。日本全土でも蟬の種類は三十ほどで油蟬など主に夏のものであるが、法師蟬など秋の季題の蟬もある。

草蟬は四月ごろから鳴き始めるそうだ。その宮古島に毎年訪問された作品の数々も『草蟬』の特徴であり弘子の宮古島への並々ならぬ取り組みぶりが誌面から迫力を持って伝わる。平成十二年に「日独子ども俳句サミットin宮古島」を開催されている。その折の十句より抽く。

島の娘を貰ひに来しといふ日焼　（平成十二年）
潮浴やきのふ婚約したばかり　（〃）
砂糖黍ばたけの風のあとを風　（〃）
獅子蟹にペンを盗られぬ仏桑花　（〃）
肩書を外せし宮古上布かな　（〃）

集中の宮古島作品は日ごろの弘子調に加えて解放感に溢れているように思う。三句目の「風のあとを風」等に本来の弘子を感ずるが、全体として伸び伸びした弘子が眼に見えてくる。サミット以外の折の宮古島作品を更に抽く。

黍畑の風の中なる小学校　（平成十一年）
潮騒に鉄砲百合はなだれ咲く　（〃）
離島より離島へ船路夏の雲　（〃）
この風をこの雲を鷹日和とぞ　（〃）
鷹見つけ少年となる島男　（〃）
標的は吾かも鷹の急降下　（〃）

サミットの準備もあったのであろうが平成十一年は度々島を訪ねられている。そして一段落したあとも

初夢のかの島のかの海の色　（平成十三年）

と思いは尽きない弘子である。

一月十七日の太陽讃ふべし　（平成十一年）

地震のなかに生まれた俳誌「円虹」は五周年を迎え

手ぬかりはなきやなきやと明易し　（平成十一年）

と盛大に祝賀の宴を張られた。

師事される稲畑汀子宅に隣接する虚子記念文学館の建設には、汀子を補佐して開館に奔走をされた。文学館は平成十二年二月二十二日虚子生誕の日に開館した。外壁の一部には「俳磚」という俳句を刻んだ磚が提示されている。百年を越える「ホトトギス」の歴史の中で詠み継がれた作品が一人一句その「俳磚」に刻まれている。「花暦」にゆかりのある富安風生は虚子の弟子であった。風生の句も、一枚の「俳磚」に刻まれている。

俳 磚 は 歴 史 の 縮 図 梅 ふ ふ む　（平成十一年）

歌留多とるごとに俳磚に見つけし名　（〃）

虚 子 も ま た 市 民 の 一 人 燕 来 る　（平成十二年）

文学館の汀子理事長としても心強いことであろう。最後に異色の一句を抽く。

タ イ ガ ー ス の ご 一 行 様 黴 の 宿　（平成十一年）

今年こそタイガースが優勝し祝宴を張られることを祈りたい。

## 星野恒彦『詩句の森をゆく』

『詩句の森をゆく』は本年度俳人協会評論賞を『俳句とハイクの世界』で受賞された星野恒彦が連続して上梓された第二評論集である。『俳句とハイクの世界』は内容を六章に区分されていた。その章題も「英語ハイクノート」「俳句の伝播と国際化」「俳句とハイクの接点」「海外詠と風土・季語」「二人の現代俳人」「現代アメリカ詩と俳句」に見られるように、世界的俳句ブームのなか、海外のいわゆるハイクと日本の俳句について英米文学に精通される星野恒彦が俳人としての面から比較検討された労作であった。おおよそ二十年間の評論を取捨選択しつつ関連を検討整理して六章に編成されたものであった。今回の『詩句の森をゆく』は上梓の時期により区分すれば第二弾ということになるが、当初、書かれた時期はほぼ同時期であるようだ。書かれた評論の内容や、書くに当たり「れもん」とか「貂」の仲間を意識して書いたとかの事情、更にはまとめるに当たり分量の調整もあったようだ。

『詩句の森をゆく』は『俳句とハイクの世界』ほど国際化の比重は高くないが、反面、俳句の魅力や著者の俳句観が強く語られバラエティにも富み前著とはまた違う読みでがある。

星野恒彦さんは早稲田大学の教授としてご多忙のなか、社団法人俳人協会の理事として国際部長の要職を担当、俳壇の三協会が協力して設立運営している国際俳句交流協会では副会長として活躍されている。また、日本伝統俳句協会の主催する国際俳句シンポジウムにもいつもご支援をいただいている。

作品活動も川崎展宏代表の「貂」に所属、副代表をされている。このご多忙のなか、ある時は求められて評論を寄稿、更には自ら積極的に意見を発表してきた文章は非常に多い。

『詩句の森をゆく』も前著と同じように六章に区分されているが表題は特にない。

その第一部は三つの項目に分け、第一項目は「現代俳句と知的感性」と題して「俳句よりも詩に、それも外国の現代詩に親しんできた私の眼には、俳句はいつも広く詩という世界に在る。もし俳句に何らかの価値と魅力があるなら、当然詩としてのそれでなければならず、そこに『思想をバラの香のようにじかに感じる』ことを同じく求めてもいいはずだ。いや、一瞬の勝負といえる俳句にこそ、知性と感性の融合がはたされ、戦慄的な一行となるのを期待すべきではないだろうか。個人的な情緒のいたずらな解放ではなく、認識の確立としての句、作者を離れてビジョンが普遍的な相に高まり凝固した句を、私は現代俳句に求める」と自画像から説き起し俳句に対する思いを披瀝されている。そして引用句も多彩でかつご専門とはいえ海外詩の引用も随所にあって、どこからでも読み始められる面白さもある。その他、類型類想の問題や、上五の「や」と「に」の問題を

七夕に暗き海ゆく魚の群　　橋本いさむ

から説き起す文章など特に眼にとまった。「七夕や」ではなく「七夕に」でしょうとの言葉から

考えていくのである。

木枯に夕日うかべる信濃口　　飯田龍太

など多くの例句を引用されている。

第二部は十一の項目に区分される。最初が「定型が俳句という詩にもたらすもの」で冒頭に「俳句が世界最短の定型詩であり、きわめてユニークな詩型（内容を含めて）であることは、世界の常識であります。（中略）ただ、その常識に一つの補足をすれば、世の中に自由律俳句――ときには無季自由律であったりする――というものが存在します。ただしこれらは例外的と言ってよく、ほんの一部で作られているに過ぎません。私自身は、それを俳句というカテゴリーに容れる必要はない、簡単明瞭に『きわめて短い詩』と受けとめるべきもの、とわり切って考えていますす」と明快に作句のスタンスを説明されて歯切れがよい。この章は取りあげているテーマが定型だけでなく「主語省略の句」では次の句などを抽き

春ひとり槍投げて槍に歩み寄る　　能村登四郎

「会話体の短詩（スピーチ）」の項では

山国の蝶を荒しとは思はずや　　高浜虚子

約束の寒の土筆を煮て下さい　　川端茅舎

などを引用、海外詩も多数紹介、また「都会詠と私」では

デパートの地下に風吹く大栄螺

つば広き夏帽子入る美術館

など、自作を紹介。同じく「海外詠と私」では

地下牢（ダンジョン）の角を曲がれば春灯（はるともし）　星野恒彦

を抽いて日本で感ずる「春灯」とイギリスの「春灯」の感覚の違いを解説、海外四か国での作品を披露されている等、第二部は実作の場で参考になることも多く興味深い章である。

第三部は「長江デルタ」で芥川賞を受賞した多田裕計について記されている。「鶴」の作家であった裕計は昭和三十七年「れもん」を創刊されたが、星野恒彦は多田裕計の手ほどきで俳句を始められたことを知った。好きな言葉に「向日性」があったとのことに親近感を覚えた。

第四部は現在所属される「貂」の紹介である。編集を長く担当され、その編集後記抄は内容が濃い。

第五部は海外勤務中のエッセイである。俳句評論から少し離れて小憩のような一章で気楽に読みこめる。

最後の第六部は専攻とされる英米文学研究に関する評論を二編収められている。俳人協会評論賞受賞をお祝いし更なるご発展をお祈りしつつ筆を擱く。

## 田中水桜『大足神』

平成十二年九月号で田中水桜句集『麻布』を取りあげて特に向日性に共感を覚えて評した。平成十一年までの五年間の作品であった。その『麻布』に続く第五句集『大足神』は、その後の三年間の作品を、一年一章にまとめておられる。『麻布』は新年を別項にまとめての四季別であった。私は向日性とともに俳諧味を『麻布』の特徴として挙げた。今回の『大足神』を手にして、その後の水桜俳句の世界がどのように句集に表現されているかに関心を抱きつつ拝読した。

怒濤図の波の穂先の春光る　（平成十二年）
げんげんを横目に離陸富士へ発つ　（〃）
放鷹の二羽目も海へ初景色　（平成十三年）
七百齢の椎旺んなりえびね咲く　（〃）
伴走の虹に手を振り旅初め　（平成十四年）
初蟬や大足神に全智受く　（〃）

一年二句を抽いたが題材の把握、描写の切り込み等に向日性指向の作風の健在ぶりを改めて感じた。

しかし、今回の『大足神』では俳諧味がより強く印象に残った。同時に旅吟のなかにそれを強く感じた。

雪ニモマケズ賢治碑へ猫に蹤く　(平成十二年)
山茱萸や句碑の蛙の飛びこまむ　(〃)
泉岳寺へ討入不能春驟雨　(〃)
大器晩成春眠の虎と思はずや　(〃)
犬ふぐりおどけ一茶の影跳ねる　(〃)
花芙蓉いの一番の神酒を干す　(〃)
去年今年足抜けできず咳地獄　(平成十三年)
隠れしはかぐや姫ならむ笹鳴けり　(〃)
紅梅の影が身投げの滝躍る　(〃)
寺の犬狐に似たり福寿草　(〃)
句碑とうらはら滝はめろめろ木の芽どき　(〃)
夏蜜柑たんとたべんしよ痩如来　(〃)
翁曾良の私語か雄島の笹鳴か　(平成十四年)
城下町方向音痴春時雨　(〃)
姫宮を小舟に誘ふ使ひ蛇　(〃)

生まれ育ちも生粋麻布沖膾　（〃）
花常山木アベック以外火気厳禁　（〃）
戸隠は黄泉かも鬼の吐息が雪　（〃）

俳句の楽しさを存分に味わうことのできる水桜の世界から一年六句を抽いた。一例を挙げると「寺の犬狐に似たり」の俳諧味は狐に似た犬を俳句に詠むだけでなく、寺の犬であるという着眼で更に興があり、しかも福寿草という季題を配することで寺と福寿草の取り合わせの俳諧味も演出しており隙がない。これぞベテランの味というより水桜独特の世界がある。旅先の風土や歴史を踏まえて詠まれるところに、普通の旅吟を越えた世界が開けているのである。そんな旅吟には

田村麻呂の手を借り申す深雪原　（みちのく）
楷書にて桃青法師猫柳　（伊賀上野）
雪時雨火種を胸に伊賀を去る　（伊賀）
花馬酔木肩肘張らぬ門一つ　（浄瑠璃寺）
鳳凰へてんで寝そべる目借時　（小布施）
名乗りたまへ一茶十哲蕗の薹　（一茶の里記念館）
楽人の中の一笛燕来る　（下蒲刈島）
穂の国の山紫水明田植すむ　（鳳来寺山）
白藤や自得の龍が息継げる　（福田寺）

おかかへ地蔵重し一願返り花　（竹原）

菊じまひの残んの菊を供華に請ふ　（小倉城）

等、「三冊子」と題された平成十二年の作品から適宜抽いても水桜独特の旅吟の世界が展開している。副題は

三冊子は翁の本意落椿　（平成十二年）

からとられたのであろうが落椿という季題の効かせ方に、いかにも練達の技が感じられた。

平成十三年の章は「天台烏薬」と題されている。水桜俳句の世界はしばしば連作の形で史実を踏まえた旅吟を綴られるが読者もその世界に引き込まれて行くようである。「竹採公園」と前書された天台烏薬作品の数々はその一例であろう。

姫にとどく天台烏薬懸蓬莱

竹取の媼と会釈三日はや

ざわざわと撒きて竹の香雪中花

白隠が説話申さむ雪中花

三日はや見返り坂に妹残す

蜜柑椀げば竹取翁の声尖る

と続き、この後に前掲の「かぐや姫」の作品があり、更に

難題の一つは玉句竜の玉

蓬萊や天台烏薬伸びはやし

食積や天台烏薬咀嚼せむ

と作品が並び、読者は水桜に案内されて竹採公園を散策している心地になり、飽きることなく水桜の世界に没入してゆけるのである。

さて、水桜が主宰される「さいかち」は今年の四月号で通巻八七六号となる老舗結社である。その四月号を拝読すると昨年秩父の名刹清雲寺に傘寿記念の句碑を建立されたとのことである。「さいかち」の発行所は麻布十番であり主宰の連載文章も「十番通信」と題されている。藤沢周平のことにも触れられた親しみの持てる文章であった。

花人の秩父なまりへまぎれこむ　　田中水桜

## 小澤克己『春の庵』

「遠嶺」を埼玉県川越市にて創刊され平成十四年に十周年を迎えられた小澤克己の第五句集『春の庵』を読んだ。克己は今年の八月で満五十四歳である。高齢化顕著な俳壇で若くして充実した実績を残されている。

「遠嶺」を毎月拝読して一つの特徴は多くの弟子を育てつつあり、その弟子の成果を句集を編ませることで見つめ直し次の飛躍に結びつける指導手法である。今回の句集『春の庵』は平成十二年から十四年までの三年間の作品から三四五句を収められているが、そのうち十三句が弟子の句集の祝吟であり同人作品「遠嶺集」の作家群である。

磨かれし一樹となれり八重櫻　（吉野のぶ子句集『八重櫻』）
汝が詩に美魂あふるる新樹光　（小島とよ子句集『新樹光』）
夏木立まとふは蒼き恋衣　（中川二毫子句集『夏木立』）
天啓も詩恩も白し夏椿　（稲辺美津句集『夏椿』）
明々と詩の道あり花月夜　（清水明子句集『花月夜』）
極北の星ありありと祭笛　（石田邦子句集『祭笛』）

渾身の色は白なり夏孔雀　（林友次郎句集『白孔雀』）
航跡の詩心たしかに秋の湖　（芳賀雅子句集『航跡』）
詩に游ぶ心を冬の星月夜　（川端和子句集『星月夜』）
花しぐれ身ぬちを舟の通り過ぐ　（野口香葉句集『天女櫻』）
惜春やもののふ貌の巨木あり　（岩田育左右句集『蘖』）
雲散れば飛白の空や花茨　（大谷茂句集『飛白』）
涼風の詩満載に午後の椅子　（吉村春風子句集『午後の椅子』）

序文を認め祝吟を贈り弟子の成長とそれぞれの個性を確かめ次に期待する主宰克己の足跡でもある十三句である。

今回の『春の庵』を拝読して私は三つの特徴を印象に残した。克己が主張される「情景主義」の作品群の特徴である。一つは齢五十を越えた男の感慨とロマンを感ずる作品である。若くして一誌を持ち仕事と両立させつつ来たが、その職を退き俳句に専念することになった男の感慨であろう。

春の庵筆より重きものは無し　（平成十三年）

作者の意図とは違うかも知れない。私はこの句から「ペンは剣よりも強し」という言葉を想起した。前年の秋

秋深き退職願したためり　（平成十二年）

と詠まれた克己である。そして年が明けて

雪雀ながめつわれも無一物　（平成十三年）
秘す想ひ秘さざる思ひかつみの芽　（〃）

と感慨を句に託された克己である。俳句一筋に賭ける決意を私はこの一句に託されたと読んだのである。

このような男のロマンを私が感じた句を更に抽く。

語らるる漢の一生白障子　（平成十二年）
低みよりものは言ふべし冬菫　（〃）
早梅や名利もとめぬ暮しして　（平成十三年）
芽吹くなら誰も入り来ぬ深山にて　（〃）
春昼の机浄めて職を退く　（〃）
直言は竹の切り口二月来る　（平成十四年）
壺焼や徐々に本音を吐き始む　（〃）
三日ほど螢袋にひそまむか　（〃）
さし挙げし指を銀河の端とせり　（〃）

次に感ずる特徴は作品に漂う「艶」の世界である。著作にも『艶の美学』のある克己である。「艶」はやはり克己俳句の世界に詠み継がれている特徴である。

彫刻の女仰向く春暖炉　（平成十二年）
桃の花ひと日を妻と遊びけむ　（〃）
生れたての蜻蛉ならば君訪はむ　（〃）
香水の若き眠りへ肩を貸す　（〃）
坂町の月傾けし胡弓かな　（平成十三年）
桃咲くや文箱に秘めし鍵ひとつ　（平成十四年）
奥の間の闇に白桃浮かびをり　（〃）
建礼門右京大夫の星月夜　（〃）

そして最後に強く感ずるもう一つの特徴は職を退き俳句一筋になり五十半ばへ差し掛かる克己の前傾希求の向日性に富む作品である。

未来への橋の真中で初日浴ぶ　（平成十二年）
旅行かむ春オリオンを冠に　（〃）
一歩とは永遠への意志や青き踏む　（〃）
初夢に白き駿馬の来りけり　（平成十三年）

遠嶺へとひとつ礼して若菜粥　（平成十三年）
平原を騎影のいそぐ雲の峰　（〃）
嶺あらばさらに高きへ秋オリオン　（〃）
青き踏むぐいぐい嶺を引き寄せつ　（平成十四年）
春星やわが原点に遠嶺あり　（〃）
道なほも極めつくせと嶺の秋　（〃）
秋麗の嶺へ一書をかかげけり　（〃）

平成十三年五月二十四日、克己の師、能村登四郎が九十歳で永眠された。若くして一誌を持った克己を励まし見守ってきた師であった。

いつせいに雲ひるがへる青葉の訃　（平成十三年）
師のほかに師はなし青嶺星ひとつ　（〃）
天に咲く朴の一華の永遠ならむ　（〃）

克己は師を偲ぶ作品を詠み残すなか、向日性に満ちた次の一句を詠み

雲の峰師の求めたる道はるか　（平成十三年）

さらに高きに登る決意を固められたのであろう。

## 有馬朗人『現代俳句の一飛跡』

有馬朗人の文学論集『現代俳句の一飛跡』を読んでずしりと満ち足りた読後感を味わった。それは句集については昭和四十七年の第一句集『母国』を初めとして数を重ねられ、平成二年には「天為」を創刊主宰され、俳壇でも国際俳句交流協会会長（現在は名誉会長）として活躍される等々目覚ましい実績を積まれている朗人であるが文学論集はこれが初めてであること。そして内容は四十年近くの間に折に触れ書かれてきた論文や随筆を引用句の再確認、文章の見直し等を尽くしてまとめられたこと等の経緯から来る読後感であった。

内容は三部構成にまとめられている。第一部は「山口青邨」、第二部は「現代俳人論」、第三部は「雑感」と題されている。

第一部は師青邨を論じ、師の主宰誌「夏草」に寄稿した文章や総合誌に寄稿した文章より十六編が収録されている。朗人は昭和二十五年、東大ホトトギス会に入会、「夏草」にも入会して山口青邨に師事された。しかし俳句は両親の影響もあってその前から親しまれ「ホトトギス」や「若葉」へ投句初入選は昭和二十一年作の、共に田植えの句であった。

蓮一つ魁咲ける田を植うる　（「若葉」）

雨雲のいゆき烈しき田を植うる　（「ホトトギス」）

「夏草」入会後はたちまち頭角を現し昭和二十七年作の

牛も走る枯野に夜が迫る時

など四句で「夏草」の巻頭を得て、同人に推された。
朗人は十六編収めた最後の章「語っておきたいこと」の冒頭で「青邨山口吉郎は私の師である。一九五〇（昭和二十五）年以来、一九八八年に逝去するまで唯一人の師として指導を受けた」と記している。その朗人が昭和四十四年の「夏草」二月号に記した「年輪」から没後に記された「語っておきたいこと」までの十六編の文章は師を語り尽くし、俳人山口青邨を超えて人間山口吉郎を語り尽くして、どの章から読み始めても感銘するところが多い。青邨から俳句だけでなく、それ以上のものを学んだという門下は多い。朗人もその一人であった。「一徹の貌」の章では

こほろぎのこの一徹の貌を見よ　　山口青邨

を抽き「俳人としての感性や美に対する態度のほか、生きざままで学んだ人となれば、それは師山口青邨である」と言い切り、「こほろぎ」の句について「私はこの俳句の中に、師青邨の深い信念と、一歩もゆずらない気迫を感じとった。誰が何と言っても我が道を歩む烈しさ、詩心を読んだのである。私の心の動揺はこの句で静止し、ひたすら青邨門下で、その清冽な句風を学ぶこ

とを決心した。それはまた青邨流の人生の歩み方を学ぶことである。性狷介なる私にとって、最も学び難いことは、この孤高ともいうべき青邨の生きざまである。それを決心させたのは正にこの一句であった」と記されている。また「語っておきたいこと」のなかでは「信義の篤い人だと思ったのは『ホトトギス』の選が年尾に移っても、『ホトトギス』への投句を止めなかった時である。私は生意気にも『もうお止めになったらば』と言ったことがある。その時、『実は虚子が選を止めるに当たって、青邨、風生二人を呼んで、もう投句をしなくてよいと告げた。しかし自分は年尾と『ホトトギス』を見守りたいと答えたのだ』と静かに私を諭したことがある。そして長い間『ホトトギス』の同人会長をしていた」とも記されている。青邨はその行動をもっても弟子を指導されていたのである。青邨は年尾を継いだ汀子の「ホトトギス」も見守られた。青邨が病気のために大久保橙青が同人会長代理として挨拶をすることになり、見舞いを兼ねて訪れた橙青に「遠慮せずに自分の言いたい事を述べるように」と話をされたと橙青は日記に書き遺している。

　朗人の山口青邨論だけでも充分過ぎる読み応えがあるが、第二部の「現代俳人論」は青邨論とは違う朗人の評論家としての、切れ味のよい論旨を楽しめた。朗人は「あとがき」で第二部について「青春時代に最も交流し議論し合った古舘曹人、高橋沐石から始め、碧梧桐、草田男、三鬼、蛇笏、龍太、八束の諸先輩への私の思い」を記したと紹介しているが通読して「あとがき」で触れられていない「ファッションとしての前衛」と「平均値の時代」が特に印象に残った。前者についての金子兜太に関する分析、後者について多くの若手と言われる作家の作品について「うまい句指向」による平均化、個性の埋没、抵抗のなさ、冒険心のなさ等を指摘、「もうすこしあばれてよいのでは」と述べられる。新鋭に境涯俳句が少なくなった点の指摘も大いに共鳴した。第一部は山口青邨に関心のない人にはやや遠い内容かもしれないが第二部は俳壇の幅広い作風に対する朗人の俳論として迫力にも富み共感したり教えられる点が多かった。

第三部の「雑感」は「あとがき」で「海外俳句をはじめさまざまな私の俳句に対する思い」を述べたと説明され内容も連句など多面的であるがやはり「海外俳句のすすめ」が印象に残った。私も海外俳句を最初に詠んだ時には作品評よりも「わざわざ外国で作られなくても日本にいくらでも題材があるのに」と門前払いの経験があるので強く共感するところがあった。いまや海外俳句も市民権を得て賑やかである。

私はたまに「天為」を手にする機会があると、巻頭の朗人の文章が楽しみである。刺激を受けることが多い。今回の『現代俳句の一飛跡』にはこの「天為」に発表された評論や随想は収録されていない。次の評論集を渇望して筆を擱く。

## 藤本安騎生『深吉野』

「俳句文学館」の平成十五年八月五日号に藤本安騎生は「懐かしい深吉野の盆」と題して写真を添えて「荒棚を組み川砂を撒」くという風土色濃い深吉野の盆行事を紹介されており興味深くかつ懐旧の想い濃く拝読した。その文章のなかにも『深吉野』所収の作品が引用されている。

仕上がりし新棚に灯の入れらるる　（平成八年）
川砂を墓に担ひて盆用意　（平成十一年）
川底に餅沈みたる魂送り　（平成十二年）
お夜食の分も手作り精霊箸　（平成十一年）

句集『深吉野』に出てくる「箸」の句にも興味が湧いたが「俳句文学館」に寄稿の文章のなかに「深吉野の風土は記紀の世界でもあり、自然は豊かである。神武天皇が熊野から吉野に入り、国つ神三方を得たと伝える井氷鹿の在所では、麻を播き育てて、盆の仏への給仕に使う苧殻箸を手作りする」と解説されている部分を読んで更に印象を深くした。

箸干場脚長蜂のまつはれり　（平成十一年）

鮎川の風入れ箸を磨くかな　（平成十一年）
精霊箸作り井氷鹿（いひか）の祖に仕ふ　（〃）

その他の「箸」の句も風土色が濃い。

筒鳥や筧の水に箸茶碗　（平成十年）
杉箸を利休に仕上げ青簾　（平成十一年）

『深吉野』は第三句集であり平成八年から十四年までの作品から三五二句を収められている。平成七年には師事されていた右城暮石が九十六歳で亡くなられた。『深吉野』では師暮石追慕の作品が毎年収録されている。

手を水に浸けて暮石の忌なりけり　（平成八年）
八月が来る先生の忌日くる　（平成九年）
稲黄ばむこの色めでし暮石亡し　（平成十年）
ことさらに何もせずとも暮石の忌　（平成十一年）
暮石にも供ふるこころ鮎雑炊　（平成十二年）
大白雨暮石の遺影抱き走る　（平成十三年）
枯畦を歩く暮石とゐるやうに　（平成十四年）

『深吉野』には風土に棲息する小動物も多く登場する。その生物をとらえる俳人安騎生の眼差しは暖かくやさしい。しかし自然の厳しさも見落とさない。その小動物のなかに人間の生活がある。それは都会の生活とは違う野趣に富む。

鮎釣の目脂をためて戻り来し　（平成八年）
栗山の溝走りたる三十三才　（〃）
帯織れり猪は庭木に吊るされて　（〃）
聴かせたき人の誰彼水鶏鳴く　（平成九年）
鬼の子の己ひき上ぐることをせり　（〃）
冬眠に赴く蟇の歩みかな　（〃）
田の神を送る忌竹鹿鳴けり　（〃）
隈笹の刈束冬の鶫来る　（〃）
しつかりと雌かき抱く蟇　（平成十年）
羚羊を防ぐネットに時雨くる　（〃）
解禁の山女魚天然もの混ざる　（平成十一年）
象谷(きさだに)に佳き人と来て螢呼ぶ　（〃）
巣別れの鷹のこゑする井氷鹿かな　（〃）
小流れに泥鰌の跳ねて稲黄ばむ　（〃）

沢蟹の溝に冷せる茶粥かな　(平成十二年)
雉子走る子育てによき芒原　(〃)
荒寺の鬼の捨子に鳴かれけり　(〃)
蛇見たること吉兆と野に遊ぶ　(平成十三年)
塩長者屋敷の荒れに雪加鳴く　(〃)
枯色の蝗とび込む野溝かな　(〃)
鶯のほがらほがらと田の荒れて　(平成十四年)
ほととぎす聴きに来し寺犬病めり　(〃)

句集『深吉野』には風土の動物だけではなく植物ももちろん詠まれている。しかし登場する小動物の数には、その土地に住みついている者の詠む迫力も感ずる。そして土地の生物とともに生きる人間の生活の音の聞こえる句も心に響く。

とんど竹伐り出す翁こゑに出て　(平成八年)
風呂の灰疎かにせず冬耕す　(〃)
虫食うてゐる白菜とよろこべり　(平成九年)
灰皿は吸殻の山猪捌く　(〃)
追ひ焚きの木の爆ぜゐたる干菜風呂　(平成十年)
風倒の山片付ける頰被　(平成十一年)

煤逃げや萱塚の立つ在所まで　（〃）
萱塚に火を放ちたき余寒かな　（平成十二年）

句集『深吉野』は深吉野の風土をあらゆる角度から詠み風土色に満ち満ちている。その深吉野の地名をそのまま詠み込んだ句は安騎生の深吉野賛歌でもある。

深吉野の闇とどろかす梅雨出水　（平成八年）
深吉野の雪の深さを問うてきし　（平成十年）
深吉野に棲みて九年石鼎忌　（平成十四年）

冒頭引用した「俳句文学館」の寄稿のなかで安騎生は東吉野村に移住されて十年と記している。そして深吉野の風土を詠みその行事やしきたりに馴染まれた。そして親しまれた行事をご紹介されたあとで「この懐かしい風景も大方は消え去ろうとしている」と結ばれている。消え去らぬうちに安騎生が引き続きその風習を詠み残されてゆくことを期待して句集『深吉野』の鑑賞の結びとしたい。

在祭彌栄さつさ彌さつさ　（平成九年）

## 森田峠『葛の崖』

冬空やキリンは青き草くはへ

句集巻頭の句である。作者の峠は「あとがき」で特にこの句に触れて「その時の動物園における一期一会がわかってもらえるでしょうか。小さくても一つの発見をしているのが写生句であって、この句ではどんな発見をしているか、おわかりいただけるでしょうか」と述べられている。読者にずばり「写生とは？」と挑戦されている異色の「あとがき」で、そこに魅力を感じて一読二読、日を改めて更に一読、「あとがき」も再読した。冒頭に引用した「あとがき」はその前に峠の写生に対する考えが述べられている。

写生という句作法には長所と短所があります。そのことを充分承知していて、写生のよいところを受けつぐように心がけてきたつもりです。写生とは客観的なものの見方のことですから、客観写生などと言わなくてもよく、ただ写生と言えば客観写生のことになります。わたしは客観写生の道を長いこと歩いてきたと思います。写生句ではまず写生の目を働かすことが大事であって、目のつけどころのよさということが求められます。目のつけどころを捜すのが吟行であって、吟行とは一期一会の出合いを求める最良の方法と思います。写生派は当然吟行派ということになります。この句集の句はほとんど吟行句です。
まさに「写生とは」「吟行とは」の答が記されている。峠とともに吟行に出かけたつもりで写生句集『葛の崖』を更に再読しつつ鑑賞を試みたい。

冬空やキリンは青き草くはへ　（平成七年）

あらためて開巻第一句である。季題は冬空。冬の動物園吟行である。冬であるが「青き草」をくわえて首を高く上げたキリン。この日の冬の空は暗雲垂れ込めた陰鬱な冬の空ではなく、よく晴れて渇き切った青さの冬の空であった、という景が私の眼には浮かぶ。

見台の高さのそろひ語り初　（平成七年）

開巻第二句である。華やかな正月興行の雰囲気が「高さのそろひ」で描かれている。説明でなく写生の味である。

温室にある氷山の写真かな　（平成七年）

植物園の温室であろうか。氷山の写真が目のつけどころなのである。熱帯植物がいろいろと収められている温室にそんな写真が飾ってあるかあるいは卓上に置いてあった。温室の大きさまでがこの写真を見つけたことで見えてくる。

客土せしところにばかり霜柱　（平成七年）

庭であれ畑であれ土質改良などを目的に「いれつち」されたところだけに霜柱が立っていた。そこが写生であり、その写生により霜柱の立っていない広い景色までが見えてくる。

左右より化粧直され祭稚児　（平成七年）

風景写生でないが人物写生でも峠の写生の妙味が見える。稚児を取り巻く複数の人物がさりげなく描かれ、更に祭りのざわめきが「化粧直され」の「直され」で的確に描き出されている。

青畝忌や夜半の軸へと掛け並べ　（平成七年）

峠の師はホトトギス四Sの一人阿波野青畝である。その青畝の忌日は十二月二十二日である。その師の忌に当たり、後藤夜半の軸と掛け並べられ偲ばれたのである。夜半もまた〈滝の上に水現れて落ちにけり〉などの句にて知られる写生派の旗手であった。青畝は亡くなる二年前に主宰されてきた「かつらぎ」の主宰の座を峠に引き継がれた。

禅譲の夢より覚めて年が明く　阿波野青畝

よき後継者を育て得た満足感に満ちた句として記憶しているが、青畝が亡くなられた翌年の平成五年三月号の「かつらぎ」で追悼の特集号を編まれた。私はその内容に感銘して当時連載を担当していた「海嶺」に紹介したことがある。この青畝忌の句で十年前の「かつらぎ」や既に廃刊となった「海嶺」のことなどを思い出した。
　さて、『葛の崖』は平成十五年に上梓されたが作品は平成七年から平成十年までの四年間の作品を収めた峠の第六句集である。「かつらぎ」の創刊七十五周年、通巻九百号を目前にしての上梓である。平成十一年以降の作品も近い将来に拝読することができるであろう。句集『葛の崖』の平成八年以降の作品から「写生の謎と新の頂点」と感銘する句を紙数の許す限り描き森田峠の写生の妙味を堪能しつつ鑑賞を結びたい。

つながれてゐず橇は橇犬は犬　（平成八年）
蟻はまだ穴を出でざる花時計　（〃）
車寄せ左右に等しく雪残る　（〃）
隙間とてなき葭襖行々子　（〃）
太刀魚の全身曇なかりけり　（〃）
寒牡丹見に寒木瓜を素通りす　（平成九年）
吹雪やむ全くやみしとにあらず　（〃）
庵と言ひ寺とは言はず牡丹咲く　（〃）
かむりたる草のそよげる浮巣かな　（〃）
門なくて紫苑の高き仮寓かな　（〃）

初めより傾く鍋や芋煮会　（平成九年）
釣好きは釣りゐて港まつりかな　（〃）
歩板より低く名残の九輪草　（〃）
篝火を消すところまで鵜飼見る　（〃）
吊されてより赤さ増す唐辛子　（〃）
電柱のほか何もなく蕎麦の花　（〃）
香具師めきてひろげゐるもの文化祭　（〃）
鴉居てこの足跡は浜千鳥　（〃）

# Ⅳ　平成十六年〜十七年

## 大川俊哉『葛西沖』

読後感の爽やかな良い句集である。家族を読まれた句が多く含まれているが、日本の戦後を支えてきた企業戦士と家族の物語が一つ一つの背景に読み取れて昭和一桁生まれの作者の家族愛と哀感に共鳴しつつ繰り返し拝読した。

単身寮上も隣も蒲団干す

独身寮とは違う単身赴任専用の寮であろう。経済白書で「もはや戦後ではない」とされた頃から日本企業の競争も激しく有能な人材であればあるほど、企業の要請で単身赴任がどんどん行われた。「サカチョン」など東京企業の人などの関西への単身赴任の人を指す言葉としてなつかしい。

企業は単身赴任者の生活の安定、健康管理の必要もあり単身赴任専用の寮などを設けた。団地などでもよく蒲団を干す景を眼にするが単身寮ともなると哀愁も感ずる。

赴任地へ妻の紙雛届きけり

赴任地に子の訪ね来て春の月

単身赴任は一面で子の教育の問題があった。受験戦争に生き残るためには父の転勤の度に転校させる訳にもゆかない。まして子供が何人もいれば奥様も気にはなりながらも赴任先に度々来る訳にもゆかない。紙雛に想いを託し、子は春休みに父を訪ねて来られたのであろう。

離職の日近し十年日記買ふ

企業には定年制もある。しかし個人の生活はまだまだこれからである。子育てもまだ終わっていない。

妻の選るペアーウォッチ春隣
妻に背を押され輪に入る踊かな
雛移しやる風邪の子の枕もと

紙雛を単身赴任地へ送られた奥様はようやく企業からご主人を取り戻されたのである。

囀りや秘蔵の器たまはりぬ

前書によれば息子さんが結婚、その新婦両親へ贈られた句とのことである。お嫁さんを貰う立場とお嫁に出す立場との違いは両親にとり大きい。しかし、この句で新婦のご両親も安堵されたことであろう。見事な贈答句である。

屠蘇祝ふ産月近き娘と並び
今日父となりし子と酌む初鰹
若葉光片目を閉ぢて嬰の欠伸
表札に加へし子の名新樹光
涼風や鴨居に貼りし命名書
夏痩の妻の掌にあり産湯の子

孫という字はないが孫を得た喜びが目に浮かぶ。

子が胎を蹴るてふ便り梅三分

俳句は短歌と違い季語を詠む詩でもある。人生の哀感を句に詠むとしてもそこに季題が生き季題が光り輝いていなければ俳句にはならない。俊哉作品に私が共鳴しかつ良い読後感を味わえるのは作品のほのぼのとした家族詠に魅力を感じただけではない。そのいわば人事詠に加えて季題の捉え方の良さに感銘したのである。

「子が胎を蹴る便り」は一つの報告である。ここに「梅」を持ってこられた作者の力量に注目したい。「梅便り」である。しかも「三分」が上手い。これで報告が季題と照応して俳句らしい味わいが出てきた。ここまで引用した作品のなかでも季題の扱いに特に共鳴した作品が多い。

ここで俊哉の家族詠以外の作品から季題の扱いを検証してみよう。写生の眼力の確かさに気がつく。

蜊蚪生れて乏しき水に固まれり
水底の影も尾を振り蝌蚪泳ぐ
落椿己が映りし水に載る
古利根の濁りゆつたり夏燕

客観写生の味である。地味であるが作者の力の並々ならぬものを感じさせる。
俊哉は広島市のご出身である。原爆にそして八月十五日に特に思いが濃くそれは郷里や両親への想いにもつながって作品を読み継がれている。

終戦日少年川原に白く坐す
炎天や母の名眠る原爆碑
原爆を逃れきし雛飾りけり
乗換への駅に黙禱広島忌
起きてまづ空仰ぎけり終戦日
峯雲や途中下車して父の墓

最初の少年の句は「終戦日の自画像であり、再開後初めての句会に」出句された作品と「あとがき」にある。俳句は昭和三十三年に職場句会で始められたが転勤を機に中断されたそうである。

本格的に取り組まれたのは土生重次が創刊主宰の「扉」入会以後とのことである。重次は平成十三年、多くの弟子を遺して難病に先立たれた。

五月来る重次に風の詩あまた

俊哉の益々のご健吟を祈り家族詠感銘句より紙数の許す限り抽き『葛西沖』鑑賞を結びたい。

かなかなや父の建てたる父の墓
春の月兄となる子の来て泊る
抱きとりし児へまつ先の御慶かな
奴凧糸出し切つて子に渡す
茹玉子きれいに剝けて子供の日
魂まつり他郷に母の齢超え

## 星野恒彦『邯鄲』

野火寄する葦つぎ〳〵と倒れこむ
啼きし口開けつぱなしや夏鴉
有刺鉄線とんぼう刺(とげ)にとまりけり
鮟鱇の残る下顎外される

句集は一九九一年九月から二〇〇二年末までの作品を四季に区分けして収められている。そこで春夏秋冬から各一句を抽いた。『邯鄲』を拝読して客観写生の作句スタンスを強く感じたからである。「野火」の句は実に客観的である。「葦つぎつぎと倒れ」という写生も見事である。最後に「倒れこむ」と写生の眼は中途で放棄していない。「鮟鱇」の句でも最後まで対象に取り組み、そして類想を超える写生の力のある作品になっている。「有刺鉄線」の句も実によく題材に肉薄し写生しているからこそ得た発見がある。「夏鴉」の句は鴉は鳴いた後、何故か喙を開いたままにしていることがある。そこを句にしたのだが「夏」を持ってきて上五中七の写生が季節感のある俳句に仕上げられている。鴉の姿としては四季を通じて見られるかも知れないが、この所作は「夏鴉」と珍しい描写で俳句の味が出ているし写生が生かされたと思う。

星野恒彦といえば俳人協会国際部長や国際俳句交流協会の副会長として活躍中であり海外経験も豊富で海外詠も多い。今回の約十年の間にも一年以上の期間を諸外国に生活されているが海外詠は別に合同句集『塔　第七集』に八十四句を発表されたので『邯鄲』には国内詠だけ三六四句を収められている。その点では恒彦俳句の一つの特徴である海外詠がこの句集では見られないが、その反面、より一層恒彦俳句の特徴を知り得る句集ともいえる。

そしてその一つが客観写生であると認識したのである。その特徴を更に題材で確認すると「蟻」など小さな虫もよく見ている。見落としがちな虫を俳人恒彦は見落とさない。

片栗のかしこに咲けり蟻の業（わざ）

蟻ゐるわゐるわ浜昼顔の芯

蟻吹いて一つ含めり熊苺

「蟻」に「片栗」「浜昼顔」「熊苺」などが配されている点も特徴といえる。類似の手法は

蟻つかむ風船葛の小さき花

円（まる）葉（ば）萩（はぎ）ゆれて放つや熊ンバチ蜂

などであろうか。小さな虫と草花の共演作品である。

その恒彦俳句の特徴には「句またがり」で収める定型の味がある。作例で検証しよう。

早咲きの桜や将棋指しの庭

如意輪寺咲きつぐ日本たんぽぽよ
どくだみのはつらつ財務局官舎
不許葷酒入山門蟬の殼
目玉まで赤く猩々蜻蛉かな
透く袋ぱんぱん桜落葉つめ
討入の日や自販機のたばこ落つ
まひまひず井戸にやすらふ落葉かな

「日本たんぽぽ」「猩々蜻蛉」「まひまひず井戸」等十七文字の中に入れ難いものをきちんと収めている。稲畑汀子の作句現場に立ち合うと、やはり同じ努力を一字一字吟味しつつ練られている。そして「狐の嫁入り」などという言葉が十七文字に収められたりするのである。恒彦俳句工房には稲畑汀子と共通する部分があるようだ。
恒彦俳句工房のもう一つの特徴は「句またがり」と似ているが「二句一章仕立て」である。句の切れ味が多彩であるともいえる。

よくもぐる鴨やお彼岸晴れわたり
川縁に出るや左右へ走る野火
仰山な曝書あぶな絵もありぬ
鳩に足またもつつかれたる大暑

引越のたびに大きくなる金魚
みんみんがそこにかなかなはるかなり
色かへぬ松の根鉢にまるく満つ

「仰山な曝書」「みんみんがそこに」「色かへぬ松の根」等とまず読んで、以下を一気に読み下ろす作句工房である。

富士や浅間のような大きな固有名詞ではないが意外性も含めて固有名詞の思い切った使用も特徴といえる。

行く春や鵜のさかのぼる目黒川
杉並区真夜ひと声のほととぎす
日吉村より世に出でて菊の宴

次にこれは特徴とはいえないだろうが時事俳句への思い切りのよい挑戦がある。しかし上品仕上げである。

初めから誤爆しかなし流れ星

大東亜戦争を東京で暮らした身としては誤爆という言葉に馴染めない。東京空襲の焼夷弾攻撃はまさに無差別爆撃であった。いまは、ちゃんと差別して軍用施設を狙っているそうだ。それなら核爆弾など要らないはずだが？
恒彦俳句の世界では「流れ星」という叙情性に富む季題で上品に仕上げられる。
前書きに「北朝鮮に拉致されし人々帰還」と記して

踏む祖国日向にたぎる黄の小菊

とも詠まれている。「日向にたぎる」に想いを籠めた技法に教えられる恒彦の世界がある。

## 菖蒲あや「春嶺」より

今年の「花暦」六周年祝賀会で「春嶺」主宰菖蒲あや先生に、「俳句と私」と題して俳話をしていただけることになった。昨年の五周年に際しては四月の記念号に「梅日和」と題して

あたたかや五とせ経たる花暦
花暦繰りて折から梅日和
夕桜曳くも曳かるも荷足舟

の祝句をお寄せいただいた。本年は直接祝賀会でお話が聞けるわけである。現在の「花暦」会員の大部分は菖蒲あやという名前は聞いていても本人を知らない人になっている。この機会に最近の作品を中心に「花暦」会員に菖蒲あやの世界をご紹介したい。

俳誌「万象」に山田春生が「昭和俳壇史」を連載中であるが平成十五年十二月号・連載二十回目「菖蒲あや登場」によれば、昭和二十二年四月あやが勤務していた日立製作所亀戸工場で文化活動として俳句部も誕生、そこで「若葉」編集長岸風三樓の指導を受けて俳句を始め、「若葉」に投句、富安風生に師事。

同人菖蒲あやの最も炭団の句　富安風生

更に昭和二十八年、風三樓の「春嶺」創刊に同人参加し、昭和四十三年第一句集『路地』で第七回俳人協会賞を受賞されるまでを解説している。句集『路地』は「昭和俳壇史」に残る句集であり冒頭の句は句会で初めて風三樓選に入った

旋盤のこんなところに薔薇活けて

を収め、最後の句は代表作中の代表句

路地に生れ路地に育ちし祭髪

で閉められている。平成五年には新装版が復刻された。このように登場した菖蒲あやは平成九年「春嶺」二代目主宰宮下翠舟の逝去により、その後を継ぎ三代目主宰として一誌を率いられることになった。主宰としての登場である。

「春嶺」主宰菖蒲あやの作品は、主宰作品として別に頁を設けず毎月「往来集」作家のトップに発表されている。十二月現在「往来集」作家は四十八家である。主宰を継がれてから、この欄で発表された作品は五百句を超える。五百号を迎えた二十一世紀初の新年号では「風三樓先生とわたくし」と題して所感を四頁にわたり記されているが、そのなかで「私は『あるがまま』を旗じるしに行こうと思っております。類句についても、人の一回作ったような句は作らない、現代

に俳句を作っているのだから自分の個性を出した、自分の俳句を作ってもらいたい。個性だからといって『ことばあそび』をやってもらいたくない。感性とは、『ことばあそび』ではないということを知らしめたいと思っております」と自分の作句信条や旗印、指導方針について述べられている。

その主宰菖蒲あや作品の特徴はやはり「路地」である。そこに住み余所へは移らず詠み続けている「路地」である。

どくだみをやたら咲かせて路地に老ゆ　（平成九年）
路地を出てすぐに踏切夕涼し　（〃）
銭湯で御慶を交す路地育ち　（平成十年）
路地薄暑私は私の道を行く　（〃）
花冷の路地に立ちたる喪の花輪　（平成十一年）
路地ぐらし丸見え簾吊ろうか吊るまいか　（〃）
あやとりが出来て素直な路地の子ら　（平成十二年）
着ぶくれて路地に住みつく意気地なし　（〃）
タンポポの絮とびたがる路地の奥　（平成十三年）
路地の入口子ら屯して夏きざす　（〃）
背を正し路地に入りゆく月今宵　（平成十四年）

もう誰も見ないよ路地の鳳仙花　（〃）
日だまりは老の天国路地の春　（平成十五年）
極月の路地に来てゐる刃物磨　（〃）

時々耳にする話に「自分の住んでいるところは見慣れて俳句が出来ない」などと言う人がいる。この菖蒲あやの路地俳句をお手本に身辺から俳句を拾う訓練をしてほしいものだ。
次には家族などへの人間愛の作品であり、また身近な亡き人々への追慕の作品である。

街薄暑子のもの買ひに子を抱いて　（平成九年）
弟の忌の花が散る花が散る　（平成十年）
母の忌や新米ふつくら炊けました　（平成十四年）
父の忌の熱燗一合もて余す　（平成十五年）
朝顔咲かす父母弟に遺されて　（〃）

あや作品の特徴に口語調や時事物がある。その詠みぶりの思い切りの良い切れ味はあや人気のひとつであろう。

株価低迷どうにもならず梅雨荒ぶ　（平成九年）
大根が煮上がり星がきれいです　（平成十年）
太陽と一緒に遊ぼう夏ですよ　（平成十一年）

悪事はびこるこの世や寒さ極まりぬ　（平成十二年）
夜濯ぎや明日がどんな明日でも　（平成十三年）
戦よあるなあくまで青き葉月空　（平成十四年）
チョコロにちゃんちゃらおかし愛の日よ　（平成十五年）

一月二十日が誕生日の菖蒲あやは平成十六年、八十歳を迎えられた。その「春嶺」祝賀大会も近い。いよいよこれからが菖蒲あやの「あるがまま」俳句の大成の時期、華麗なる八十代の始まりである。俳話「俳句と私」が楽しみである。

あるがまま生きて今日あり初明り　あや

## 棚山波朗『料峭』

竹垣の結び目緩む雨水かな　（平成六年）
蛇穴に入りて雨雲動き出す　（平成七年）
魚は氷に上りて手持ちぶさたなる　（平成八年）
人の世の暗きところに蟬生る　（平成九年）
冬耕の向き変へてより影長し　（平成十年）
旧盆の母なき家へ帰りけり　（平成十一年）
粗塩で燈籠みがく半夏かな　（平成十二年）
料峭や人より長き棒の影　（平成十三年）
熊掻きし生傷まざと新樹かな　（平成十四年）
鷹鳩と化して青菜をつつきをり　（平成十五年）

棚山波朗の句集『料峭』を拝読してずしりと残る読後感に浸った。その読後感を検証すべく再読しつつ作品を分析して「硬質な叙情」とでも言える男性的な余韻を感じ、併せて豊富な季題を駆使された内容にも感銘を深くした。難解な表現はなく難しい季題も解りやすい措辞で見事に季題を活かされている。句集は平成六年から十五年の夏までの十年間の作品を一年一章にして三四〇句を収められている。この鑑賞文を記すにあたり冒頭に一年一句を抽き十句を掲げた。「雨水」「半夏」「料峭」などの句に硬質な叙情を感じ、「蟬生る」「冬耕」「旧盆」「新樹」などの句に加えて男性的余韻を感じ「蛇穴に入る」「魚氷に上る」「鷹鳩と化し」などの句に難しい季題も解りやすい表現で詠みこなす波朗の世界を感じたのである。更に作品を抽きその「叙情」を味わってみたい。

蛸に指吸はれてゐたる日永かな　（平成六年）
命あるものより空蟬長らへし　（平成七年）
北窓を開けて秘すべきもののなし　（平成八年）
綿虫を追ひかけてゐる無言劇　（平成九年）
寒林のなか空ばかり見てゐたり　（平成十年）
毛虫焼き終へて火のまだ衰へず　（平成十一年）
懸巣鳴き雲に動きの加はれり　（平成十二年）
立春の土橋を渡り砂こぼす　（平成十三年）
梨棚の濃き影春の遠からず　（平成十四年）
行き止りあれば戻りて野に遊ぶ　（平成十五年）

解りやすい表現ではあるが意表をつく取り合わせで類想を超える。しかも誰もが眼にする機会がありながら詠まずに見落としていた世界である。そこを詠み取るのが波朗の世界とも言える。しかも使われる季題の豊富な点は、一例を挙げると、平成六年は三十二句が収録されているが、使われている季題は三十二ですべて違う季題が駆使されている。十年の作品のなかでは平成七年の「放鷹」、平成十年の「御神渡」、平成十五年の「蜃気楼」など同じ季題で複数の句を収録されている例はあるが、数多くの季題を詠みこなされている点も特徴と言えるしよく研究されていると感銘を強くした。題材として小動物をよく観察されて句に詠まれている点も特徴である。

寄居虫の捨てたる殻に砂と潮　（平成六年）
秋の蚊をかまはずにゐて刺されけり　（平成七年）
衣脱ぎし蛇まだそこにゐる気配　（平成八年）
まひまひの堂々めぐり子は飽かず　（平成九年）
潮まねき化石の爪を振りかざす　（平成十年）
縺れゐて端見当らず蝌蚪の紐　（平成十一年）
きちきちと己れ励ましばつたとぶ　（平成十二年）
茶立虫建て付け悪き母の家　（平成十三年）
ごきぶりを打ちたるものとともに捨つ　（平成十四年）
船虫の群れゐて影をつくらざる　（平成十五年）

まさに眼中のものすべて季題という花鳥諷詠の世界を実践されて教えられる点が多い。

冒頭に述べたが難しい季題も波朗は少しも難しくなく詠みこなされる。それは季題の持つ意味に対する深い理解と、それを作品に仕立てる写生の眼、やさしい言葉使いの技の所産であろう。いくつか作例を更に味わうこととしたい。

放鷹や疑似餌の鳩を羽交締　（平成七年）
閉しある塩小屋釣瓶落しかな　（〃）
あいの風骨組粗き生簀棚　（平成八年）
貝殻に砂つまりゐる秋思かな　（平成十二年）
春興や小田原提燈腰に下げ　（平成十三年）
夜は暗き故里の径蚯蚓鳴く　（〃）
一陽来復雑木林に射す薄日　（平成十四年）
雨後の園雀隠れに動くもの　（平成十五年）

句集『料峭』の題名は既にご紹介した平成十三年の〈料峭や人より長き棒の影〉より採られている。そして一年一章にまとめられた各章ごとに章題を付されている。平成十三年の章題は句集名と同じ「料峭」である。波朗は「あとがき」で北陸に生まれ育った私の好きな季語と述べられている。波朗は昭和十四年石川県生まれ、昭和五十年「風」に入会、沢木欣一に師事、皆川盤水の指導を受け、昭和六十二年俳人協会新人賞を句集『之乎路』にて受賞、現在は「春耕」の副主宰、俳人協会の理事も務められている。今回の『料峭』は第三句集であるが句集以外にも『東京俳句歳時記』『俳句の季節』等の著書も多く出されている。章題とされた作品を紙数の許す限りご紹介して句集『料峭』の鑑賞を結びたい。

生きもののすぐ動き出す喜雨の後　（平成六年／喜雨）
つじつまの合はぬ初夢吉とせり　（平成九年／初夢）
岬　鼻　の　風　を　捲　き　こ　む　鷹　柱　（平成十一年／鷹柱）

## 市村究一郎『土』

市村究一郎の第四句集『土』を繰り返し拝読して、句集『土』の土は風土の「土」であり田園の「土」であると思った。句集『土』は平成九年秋から十五年夏までの六年間の作品から三三五句を収められている。そのなかで「土」の字が直接詠みこまれた句は

畑土に人は馴染みて夕ざくら　（平成十二年）
土塊が凍雪を負ふひとつづつ　（平成十三年）
うららかに土と芋とを分けてをり　（〃）
寒葵咲く土の花土匂ふ　（平成十四年）
ふかふかの土に薺の渦いくつ　（平成十五年）

の五句である。作者の土に対する愛着が充分に感じられる句ばかりで、かつ一句一句に作者を取り巻く風土が見えてくる。旅先で見る土と違う郷土の土の匂いのする句なのである。

究一郎は東京都心より離れた府中市で「カリヨン」を創刊主宰されて既に十四年になる。私が以前「カリヨン」を拝読した時の一つの印象は地元に対する想いの強い俳誌という点であった。地元の府中や周辺の多摩地区の俳人を取り上げて「郷土の俳人」と題する連載も編んでおられた。

句集『土』は郷土を詠んだ句が多く、かつ土の字が直接詠みこまれていなくても土の見える句、土の匂いを感ずる句が多い。

元日の午後の水音田の肌　（平成十年）
秋耕が呼ぶかはほりも夕焼も　（〃）
植田なり糸とんぼにも苗たわみ　（平成十一年）
萍をすくひし嵩や田のほとり　（平成十二年）
秋日差し蓮田は蛭を浮かばせて　（〃）
田の神といふ石立てる春田かな　（平成十三年）
恥づかしげなり田の穭生え初めて　（平成十四年）
咲き出でてちやらんぽらんや田の蓮華　（平成十五年）

私が句集『土』は風土の「土」であり田園の「土」であると思った句の数々であるが市村究一郎の詩人の眼は、その土から生み出される作物に対しても注がれる。

茄子もげばある蟋蟀（こほろぎ）の口のあと　（平成十年）
初もぎの初見逃がしの大胡瓜　（平成十三年）
年新たゑんどう萌えて頼りなげ　（平成十四年）
ひそと食（た）ぶぎゆいぎゆい捥ぎし唐黍を　（〃）

稲の乳啄み去りし群れ雀　（平成十四年）

独活白き肌も節（ふし）のあたりかな　（平成十五年）

まさに田園の味である。茄子にある傷が蟋蟀の口のあとであるとか大きな胡瓜を見落としていてそれが初もぎであったとか、まさに実体験の強みが句の迫力になっている。私も菜園の胡瓜がお化けのように大きくなるのを見落としていてどうして気がつかなかったかと、不思議に思った経験があるが、初もぎの初に作者の様々な感情が詠みこまれた作品と思う。「ぎゆいぎゆい捥ぎし唐黍」も、まさに唐黍のもいだ時の実感である。秋暑の日差しがこの表現から感じ取れて唐黍の畑の中にいる心地がする。

菖蒲田に人の濁りを通す道　（平成十年）

いかにも菖蒲田らしい、菖蒲田ならではの句であり、やはり土の見える句の一つといえよう。

梅捥ぎのごみが眼にあり昨日より　（平成十年）

梅捥ぎはやってみれば、ごみが散ってくるやらで眼にも入る。「昨日より」という下五の置き方に練達の秘鍵の技を感じた。

青紫蘇を薙（な）ぎて子が行く秋祭　（平成十年）

大都会にも秋祭はあるが、この句の秋祭は田園都市の秋祭の雰囲気がよくわかる句である。更に市村究一郎の「土」に親しむ眼は、土に生きる小さな生命にも、やさしく注がれている。

水垢もめでたき蜷に初日さす　（平成十一年）
葛の葉を透かしにしたる蜷の子ら　（平成十二年）
田川には道無き蜷に風の影　（平成十五年）

更に郷土である多摩の地名を詠みこまれた郷土俳句も句集『土』の特徴であり「カリヨン」のイメージにもつながる。

眉ひくといふ元日の多摩の山　（平成十年）
深緑や多摩川蛇行極めつつ　（平成十二年）
多摩川の蛇行の腹へ花吹雪　（平成十三年）
多摩川に岩菲の花がほとりせり　（〃）
多摩の瀬と逢ひたるときの初日かな　（平成十五年）
多摩河原堰を残してかすみけり　（〃）
多摩川も奥まる淵に春の鴛鴦　（〃）

まさに毎年のように詠まれ郷土に根ざした俳人の姿として感銘を受ける。多摩の地名入りの次の句は師秋櫻子追慕の句でもある。

多摩の瀬を引きたる田川喜雨亭忌　（平成十四年）

究一郎の師は水原秋櫻子であり、昭和五十六年七月十七日に亡くなった。喜雨亭忌は秋櫻子忌のことであるが、主宰誌「カリヨン」では「郷土の俳人」とともに「秋櫻子への道」と題する連載も編まれていた。「馬酔木」では長老の相生垣瓜人にも兄事されたようで、

瓜人先生硯と初湯したまへり　（平成十一年）

の句も収められている。句集『土』は折に触れ師追慕の句が収められていて究一郎の師系を大切にする心が感銘深い。

麦とろの麦嚙みをれば師の真顔　（平成九年）
師が呼べりよばるるままに初詣　（平成十一年）
師の賜ひたるうす紅の初日薔薇　（平成十四年）
師の海となる初凪の磯たんぽぽ　（平成十五年）

郷土を愛しその風土を愛し土に親しみ、その土から恵まれる実りを句に詠みつつ、毎年、特に年初に師を偲ぶ市村究一郎句集『土』の世界の鑑賞を敬意をもってここで結びと致したい。

## 滝沢伊代次『信濃』

滝沢伊代次の主宰される「万象」の平成十六年三月号の主宰作品の中に次の句がある。

北窓を開き峠の見ゆるかな
厩出しの馬もゐなくなりにけり
土筆飯一トロふくみ頷きぬ

ここで詠まれているのは、伊代次のふるさと信濃の風土であろう。句集『信濃』を拝読してあらためて、そのように思った。句集『信濃』は収録三七五句のうち二五〇句以上の作品が「信濃」を詠まれている郷土愛の句集である。平成八年から十二年間での作品を、一年一章にまとめて章題を付されているが、平成九年は「土筆飯」と題され信州詠の一句とし

山姥の輪つぱに入るゝ土筆飯

が収められており、土筆飯という季題に、いかにも信濃らしい風土色を感じていた。俳誌「万象」で土筆飯の句を拝読し引き続き信濃を詠まれている伊代次の郷土愛を痛感した。句集『信濃』は毎年信州作品が冒頭に収められている。

黍がらに男火をつけ初竈　（目借時／平成八年）
囲炉裏よりひゞきわたれり福沸　（土筆飯／平成九年）
柿の木に顔の並んで初雀　（夏炉／平成十年）
門口の注連より垂るゝ長昆布　（新絹／平成十一年）
長屋門くゞれば初鶏はばたけり　（山翡翠／平成十二年）

それぞれの作品に農村の雰囲気、山里の感じが見える。一年ごとに信濃の作品を鑑賞し信濃の風土を味わってみたい。
まず、平成八年である。

寒雀捕(と)る田に囮の鴉かな
巣造りの鴉馬の尾の毛を引けり

都会の鴉とは違う鴉の生態描写に風土の香りを感ずる。

雨粒をはね飛ばしたり青林檎
掘り出して五段重ねの地蜂の巣
山葡萄からむ樹に熊の爪の跡
鵙の贄蛙の動いてゐたりけり
稲架解きて鰍を突きに出かけたり

雪の嶺七ツを数へ八ヶ岳

熊捕りの蜂蜜を置く落し穴

抽出した句はすべて信州信濃の香りが濃い。伊代次の信濃詠には固有名詞の詠み込みは少ない。八ヶ岳の句はむしろ異例に属する。地名を詠み込まずに信濃の風土に密着された素材の句が、雨をはじく青林檎、地蜂のマンション、山葡萄や蜂蜜と熊の生態、生きの良い鵙の贄、鰍突きなどに顕著である。信濃に生まれ、信濃に育ち、今も折に触れ、信濃に足を運ばれている成果であろう。平成九年の作品も楽しい。

耕を猿が鴉が見てをりぬ

山つつじちぎつて食べぬ杣人は

蛇裂きて雛にあたふる刺羽かな

螢火のまつすぐ落ちる螢火へ

かまどうま一ト飛び跳ねて炉の中へ

猪のぬた場や泥の木に飛んで

蟷螂の空揚げや杣の夜の膳

野沢菜に一霜降りて漬けにけり

川虫をざざ虫といふ伊那の人

平成八年作品とは違うイメージの句を抽いてみた。どの句にも信濃の自然のなかで暮らす人や小動物の姿が生き生きと描かれている。都会のイメージではない。最初の句、耕人を鴉が見ているだけなら各地で見られよう。しかし同時に野猿にも見られているのである。都会から来た旅人は猿が見ているだけで句にしてしまいそうだが二つ並べたところが伊予次の技であり信濃でもあるのだ。信濃ならではの句を平成十年の作品から拾ってみよう。

氷餅氷張りたる桶の中
竹馬の子軒の氷柱を折りくれし
白鳥の嘴より氷下がりたる
棒もつて子の叩きをり春の川

少年時代を思い出す。今、棒で叩ける川を身近に持つ子は都会にはいないのではなかろうか。氷が解けた小川の匂いを思い出す。

指の傷蛙の皮にてつゝみけり
地下足袋で蛇を蹴散らす漆掻

蛇も蛙も開発の波に追われ宅地化の波間に消えてしまったが、その失われた自然の残る信濃である。平成十一年十二年の作品から拾う今までとは別の信濃である。

餓鬼大将木のてつぺんに春休み　（平成十一年）
軒風呂へ声のとゞけり青葉木菟　（〃）
親捕りし鼠に戯れる子猫かな　（平成十二年）
地芝居も絶えてしまひぬ村祭　（〃）

都会からは餓鬼大将も木登りも消え、猫はキャットフードに慣れて鼠を捕らない。軒風呂などもない。そのような山村からも地芝居のように消えるものもあるのだ。句集『信濃』を拝読しつつ信州の風土を満喫させていただいたが、最後に診療所の医師として地域医療に活躍されつつ詠まれた作品を紙数の許す限り抽き句集『信濃』の鑑賞を結びたい。

秋の暮死にゆく胸へ耳をあて　（平成八年）
往診のあとの寝酒や虎落笛　（平成十一年）
この頃の医書は難し鷗外忌　（〃）
当番医つとめ天皇誕生日　（平成十二年）

## 金子兜太『東国抄』

平成十四年の蛇笏賞を受賞した金子兜太句集『東国抄』の冒頭の一句

よく眠る夢の枯野が青むまで

は『東国抄』に展開される兜太の世界のひとつでもある土と睡眠の世界を詠みこんでいる。最初に兜太作品の睡眠の世界を作品から検証しよう。

枯野あり朝のひかりに目覚め易し
枯野あり夕のひかりに眠り易し

兜太の睡眠は枯野が大きく関連しているようだ。それも夢の枯野である。熟睡すると枯野に緑がかかるようである。

睡眠に関連する季題の使用例も多い。

かもめよく飛ぶ鳩はとばない春眠か
枯れてゆく山毛欅と共寝の寝正月

朝寝してなお朝日なる山河かな
朝寝せり鼠一つも飼えぬ筋肉
松茸も出てくる夢と寝正月
毛物たち俺の朝寝を知っている
「娑婆遊び」と言えど曖昧寝正月

兜太の朝寝は獣たちも知るところらしいから朝寝は習慣であり、昼寝の作品は『東国抄』には見当たらなかった。

枯れゆく山毛欅や朝日の山河など兜太の世界には土の香りが漂う。睡眠の句ではないが

生きてあり寒紅梅に土の匂い

という句も収められている『東国抄』なのである。

地の上は被災者ばかり初夢や

の句は阪神淡路震災以後の作品であろうか。『東国抄』はあとがきによれば平成七年秋から同十二年初夏までの作品からまとめられたとのことである。震災はその直前、平成七年の一月であった。眠りへのこだわりは珍しい冬眠を題材にされた作品にも見られる。

脊梁山脈紫紺の日あり冬眠す

冬眠の蝙蝠に似て不透明
冬眠の蛙のそばを霧通る

これも兜太の眠りの俳句の世界であろう。睡眠の季題ではないが、別の季題で睡眠を詠んだ句も多い。

寝不足は気で補えと朴咲きぬ
初声に睡り誘われ存在す
死は眠ることと覚えて春曙
眠りほどけて詩の訪れぞ青葉木菟
北西を雷わたる眠らんか
うたた寝に鯨の細眼いくども出づ
目覚め鈍し前山を猪辿るかな
早寝しよう里桜咲き満ちたれば
蛸眠る涎海星の上にかな
眠そうなロックの歌手に白朝顔

自分自身の睡眠へのこだわりは、他の生物の眠りへの関心の高さともなり詠み継がれている。「眠りほどけて詩の訪れぞ」の句を拝見すると熟睡ののち目覚めによる詩情の高まりが兜太作品誕生の重要な要素のように感じられる。
紹介してきた作品は、すべて有季の作品である。季題、兜太の場合は季語と言うべきかも知れないが季語の使い方、効かせ方には兜太独特の世界がある。そして無季容認の兜太の世界では睡眠に関連する無季の作品も収められている。

夢の中人々が去り二、三戻る
家なき人奇声のあとは眠るのみ

その兜太も旅先のひとり寝では

ひとり寝に蝮の顔も覗きけり
ひとり寝に鳴門渦潮夏の気配

と詠み、睡眠につながる夜と蒲団では

一晩中北風の音土を打つ
群肝(むらぎも)と駄句と抱えて蒲団の中

と詠み、最初の句ではやはり土が詠まれている。二句目の駄句は選句稿であろうか。
また、兜太作品の題材として次の分野がある。

海鳥の糞にたんぽぽ大楽毛（おたのしげ）　（※「大楽毛」＝地名）
鵜の糞のつもる巌を霧に拝す
しんかんと春の渚に人の糞（ふん）
禿頭に尿おとしけり嫁が君
登高す牛糞は踏むべくありぬ

もう一つ、次の分野も兜太の世界である。

仰臥して男根寒し喜寿とかや
雷神と女陰を祀り柿青し
祀られし男根女陰の初声や

奥様の病気を詠まれた数々の作品も集中迫力に富む。

余寒のベッドに茫然と妻痛むはずなし
山法師闘病の妻昼を眠る
良き医師に恵まれし妻青き踏む

兜太の師、加藤楸邨の代表句に次の一句がある。

隠岐やいま木の芽をかこむ怒濤かな　加藤楸邨

師を隠岐に偲ぶ兜太作品より三句を抽き鑑賞を結ぶ。

隠岐やいま師の直情の冬の雷

師の孫の若しよ山茶花の隠岐に

松枯れて時雨てわれを打つ怒濤

## 齋藤一骨『両忘』

齋藤一骨句集『両忘』を拝読した。句集名「両忘」について「あとがき」で「禅語で、生死を忘れる。貧富を忘れる。苦楽を忘れる。二元的な考え方をやめる事が心に静寂を得られる意」と解説されている。なかなか難しい心境である。そこが禅の世界なのかもしれない。

牡丹の芽僧はも山へ帰りけり
涅槃図に山の黎明いたりけり
三人が三人寝釈迦に罷りけり
啓蟄の日や大声の寺男
蟻穴を出て末法の大地かな
ふり返る僧に噴水傾ぎけり
丈高き沙彌に蹤きゆく梅雨の雷
沢瀉の花や尼僧の鼻眼鏡
芋の露こぼるるなむあみだぶつかな
ゆく秋の円空仏の風を聴く

眼に止まるままに十句ほど拾ってみた。一骨の世界には、禅に限らずどこか仏門に修行する人や仏事に対する関心の高さが垣間見える。それは自分自身の存在と生死への絶唱にもつながっているようだ。

椿落つ空を仰ぐはわれのみか
桃の花老醜の手は匿すべし
青麦のなか吾が墓に己れ佇ち
剰されし命大事よ桐咲けり
蝸牛や藜の杖をこつこつと
蝦夷の鶴見たし土用の灸を据ゑ
衰へや五体とそれに夏帽子
手花火やわが生涯のいまのあり
冬眠をせよとて古希をもてあそぶ
生きたしや一月あをき峡の草

おなじく十句を抽いたが残されし命大事に俳句を詠み続ける一骨の想いが一句一句に籠められている。

しかし、句集『両忘』のもうひとつの側面は妻を詠む句の数々である。明治の男とは違う大正生まれの男の姿を感ずる。

わが影に妻の影ある針供養
妻の杖おくれて田螺鳴きにけり
鳥交る山中に妻忘じをり
妻に倚るこころ深まり萩白し
穂芒に紛るる妻を見てゐたり
あはあはと妻の近づく埋火よ
妻に買ふ珊瑚朱しや冬の旅
用もなく妻を呼びたり松納め

この句柄は両親を詠まれる句により切々たるものが表現される。それは明治とは違う大正の世に生まれた男の哀感を感ずる。長い明治と昭和に挟まれた大正時代の持つ哀感であろうか。多くの男は昭和の戦争の犠牲となった世代である。

父よりも母憶ひをり末黒蘆
開かざる母の眼逝けり花明り
昼寝覚む母亡き山河横ざまに
迎火の炎のつよく母来ます
母の忌が来る秋風の桑畑
唐辛子親父の拳ありにけり

父の忌の桑の根榾の積まれあり
年逝くや父の遺せし臼と杵
二日はや父の形見を普段着に

一骨は昭和五十九年に句集『頭上の鶴』を上梓されており『両忘』にはその後の作品が収められていると思うが両親の句や妻の句に身辺の慌ただしさが感じられる。

存へてあり薄ら日の梅にあり
晩年の裾を濡らして夏菜摘む
踏めばわが影八月の十五日
このさきをいつまで魂を送るのか
胸奥に滅びの軍歌霜の夜ぞ
また一人戦友の減り雪の降る
十二月八日の眠り薬飲む

八月十五日も十二月八日もそのまま句に詠んで通ずるのが大正から昭和一桁につながる世代感覚である。そしてカラオケで軍歌を歌う世代である。
一骨作品についてここまで抽いた作品のすべてがきちんとした姿勢の定型に収められている。よく推敲して調べをととのえ仕上がりに吟味に吟味を加えた努力の跡が滲んでいるのである。切れ字も心地よい切れ味である。

御柱祭りの法被ありがたし

一茶の碑風のままこの尻ぬぐひ

なども定型に収めて詠み、切れ字も「けり」の冴えが特に目立つ。既に引用した作品にも「けり」が多いが、その他の「けり」の印象句を紙数の許す限り抽き結びとしたい。

脆き脚叩きて寒の明けにけり

躓きし石冴え返りゐたりけり

繭振つて音の侘さがしけり

仏頂面に青枇杷の曇りけり

石榴裂け山国に日の移りけり

しらじらと秋逝く稿の終りけり

逆らはず病室に年送りけり

## 吉田鴻司『平生』

吉田鴻司句集『平生』には平生という言葉を使った句はない。前句集『頃日』も頃日という言葉を使った句はなかったそうであるが、今回の「あとがき」では「日常生活の中にあってもこのごろであり、また旅にあってもこのごろの私なのである」と記した『頃日』の「あとがき」を引用して引き続きその思いに変わりはなく「今後も生ある限り、平生の心で詠い続けてゆきたい」と述べられている。

「河」の同人会長として同人作品「半獣神」や「河作品」の選も担当して「河」をがっちりと支えてこられた鴻司は七月号の「河」でも「平生抄」と題した十句を主宰、副主宰に続いて発表されている。『平生』以後の作品でも平生の字を使わずに平生の心を詠み続けられている。『平生』は『頃日』以後の平成五年から十四年までの十年間の作品を二年ごとに一章にまとめて五章で構成されている。その第五章は平成十三年と十四年の作品をまとめて「源義贔屓」と題されている。師である角川源義追慕の心を詠んだ

秋燕や源義贔屓の甲斐の空

から採られている。句集の題名と違い、章題についてはそれぞれ由来の句がある。

鵜の飛んで鴨の浮かんで湖の国　（湖の国／五〜六年）
冬となる泰山木の真なり　（泰山木／七〜八年）
落し文その後の沙汰のなかりけり　（落し文／九〜十年）
遠山の浮き立つソーラン祭かな　（ソーラン祭／十一〜十二年）

最後の章を「源義贔屓」にされて句集をまとめられているがそれぞれの章にも源義を想う句が収められているのが、鴻司の『平生』の心のひとつである。

山焼くや寒がり源義出て来さう　（湖の国）
雪山を畏みてをり源義忌　（湖の国）
鰭酒や身酒や師の死後二十年　（泰山木）

源義は昭和五十年十月二十七日に亡くなられた。秋燕忌とも呼ばれている。以来二十年の歳月が過ぎ去った。

源義句碑たかしの句碑もみどり立つ　（落し文）
源義の海に来てゐる迢空忌　（ソーラン祭）
酒好きの源義とありぬ夢はじめ　（源義贔屓）

幅広い交遊のなか多くの俳友を得られたが、先立たれた方もある。その『平生』ではまた折りに触れ追慕の句を詠まれている。これも鴻司の平生の心である。

亀鳴くをしきりに源義桂郎も　（湖の国）
雨多き五月なりけり青峰忌　（泰山木）
湿布薬あちこち貼つて桂郎忌　（〃）
もう会へぬふだん着のひと鶏頭花　（落し文）

細見綾子は平成九年九月六日亡くなられた。〈ふだん着でふだんの心桃の花〉は代表作のひとつである。そして鴻司の平生の心は「ふだんの心」に通ずるものを感ずる。

夏畳きしきし踏みて八束逝く　（落し文）
浅草のいつもの店へ波郷の忌　（ソーラン祭）
三鬼亡きあと三鬼なし四月馬鹿　（〃）

三鬼は昭和三十七年四月一日に亡くなられた。

螢袋登四郎の訃を旅にして　（源義聶眉）
枯蓮の紅差し鬼房逝きにけり　（〃）

源義に〈峠越えただに倶知安の青山河〉という句があるがその句碑を平成十二年に建立され鴻司は次の句を詠んだ。

青山河の句碑成り郭公声かぎり　（ソーラン祭）

この源義句碑の隣に、この度、鴻司の初の句碑が師弟句碑として建立され、平成十六年七月十一日に除幕式が行なわれた。

その句碑に刻まれた句は同じく源義句碑建立の折に詠まれた

羊蹄山の残照となる薯（いも）の花　（ソーラン祭）

とのことである。

なほも師に遠く衣を更へにけり　（落し文）

鴻司の平生の心は常に源義を想う心に通ずるものが感じられる。句集『平生』の発行日は句碑除幕と同じ日である。師の句碑の隣に句碑を建てられる喜びと、その機会に句集を編まれ、その句集の最後の章に「源義贔屓」の章を置かれた鴻司の心意気に大いに感銘した。

『平生』から私が特に鴻司の世界を感ずる句を一章二句に絞り抽いてみたい。

よよと出て春の真鯉となりにけり　（湖の国）
手の届くところに狐のかみそりが　（〃）
一日は冬至南瓜でありにけり　（泰山木）
浴衣着の痩身隠すにはあらず　（〃）

猫の恋利休ねずみの雨に遇ふ　（落し文）
討入りの日や止り木の同じ場所　（〃）
まんばうの目覚めて春の愁ひかな　（ソーラン祭）
稲雀風の重たくなりにけり　（〃）
鯛焼も人形焼も師走かな　（源義圓眞）
送り火の崩るるときの焔かな　（〃）

まさに多彩な鴻司の世界がそこにある。最後に齢を詠まれた句を抽きつつますますのご活躍を祈り鑑賞記を結びたい。

喜寿といふはほんたう心太　（泰山木）
着ぶくれてゐて大正生れなり　（〃）
父母の知らぬ傘寿の暑さかな　（落し文）
八十を一つ過ぎたり初雀　（ソーラン祭）
長命と言はれてをりぬ酸茎噛む　（源義圓眞）
木の葉髪一汁一菜ほどがよし　（〃）

## 片山由美子『風待月』

片山由美子句集『風待月』は前句集『天弓』以後、平成七年から十五年までの九年間の作品から三五八句を収めた第四句集である。片山由美子といえば、平成二年には俳句研究賞、平成六年には俳人協会評論新人賞を受賞され、現在作品に評論に大活躍中の戦後生まれの女流俳人である。その久しぶりの句集として拝誦し由美子の世界を鑑賞する機会を得た。

由美子は昭和五十四年より鷹羽狩行の指導をうけ狩行門下指折りの逸材として知られる。俳句研究賞受賞を祝して師の狩行の詠まれた

山笑ふゑくぼにまさる片ゑくぼ　鷹羽狩行

は、由美子をよく知る師の絶妙の祝句で眼前に由美子の姿が浮かぶ。その由美子の世界を堪能して、あらためて句集巻頭の次の作品を読んだ。

青空に触れし枝より梅ひらく　（平成七年）

由美子の世界に、色ありとせば「青」かと思った。

桐の実が鳴る青空の深きにて　（平成九年）

青きもの根づいてゐたる浮巣かな　（平成十年）
青き実は青くともりぬ鬼灯市　（平成十三年）
青きもの流れてきたる盆の川　（〃）
風垣に差し込む竹の青さかな　（〃）
風となる前のさざめき青楓　（平成十四年）
うるはしき身をさらしけり青大将　（〃）

同じ青大将でも

きぬずれのごときを残し青大将　（平成十三年）

になると狩行の世界も垣間見える。さらに「青」に限らず色彩感覚の繊細な点も由美子の世界である。

ひとを逝かしめあをあをと冬木賊　（平成八年）

青とせずに「あを」とされるところも繊細に感ずる。

青楓祭の笛をさらひをり　（平成九年）
夜を待ちてゐたるごとくに黒牡丹　（平成十年）
月光に触れし冷たさ白牡丹　（〃）

黒といふ色の重さの種を採る　　（平成十四年）

この色彩感覚は

囀や画布を過ぎゆく雲の影　　（平成十二年）
秋草を描き足す思ひ壺に活け　　（平成十三年）
デッサンのペンをすばやく夏柳　　（平成十五年）

の作品から窺える絵心から生まれるのであろう。
由美子の世界でもう一つ読後に印象に残り作品を拝誦したものに忌日作品がある。子規や一茶も詠まれているが、むしろ俳句以外の分野で著名な方の忌日俳句である。

荷風忌の近しひそかに潮上げて　　（平成十一年）
晶子忌や壺にあふるる紅薔薇　　（〃）
三島忌や空（から）のプールに日の差して　　（平成十四年）

次に独特の味のする擬人化の表現である。

短日や運河の水のやつれゐて　　（平成七年）
糸遊のあそびつかれてゐるならむ　　（平成八年）
冬木の芽ことば育ててゐるごとし　　（平成九年）

もの の芽に呼びとめられしごとく立つ　（〃）
月 の 夜 の し だ れ 桜 の う づ く ま る　（平成十年）
白 式 部 こ と ば 失 ひ た る ご と く　（〃）
一 輪 は 一 語 さ な が ら 犬 ふ ぐ り　（平成十一年）
白 樺 の 爪 先 立 ち て 初 嵐　（平成十二年）
河 骨 や 息 づ ま る ま で 沼 平 ら　（平成十三年）

水のやつれ、うづくまるしだれ桜、爪先立つ白樺、息づまる沼の表面など幽玄の由美子の世界を感ずる。特に

栞 し て 本 を 眠 ら す 夜 の 秋　（平成十年）

の句は擬人化の冴えとともに「夜の秋」の効かせ方に絶妙の味を感じつつ幾度も拝誦させられた。
ご両親を詠まれた句もある。家族を詠まれた句もある。情に溺れず知に走らず俳人由美子の世界はそこにもある。

初 写 真 わ れ よ り 母 の 美 し く　（平成九年）
父 と ゐ る ご と し や 菊 の 苗 植 ゑ て　（平成十一年）
朝 ざ く ら 家 族 の 数 の 卵 割 り　（平成十二年）

季題に想いを語らせてその季題の選択が見事である。その由美子の季題を効かせる世界は「二物衝撃」の合わせ技に特にその力量が発揮される。

白波のときをり見ゆる初神楽　（平成八年）
秋澄むや伊万里の皿の波模様　（平成九年）
一八や雨をさらひてゆきし雲　（平成十年）
節分の更けてのぼりし月いびつ　（平成十一年）
茸めし時計とともに柱古り　（〃）
約束を反故にせし日の髪洗ふ　（平成十二年）
冬瓜やとりとめのなき日の終り　（平成十三年）

句集名は陰暦六月の異称「風待月」である。この「待つ」も由美子の隠れた世界であるようだ。

待つ人のゐる明るさの春灯　（平成八年）
夜桜の遠き一本われを待つ　（平成十年）
風待ちの港に月を待ちゐたり　（平成十三年）
席ひとつ空けて待ちゐる夜寒かな　（〃）
月待つといふこと庭の草も木も　（平成十四年）
団栗を拾ふ待つ子のあるごとく　（〃）

最後に見事な写生句を記し鑑賞を結びたい。

まだもののかたちに雪の積もりをり　（平成八年）

## 福田甲子雄『草虱』

福田甲子雄句集『草虱』の作者の「あとがき」の「最近は季語から季感が消えていくものが目につくので、身辺のものをじっくり見つめやがては文明の進歩のもとに消えていく季語を大事に愛をこめて俳句を作っていきたい」を読み、なるほどとうなずいた。それは句集を拝読して、印象に残った数々の句について抱いた私の気持ちと通ずるものがあったからである。それは季題に対する並々ならぬこだわりに強く感銘する点があったのである。

御山洗（おやまあらひ）御師の家より降りはじむ　（平成五年）
駒繋ぎくまなく干さる香具師の庭　（〃）
山姥の口は真赤ぞ鎌鼬（かまいたち）　（〃）
飲食（をんじき）の火のとぼとぼと三日暮る　（平成六年）
藁灰の底にあかあか世継榾　（平成七年）
湖を吹く比良八荒の飛沫あび　（〃）
いつよりぞ忘れられたる寒施行　（平成九年）
嫁が君天守閣より下り来しか　（平成十一年）

高西風にわたる在所の祝餅　（平成十三年）
山際の茜消えゆく凝鮒　（〃）
福沸真白き泡をはねあぐる　（平成十四年）

抽出した句のなかから書き抜いてみた。最初の御山洗は陰暦七月二十六日に富士山麓に降る雨とある。「御師の家より」の措辞に岳麓の景が浮かぶ。

甲子雄は山梨に生まれ、現在も南アルプス市に住まわれている。飯田蛇笏、龍太父子に師事、「雲母」に学び、昭和三十八年から平成四年の終刊まで同誌の編集同人を務められた。句集には岳麓の雰囲気を感ずる作品も多い。句集『草風』は平成四年から十四年までの十一年間の作品よりまとめた第六句集である。句集巻頭の句は

終刊の号にも誤植そぞろ寒　（平成四年）

という次第で「雲母」以後、後継誌「白露」に所属されているがその期間の作品ということにもなる。

さて、最初に書き抜いた二句目、駒つなぎが香具師の庭一杯に干されているという。やはり岳麓の景だろうか。三句目の鎌鼬も山姥が出てくる。御師、香具師、山姥と題材に都会とは違う風土色が濃く俳味も深い。四句目の三日の句も飲食の火のとぼとぼとする正月三日はやはり都会の雰囲気とは違う。都会では正月三が日の風習も変化した。

五句目の世継榾は、大晦日の晩に入れる大きな榾である。明ければ初春である。地方により世継榛とも呼ばれたよしで藁葺屋根の下、大家族で暮らしていた日本の古き時代が目に浮かんでくる。甲子雄は旅先でもその地方独特の季節の言葉を使い六句目のように比良八荒の句を残されている。そういえば寒施行も最近はと思わせるのが七句目である。八句目の嫁が君も俳人はともかく一般ではあまり言わない。家庭には鼠も少なく話題にもならない。「天守閣から下り来しか」の最後の「か」の一字が見事である。

九句目の高西風は甲子雄の師、飯田蛇笏に

高西風に秋たけぬれば鳴る瀬かな

の句があるが、「在所の祝餅」が風土色をたかめている。「あとがき」によれば甲子雄の故郷の町の名も町村合併で平成十五年四月に消えてしまったそうである。平成の大合併などと言われて全国で町村が集約されているが、いろいろな風習の消えてゆくのが加速されそうである。十句目の「凝鮒」、十一句目の「福沸」も懐かしい。

亀甲の形にひび入る冬茹かな　（平成十三年）

という句もある。脚注が付されて「冬茹は晩冬に採る肉厚のかさの開かぬ高級椎茸、歳時記にはなし」と記される。たしかに歳時記にはないが『広辞苑』には掲載されていた。甲子雄の季節の言葉への思い入れを感ずる一句である。高級椎茸と知れば「亀甲の形のひび」とはますます高級感を増す。

鳥交る恋といふには淡すぎし　（平成五年）
真ん丸き目のふち紅く海猫の恋　（平成六年）

の二句も対比して印象に残る句であった。よく鳥の恋という表現の俳句を拝見するが甲子雄の眼は正確である。前句は鳥の営みの淡白な一面を的確に描写している。ところが海猫は眼のふちまで紅くという描写である。恋の一字の使い分けをこの二句で比較して言葉のひとつひとつを丁寧に吟味しかつ描写されている点に感銘したのである。

雪晴や隣家への路踏み固む　（平成五年）
春の雪掻きて葬りの道あくる　（平成六年）
雪となる越後の雲が甲斐覆ふ　（平成十一年）
雪なくば眠りにつけぬ八ヶ岳　（平成十二年）
近道やまだ雪ふかき花山茱萸　（平成十三年）

雪国に住む生活も縦横に自在な詠みぶりで印象に残る作品が多かった。雪晴なればこそ隣家へゆくにしろ、足場を固めて道をととのえるのであろうし、季節は春でも掻かねば葬りの道のとののわぬ生活が詠まれている。雲の動きに雪の近いのを知り山眠るの季語を踏まえて八ヶ岳を詠み、歳時記では早春の山茱萸の花のころも、なお雪深き景を描写される。歳時記に振り回されず歳時記の季節の言葉を充分に踏まえつつ「身辺のものをじっくり見つめ」て作品をものにされる甲子雄の世界に感銘し共感する句集であった。最後に句集名「草虱」にちなむ作品を抽き鑑賞を結びたい。

草虱袖にまでつけ巫女二人　（平成十年）

## 柴田いさを『起伏』

平成十二年四月に、この連載で前野雅生句集『星宿』を論評したが、柴田いさをはその年、句集『冬来るを』を上梓されている。今回の『起伏』はその後の作品をまとめられた第三句集である。そして平成十四年に亡くなられた前野雅生が主宰されていた「ぬかご」を継承主宰されている。

「あとがき」で主宰が亡くなり「創刊八十周年を超える伝統ある結社誌『ぬかご』をどうするのかの大きな課題を背負って、その起伏に呑み込まれそうになったが、幸い強力なスタッフにめぐまれ、俳誌『ぬかご』の存続が決まり」と大きな起伏のあった期間の作品をまとめたむね記されている。

いちにちの起伏なだめて夜の梅　(平成十四年)

白南風や一誌にことば溢れしむ　(〃)

作品は平成十二年から十六年までの三八〇句を一年一章にまとめられ各章に章題を設けられている。

時雨きて杉の年輪緊りけり　（平成十二年／年輪）

即答のごと初蝶の現はるる　（平成十三年／即答）

平成十四年は句集題と同じ「起伏」である。

桜満つ幹渾身のよぢれかな　（平成十五年／渾身）

ひそかなる告白として冬ざくら　（平成十六年／告白）

この句集『起伏』を拝読してひとつの特徴は多彩な「風」の数々であった。いさをは「あとがき」で「俳句は自然観照を通して己れの心を視つめるものと思い、正直な己れの心の動きを簡潔に表現し、自然との融合をはかりたいと考えている」とも記されているが、そのキーワードが「風」であるようだ。

鶯替やまことは風の過ぐるのみ　（平成十二年）

これからのことはそよそよ雪間草　（〃）

麦秋の風のにほひの月日かな　（〃）

料峭の海風雨を呼びにけり　（平成十三年）

白牡丹息吸ふやうに風を吸ふ　（〃）

夏潮の矢面に立ち句碑風化　（〃）

涼しさの草のゆらぎのよるべなく　（〃）

徒労とは知りつつなびく芒かな　（〃）
ぎざぎざの記憶芒と吹かれをり　（〃）
燃え移るたびに風湧く草紅葉　（〃）
品位などどこ吹く風の諸葛菜　（平成十四年）
ときをりは風も緑蔭にて憩ふ　（〃）
虫を聴く夜明の風の濡れゐたり　（〃）
新走り月の面ｦを風吹けり　（〃）
霧しまく里見八犬伝の里　（平成十五年）
風吹いてこれにて秋の締めくくり　（〃）
青蔦に風さそひをり聖母像　（〃）
秋暑かなおのが歩みを風笑ふ　（〃）
風韻のさはに九月の九谷焼　（〃）
山頭火句碑に風立ち初しぐれ　（〃）
身にしむやいづこの国の海の風　（〃）
通訳のやうな山風雪来る　（平成十六年）
別の世の風の中なる福詣　（〃）
風花やあてなき旅の先のあて　（〃）

毎年の作品から季題ではない風の句を拾うといさを作品のなかの風の世界が見えてくる。吹く風ではないが「風韻」や「風化」のように風の字へのこだわりのようなものも感ずる。また逆に風の字は使用していないが「そよそよ」「ゆらぎ」「なびく」と風を連想させるものもある。更には「どこ吹く風」「別の世の風」のような使用例もあり「風」への思い入れはいさを作品の特徴でもあり、かつ風はいさをの世界に詩情豊かに吹いている。

麦秋に「風のにほひ」を感じ、「ときをりは」緑蔭に風とともに憩われていたりする。雪の来る時期の山風を通訳と表現されたりもしている。そういえば「ぬかご」の平成十六年八月号は通巻九三八号であり千号も視野に入りつつある。その八月号の主宰の巻頭作品は「風の線」と題された七句である。

青 水 無 月 渓 流 の 線 風 の 線

が題名句である。句集『起伏』以後も「風」を追求されているのである。その七句のなかには

涼 風 は 湧 く も の と し る 水 辺 草

のように風に関する季題を詠まれた句もある。句集『起伏』のなかにも風の季題を詠まれた作品は多い。

春 風 や ま だ 煮 つ ま ら ぬ 稿 ひ と つ　（平成十二年）

いま着きしばかりの嵯峨の春の風　（平成十三年）
秋風の船首やうやく沖へ向く　（平成十四年）
光背のうしろの闇へ秋の風　（平成十五年）
虎落笛鉄の乳房の吹き晒し　（平成十六年）

一年一句を抽いたが風の季題についても豊富な作品を読み残しておられるが、

人はしばしば秋風を振り返る　（平成十二年）
つぶやきをふつと連れ去る秋の風　（〃）
われといふ離れざるもの秋の風　（平成十三年）

のようにどこか人生のひとこまを風の季題に託されて詠み残されているのも特徴に思う。「風のいさを」という雰囲気を私はこの句集『起伏』から感じたのである。最後に風とは違う作品から紙数の許す限り印象句を抽き『起伏』鑑賞を結びたい。

むかしより火は囲むもの冴返る　（平成十二年）
噴水はひとつ覚えの水放つ　（平成十三年）
文鎮の重さに今年始まれり　（平成十四年）
春の海旅といふには短かすぎ　（平成十五年）

## 皆川盤水『山海抄』

平成十一年八月に、皆川盤水句集『高幡』を論評した。その後、十四年三月には自註句集も取りあげて鑑賞した。この度上梓された『山海抄』は『高幡』以後の作品をまとめられた第十三句集である。平成十一年から十四年までの四年間の作品を一年一章の四章に区分して三九〇句を収められている。

盤水は「あとがき」で「加齢と共にたのしく生き、たのしく老いることに心掛けて来た作品集である。年来の私の俳句に対する考えは、自然と生活のなかに美を発見し、それを平明に表現することで、このことは、今もかわらない」と述べられている。作品で検証してみよう。自然と生活のなかに発見された美というものを。

晴れし日の野寺の鐘や楝の実　(平成十一年)
野菊濃し馬市果てし広磧　(〃)
芽柳や鶏飼ふ孵菜をきざむ　(〃)
横利根の闇となりたる野火煙　(〃)
卵抱く鳰に漂ふ桜蘂　(平成十二年)

よしきりや水垢に錆ぶ水位標　（〃）
艶めける戻り鰹の丸き腹　（〃）
稲架を組む青竹畦に伸びてをり　（〃）
凍解や鳥の羽根散る墓の径　（平成十三年）
花くわりん寺の捨て雪融けはじむ　（〃）
花山葵日照雨はいつも奥嶺より　（〃）
布袋草篠つく雨をはじきをり　（〃）
泥臭き焚火くすぶる枯蓮田　（平成十四年）
春一番畝の崩れし葱畑　（〃）
夏蚕匂ふ奥の秩父の高嶺星　（〃）
甘蔗刈る珊瑚の海の風の音　（〃）

一年四句抽出してあらためて「平明な表現」に努める盤水の世界を印象深く感じた。自然のなかに生活する情景のなかから盤水はたしかに美を拾い上げている。そして、適切な季語も選択されてゆるぎがない。

盤水俳句は男ぶりの俳句であると、前回の『高幡』鑑賞で評したが、その盤水の世界も健在である。男の象徴として「父」もよく登場する。働く父である。大黒柱としての父である。

自然薯を掘りきし父のすぐ酔ひぬ　（平成十一年）

朝顔の種採る父の大きな掌　(平成十一年)
鴨提げて夜更けの父へ炭鉱夫　(〃)
農小屋へ父の出入りや柿の花　(〃)
遠雉子の声に聞き耳たてる父　(平成十二年)
地下足袋で踏み出す父の霜くすべ　(〃)
初鮭の振舞酒は父の燗　(平成十三年)

盤水作品に登場する人物は自然の恵みを対象に働く人々である。そこに男の世界があり、男顔負けの力強い女の世界でもある。

縫初めの声が早くも母の部屋　(平成十一年)
鯉売りの声のしてゐる花の雨　(〃)
出漁へ合羽積み込む菜種梅雨　(〃)
鮑海女大徳利を提げて来し　(〃)
鮑海女大きな灸すゑてをり　(〃)
島人のたかんな抱へ湯屋へ来し　(〃)
鮎宿を出て来し農婦酒臭し　(〃)
草市へ跣足の海女の来てゐたる　(〃)
塩鮭売り幟を上げし枯田中　(平成十二年)

年木樵鴉の羽をつけ戻る　（〃）
なりはひの鎌研ぐ杣へ春落葉　（〃）
石工の大弁当や五加木飯　（〃）
こまやかに畑打つ海女へはつつばめ　（〃）
簗納め済みたる男大根蒔く　（〃）
とびとびの雪間を浅蜊売の来る　（平成十三年）
梅売りが植木の市に筵敷く　（〃）
野鍛冶屋に立ち寄つてゐる草刈女　（〃）
夜荷役の始まる孵蚊喰鳥　（〃）
植木屋の酒匂はする土用灸　（〃）
山葡萄火床で鍛冶屋のむさぼれる　（〃）
講宿に茶飲みばなしの鱈売女　（平成十四年）
ぼうぼうと火を焚き牧夫干鱈焼く　（〃）
桑摘女指ささくれて戻りけり　（〃）
新涼や鯉手捕りしと佐久の女　（〃）
手にのせて作務僧柚子を匂はする　（〃）
ロザリオを胸に那覇人甘蔗刈る　（〃）

まさに磐水の眼は海山の恵みを対象に働く人々を詠みつくして洩れがない。作品に土の匂い、潮風の匂いがするのである。「あとがき」で盤水は句集名の由来について「今夏は記録的な猛暑の日が続いたので、心のなごむ山と海への旅を思うこととしきりだったので句集名とした」と記されている。しかしここまで述べてきたように盤水作品は山海の自然の恵みを相手に働く人々を詠んでいる。まさにそこが自然と生活の健康美でもある。句集名に相応しい作品が満ちているのである。

山海の恵みを対象に働く者を追う盤水の眼は子供にも動物にも注がれている。

蓮の香籠に満たせり筑波の子　（平成十一年）
青芭蕉田よりあがりし牛憩ふ　（平成十二年）
夏山の雷に貸馬みじろがず　（平成十二年）
しんがりの牛鞭たる花しどみ　（平成十一年）

まさに盤水俳句の男ぶりの味は『高幡』に続き健在であり、山海の恵みに向き働く健康美を描いた句集であった。

## 山崎ひさを『青山抄』

『青山抄』は山崎ひさをの第六句集である。『続百人町』に続く平成六年以後平成十二年までの作品より三一〇句を収めておられる。「あとがき」で「この期間は、機会に恵まれ、国内、国外を通じ多くの旅を楽しんだ。結果として、幾つかの旅を軸とした日々の記録となった」と記されているが、まさに「旅を軸とした日記」のように自然体の詠みぶりの句集である。

山崎ひさをは昭和五十七年「青山（せいざん）」を創刊主宰され平成十六年十二月号で通巻二六五号と順調な発展を続けられている。また社団法人俳人協会副会長ならびに国際俳句交流協会常務理事としてもご活躍中である。

『青山抄』を拝読して人間描写の巧みさが印象のひとつとして焼きついた。

クロッカスに蹰み神父の裾余る　（平成六年）
歯ブラシを啣へ苗床見てをりぬ　（〃）
脱稿を諦めホットウイスキー　（〃）
抱き上げて聖樹の星を一つ足す　（〃）

平成六年から四句を抽いた。「蹰み」「啣へ」については字の選び方にも心くばりが感じられる。

「踞み」そして「裾余る」の描写につながる流れが上手い。クロッカスと神父の取り合わせも絶妙といえる。「歯ブラシを咥へ」という日常のよくみられる所作と「苗床」を見ているという取り合わせもひさをの演出する世界なのである。まして一仕事仕上げてではなく今夜はここまでと決めてのホットウイスキーという句の止めの味、これもひさをの俳句の芸ともいうべき世界である。聖樹の句の味もクリスマスの時期によく見られる景である。日常よく見られる人の何げない振舞のなかから俳句を拾い詩情のある作品に仕上げる。ひさをの世界の楽しさといえよう。平成六年以降の作品から十句ほど、この世界を賞味して次に進むこととしたい。

柚子湯の戸開けて赤子を受け渡す　（平成七年）
通訳の閊へて博物館暑し　（平成八年）
丸顔を防寒フードもて包む　（平成九年）
ダイバーの胸板日焼けして厚し　（〃）
あたたかや膝抱へ見る野外劇　（平成十年）
言葉など要らず踊る手踊る足　（〃）
ふらここの背を押す父の大きな手　（平成十一年）
日傘夫人濤に大きく後しざり　（〃）
冬シャツを被り働く首突き出す　（平成十二年）
ややありて飛込選手浮上せり　（〃）

山崎ひさをの世界は自然諷詠でも微妙なところをとらえて鮮やかにそれを俳句に仕上げる。

方位盤の平らの上に雪降り積む　（平成六年）
春霞地を打つ楽器店の前　（〃）

方位盤に積もる雪だけに焦点を当てているが、他の雪の積もる状況も「平ら」で見せている。雪のないときにはあまり気にしなかったが雪が積もるとその「平ら」が目立ったのである。最後の「積む」の二字が「平ら」とともにひさをの世界である。「平ら」の写生の眼と「積む」の描写力で方位盤以外の景色も鮮明である。楽器店の前だからこそ「地を打つ」の措辞の効果が見事である。ただの霞ではなく春の霞だから句に詩情がある。楽器の音も聞こえてくるような雰囲気である。上手いと思うが眼のつけどころが違う。この世界の句も同じように十句拾って賞味したい。

古代劇場あと一面の苜蓿　（平成七年）
針金のはみ出してゐる鴉の巣　（平成八年）
ひとところたるみて鯨幕寒し　（〃）
石灼けて古代天文台の跡　（平成九年）
一巌に一松冬の濤高し　（〃）
高濤に鯨の尾鰭直立す　（平成十年）
高倉や柱に冬のかたつむり　（〃）

大蜥蜴象形文字の上を這ふ　（平成十一年）
出水あと河原撫子のみ紅し　（〃）
浮巣打つ雨大粒にして激し　（平成十二年）

『青山抄』のもう一つの目玉は旅吟である。主宰される「青山」の行事以外にもいろいろとあるようだが精力的な活動のなかから詠み出される作品の数々は読む側にふと旅愁を感じさせる。

マロニエの実かポケットのふくらむは　（ドイツ）
百の噴水百の高さを相競ふ　（チボリ）
草の穂も廃墟の丘も風の中　（ローマ）
船遊び終るゴンドラ大きく揺れ　（ベネチア）
玉涼し壁又涼し玻璃越しに　（台湾）
馬車降りて次の噴水まで歩く　（イタリア）
囀りに目覚めて森のホテルかな　（イギリス）
幹直に白樺林湖涼し　（フィンランド）
町覚めて外寝の男まだ醒めず　（広州）

平成六年から八年までの作品から海外詠の句より一地域より一句拾ってみた。まさに精力的なご活躍ぶりである。作品も海外に出てやはりひさをの世界は益々冴え渡っている。一例を引くとフィンランドの景色であるが湖の国の白樺林が「幹直に」の上五で描写されている。

今回の句集は平成十二年までの作品より選ばれている。すでにその後五年を経過しようとしている。自分の俳誌以外に協会役員としてもご多忙の身体ではあるが、次の句集も待たれるひさをの世界である。最近の「青山」の主宰詠にも海外詠を発表されていた。

立ちこめし霧の浦塩須徳かな　（平成十六年十二月号）

シベリアの露にまみれし墓標かな　（平成十七年一月号）

## 島村正『無双』

「宇宙」という俳誌がある。平成十六年十一月一日発行で四十五号を数えるが月刊ではない。主宰の島村正がこの度、句集『無双』を上梓されたが句集巻頭の句は「俳誌『宇宙』の創刊」と前書して

土用波きのふの海に立ちあがる

である。平成五年十一月一日創刊である。以来四十五号まで十一年の歳月が流れている。句集は「宇宙」創刊から始まり平成十一年までの約五年間の四百句をもって構成されている。句集『無双』は島村正が「宇宙」の基礎を築くために努力した期間の作品である。「宇宙」は毎回、表紙裏に「創刊のことば」を掲げ続けている。

久しく熟慮した結果、管鮑貧時（かんぽうひんじ）の友と、俳誌『宇宙』をここに創刊する。『宇宙』は俳句をこよなく愛する人々の小集団であり、研鑽の場でありオアシスでもある。誌名『宇宙』の『宇』は空間（森羅万象）、『宙』は時間（過去・現在・未来）、少しく広義に天地ほどの謂。勿論、俳句は初めに感動ありきで、対象の小宇宙を、個々の感性（センス）において捉え、俳句という、最小の

詩型によって具現に努める。俳句は感動（こころ）の所産に他ならない。今、地方の時代であり、個性の時代。同人各位は、個々の個性を充分に発揮する場を『宇宙』と心得、『宇宙』を最大限（フル）に活用していただきたい。小鮮でも魚は魚、精進、切磋琢磨することによって、やがて、水を攪する季節も到来するであろう。『宇宙』には、夢があり明日がある。

全文を抽いたが『無双』を拝読して、この「創刊のことば」を思い出したからである。『無双』に籠められた島村正の世界が「創刊のことば」のなかに表現されていると感じたからである。『無双』のなかに「宇宙」の歩みが詠まれている。「宇宙」創刊一周年にあたり

穭田の条理植田と異ならず
揺さぶつて松葉を落とす松手入
水澄みて遡上の魚の全て見ゆ
爽やかに津軽三味線掻き鳴らす
フルートの遠鳴り山を眠らせず
統率の雁ゐて一糸乱れざる

と六句を収録されている。次いで平成七年には「宇宙」第一回吟行会・高草山林叟院三句と、前書されて

新緑の姿見として道路鏡

四方八方に青葉したたる心字池

大寺の真澄の池に水馬

を収めておられる。以後、平成十一年の第十三回吟行会までの作品を、毎回一句〜十句収録されている。「宇宙」とともにある正の世界なのである。「創刊のことば」にある正の世界なのである。常に「管鮑貧時」の友と「切磋琢磨」される世界であり吟行で捉え小宇宙を最小の詩型で表現しようと「宇宙」で精進された世界なのである。吟行会の作品を回を追いつつすべて収録されていく句集の編み方は珍しいがそこに正の世界があるようだ。第二回から十三回までの作品から毎回一句を適宜抽かせていただく。

獣園の鴨とて見張り怠らず　（第二回・平成七年・日本平）

茶処の茶の畝まさに雪の畝　（第三回・平成八年・洞慶院）

河鹿鳴く峡の湯宿の鎮もれる　（第四回・平成八年・元湯館）

端居して霊場の風たまはれり　（第五回・〃・有東木）

千佛に清水の鐘冴返る　（第六回・平成九年・音羽山清水寺）

海舟の庵に維新の松の芯　（第七回・〃・宝寿院）

山門の風神を背に涼みけり　（第八回・〃・梶原山）

禅寺の紅葉に染まる手水鉢　（第九回・〃・洞慶院）

遺跡野の精さみどりの蕗の薹　（第十回・平成十年・登呂遺跡）

帆走のヨットに円き水平線　（第十一回・〃・焼津）
神々を祀る旧家に蟻地獄　（第十二回・〃・不動峡）
百花繚乱玉椿玉椿　（第十三回・平成十一年・静峰園）

正の師、山口誓子は平成六年に亡くなられた。句集『無双』のもうひとつの世界は師誓子を慕う追慕の世界である。句集は一年一章の形式をとり各章に章題を設けているが、誓子の亡くなられた翌年平成七年の章題は「誓子星」である。

きさらぎの星空の星みな潤む　（平成六年）
鳥雲に山口誓子帰らざる　（〃）
今年竹頭をたれて喪に服す　（〃）

と師との永訣を詠んだ正は、以後、折に触れ追慕の句を詠み残されている。

きさらぎの雨夜の星が誓子星　（平成七年）
払暁の星天仰ぐ誓子の忌　（平成九年）
均されし旧居の跡に地虫鳴く　（〃）
地虫鳴く誓子旧居のかげもなし　（〃）
極星の永久の輝き誓子の忌　（平成十年）
誓子忌に百景一の雪の富士　（平成十一年）

正は静岡市にお住まいである。富士山がよく見えるようだ。四季折々の富士が見える正は富士を詠み続けられている。富士も正の世界を形成する俳枕である。毎年、四季折々の富士を詠まれている。

正の富士を一年一句適宜抽いてみたい。

冠雪の富士をそびらに竹を伐る　（平成五年）

をちこちを耕す富士の裾野かな　（平成六年）

天高し潤色のなき不二の山　（平成九年）

一年の棹尾を飾る雪の富士　（平成十年）

平成十一年は章題が「雪富士」である。二十二句を収録しているが、うち八句は富士を詠みこんでいる。

彩雲のかかる大富士大旦　（平成十一年）

正の世界を「宇宙」「誓子」「富士」と区分したが、その他の世界に属する作品から一句を抽き『無双』鑑賞を結ぶ。

就中壺中の天の星涼し　（平成十五年）

## 保坂伸秋『微光』

「岬」主宰、保坂伸秋の第六句集『微光』は平成十一年より平成十五年までの作品から三四四句を収められている。

　蹤いて来し師に先立たれ春寒く　（平成十一年）

「岬」の創刊主宰勝又一透先生は平成十一年二月二十二日に亡くなられた。従って句集『微光』は主宰を継がれてからの作品を収められたことになる。二月二十二日は富安風生先生の忌日でもある。

　一透、伸秋のお二人ともに風生の「若葉」にて学ばれた。その風生は虚子の弟子である。虚子の句に

　風生と死の話して涼しさよ　（昭和三十二年）

がある。虚子の誕生日は二月二十二日である。

　さて、「蹤いて来し」の作品である。伸秋俳句の世界が、この句にも描かれている。伸秋俳句の世界は「何でもない、ごく当り前」のことを句に折り込み、季題に思いを籠める技にある。

「師に先立たれ」ることは、いわば順縁である。師には「蹤いて」ゆくものである。この「何でもない、ごく当り前」のことを詠み、句を生かすのは季題である。「春寒く」が仲秋の世界なのである。二月のこの時期の数ある季題のなかから「春寒」を選び、かつ「春寒し」などのような形で強く止めないところ、それが仲秋の世界である。順縁としての当然の成り行き、高齢の師に蹤いて、いつかこの日が来ることを覚悟して過ごしてきた日々、それが「春寒く」の一字一字に籠められているのである。句集『微光』より少しその世界を堪能してみたい。

曇のち晴たんぽぽの絮飛んで　(平成十一年)
聞く耳を持ちし幸せ虫が鳴く　(〃)
流れ行くものを去らしめ水草生ふ　(平成十二年)
はびこれるもの世に多く草茂る　(〃)
攻めて来るものなき城として涼し　(平成十三年)
枯野行くわが影われを追ひ越せず　(〃)
誰にでもわかる句の生れさくら咲く　(平成十四年)
瓢簞池まことくびれてをりて冬　(〃)
ひとり行くひとりの幅の木の芽道　(平成十五年)
なんでもない時はなんでもなくて秋　(〃)

この世界を演出している仲秋俳句を真似しようとする人もいる。何しろやさしい表現で「当り前」のような世界だから、つい、あやかって真似心が起きるのであろう。しかし季題の選び方、使い方がその奥義であることを忘れているから失敗する。「曇のち晴」の味と「たんぽぽの絮」の季題の味の混ぜ具合が料理の味である。「はびこれるもの世に多く」とは誰でも言いそうな毎日の新聞のどこかにも書いてありそうである。「草茂る」が絶妙である。特に「草」が効いている。

吟行をともにしても視点が違う。ともに天守閣に立っても「攻めて来るものなき城」と感じ取るセンスは仲秋独特の感覚である。学べても真似られない世界である。天守閣に立ち吹き抜ける風を涼しく感じるのは吟行を共にしたら共有できる世界である。現代の城は観光用である。眺望がよくて涼しい。しかし、築城した武将にとり城は攻めて来る敵に備えた砦であり、眺望はその敵を見渡すためのものであった。吹き抜ける風は時には弓矢とる身の作戦を立てるよすがでもあったかも知れない。城の歴史、築城した武将の心に思いをいたした時「涼し」の季題は「攻めて来るものなき城として」のゆるぎなき季題として選ばれ鑑賞する側の心に響くのである。俳句は季題を詠む詩であると、あらためて感得させられる仲秋の世界である。四季を通して眼前にしてきた瓢簞池のくびれを「まこと」と実感され、選ばれた季題「冬」の働きにも大いに共鳴する。

仲秋のこの世界は、時に微妙な心象を絶妙な季題と組み合わせて読者を感銘させる。「なんでもない時はなんでもなくて」その心はやはり「秋」なのであろう。しかも平仮名ばかりで構成した俳句に漢字は「秋」と「時」のふたつだけである。視覚もまた俳句の作品の味である。さらに仲秋作品を抽き、その世界に遊びたい。

火点さぬことの親しく夏座敷　（平成十一年）
閉めてある障子の内のこと知らず　（〃）
日々長閑とは言へそうでゐて言へず　（平成十二年）
人の居るだけでも楽し梅林は　（〃）
散るといふことまだ知らず花々は　（平成十三年）
笑ひゐし顔が冷たき眼をもてる　（〃）
人容れて緑蔭誰にでもやさし　（平成十四年）
滝となるまでの全てを過去とせる　（〃）
灯の海をもて晩涼の景とせる　（平成十五年）
死の淵のやうにも見えて運河夏　（〃）

一透先生の逝去に伴い「岬」を継がれたが防衛庁の「栃の芽」の選者も風生、一透を継いで選者を務められている。また本家である「若葉」には五人の「蓁蓁集」作家のひとりとして主宰に続き毎月五句を発表されている。風生若葉の代表的作家で現在も「若葉」誌上で活躍されている方は歳月の推移とともに次第に少なくなってきている。『微光』にはその風生追慕の作品も収められている。

この町に馴染み風生句碑の秋　（平成十一年）
旅のどか師のふるさとの畦を踏み　（平成十二年）

朴落葉して艸魚洞寂びまさり　(平成十二年)

師の二階より見て秋の深む空　(平成十二年)

艸魚洞は池袋の風生旧居、山中湖畔に「風生庵」ができて池袋の旧居も取り壊されて師の二階も今はない。

最後に仲秋俳句の世界として少し異色の題材による私の眼に珍しく映る二作品を紹介して句集『微光』の鑑賞を結びたい。

陸幕本部出て恋猫となり行けり　(平成十一年)

稽古回し干して霧島部屋五月　(平成十五年)

## 櫂未知子『櫂未知子集』

櫂未知子については三つの思い出がある。一つは大牧広が主宰する「港」の祝賀会で二次会に誘われたこと。といっても二次会の担当として参加者を確認しておられたのである。二つ目は小澤克己主宰の「遠嶺」のやはり祝賀会で祝辞を拝聴したこと。といっても祝辞のなかで「次の十年後の祝賀会にはもういない人が今日も多い」という主旨のスピーチが印象に残った。高齢化俳壇の高齢主宰が来賓に多いのだから痛快なるお言葉として印象に残った。三つ目は、ある俳句大会の選者で同席したときに「京極杞陽に会ったことがあるか」と聞かれて「ある」と返事したら「化石のような人だ」と言われたことである。今度は痛快なお言葉というよりは世代の違いを痛感した。もっとも京極杞陽は父と五つ違いの明治生まれ、同じ時期の虚子の弟子であり、父の知人として見覚えのあるだけで杞陽からいえば大久保橙青の息子で学生服を着ていたのがいたという程度であろう。今回『櫂未知子集』に収められた散文「京極杞陽ノート」を拝読して未知子は並々ならぬ杞陽贔屓であり杞陽研究家であると思った。京極杞陽は虚子時代の「ホトトギス」の作家として著名である。

未知子が最初に所属した「港」や現在所属する「銀化」は能村登四郎の「沖」で学んだ人が創刊した俳誌である。多少傾向は違う。しかし、杞陽の影響は未知子作品に何らかの影響を与えているかも知れない。もっとも杞陽作品も「ホトトギス」のなかでは特異の存在ではあるが。その杞陽について未知子は「杞陽は師を仰ぎながらも、その作品は恐ろしいほどマイペース、誰にも侵食されなかった」と分析し「杞陽が虚子に吸収されないで済んだ理由は、まずは『自分の才能』という種子を大切にした点にある。杞陽の俳人としての人生は、師にひたすら追従したかのように見えるが、実は『違い』を見極め、自分にできることは何かを知っていた人の生き方であった」と結論を導き「京極杞陽という人は、とかく競争に終始しがちな俳人の情けなさから最も遠くにいた作家であった。彼の根底にある『創作のよろこび』は、読者であり、同時に作り手でもある私に、多大なよろこびを与えてくれた」と自分への影響を認めている。この「京極杞陽ノート」は化石とされた私にとり興味深く首肯できる点が非常に多いものがあった。

『櫂未知子集』は作品と文章、そして復本一郎の「櫂未知子論」より構成されている。櫂未知子について不勉強な私にとりその未知の世界を知るには充分なる内容である。「京極杞陽ノート」とともに収録されている散文は「未完なる『老い』―飯島晴子の俳句をめぐって―」と、未知子が生涯のテーマだと思っているという「短詩型比較論」めいた文章である。「あとがき」によれば「好きな作家」として京極杞陽と飯島晴子をあげている。自らの師系に拘らぬ奔放にして自由な未知子の世界がうかがえる。

かなり綿密な「櫂未知子略歴」も収められているから参考になるが、平成二年までは短歌を学んでいたことも知った。その年四月に「あなたの歌は五七五で終わっている」と指摘されたのをきっかけに「港」俳句会に入会、即、句会に参加、互選零点と記録されている。短歌から俳句に移行した理由は明確に記録されているが、俳句が何故大牧広の「港」だったのかは記録されていないから私には未知のまま残った。ただ、平成三年には俳句に専心するために短歌会からはすべて退会、平成四年には「港」の新人賞を受賞し同人にも推され平成八年には第一句集『貴族』、平成十二年には第二句集『蒙古斑』を上梓されている。また中原道夫が平成十年「銀化」創刊にともない入会もされている。今回の『櫂未知子集』では、この二冊の句集作品を収め、更に「蒙古斑以後」としてその後の作品まで収めてあるので未知子の世界を知るのには充分な材料が揃っている。

その作品を拝読して俳句に詠みこまれない分野の材料をどしどし詠みこなしてゆく逞しさと、表現に独創性を持たせ、ひらめきであろうか、練りに練り、推敲に推敲を重ねた所産であろうか、措辞の斬新さに化石ならぬ生身の頭脳は大いに刺激を受けた。

俳句に詠まれない素材への挑戦としては

シースルーエレベーター昇る時は金魚　（『定本　貴族』）
全共闘世代それとも曼珠沙華　（〃）
石狩は天衣無縫の雪ばかり　（〃）
二人なら以下省略の木の芽和　（〃）
万緑の賞味期間の真つただなか　（〃）
一人のため永久欠番たる香水　（〃）

教育的指導拒めば稲びかり　（〃）
ぜんまいを貫くシュールレアリスム　（『蒙古斑』）
四面楚歌聞こえぬことにして土筆　（〃）
飛花落花乱筆乱文にて候　（〃）
徹頭徹尾青葉に染まらざるこころ　（〃）
麦秋やかがやくファザーコンプレックス　（〃）
画龍点睛どころではなく雪野かな　（〃）
酔眼朦朧あなたも雪になる途中　（『蒙古斑』以後）
雲映す防弾硝子夏に入る　（〃）

と次々挑戦し開拓をされて行く。一方では、表現の独創性、着想の独創性については次のような句がある。

冷やかに海を薄めるまで降るか　（『定本　貴族』）
吹雪く夜は父が壊れてゆくやうで　（〃）
柩へと百年ぶんの月あかり　（〃）
真冬日をバスは二時間来ぬつもり　（〃）
佐渡ヶ島ほどに布団を離しけり　（『蒙古斑』）
かいつぶり許して湖のくすぐつたし　（〃）

ぶらんこの余震しばらく続きをり　（『蒙古斑』以後）

櫂未知子にはまだまだ私の摑み得ぬ世界があるようだ。本人が開拓されようとする未知の世界もさらにあるようだ。

## 深見けん二『日月』

句集『日月』は深見けん二の第六句集である。作品は平成九年秋から十三年度末までの句をまとめられている。大正十一年生まれ、七十代後半の三五〇句である。「あとがき」に句集の自解ともいえる「私なりの花鳥諷詠、客観写生の道を歩むことが出来た」と簡潔に記されている。「私なりの」がキーワードであろう。何故ならば花鳥諷詠、客観写生の道を歩んでいるという人は圧倒的に多いけれど千差万別だと思うからである。

深見けん二の著書に『虚子の天地』(平成八年)がある。その「まえがき」のなかで、けん二は「虚子俳句の根幹をなす『花鳥諷詠』『客観写生』のモットーが言葉だけ一人歩きしていることを日頃、痛感していた」と述べ、その『虚子の天地』のなかで「虚子俳話覚書」の一章を設けて虚子の説く「花鳥諷詠」についても詳細に解説をされている。その深見けん二が『虚子の天地』を世に問われたすぐあとの約五年間の作品が『日月』である。そして「私なりの花鳥諷詠、客観写生の道を歩むことが出来た」と回顧されている作品である。その深見けん二の世界を私は堪能した。

朝顔の大輪風に浮くとなく

枝移り来て色鳥の貌を見せ
ひつそりと時にざわめき落葉降る
湧ける音流るる音の冬泉
一樹にて斜面染めたり落椿
いつまでも日の当りをり夕桜
白牡丹大輪風にをさまらず
群れなせる目高一瞬向き揃ふ
湧き立ちて静けさつのる泉かな
たまたまの日ざしを運び秋の蝶
水飛ばしゐるは植田の鴉なる
水離れたる白鳥のなほ低く
雪落しつつ白梅の匂ひけり
傾ける枝に傾き朴の花
鳴の脚くつきり映り忘れ潮
奥までも幹に日当る枯木立
寒鯉の口の白さの進みけり

あえて作者以外には人の気配のない句を抽いてみた。そこに詠まれている世界は「けん二なりの花鳥諷詠、客観写生の世界」であった。いわゆる「大向うをうならす」ような派手な表現もない。大きな句会ではつい見落とされるような句かも知れない。共鳴を呼びやすい人事の気配もない。同じ「大輪」であるが風のなか朝顔と白牡丹のありようの違い、冬の泉と夏の泉の湧きようの違い、日の当る夕桜や枯木立の違い、ふと差す日差しのなかの秋の蝶、等々、そこに描かれるものは一点に絞り切ったシャッターチャンスの捕え方の凄さである。それは客観写生そのものである。写生と言いつつ主観がすぐに入り込む形式的写生ではなく、のめり込むような客観の極致にある写生である。そこに「白」という色が微妙な作用を働かせているのもけん二の世界であろうか。白牡丹、白鳥、白梅そして寒鯉の白い口の動き。傾ける枝に更に傾く朴の花の作品にも私は白を見る。「朴白く」などと余計な表現を持ち込む必要はないのである。

さて、その世界に人の気配を濃くしたらどうなるであろうか、人もまた花鳥の世界の一部であるはずであるから。

流燈を置かんと川に手を浸し
角材に焔とろとろ焼藷屋
飛んでをり叩き損ぜし昨夜の蝿
秋扇を落とせし音に気のつきし
踏み込んで落葉の嵩の新しく
掬はれし金魚二三度撓ひたる

指さして茶の芽の違ひかくかくと
頭からかぶり菖蒲湯香りけり
実梅とて足をとらるるほどに落ち
汗拭くや時には頭の天辺も
稲刈機四角四面を刈り進む

けん二の世界はいかにも「花鳥」の一部、自然に融合していると思う。流灯を川面に置く前に手を浸す、多くの人が無意識に行われる仕草、焼藷屋の句も声とか匂いとか、食べている所作とかではなくまさに焼いているその景である。角材に焦点が決まり、声や匂いは句の余韻のなかにある。昨日も踏んだ落葉、そこに踏み込んだ嵩の感触、茶摘も微妙な茶の芽の違いに焦点、等々けん二の世界の花鳥諷詠そして客観写生であり、言葉だけがひとり歩きをしている世界との違いを見せている。

虚子の懐に安住しない世界もけん二のものである。

細見綾子偲ぶ人散り日短
新蕎麦を打つや波郷の墓近く

社会性俳句も人間探究派も含めて俳壇に広く目を配りつつ「花鳥諷詠」を説かれるのもけん二の世界である。

虚子に学び青邨に学ばれたけん二の両師追慕の句も味が濃い。

俳諧もこの世のさまも青邨忌

陽炎や青邨の下駄虚子の下駄

先生は大きなお方龍の玉

残されて花の虚子忌にかく侍り

青邨の弟子には虚子に学びつつ青邨にも学んだ方々と、青邨を通して虚子を学んだ方々とがある。

句集『日月』には青邨の旧居が遺されている北上を訪ねられた句が度々収められている。二句を抽き『日月』鑑賞を結ぶ。

師の座より眺めて窓の若楓

くるみ餅食べて師のこと春の宵

## 豊田都峰『雲の唄』

『雲の唄』は「京鹿子」主宰豊田都峰の第五句集である。作品は平成十年から十四年までの作品から四〇七句を収められている。句集名も、第一句集を掲載作品から『野の唄』とされて以降『川の唄』『山の唄』『木の唄』と受けてこられた流れにあるようだ。

主宰される「京鹿子」は京都市に発行所を置く名門結社で大正九年鈴鹿野風呂が創刊、丸山海道が継ぎ、平成十一年海道没後、主宰を継承された。順調に誌齢を重ねて昨年末で通巻九六四号、いまや一千号を視野に置かれている。鈴鹿野風呂は虚子門にて「ホトトギス」同人であった。「京鹿子」も有季・定型の理念に立ちつつより新しく個性豊かな作品を指向されている。ただ、都峰は長く現代俳句協会に所属して現在理事を務められている。「京鹿子」は会員も数千名の大結社となり、数年前に社団法人を設立して発行所に隣接して鈴鹿野風呂記念館も設立、そのなかの図書館は蔵書豊富、一見に値する記念館で地域の文化活動にも寄与されていると聞く。今回の句集は大結社主宰になられて一段と多忙のなか一門の先頭に立ち示されてきた作品の数々である。

私は拝誦して、写生句の豊富なこと、表現に難渋な点がなく親近感を強くした。

日がひとつ雪きし雑木山の上　（平成十年）
泊船とても揺れ春を待つかもめ　（〃）
島繋ぐ橋高架り南風とゆく　（〃）
冬の日をついばむ鳩とわかちゐる　（平成十一年）
かたまつてゐて春萌といふことに　（〃）
丘の辺の穂のひとさしの下弦月　（〃）
いたどりのあたりにいまもまがる径　（平成十二年）
山越ゆる道となりゆく青芒　（〃）
芭蕉咲き海への坂の七曲り　（〃）
雲の峰真正面へ帆も高く　（平成十三年）
落葉して枝交はすなき丘の木々　（〃）
星組めば冬灯も端のひとつなる　（〃）
かいつぶり底にも雲はなかりけり　（平成十四年）
山若葉霊場いつも濡れてゐし　（〃）
村外れ灯ひとつ落ちてゐる寒さ　（〃）

静かな視線で捉えた自然のひとこまを定型できちんと詠み上げられてゆるぎない。一年三句抽いたがこのような世界がみっちりと詰まっているのが句集『雲の唄』なのである。この自然諷詠に更に人の影を加えるとまた一段と異色の作風が印象的である。

初山河数へはじめむ万歩計　(平成十年)
ねむりたしたんぽぽの絮の真ん中に　(〃)
寒風に対へどちぎるるなにもなし　(平成十一年)
会ふための道は暮春のひぐれ時　(〃)
春風や山のむかうのさそひ状　(平成十二年)
晩夏なる青き巻貝拾ひては　(〃)
山に雪くる日はひとりゐるとせむ　(平成十三年)
春めけり林に座することもして　(〃)
おぼろ濃きあたりや便り書かれゐむ　(平成十四年)
冬ざれや腰かけるものつひに得ず　(〃)

泊船に止まり揺れながら春を待つかもめ、冬日のあたる大地を何か餌を求めて啄む鳥と冬日のなかにいる作者、いつものまがり道に見ていたいたどり、青芒の道はやがて山路にかかる道、星座の端には冬の灯が煌めくという詩情、同じ灯でも村の外れには落し物のような冬の灯、都峰の自然諷詠の世界は詩情豊かで楽しい。そこに人の影が加わると正月の山河に向かい万歩計を準備、山に雪くる日は独り居を楽しみ、寒風には身を固め春風には便りを待ち、おぼろ濃きあたりには便りを求め、冬ざれには腰かけるものを得なかったが春めく林には座す、などと自然に身をゆだねられる都峰である。
その都峰の世界は自然のなかで人間が営んで来た歴史に想いをいたして作品にされるところに、もうひとつの特徴を感ずる。

敗走の果ては母郷の青葉木菟　（平成十二年）
城址の葉桜めくらましの陣　（〃）
万緑や天下分け目は負けびいき　（〃）
配所生れのたんぽぽの絮遠飛びす　（平成十三年）
秋晴れを手形に木曾の関を越ゆ　（〃）

都峰作品の写生の味のなかには遠近法がある。そこに奥義のあるようである。

ふるさとはいつも遠景蟬ないて　（平成十年）
おぼろ夜の底の見舞の遠さかな　（平成十一年）
野火赤しその遠さにも追ひつけず　（〃）
空蟬の背鳴らす遠音の蒼かりき　（〃）
遠花火風がつれくるうすなさけ　（〃）
銀河冴ゆ亡父の遠さはついそこら　（平成十二年）
遠山は濃むらさきなり秋果つ日　（平成十二年）

遠雪嶺めぐらす生国に父さがす　(平成十三年)
遠ざかるもののひとつの冬紅葉　(〃)
一本の冬の欅の遠さかな　(〃)
コスモスの里は水車の遠こだま　(平成十四年)

「遠」という一字も、すぐ眼には見えぬふるさとの遠景もあれば冬紅葉のごとく次第に遠くなるものもある。コスモスの里の遠さは耳にひびく水車の音であったりする。都峰の世界は数々の「遠」を見せてくれる。最後に一句、なるほどと思った近景一句を記す。

初比叡まだ近景となしは得ず　(平成十四年)

## 高田風人子『明易し』

高浜虚子は昭和三十四年四月八日に亡くなった。句集『明易し』の著者高田風人子は昭和十九年より「ホトトギス」に投句、虚子の亡くなる三か月前、昭和三十四年一月「ホトトギス」の同人に推された。大正十五年生まれの風人子にとり虚子は十代から俳句を学んだ師であった。星野立子の「玉藻」にも投句して親子に師事された。

その星野立子も昭和五十九年三月に亡くなり風人子は虚子立子に学んだ「花鳥諷詠」の道を後進に伝えるべく昭和六十三年「惜春」を創刊された。その「惜春」も二百号を越え、風人子も数えの八十を迎えられた。句集『明易し』は惜春叢書の第一号でもある。伝聞であるが風人子は常に虚子先生、立子先生と呼ぶが「惜春」の弟子は虚子立子と呼び捨てにしてそろそろ先生は略されたらどうかと言うそうだ。「惜春」の人にとり先生は風人子であり虚子は虚子なのであろう。句集『明易し』の世界のひとつは虚子立子を折に触れ偲ばれる信仰に似た世界である。句集は平成三年から十一年までの九年間の作品から五二七句が収められているが毎年のように虚子立子追慕の世界が詠まれている。

思ひ出や今立子忌の寿福寺に　（平成三年）

住職もお年召されし高虚子忌　(平成三年)
天日を故師とも思ひ虚子忌寺　(平成四年)
生涯を虚子の教へに獺祭忌　(〃)
雛忌は覚え易くて哀しけれ　(平成五年)
春風や闘志抱きし虚子のこと　(〃)
虚子を知る和尚も老いし虚子忌かな　(平成六年)
古稀過ぎて赤き椿に虚子を恋ふ　(平成九年)
立子来し虚子来しパリの空や秋　(〃)
たんぽぽの返り花にも虚子恋し　(〃)
灯台に虚子の句碑あり鳥渡る　(〃)
平成十年四月九日花の雨　(平成十年)
誰彼も我も老いゐし虚子忌寺　(平成十一年)

虚子の直弟子の句集を随分読んだがここまで虚子の追慕に満ち満ちた句集を私は知らない。やはり風人子にとり虚子は虚子ではなくて虚子先生なのであろう。その虚子から学んで得た道は「俳句即ち花鳥諷詠と信じて六十年。花も鳥も人も同格と観ずる所から俳句は生まれる。それは人間の探究ではなく、人生の軌跡だと私は思う。俳句は季題がものを言う詩。季題は私にとって伴侶である」であった。花も鳥も人も同格と観ずる所から生まれた風人子の俳句をそれではじっくりと拝誦して見よう。

鴨眠る上手に顔を羽に埋め　（平成三年）
根切虫にも言ひ分はありぬべし　（〃）
破芭蕉天命を待つ如くなり　（平成四年）
秋晴や放し飼ひなる寺の鶏　（〃）
人も木も太陽の子よ春惜む　（平成五年）
面構へ魚にもある虎魚かな　（〃）
陽炎うて人もやもやに小さくなる　（平成六年）
蟬鳴かぬにや耳遠くなりしにや　（〃）
犬ふぐりにも一等地三等地　（平成七年）
竹落葉踏めば音無く窪みけり　（〃）
水怒る時音となり滝となり　（平成八年）
大蟻と小蟻と珍しく話す　（〃）
干したての若布の影のはしやぎやう　（平成九年）
茂りをり欅は欅椎は椎　（〃）
松の花日章旗にぞ似合ひけり　（平成十年）
老鶯のひとり稽古を怠らず　（〃）

影法師枯木と我と我が杖と　(平成十一年)
何処にでも墓地には蟻は忙しき　(〃)

風人子の世界は「花も鳥も人も」同格の作品に満ちていたが、一年二句を適宜抽出した。同格という心で視線を揃えているので万物が俳句の題材として描き取られて揺るぎない。そこに風人子の世界がある。まさに作品を通して花鳥諷詠の姿を見せている。
風人子とて人の子、人生の機微を詠うこともある。その時、季題を見事に配することも風人子の味わい深い世界である。

彼女まだ我に気付かず春の雲　(平成三年)

この春の雲という季題の味。平成三年の作品でも

緑蔭や人生時に憩ふべし　(平成三年)
電話掛けようか止さうか夜の秋　(〃)
風人子とは何者や滝に問ふ　(〃)
法師蟬なく多事多難多事多難　(〃)
偶然に合ひし歩調や天高し　(〃)
淋しき日雨の枯木の黒々と　(〃)

などがある。また、妻を詠われるときもまた自然体である。

妻買うて来し鉢植の合歓の花　（平成三年）
孫吹けし草笛に妻呼びにけり　（平成四年）
新緑や天地のこと妻のこと　（平成五年）
恙なく妻と家居や秋日和　（平成六年）
日向ぼこ出来る幸せ妻に謝す　（平成十年）
更衣妻出しくれし物を着て　（平成十一年）

微笑ましいほどの自然体といえようか。

万緑や生きて世にある吾のいとし　（平成十一年）
生身魂まで居たしとは思はねど　（〃）
秋晴や酒つつしみて恙なく　（〃）

自然体で人生を楽しまれている風人子先生の自画像である。句集は平成十一年までの作品、次の句集を早く拝誦したいものだ。

かにかくに人生も亦明易し　（平成八年）

## 松本澄江『櫻紅葉』

『櫻紅葉』は「風の道」主宰松本澄江の第七句集である。作品は平成十四年から十六年までの作品から三五二句を収められている。一年ごとにまとめられているが、その作品の内容により一年を更に複数の章に区分されている。作者の意図に添いまず各年の各章ごとに一句を挙げつつ鑑賞をしてみたい。精力的かつ多面にわたるご活躍が反映されている。

平成十四年は五章に区分されている。最初の章は「本舞台」。

みづきの実咢堂「いつも本舞台」

四十二句のうちの「尾崎行雄記念館」三句のうちの一句である。この章には歌舞伎座、永田町界隈、外人墓地、蘆花記念館、明治記念館など首都圏各地に立ち寄られた折節の作品等を主にまとめられている。この章の最後の作品は「愛子内親王」と前書して

ご命名慶びの声ポインセチア

である。その前の句は

牡蠣の樽提げ虚子訪ひし若き日よ

で、吟行の合間にも往時を回顧されたり新しい時代に心をいたしたり長い句歴に裏付けられたあるがままの作品が多い。第二章は「雪間草」と題されて十句である。

光堂案内せし日の雪間草

沢木欣一追悼の句である。十句のなかには

鬼房に訪はれし日あり白魚汁

など佐藤鬼房追悼三句も含まれており、「其角旧居跡」と前書した三句も含まれている。追悼の章というところであろうか。第三章は「俎初め」と題して二十一句である。

俎始め三方捧ぐ鯉一尾

など五句が俎始めの作品である。しかし

魚河岸に真砂女と会ひぬ春の雪

「ふぐ鉄」の路地裏に干す河豚の鰭

のように「俎」につながる作品や

磯開き濡れ髪のまま海女通る

など粋や艶の雰囲気の句が含まれた章である。第四章は「懸り藤」と題して三十二句を収められている。

懸り藤父娘の句碑の巨きさに

など鎌倉虚子立子記念館の開館に関する五句から章題を選ばれているが、所有されて毎年よく訪ねられている北軽井沢山荘での作品など信濃路の作品を多く収録されている。第五章は「新酒酌む」と題して十四句であるが異国詠が多い。

杉玉をくぐり異国の新酒酌む

から題を選ばれ

ノートルダム大夕立の中にあり
石榴割れ影の揺れゐる尼僧院

などを収録されている。平成十五年は四章構成である。第一章は「鶯餅」と題され

鶯餅食べ風生の恩想ふ

の句を含む四十一句がまとめられている。

街の雨鶯餅がもう出たか

という風生の句を踏まえた作品であるが虚子・風生・梧逸を師系とする澄江は昭和三十二年、第一句集『紙の櫻』の序を風生にいただいている。第七句集『櫻紅葉』上梓に当たり師恩に想いをいたし章題ともされたのであろう。この章では常光院十二句、松島七句など吟行作品が収録されている。第二章は「銀座首夏」と題して二十六句

銀座首夏昔ながらのカレー食ぶ

という「三笠会館」の作品から題を選ばれているが、下田、杭州、ウィーン、パリ、高幡不動尊などの吟行句が主に収められ東奔西走のご活躍ぶりが作品としてのこされている。第三章は「龍舌蘭」と題して十四句

龍舌蘭虚空を突いて咲き登る

から題を選ばれている。浜離宮の作品やハイデルベルクの

氷菓子古城に食べし樽の椅子

などで構成されている。第四章は「実木斛」と題して十三句

列柱の二階に及ぶ実木斛

という「旧岩崎邸」の作品から題を選ばれているが

風生庵思ひ残して葛の雨

など山中湖の風生庵の作品七句も収められている。平成十六年も四章で構成される。最初の「蓑虫鳴く」は

蓑虫鳴く土芳執せし些中庵

から題をとられ伊賀上野吟行句を主にして六十九句である。第二章は「花筏」十一句で

目黒川高層写し花筏

から題を選ばれている。第三章は「黒牡丹」と題し二十三句を収め、牡丹寺の薬王院の

寺門入り直ぐ風生碑黒牡丹

から題を選び風生庵の句や軽井沢界隈の句も収録されている。最後の第四章は「百千鳥」と題して三十六句を収め、紹興での

天涯に禹王の像や百千鳥

から選ばれている。一葉忌、鎌倉文学館、清澄庭園などの作品からまとめられている。句集編集

の手法に従い鑑賞してきたが毎年、海外を含めて各地を精力的にまわり、住まわれる東京や静養先の軽井沢界隈も丹念に歩かれて詠み続けられていることに強く感銘した。最後に句集名「櫻紅葉」であるが、平成十六年、伊賀上野を吟行された大作のなかから選ばれている。最後に記し鑑賞を結ぶ。

はせを塚取巻く櫻紅葉かな

## 小澤克己『雪舟』

小澤克己の新しい句集『雪舟(そり)』は今までの克己句集から数歩踏み出た異色の句集である。そこには禅の静寂、一切を放下された無心の世界を感ずる。「あとがき」は短く八行。

一切は空
一切は無
而して現し世は
全て空無
われはこの現し世の
野をゆく雪舟
風雅の誠を永遠に求めむとする
雪舟なり

である。克己の気持ちはこの八行に集約されているが、作品を抽きつつ更に検証してゆきたい。
まず「空無」である。

一切は空無なりけり舟に雪
現し世の野をゆくわれは雪舟ならむ

巻頭第一ページの二句である。この二句に始まり「あとがき」につなげる編集である。

今にして空無のこころ小鳥来る
空無こそわが道ならむ除夜の鐘

除夜の句は巻末の句である。空無に始まり空無に終わる句集なのである。空無とは『広辞苑』によれば「全く何も存在しないこと。空を否定的に捉える表現」とある仏教用語である。
次に「禅」についてはどのように詠まれているのであろうか。

禅堂にたつたひとりの淑気かな
吾に禅の思想ながれて露のたう
禅林の疎水の径の今年竹
花茣蓙の真中で禅を悟るとは
禅寺の赴粥飯法はつもみぢ
風花や禅問答の果つるまで

この「禅」に関する環境のもと、仏心につながる作品は

春鴨に諸行無常の水飛沫
花を狩る身は漂泊の果ならむ
日々おのれ無にする暮し五月来る
漂泊を今も夢見て冷し酒
勤行を終へ炎昼の海眺む
漂泊の雲のいざなひ草の花
朝鵙に求道ごころを杣の径
団栗を拾ひ浄土に入らむとす
小径よりはじまる遊行霜の朝
真言や枯れゆく萩に歌留む
秘するものに天台止観枯木立
山茶花の散つて水面の一円相
悟りとは悟らざること冬至梅

など数多い。その仏心を抱きつつ克己は一舟に身を託されるのであろうか。いや「われはこの現し世の野をゆく雪舟」として舟に化身して「風雅の誠を永遠に求め」風雅の海に漂泊される心境と思われる。句集名も「雪舟」であるが五章に分けられた章題もすべて舟である。第一章は「舟に雪」であり因む作品は冒頭に引用した〈一切は空無なりけり舟に雪〉であるが第二章以降も因む句がある。

嶺越えて風は芽吹きの舟となる　（第二章／芽吹舟）
凪舟のやうに母をり夏座敷　（第三章／凪舟）
あかときの湖の岸辺の雁見舟　（第四章／雁見舟）
ひんがしに月くつきりと枯野舟　（第五章／枯野舟）

克己自身が舟でなくても母を見るとき凪舟と見立てておられる心眼は母への愛情の絶唱で夏座敷は大海のような広さを感じ季題の働きが素晴らしい。その他にも嶺を越えた風も舟であり克己の詠む舟は船ではなく小舟の感覚がありかつ弧舟なのである。そこに漂泊の姿が籠められている。空無の心を感ずる。そのような感覚の舟の作品を更に鑑賞してみたい。

一川の闇を舟ゆく春障子
世捨舟すなはち花見舟なりし
丘の上の春三日月の舟に乗る
月涼し庵を舟と思ひけり
一舟の着き秋風の詩人現る
人恋うて月より舟の来りけり
塔頭に小さき雪舟の備へあり

『雪舟』は第六句集である。以上に鑑賞してきた雰囲気が今までの作品から一歩ではなく数歩踏み出た異色の感性を私は感じたが

捨つる夢拾ふ詩あり初硯
眼前に怒濤頭上に寒オリオン
麦踏んできて迫力の論綴る
耕すや弧雲の影を友として
近かばこの櫻吹雪に乗るもよし
青嵐の庵机上の未完の詩
着物派となりて涼しき眉目かな
草稿を上げ仲秋の月仰ぐ

などの作品に変わらぬ克己作品の世界を感じた。更に

胸焦がすほどの詩欲し実むらさき

には大いに共感した。平成四年創刊された「遠嶺」は能村登四郎系の俳誌のなかでも特に勢いを感ずる。益々のご発展を祈りたい。

星ひとつ跳ねて遠嶺に雪はじめ

## 星野椿『マーガレット』

星野椿の第五句集『マーガレット』に収録のマーガレットの句は

門入ればマーガレットの咲いてをり　（平成十四年）

一句であるが著者星野椿は「あとがき」で昭和二十三年祖父虚子と北海道に旅した時に作り虚子に褒められた

ファウストのマーガレットに又会ひし

を挙げ、大好きな花、青春の花であるマーガレットを句集名にしたと記されている。椿にとりマーガレットは祖父虚子の思い出のなかでも重要な花なのである。「あとがき」を記されたのは平成十六年正月である。母立子を継いで「玉藻」を主宰して二十年を迎え五冊目の句集を編むにあたり、あらためて往時を想起し虚子を偲ばれたのであろう。句集『マーガレット』には折にふれ虚子を詠まれた句が多く収録されている。

小諸恋ふ虚子の句屏風ある限り　（平成十一年）

虚子の世を語り継がんと明易し　（平成十一年）
横川路の清水を汲んで虚子塔へ　（平成十二年）
守り来し虚子の御墓梅雨の燭　（〃）
黴びさせてならじと思ふ虚子屏風　（〃）
棚経や虚子の位牌を正面に　（〃）
金風や虚子も素十も歩みし野　（〃）
屠蘇よりも虚子の小鼓あればよし　（平成十三年）
涼風や虚子の書斎へつづく廊　（平成十四年）
牡丹の蕾大きく虚子の句碑　（〃）
虚子句碑の裾に真白き曼珠沙華　（〃）
額の芽か紫陽花の芽か虚子墓前　（平成十五年）
虚子句碑を囲む花野に旅一歩　（〃）
露けしや虚子山脈の仏達　（〃）

虚子について詠むとき

漣に少し遅れし落花かな　（平成十一年）
燭涼し何のカクテル頼もうか　（平成十二年）
欲しい時すつと麦茶の運ばるる　（平成十三年）

灯台の時々見えて揚花火　（平成十四年）
連れ立ちて彼岸詣となりにけり　（平成十五年）

このような、母立子讓りとも思える椿俳句の調べより、やや高揚した調べになる句が多くあるように感ずる。母立子や親戚筋を偲ばれる句と比較しても虚子を詠むときは高揚感が濃いようだ。

つる女忌や蜩谷戸を鳴きつぎて　（平成十一年）
片陰につる女を語るロケーション　（平成十二年）
福笹に叔母の俳句のすぐ浮かぶ　（〃）
蕗の薹煮れば茶の間の祖母思ふ　（〃）
梅匂ふことも立子の墓らしく　（平成十五年）

句集『マーガレット』について虚子に対する想いの面から読んできたが、虚子は長く鎌倉に住み、母立子も鎌倉の住民であった。一族の多くの方が鎌倉に縁が深い。そして椿も鎌倉をこよなく愛されているようだ。句集『マーガレット』のなかに脈々と流れるものは鎌倉讃歌、自分の住む郷土鎌倉の風土讃歌である。この点は多くの著名俳人の句集のなかでも随一であろう。椿も最近の主宰同様一門の句会指導に全国を廻られる。各地での作品も詠み残される。著名俳人の句集のなかには各地の旅に追われた旅吟に満ちているものも多い。自分の住んでいる土地の句が少ない人が多いのである。その点『マーガレット』の郷土讃歌は素晴らしく、自分の住む風土を詠み継がれる椿の作句の世界は注目されてよいと思う。
しばらくは椿俳句の風土讃歌の世界を楽しみたい。

段葛桜冬芽も出揃ひぬ　（平成十一年）
干若布由比ヶ浜辺に風の鳴る　（〃）
花の門閉めるところや円覚寺　（〃）
遠浅に七里ヶ浜の明易し　（〃）
寿福寺に日脚伸びたる集ひあり　（平成十二年）
早梅の北鎌倉に人力車　（〃）
大谷戸も小谷戸も春の立ちにけり　（〃）
鎌倉の夜々の月とは波染めて　（〃）
暖かや観音様の見える窓　（平成十三年）
鯉幟鎌倉幕府ありし跡　（〃）
棚経の寿福寺様を迎へけり　（〃）
七種や谷戸まろまろと日の巡る　（平成十四年）
寿福寺の山門不幸凍きびし　（〃）
下萌や秘仏を拝す東慶寺　（〃）
鎌倉の夜風の中の薪能　（〃）

夕闇や鎌倉五山梅雨に入る　（〃）
頼朝の寺跡なりし青葉木菟　（〃）
切通し抜けて真青な夏の海　（〃）
鎌倉の竹の春なる句碑抜き　（〃）
鎌倉の鐘一打より春近し　（平成十五年）
崖椿見上げてリスの走りけり　（〃）
鎌倉やこのうららかな海の風　（〃）
江の島の淵青々と鯊を釣る　（〃）

東奔西走のなか鎌倉を詠まれる風土愛の姿勢には感銘をうける。

旅多くいつも野分と擦れ違ふ　（平成十三年）
伊予の月鎌倉の月旅二日　（平成十五年）
行年のやはり落着くわが庵　（平成十五年）

その庵の隣に、椿は、鎌倉虚子立子記念館を開館された。

六人でテープカットや獺祭忌　（平成十三年）
祝電に小泉総理秋の蝶　（〃）

最後に私好みの粋な句を抽き鑑賞を結びたい。

寒紅やそのカクテルを私にも　（平成十四年）

# V　平成十八年〜十九年

## 丸山しげる『爾雅樹』

『爾雅樹』は「雅山房」主宰丸山しげるの第二句集である。作品は平成十一年から十六年までの作品から三六九句を収められ、句集名は自宅の庭に小鳥が落とした種から芽生え二階より高く育った木の名からとられたと「あとがき」に記されている。本来は「苦木」と書いて「にがき」と読むそうだが「少し可哀そうなので、本集は少し粋にし『爾雅樹』と命名しました」とのことである。この「あとがき」の「少し」可哀そう、「少し」粋にし、という「少し」のリフレインは丸山しげる俳句のキーワードだと私は句集を拝読して感じた。もうひとつのキーワードは「雅」である。昭和六十三年に創刊されて主宰される「雅山房」にも「雅」の一字が採用されている。丸山しげるの俳句の世界は「雅」であり、そして常に控えめに「少し」なのである。それが私の『爾雅樹』読後感である。心地よく謙虚な「雅」の世界に遊ぶことができたのである。巻頭の一句に早くもその世界は示されている。

覚めてゐて未だ目にせざる初景色　（平成十一年）

平成十一年元朝、静かに目覚められた作者はまだ床におられるのだろう。いつも目にされている庭の様子は未だ目にされていないが扉の隙間からは初日が差し込んで寝室を明るくしているのである。その「初景色」は「少し」であり「雅」である。読むものの心に安らぎを与えてくれる極楽の世界でもある。この世界の句をそれこそ「少し」書き抜いてご覧にいれたい。

粥柱箸に移りし湯気白く　（平成十一年）
春怒濤重ならんとして追ひ越さず　（〃）
逢ふためにこまかく畳む梅雨の傘　（〃）
老には淡き初夢とも二の夢とも　（平成十二年）
桐の花普段は開かぬ窓が開き　（〃）
たしかめつ数ふ数へ日とはなりぬ　（〃）
松過ぎの箒のあとのすこし濡れ　（平成十三年）
聖バレンタインとかいふ普通の日　（〃）
普段何も吊らぬところに蛍籠　（〃）
東京に未練住まひの初竈　（平成十四年）
新涼の風吹き入れし袖たもと　（〃）
ひとり来て二人となりし晩稲刈　（〃）
明りみな消してあしたの雛かな　（平成十五年）
雛飾るひとりは横座りになりて　（〃）
追伸と四行ほどの花便り　（〃）

どこかそこらといふといへども金魚玉　（平成十六年）
人去りて微風を残す冬座敷　（〃）
金目鯛一尾横たへ豊かなり　（〃）

一年につき三句書き抜いたが句集にはこの世界が満ち満ちて清閑な世界に引き込まれるようである。上品な雅の世界である。しかも新しい発見もある。皆が目にしていながら作品にはしていなかったところがある。肩の力を抜いた自然体の写生の味でもある。

丸山しげるは絵も書かれる。個展にお伺いしたこともある。そのときの絵葉書だと思うが一枚手もとに残っていた。ご自宅近くのスケッチであろう。「久我山三丁目の信号」と添え書きがある。小さく十一、三、二、と記されている。平成十一年三月にスケッチされたのであろう。早春の木々が書かれて右折する道に右側の塀の影がかかっている。何となく気に入り使いそびれて残っていた絵葉書である。そういえば句集は平成十一年の作品から始まっている。この絵を書かれたころの作品は

詰み溜めて風をかばひて如月菜　（平成十一年）
思ひきり芽を吹く胡桃みづの上　（〃）

などが収められている。久我山には私は愛着がある。だから、この絵葉書を保存していたのかも知れない。母方の祖母が晩年住んでいた。私が訪ねたとき帰りはいつもこの絵のような道に出て

姿が見えなくなるまで見送ってくれた。私は終戦の詔勅を新宿に焼け残った祖母の家で祖父と三人で聞いた。祖母は詔勅を聞いて意味がよく理解できなかったようで祖父に聞いた。そして敗戦と聞いた途端に泣きだした。久我山の静かな住宅街はしげる俳句の世界に似合う。

春愁の重ねあはせしゑの具皿　（平成十四年）
灯点してわが武蔵野も秋に入る　（〃）
降らぬ日もまして降る日も梅雨籠り　（平成十五年）
声かけ合ひ市民農園夏に入る　（〃）
寄る猫を玉と温めし除日（じょじつ）かな　（平成十六年）

しげる俳句の世界には水が欠かせない。水はしげるの詩情を掻きたてるのかも知れない。

ひとに愛新樹の森にみづ流れ　（平成十一年）
最上川水が水押す朝曇　（平成十二年）
夜の秋の誰かが水を捨ててをり　（平成十三年）
誰かどこかで水使ひをり冬日和　（平成十四年）
その音の夜々を重ねし落し水　（平成十五年）
咲き切つて水の匂ひの泰山木（マグノリヤ）　（平成十六年）

しげるの俳歴は古い。昭和二十年代に始まるようだ。

襟巻は赤を好みし句歴かな　（平成十五年）

昭和三十年には「若葉」に入会されている。

夕小闇すこしく遅き風生忌　（平成十二年）

風生若葉で学ばれ、のちに「冬草」でも活躍されていた。私とは同じ午年のえにしで或る超結社の句会で時に席を並べることがある。同じ午年の集いでもひとまわり先輩である。

へだたりて日傘のかげを寄せ合へる　（平成十六年）

ひとまわり先輩の方々が元気で活躍されていると励まされる。ますますのご健吟を祈り更に愛誦一句を記し結びとしたい。

熱燗や黙（もだ）のなにかのかよひあひ　（平成十六年）

## 雨宮抱星『一白』

雨宮抱星の作品を時々拝誦して常に住まわれる郷土「妙義」諷詠に強い感銘を受けてきたが、この度の第六句集『一白』を拝読してあらためて雨宮抱星の世界は妙義讃歌郷土讃歌であると認識した。

作品は平成十二年から十六年までの五年間の作品を一年ごとの章にまとめるオーソドックスな手法をとられているが、毎年の作品の最後は「深夜の妙義湖にて」の作品で一年の作品の結びとされておられる。作品の数は年により違う。最初の平成十二年は四句である。

枯木鳴る無音の湖の黒さかな
除夜の鐘星座満ちくる裏妙義
除夜の星力つくして今を生く
二〇〇〇年了る星座の水いろに

続く平成十三年は三句である。

明日知れぬ身や寒星の煌きに

月凍る身内の光りすべて出し
湖渡る音が尾を曳く除夜の鐘

更に平成十四年も三句である。

しんしんと湖に力の籠る除夜
一声は求愛鴛鴦の夜をひとり
除夜の鐘一打に齢はこばれ来

毎年、その年の除夜の鐘を聞きつつ、妙義湖畔に佇み来し方を想い、来る年への決意を新たにされている抱星なのである。平成十四年には創刊主宰される「草林」が三十五周年を迎えられた。その自祝の一句も収められている。

涼しさや草林は風束ねあふ

抱星は妙義に生まれ妙義に育ち妙義にて俳誌を創刊され、平成十三年には第一回妙義町文化奨励賞を受賞されている。今までの五冊の句集にはすべて「妙義」の二字を入れてこられたが、今回、初めて妙義の字を句集には入れなかったが、作品は妙義の風土詠に満ち、しかも最後は妙義湖畔の作品で締められているのである。続いて平成十五年には七句の湖畔詠を最後に収録されている。

枯葉踏む夜を覚まして裏妙義

枯木鳴る星へ逃げゆく湖の音
煌めきに鋭さを生む除夜の星
妙義湖の寒波が星を深めけり
禽ごゑに揺るるみづうみ除夜の鐘
星消して静かになりし除夜の湖
去年今年妻のゐさうな星の中

最後の一句が痛切である。平成十五年は先立たれた奥様の五年祭の年であった。

五年を経しまだ屠蘇にある苦み
亡妻恋へば木犀の空やはらかし

行く年を想いつつ亡き妻の在りし日に想いを馳せる抱星なのである。妙義讃歌の作品のなかに挟みこまれるように収められている妻恋の作品に抱星の気持ちが察せられる。共に見た妙義の峻険であり共に聞いた除夜の鐘なのであろう。

夢で逢ふ亡妻秋嶺を弾みくる　(平成十二年)
三年経ぬ独りで焦がす雑煮餅　(平成十三年)
上空に寒気みとせの神の妻　(〃)
邯鄲やこゑたつぷりと妻の墓　(平成十三年)

抱く妻のなき春昼を煮こぼせる　（平成十五年）
妻の世へ木枯もぐり潜りゐし　（平成十六年）

年々募る妻への想いであろうか。平成十六年も、そして句集巻末の一句も「深夜の妙義湖」と前書した作品である。

木枯や固きいろ充つ北斗星

数年前、妙義を訪ねたことがある。ホテルの庭から仰ぎ見る星の数には圧倒される思いであった。抱星という俳号も妙義の星と関連があるのかも知れない。句集に収録した作品のなかにも妙義の星を詠まれた作品は多い。

春星や土間へかざりの火消壺　（平成十二年）
立冬の一番星がつぎを待ち　（〃）
吹ききつて木枯星を育てけり　（〃）
枝の雪跳ねて星座の重さ得し　（平成十三年）
台風過ぐ妙義に青き星ひとつ　（〃）
秋嶺にちからの籠る星ひとつ　（平成十四年）
星空の冷えきて山の近くなる　（〃）
星ひとつ処暑の妙義に従へる　（平成十五年）

星あまた力揃へし寒露かな　（〃）
鋭さがするどさを生む寒の星　（平成十六年）
一白は吾が生まれ星若葉澄む　（〃）

一白水星は抱星の生まれ星、喜寿を迎えて上梓された句集として妙義ではなく今回は「一白」を句集名にされたとのことである。
抱星の妙義讃歌は夜そして星に特にその思いが濃く強く表れるが、昼の妙義ももちろん抱星の郷土である。熱き想いでやはり詠み継がれている。妙義を愛し妙義の風土をこよなく愛する抱星の世界がこの句集『一白』の世界である。その絶唱のなかから紙数の許す限り抽きたい。

夜を継ぐ妙義の虫となりきつて　（平成十二年）
まだ雪を残して岩の若がへる　（平成十三年）
夕焼を詰めて田水の落ちつける　（平成十四年）
慈悲心鳥熱き鎖が獄に鳴る　（平成十五年）
秋めくや風ほぐしゐる屏風岩　（平成十六年）
虫が夜をこめて妙義を膨らます　（〃）

最後に抱星の母親の長寿を祝う一句を記し結びとしたい。
根深汁一〇二の母へ冷ましやる　（平成十六年）

## 倉橋羊村『打坐』

『打坐』は「波」主宰倉橋羊村の第四句集である。句集は五年ごとに編まれてこられたと「あとがき」で述べられている。平成元年に継承主宰された「波」の三十周年とのことでもある。作品は平成十三年から十七年までの五年間を年ごとにまとめる五章で構成されている。

はみ出してゐてもわが道西行忌　(平成十三年)
義清(のりきよ)と呼ばへば応と西行忌　(平成十四年)
借景いつも山河ありけり西行忌　(平成十六年)
思ひきり降る花の雨西行忌　(〃)
存念はもののふのまま西行忌　(平成十七年)

一読二読西行忌の作品が毎年のように詠まれ句集に収録されていることに羊村の世界の一断面を感じた。西行への想いの深さとともに「はみ出してゐてもわが道」と解釈、「存念はもののふのまま」と分析、それぞれの年にあたりおのが環境とも併せ考えての西行忌詠であろうか。このような一人の先人に想いを馳せられる存念はまた羊村の世界でもあるようだ。
十五年ほど前に評論『道元』を、二年前にも『道元の跫音』を上梓されている。その道元を題材にされた句も多く収められている。

晩年病む道元いかに雪の寺　(平成十三年)
身を委す他力が終の道元忌　(平成十四年)
道元の真筆燈火親しめり　(〃)
老鶯や雨意を払ひて道元碑　(平成十六年)
信心でなく道元に師事息白し　(〃)
霜踏んで行かん道元と出逢ふまで　(平成十七年)
曽つて生身の道元ありき雪五尺　(〃)

信心ではなく師事とまで詠まれているところに想いの強さを感ずるが、俳句については水原秋桜子に師事、「馬酔木」で活躍された。「馬酔木」関連の「鷹」の創刊にも参画された時期もある。「鷹」主宰藤田湘子が昨年死去された時には、その死を悼み

兄事せし薬師寺の道白き春　(平成十七年)

と詠み句集に収められている。秋桜子関連の評論も多く、一九八七年には『水原秋桜子』を、その二年後には『秋桜子とその時代』を上梓され、現在も秋桜子や「馬酔木」に関する評論をいろいろな誌上で拝見することが多い。羊村の世界には当然のことながら秋桜子や「馬酔木」の息吹を感ずる世界がある。

私が感ずるそのような世界の作品を一年に二句抽いてみた。

虚子散歩道の遠山夏霞　（平成十三年）
運河にも逆白波や冬来る　（〃）
花辛夷月夜となれり隠れ谷　（平成十四年）
且つ散れり風吹き起こる紅葉谷　（〃）
萌え急ぐ色を一途に風峠　（平成十五年）
出没も見せ場の一つ黒揚羽　（〃）
十夜寺総門露の葵紋　（平成十六年）
前山へ月光煽る花すすき　（〃）
差羽舞ふ岬端しるき卯月波　（平成十七年）
修羅の時待ちて音消す蟻地獄　（〃）

羊村の世界はこれだけではない。おのが心証を季題に託された作品には強く共鳴するもの、首肯させられる作品が数多くある。それぞれの心証に配する季題に独特の味がある。一年一句を抽く。

弁舌はわが任ならず花八つ手　（平成十三年）
傍観も怠りのうち懐手　（平成十四年）
寡黙の性老いて変らず草の花　（平成十五年）

竹酔の日ざし晩年とも思ふ　（平成十六年）
風死せり老いても時に耽溺癖　（平成十七年）

次に羊村の世界として時事句、時事句的回顧句がある。賛否の分かれる時事句の世界であるが時事句によく挑戦する私には興味深い。

行きつくは枯蓮の景わが昭和　（平成十三年）
致死量も微量を競ふ桃の花　（平成十四年）
猛獣慰霊碑イラクは如何に霾るや　（平成十五年）
「大統領だ撃つな」とフセイン息白し　（平成十六年）

羊村の世界のなかで作句工房の特徴として風姿の世界がある。風姿とは簡単に言えば「なりふり」や「すがた」のことではあるが羊村の使用する風姿には芸術的な美を表現しようとされている一面があるようだ。

出没の風姿がよけれ黒揚羽　（平成十三年）
仰ぐべき風姿の一つ冬欅　（平成十五年）
枯蟷螂の風姿脱落ともいえへず　（平成十七年）
春蘭の鉢の風姿を提げ来る　（〃）

作句工房のもうひとつの特徴は四文字漢字の詠み込みの芸であり定型の韻を踏みつつ使用されている。

煮凝りの予定調和や独りの餉　　（平成十三年）
真の修羅は人間世界蟻地獄　　（〃）
鶏頭の徒手空拳が並び立つ　　（平成十五年）
形状記憶定かにまざと帰る鳥　　（〃）
風呼んで点滅加速ほたる沢　　（〃）
書架整理せむと立ちしが緑さす　　（平成十六年）
外いまは山茶花月夜坐禅了ふ　　（〃）

最後の句は句集名にも関係する。「只管打坐」から句集名を選ばれたよしである。時には坐禅をされているらしい。羊村は現代俳句協会の副会長を務められているので、各地の大会などでお会いする。当日句の選者をご一緒に務め講評をしたりする。手堅い講評ぶりで協会は違うが選が重なることも多い。最後に同世代として往時を想起させていただいた句を記し鑑賞を結びたい。

国民服の記憶疎開時の盆道　　（平成十六年）

# 森田峠『四阿』

森田峠の第七句集を関心深く拝読した。私は写生派について学ぶべきは「東のけん二、西の峠」と、ある講演で採り上げたことがある。深見けん二と森田峠である。森田峠の第六句集を「写生の味」と題して評したこともある。森田峠は昨年『写生派のこころ』と題する「俳話集」を上梓されている。主宰される「かつらぎ」に連載されてきた「峠俳話」をまとめられたもので、阿波野青畝から継承した「かつらぎ」の創刊七十五周年を記念した上木でもあった。その「あとがき」で峠は「わたしは文学的評論でなく実作理論を習得することを心がけてきた。芭蕉・子規・虚子・青畝という系列につながる写生派の実作理論と言ってもよい」と述べられている。その『写生派のこころ』のなかで「写生について」と題する一章を設けて語られ、その最後の項目で「今は客観とか主観とかいうことにこだわらず、自然体の気持ちで写生句が作れるようになっているると自分で思う」と自分の作品について評価されている。平成十年十二月号の「かつらぎ」に掲載された「俳話」の「客観写生」の最後の一部分である。

句集『四阿』は平成十一年から平成十五年までの五年間の作品を一年一章にまとめた三三〇句により構成されている。峠が「俳話」で「自然体での気持ちで写生句がつくれるようになっている」と述べられた翌年からの作品ということになるわけである。かつ平成十四年には「突発性難聴」を病まれて入院、退院後も通院治療しつつ病魔と対峙されてきた期間の作品も含まれている。

四阿のありて泉のよさを知る　（平成十一年）
海を見るための四阿水仙黄　（平成十二年）
四阿のあれども入らず青き踏む　（平成十三年）

句集名由来の作品であり吟行の折の作品であろう。吟行は観光とは違うから時には一箇所に止まることも必要である。第一句目などは特に四阿に籠り、やがて得た作品であると感じられる。動いていてはこのような客観的な作品は得ることはできない。三句目は「青き踏む」がよく効いている。作者は客観的に、入らず通り過ぎる人を写生されたのであろうか。それとも作者自身が主観的に、四阿のあれど入らず、先を急がれたのであろうか。そこが「青き踏む」の広がりの句と感ずる。

葉ばかりの浜木綿ならぶ避寒かな　（平成十一年）

避寒というと自然現象ではない。生活のからむ季節の言葉である。写生句よりは主観的な人事句が出来やすい。角川書店編の『俳句歳時記』に同じ森田峠の次の作品が例句として収録されている。かなり以前の作品であろう。

さぼてんの刺に刺されし避寒かな

ともに避寒の味の効いた句であるが、今回の浜木綿の句は写生句である。さぼてんも浜木綿も避寒地らしい素材を捕まえているが「葉ばかり」「並ぶ」の写生の措辞で押し通しているところが違う。「自然体の気持ちで写生句がつくれるようになっていると自分で思う」と「峠俳話」で平成十年に「かつらぎ」一門に語られた翌年の作品で、まさに「写生派のこころ」の見事な作品であると思う。しばらく「写生派のこころ」を私が感じた作品を書き抜き拝誦してゆきたい。

流し雛鯉は関はりなく泳ぐ　（平成十一年）
左右のものすべて均整ご開帳　（〃）
垂直に近き梯子や屋根替ふる　（平成十二年）
今誰も居らぬ泳ぎの監視台　（平成十三年）
前後ろ並べ替へして苗を売る　（平成十四年）

五句抽いたが、すべて生活や行事の句で人事的に主観的に詠み勝ちな材料であるが、すべて写生の眼が鋭く光っている作品である。しかも無理をしていない。あるがままの自然体であり詠まれてみると、あまり詠まれていない、いや、見落としているとも言える景を写生している。

乗込みの波紋ひろがりひろがりぬ　（平成十一年）
啄木鳥や時にはおのが胸つゝく　（〃）
背鰭見せ或は見せず鮭のぼる　（〃）

嘴をはつきり見せて囀れる　（平成十二年）
餌をもらふにも後しざる子鹿かな　（〃）
一羽去り一羽となれば囀らず　（平成十三年）
針動く即ち海胆の動きそむ　（平成十五年）

この七句は、すべて小動物が登場する。写生する作者と写生される生き物だけが存在する。生き物の無心の動き、その動きにより起こる周囲の景の動き、それを的確に描いている。絵画の写生と俳句の写生は違う。静と動の違いである。

水盤や喧嘩のさまに蟹を置き　（平成十一年）
箱庭の橋は必ず反りにけり　（平成十四年）

自然現象ではない。人工のものである。人という生き物の癖を作者という人が写生して見せた。

一舟の入る余地もなし布袋草　（平成十四年）
金魚藻のはびこる沼に金魚見ず　（平成十五年）

似たような景色であるが、布袋草と金魚藻の特徴をはっきりと写生してゆるぎない。後半は病魔とも戦いつつの俳句作りになられたようだが鍛え上げた写生の眼はたしかである。
「写生派のこころ」を実作で示されている峠の世界から更に三句を最後の平成十五年より抽き

『四阿』鑑賞を結ぶこととしたい。

藤の虻浜まで離れきて戻る　（平成十五年）

来ては去る同じ鰺刺また来る　（〃）

蒲の穂の斜めに雨もまた斜め　（〃）

## 坊城俊樹『あめふらし』

繰り返し拝読し今までにご紹介した句集のなかでも異色といえる内容であった。その内容とは作品はもちろん「あとがき」についてもその感を深くする。

まず句集名「あめふらし」である。「あとがき」には「海中にいる貝殻のない巻き貝の仲間。私自身を詠んだ句はこの生物に例えたもの一句だけでした。なんとも正体不明のこの生物は私らしいと思い、敬意を表してタイトルとしました」とある。

あめふらしめく吾を残し鳥雲へ

生物学的には貝殻は退化して体内に痕跡が残っているらしいが、あめふらしという生物に我が身をたとえ季題には「鳥雲へ」を配したところは社団法人日本伝統俳句協会理事・事務局長である作者の季題に対する想いを感ずる。しかし、

我よりも淋しき鴨の振り向かず

汗かきてすこし私の蒸発す

「私自身を詠んだ句はこの生物に例えた一句だけ」という「あとがき」との関係では内面的な

私と外面的な私との違いなのかと考えさせられる。

　昭和三十二年生まれ、高浜虚子の曽孫という血脈はあるが、俳句に人生をかけるべく、前途を期待されていた大手金融会社を中途退職して協会の仕事を手伝い始めた。以後、協会の仕事をしつつ頭角を表し現在は「ＮＨＫ俳句王国」の選者を務めるなど協会外でも注目される存在となり、本年創刊六十年の俳誌「花鳥」の編集長でもある。

　「あとがき」では「特に凝った演出はしていません」ともわざわざ記されているが、二点ほど通常の句集とは違う手法が見られる。その一つは一巻一章の仕立てで冒頭に「一九九八～二〇〇五」と作句期間を表示しただけで年次ごとに章を設けたり年次ごとに章題を設けるなどということはしていない。巻頭第一句

　　下駄に土付けてめでたや今朝の春

から巻末の

　　公家の裔門出でふぐりおとしへと

まで一ページ二句、全部で四五六句が一気に並べられている編集ぶりである。句集の作り方としては「凝った演出」でないが珍しい手法である。更に句の並べ方も

　　その中にもつとも白き夏帽子

の夏の句の次に

臥龍梅より一輪の放下かな

と春の句が入るなどの例がいくつも見られて通常の句集のように春夏秋冬に必ずしも拘らずに句が配列されている。通常の句集の編集方法と違うが句集作りにルールがあるわけではないから読む側の気持ちの問題かも知れない。通常の句集作りの型に拘らない姿勢を感ずる。

前書きのない句集は多いが「あめふらし」も「伊藤柏翠を追悼す」と前書した

星一つ虚子の銀河へ旅立ちぬ

だけで、その他に「台湾七句」「番外・七句」が目立つ程度である。作句に前書きはできるだけ避けるが場合により認めるという姿勢であろう。異色なのは最後にまとめた「番外・七句」である。前出の「ふぐりおとし」の句の他に

甲子園延長十回二死満塁
ぬくめどり花の嵐の夢をみん
覆面を追ふ覆面が覆面が

などの作品が番外として収められている。

「あとがき」では番外には触れていないが「商業的俳壇などの立場とは異なる俳句をめざして

いる」と記し「俳句をもとの純粋性と大衆性のある立場にもどすこと」とも記されている。言わんとしているところはわかるような気がする。私が俳句を始めた時「ちびた使い古しの鉛筆と裏が白紙の新聞オリコミちらし」があればできると言われていた。当時からの仲間とは時々俳句も随分カネがかかるようになった、と話し合う。

ともあれ俳句は最後は作品が勝負である。純粋性と大衆性を志向する作者に声援を送りつつ純粋性と大衆性の両方、またはどちらかを感ずる句を紙数の許す限り抽き結びとしたい。

をの子らもぺんぺん草を簪に
草餅を食べ芳しき嘘をつく
山の子の西瓜叩くと山の音
ゐるはずの根切虫なりをらざりき
敬老の日の喉仏喉仏
やはらかく鯛と西日を煮てをりぬ
取締役会長も花粉症
地平線あたりに稲架を組みにけり
夕焼を堕ちてしまひし夕陽かな
セントバレンタインディと独り言
風見鶏寂しくなると東風へ向く

まんばうのやうな親爺と裸の子
マフラーを巻けるだけ巻き娘来る
台湾を嚙んでをるなり夏怒濤
亀鳴けり甍の獅子は唸りもし
やがて単線は冬山に呑まれゆく
蟻地獄より満腹の煙立つ
鼻の落つイエスへ釣瓶落しかな
孕牛腹より座る秋の山
某の妾宅といふ茂りかな

## 星野高士『無尽蔵』

三月三日は星野立子の忌、今年は二十三回忌であった。翌四日星野立子が創刊主宰した「玉藻」の九百号記念祝賀会が品川プリンスホテルにおいて三笠宮両殿下をお迎えして盛大に開催された。三笠宮殿下は妃殿下とともに俳句を虚子立子に学ばれ「玉藻」とは大いなるゆかりもある。星野高士は立子の孫、虚子の曽孫にあたる。その高士は現在母親でもあり「玉藻」の主宰でもある星野椿を支えて副主宰として多忙な日々を過ごされている。また、鎌倉の虚子記念館の館長としても活躍をされている。その高士が九百号の記念にまとめられたのが句集『無尽蔵』である。前回の句集『谷戸』から八年余を経ての句集で平成九年より十七年までの作品を四章に区分、各章に章題も設けられている。前の句集を拝読して抱いていた私の印象から変化を感じた作品をまず挙げてみたい。

貝割菜それほど人を疑はず　（萩は実に／平成九年〜十一年）
萩は実に人は思ひ出くり返し　（〃）
花種を選び世の中にも飽きし　（三寒四温／平成十二年〜十三年）
雁帰る夢は語れば夢でなく　（仙人掌／平成十四〜十五年）

蝦蛄つつき人間嫌ひともいへず　（〃）
白桃や人と人間とは違ふ　（〃）
人は人取り戻したる目貼剝ぐ　（〃）
千両と万両に対立のなし　（村時雨／平成十六～十七年）
人いつも鰊曇りの下急ぐ　（〃）
椿寿忌の一人で渡る交差点　（〃）
初鏡うつせぬものに我が心　（〃）
菜種河豚誰かが嘘をついてをり　（〃）
鰻重や本当のことと嘘のこと　（〃）
無花果を一切れ食うて愁ひ消す　（〃）

抽出した十四句にはどこか屈折した心の動きが感じられるように思う。この句集八年間のご苦労が影響しているのだろうか。人という言葉がキーワードのようでもある。作品自選の基準につき「あとがき」で「約八年と少しの間の俳句である。読み返してみると、いろんな人やいろんな場所を想うのであるが、冷静にかつ私的に選んでみた」と記されている。

この「あとがき」にも人という表現が出てくる。冷静に選ぶという表現にもやはり屈折したものを感ずる。やはり前の句集『谷戸』とは違うものを感ずる。菜種河豚や鰻重の季題を使い嘘というものを詠まれたりしているが、季題の持つある一面を抉りだして人事句ではあるが季題の味を感ずる。
「人」という措辞、あるいは詠む対象としての「人」については次のような作品もある。

わけもなく故人の話菊根分　（萩は実に）
能登人に声かけられて年尾の忌　（〃）
人にまだ触れざる風や朝桜　（〃）
初秋の人みなうしろ姿なる　（三寒四温）
鳥曇人は明るき方を見る　（〃）
リラ冷の人混んでゐる水飲場　（〃）
傍に虚子の歳時記夜業人　（〃）
金風忌やさしき人に囲まれて　（〃）
文化の日人に離れて人思ふ　（仙人掌）
街霞みつつ人急ぎつつ夕べ　（〃）
人も世も変りつつある鐘供養　（〃）
水中花人を忘れてゐる時間　（〃）
冬めいて人待ち顔の人ばかり　（〃）
人波の上の青空猿廻し　（〃）
善人の顔して鰻食べてをり　（〃）

人の背の向ふにありし猿廻し　（村時雨）
避寒宿人を避けたるには非ず　（〃）
一人去り二人去り行く蟻地獄　（〃）
待つ人の来て鶏頭を離れたる　（〃）

様々な「人」がそこにいる。「人」への思いが強い。句集『無尽蔵』の世界として「人」はかかせぬ存在である。しかし著者高士が帯文に抽出した自選十句に「人」の字は

無人駅又無人駅村時雨　（村時雨）

この句しか登場しない。「人」の措辞は入ってはいるが無人であり実在の「人」ではない。しかし私は句集『無尽蔵』を繰り返し拝読して『無尽蔵』の描いている世界の基盤は俳人高士を取り巻く「人」であるとやはり思ったのである。その「人」は「人間」とは違うのである。既に抽出した作品のなかに〈白桃や人は人間とは違ふ〉がある。また〈蝦蛄つつき人間嫌ひともいへず〉もある。そして〈文化の日人を離れて人思ふ〉もある。「あとがき」に句集の作品を選ぶにあたり「いろんな人を想い」「冷静に」という表現と併せて句集『無尽蔵』の作品の意味をいろいろと考えるのである。この八年の作品のうち「玉藻」に発表された句だけではなく「他誌」や「至福の時間を過された月曜会での出句」などから気に入っているものも収録されたとのことである。それだけに句集『無尽蔵』の世界は俳人であり人間星野高士の個性ある句集となっている

のである。それは作者を取り巻く「人」を季題に託して詠みあげられている世界なのである。
最後に「人」を離れ『無尽蔵』感銘三句を挙げて鑑賞の結びとしたい。

春昼やぶつかり合へる雲もなく　（萩は実に）
冬の水加はるもののなかりけり　（仙人掌）
初凪やすでに漁船と思ふもの　（村時雨）

## 茨木和生『季語の現場』

茨木和生は『西の季語物語』で平成八年に俳人協会評論賞を受賞された。平成十七年に上梓された『季語の現場』は、「続・西の季語物語」ともいえるものである。

内容は、新年と四季に区分して季語の解説をされているがそこに採り上げられている季語は、今回は必ずしも「西」と地域を限定していない。そこが「続・西の季語物語」と題されなかった理由かも知れない。

例えば、夏の項目には十八の季語を取り上げて解説されているが「桐の花」「薄暑」のように全国区の季語でかつ現代もよく詠まれている季語も含まれている。では特に取り上げられた理由は何であろうか。そこが「季語の現場」である。

「桐の花」の項では友人とドライブの折、見慣れた桐の木が切られてなくなっていることに気がつき、娘の縁談がまとまり嫁入り道具の桐の簞笥を作る話になっていく。

そういえば家に女の子が生まれると桐の木を何本も植えて娘とともに桐の木も育て、やがて、その桐の木で簞笥や長持を作り、場合によっては琴も作る話は私も聞いたことがあるが、戦前の少年時代のことであった。私にも妹が二人いるが庭に桐の木は植えなかった。商家の八人兄弟の末っ子で役人で転勤が多く官舎や借家暮らしの我が家では桐の木を植えて嫁入り道具にする話は里の本家か小説の世界の話であった。

私は最近は主に都心のマンションに暮らしているが自宅は茶どころの狭山であり三十年以上になる。茶畑の四季は美しい。茶摘みの時期こそ俳人は吟行とか称して、ぞろぞろとやってくるが茶の花の時期も土用芽萌える時期も地元にいるとなごめるものがあった。茶摘みのころだけ狭山と詠まれるが、茶摘みという「季語の現場」はもっと広く奥行きのある世界が確かにあった。そして茶畑の一隅に桐の木が育っている畑もあった。娘が生まれた茶農家であったのだろう。たしかに桐の木はいつしか切られて姿を消していた。

「薄暑」の項では集英社の『大歳時記』の出版に際して季語解説の「薄暑」を担当され、いろいろと既往の歳時記などを調査された経緯を記されている。「薄暑」の季語はよく使用される初夏の季語であるが、歴史は大正時代に使い始められたようである。虚子は傍題の「軽暖」もよく使用した。


　軽暖の日かげよし且つ日向よし　　高浜虚子

したがって、ホトトギスの人は「軽暖」をよく使用するが、超党派句会などでは戸惑われる人も少なくない。まして

　新暖や楓に風の起る庭　　青木月斗

の「新暖」となると、もっと戸惑う。虚子の「軽暖」にしても昭和九年の虚子編の『新歳時記』

には、傍題に「軽暖」を記していない。次の句が例句にある。

旅するは薄暑の頃をよしとする　高浜虚子

昭和二十九年虚子がまとめた自選句集によると、先にあげた虚子の「軽暖」の句は昭和十九年の作である。

「薄暑」という『季語の現場』は大正に始まり「軽暖」とか「新暖」という傍題を生みつつ使用されている。和生の解説を読みつつ、私は「薄暑」と「軽暖」「新暖」はかなり違うように感じたのである。「暑」と「暖」の違いであろう。

珍しい季語、風土色の濃い季語、『西の季語物語』の流れの解説は『季語の現場』では一番多い。

例えば、「春」の項目では十三の季語が解説されているがそのなかに「大原志」がある。おばらざし、と読む。この『季語の現場』には私も二年前に、或る俳句大会の吟行地として訪れた場所は京都府天田郡三和町、昔流にいえば丹後国桑田郡である。そこの大原神社に参詣することを「おばらざし」と昔から称し春秋の祭礼は「春志」「秋志」と称していた。この「大原志」はもともとは季語であった。

茨木和生の『季語の現場』によると昭和五十七年刊の講談社の『カラー図説日本大歳時記』に掲載されているのが最後で、その後はどの歳時記にも収録されていないそうである。しかし、この「大原志」は大原神社鎮座千百五拾年祭を記念して地元の俳人が「大原志」の俳句を募集して入選作の奉納献額を始めた。

神社の近くには産屋が残されていて、その産屋を使い出産をしたという方のお話もお聞きしたが、すぐ側を流れる川からは河鹿の声がしきりに聞こえる集落であった。

日暮れまで村賑はへり大原志　井上あや子
子を産みに戻るふるさと大原志　戸倉昌子
児を抱いて産屋出る日の五月晴　片山とよの

茨木和生が紹介している地元の方々の奉納作品の一部である。歳時記から抹消されてゆく地方の行事季語、その季語を守り続けてゆこうという地方の努力、これも『季語の現場』が紹介している現場のひとつである。私自身が見た現場であるから和生と感動を共有しつつ、この項を拝読した。

新年の項でも八つの季語が解説されている。「藁盒子」や「粥占」のような風土色のある季語、「天王寺生身供」のように歳時記にあっても例句の少ないもの。「大原志」と同じように季語として扱われない和歌山の「御燈祭」。どの歳時記でも季語ではないが季節感のある大和では「おんごろ」と呼ぶ土龍の話題などが取り上げられている。

和生の句集も以前に拝読して紹介し鑑賞してきたが骨太の風土色の濃い句集であった。『季語の現場』も風土という現場に足を踏まえた骨太の文章であった。

## 寺井谷子『母の家』

寺井谷子は今年の現代俳句協会の役員改選で副会長に就任された。新会長は宇多喜代子さんだからなかなかフレッシュな陣容である。

母の家まで六百五十歩春の雨　（平成十五年）

春の雨の使い方など上手いものである。その母が平成十七年に卒寿を迎えられたので書名に選ばれたそうである。その母の家の近くに住むようにされてからでも二十年近い月日が流れているそうである。

母の庭の母の知らざる古巣かな　（平成十五年）
実梅数えて数え直して母の家　（平成十七年）

高齢の親にとり娘が近くにいて時折訪ねてくれることは、どんなにか心強いことであろうか。「あとがき」にも母横山房子の誕生日の夜に、と最後に記されている。母にとり嬉しいことであろう。谷子は平成十七年まで「ＮＨＫ俳壇」の選者をされていた。俳句もされる母はテレビの前で娘の活躍に大いに喜ばれたことであろうし何よりの親孝行ができたことであろう。その

のであろう。

「NHK俳壇」収録の模様を詠んだ作品も収めておられる。俳句人生の記録として詠み残された

迷路のごときテレビスタジオ年詰まる　（平成十四年）
大道具の陰に聖樹の傾ぎおり　（〃）
誰か咳して数箇所端折るリハーサル　（〃）
「終わり」のボードを視野に笑いて聖樹の灯　（〃）
ピンマイク外す聖樹の傍らに　（〃）

母は「自鳴鐘」の現主宰であり、創刊された横山白虹の奥様である。白虹没後主宰を継承されたのである。

月光のデッキに二人の刻流れ　横山房子

谷子の父である横山白虹は現代俳句協会の会長も務められた著名俳人で谷子は両親が俳人という家で育ち子供の頃から俳句を始められていたのである。

雪霏々と舷梯のぼる眸ぬれたり　横山白虹

父を追慕される句も句集に収められている。

雨来ると紅葉且つ散る白虹忌　（平成十三年）
父の碑へ地の花びらの波幾重　（平成十四年）
海山の冬へ咲き晴れ白虹忌　（〃）
昨夜の雨落葉に残り白虹忌　（平成十五年）
父に侍る思いや句碑の裏の冷え　（〃）
父の遺愛の牡丹もう一花また一花　（平成十六年）
父旅に在りしと思う牡丹咲き　（〃）
白虹忌水音に傾ぐ石蕗の花　（〃）

父横山白虹は昭和五十八年十一月十八日亡くなられた。八十四歳であった。白虹忌の句を毎年詠み、父の句碑を訪ねては句を詠む娘、そして自らが会長を務めたこともある現代俳句協会の副会長に推された娘を白虹は頼もしく見守られていることであろう。
句集『母の家』を繰り返し拝誦して親近感を覚えたものに時事的題材の駆使がある。私も時々やるが谷子とは季題の効かせ方が違う。反面、谷子の切れ味は独特の味を感ずる。

テロの冬へ爪をだんだん濃く染めて　（平成十三年）
一羽の鳥影冬のテロリストへ逼る　（〃）
冬木立透く非戦否無戦　（〃）
テロの冬へ傾く国旗掲揚台　（〃）

地球温暖化の端に湯冷めをしておりぬ　（〃）
日本国原危うしあやうし冬紅葉　（平成十四年）
酢海鼠や国家国民論果てず　（平成十五年）
戦近き昨日より今日風光る　（〃）

次に東奔西走のご活躍の足跡を記す旅吟の数々である。句集冒頭が「対馬行　十一句」で始まっている。谷子の足跡を辿り旅の句を賞味してみたい。

石屋根に対馬の春の寒さかな　（対馬／十三年）
封人の家まだ確と雪囲い　（山形／〃）
駿河台かくも坂あり夜の蟬　（東京／〃）
平成の根岸子規庵秋暑し　（東京／〃）
御所出れば雨となりたる京の春　（京都／十四年）
春や寒しと海鼠このわた箸の先　（能登／〃）
月島に夏痩せの猫かまいおり　（東京／〃）
春雷に押され火を焚くのぼり窯　（山口／十五年）
だしぬけに一声ならず春の鶴　（釧路／〃）
端午飾りの紐の古色も都かな　（奈良／十六年）
銀座四丁目四ツ角の冬方舟浮け　（東京／〃）

旅にして香煎買うも年用意　(京都／十六年)

北九州市在住の谷子はこの間に九州各地にも足を運ばれており、まさに精力的なご活躍ぶりである。そして旅の作品は、その土地の特徴を感性豊かに写生されて季語も活き活きと句に収まり馴染み易い句が多い。

最後に、もう一度、谷子にとり師でもあり補佐すべき主宰でもある母との一刻を詠まれた作品、並びに母の句碑を訪われた折の作品を更に抽いて『母の家』鑑賞の結びとしたい。

夕顔の実のかく長き母に見す　(平成十六年)
秋涼しき碑面慈母たり我らが師　(桜島・母の句碑)
秋涼し碑面に我ら映りいて　(〃)
マグマ碑を訪いし日焼けぞ讃え合う　(〃)
母の家の裏戸親しや梅の花　(平成十七年)
昨日来て今日来て母の庭の梅　(〃)
卒寿とう母の矍鑠梅真白　(〃)

## 和田順子『ふうの木』

「繪硝子」という瀟洒な雰囲気を感ずる俳誌がある。平成十八年一月で創刊十周年を迎えられた。三月には都内ホテルにて記念祝賀会を開かれた。句集『ふうの木』は、その「繪硝子」の主宰である和田順子の第三句集である。平成十二年から十七年までの作品から三二〇句を選び収められている。ふうの木という植物はこの句集で初めて知った。「あとがき」によれば「植物園の庭に大きな緑蔭を作り、まあるい実を沢山下げていました」と紹介されている。

ふうの木の緑蔭といふ広さかな

植物にはことに関心が深いようで、植物を配した作品は多く、かつ独特の視点で扱いもなるほどと思わせられる。

柚子を切る鋏の音も暮れにけり
とめどなきおしやべり冬のたんぽぽ黄
刑場跡ぺんぺん草は鳴らぬまま
打ち上る蕎麦を待ちをり牡丹の芽

じやがいもの花咲く村の氏祭
夏蕨言葉しだいにほぐれきて
鴨足草うしろの風を行かせけり

句集は制作年別に四章に区分されているが、最初の平成十二〜三年の章から七句を抽いた。ここに和田順子の一つの世界がある。それぞれの植物に対して描かれている景や状況にユニークな世界がある。「繪硝子」では巻頭に主張を鮮明に表示されている。それは

有季定型を基に
自然より享けた感動を
素朴に表現する

であるが、抽出した七句はまさに、その主張を明確に実践されていて揺るぎがない。次の章からも抽いてみたい。

梅咲いて声使はねば濁りけり
芽吹山どこか入口ありさうな
白藤の風見送りてゐたるかな
緑蔭の木の椅子根付くかも知れぬ

そのつもりなくて零余子をみな落す
手に拾ふまでの紅葉の美しき
銀杏黄葉散るにきつかけなかりけり

順子のもう一つの世界は上品な俳諧味とも言えようか。思わず「にやり」とさせられるような洒落である。第三章から拾ってみたい。平成十六年の作品で章題は「桂の木」である。

探梅と言ひあぶなげの橋渡る
田を打つも打たぬも酒を振舞はる
黄菖蒲や短き竿のよく釣れて
蟬の木となる夕ぐれの桂の木
木鼠の無防備の背の涼しさう
その重さ皆に量られ青瓢
手袋をはめて話に加はらず

青瓢の句は「俳人協会に」との前書がある。洒落のなかにも時に主張もあるようだ。
順子は「万蕾」を主宰された殿村菟絲子に師事、学ばれた。平成八年に「万蕾」終刊後、有志と「繪硝子」を創刊、平成十二年から主宰を引き受けられている。句集はその主宰就任以後の作品ということになる。師、殿村菟絲子は平成十二年二月九日に亡くなられた。

菟絲子旧居使はぬ部屋の冷なつかし

紅梅のまづ咲き菟絲子忌となりぬ

菟絲子法要終へし都の春なかば

順子のもう一つの世界を最後の章「岳樺」から探ると固有名詞の扱いの技である。平成十七年の作品をまとめられている。

烏賊干して玄界灘の風どころ

上流は上総曇りや枇杷熟るる

秋彼岸権五郎（ごんごろう）の名の力餅

豊年や志功板画の頬ふつくら

刈り頃の佐久の五郎兵衛たんぼかな

更に順子の世界に踏み込むとそこには未来志向の向日的な明るさがある。やはり最後の章から挙げてみたい。

大茅輪くぐれば山を正面に

ばつた跳ぶその日佳きことある方へ

日時計の槍鶏頭は天指すのみ

祝ぎごとの一つ終へたり菊雑炊

最後に句集巻頭よりあらためて今までに抽いていない印象句を七句に絞り拾いあげ結びへとつなげたい。

二羽の鴛鴦変はらぬ距離の淑気かな
草食みつ残るつもりの鴨らしき
家中の刃物眠れる朧かな
交差点が淋しい夏の日曜日
栗の花噴き出す美濃の山がかり
青芝に椅子置き何も始まらず
藪虱遊び下手なる人に付き

句集巻末の一句は「繪硝子十周年」と前書されている。巻末のこの句を鑑賞し順子の今後に期待しつつ結びとしたい。
「繪硝子」は十周年を越えて新しい飛躍への一歩を踏み出された。主宰和田順子はその先頭に立ち進まれる。

歩むべき山河ありけり初御空

## 加藤耕子『牡丹』

加藤耕子句集『牡丹』を繰り返し拝読して改めて国際的に活躍されていることに目を見張る思いであった。耕子は国際俳句交流協会の理事を長年務められているが、現場に即した実践ぶりは目覚ましいものを感ずる。

句集は平成四年から八年までの五年間の作品を一年ごとにまとめられた第五句集である。上梓は本年即ち平成十八年であるから作句発表以後十年余じっくりと検証精選を経たものと思われる。最近の句集上梓の傾向とは違う慎重な姿勢を感ずる。まず、海外詠作品から足跡を確認してみたい。

銃眼に八達嶺の夏の空　（平成四年／中国）
原子炉と青葡萄畑地続きに　（〃／ルーマニア）
天地の円美しき大夏野　（平成五年／ミシガン）
蜜と乳賜ふカナンの白炎天　（〃／イスラエル）
夏の日を捉ふぶだうの遊び蔓　（平成六年／ヴァチカン）
神の駅泰山木の花を燭　（〃／ミラノ）

シャイロック裁判の間や廊薄暑　（〃／ヴェニス）
縦横に夏のつばくろ弥撤の鐘　（〃／フィレンツェ）
涼しけれ洗礼堂に冴あび　（〃／ピサ）
切り立てるライン川岸野薔薇実に　（〃／フランクフルト俳句会）
天心のまたフェノロサの枯野雨　（〃／ボストン）
ひれ酒やマンハッタンに灯更け　（〃／ニューヨーク）
風あそぶ天日あそぶ泉かな　（平成七年／トレビの泉）
塀高き薔薇の館の日章旗　（〃／ヴァチカン）
ジュピター像二十世紀の草茂り　（〃／ポンペイ）
古ローマの柱絵夏の鳥けもの　（〃／ミラノ）
白菜を洗ふ百済の地に屈み　（〃／ソウル）
「雀ら」の句碑を小ぶりに草青む　（平成八年／キューガーデン）
春寒きミイラに昼の灯を点し　（〃／大英博物館）

まさに地球を丸く利用されている。これだけ毎年飛びまわられると帰国の時に感慨も特別なものがありそうである。

青梅雨や瑞穂国原恙なく　（平成七年）

昭和六十一年、俳句と文章誌の「耕」と英文誌の「Kō」を創刊されている。初心を忘れず「発刊のことば」を和英両文で表紙の裏に掲示されている。

「俳句と文章の雑誌『耕』を発刊いたします。自然を作品の心とし、自己の胸を耕し、みがきあい、高らかにヒューマニズムの灯を掲げます。作品にこめられた志が『耕』の風土をより滋味あるものとするよう期して居ります」

一九八六年六月のことであった。今年二〇〇六年は二十周年にあたる。その記念号に耕子は「耕・Kō二十周年御礼二句」と前書されて

川となる沢幾筋ぞ山若葉

青葉光かくも小さき人と生れ

の二句を発表されている。自祝の句を発表されている例は多いが「御礼」としての句は珍しい。その謙虚な姿勢と併せてこの二句には強く感銘した。句集の「あとがき」にも二十周年について触れておられる。しかし句集は十年前の作品なので平成八年（一九九六）は十周年に当たる。句集巻末近くに「十周年」と前書して

天地の力尊み耕せり　（平成八年）

が収められている。二十周年のお礼の句とあわせて年輪の重みを感ずる。主宰される「耕の会」

では「日中友好牡丹俳句会」を開催されている。今回の句集名「牡丹」の由来でもある。「牡丹が花開く十日許りの時に凝集された華やかさは一つの文化が興り、そして次のものに移っていく姿にも重なります。一見同じようでありながら、決して同じではない華の姿です」と牡丹への思いを記されている。

仏秘すかたちに珠の牡丹かな　（平成五年）
白牡丹ことりと硯納めけり　（平成六年）
牡丹の茎しなやかに花支ふ　（平成八年）

今年平成十八年で「日中友好牡丹俳句会」も第十五回になるとのこと。一つの民間外交の成果であろうか。句集にみる耕子の活躍はこれだけ海外各地を飛び回り多くの句を詠み残しつつ一方で「瑞穂国」と詠まれる祖国の自然美を忘れず訪ね歩き詠み継がれていることであろう。

桐咲いて寄木工房雨の中　（平成四年／箱根）
柿あかあかゆふぐれとなる峠越え　（〃／伊賀）
水あれば水の輝き桜東風　（平成五年／越の国）
石山の石の淡さにはなふぶき　（〃／湖東）
配置図にかがむ農夫ら花の墝　（〃／熱田神宮）
わさび田に水玲朧と鳴る信濃　（〃／安曇野）

鰯干す腹のしろがね日にさらし　(平成五年／篠島)

雁の空川燈台に木目うき　(〃／大垣)

白山の水を踏み込み代田掻く　(平成六年／北陸)

玉を解く芭蕉や庵に小さき窓　(〃／伊賀)

近寄れるものを阻めり冬怒濤　(〃／北陸)

水打つて石の素顔をよびおこす　(平成七年／梅屋寺)

ねぶた鈴ま闇俄にせせらげり　(〃／青森)

青柳町外壁の蔦雨つたふ　(〃／函館・啄木居あと)

日矢の中波が波追ふ崖紅葉　(〃／松山)

冴返る崖に根を張る島の竹　(平成八年／佐久島)

町々に漢車山(やま)組む夕桜　(〃／犬山)

句集以後も国内外をご活躍の耕子の近作を掲げ鑑賞を結ぶ。

春泥の土のくろさも子規の家　(平成十八年／根岸)

# 豊田都峰『風の唄』

『風の唄』は豊田都峰の第六句集である。平成十五年から十七年途中までの三年間の作品を一年ごとの三章に区分して収めている。句集名『風の唄』は、第一句集を掲載作品から『野の唄』とされて以降、『川の唄』『山の唄』『木の唄』『雲の唄』と名付けてこられた流れの中でのもので、「風」に特に意味があるわけではない。

都峰は京都市に発行所を置く「京鹿子」の三代目主宰であり現在は関西現代俳句協会会長としてもご活躍中である。「京鹿子」は虚子門の「ホトトギス」同人鈴鹿野風呂により大正九年創刊された老舗俳誌で有季定型の理念に立ちつつも、より新しく個性豊かな作品を指向されている。数千名の会員により社団法人を設立して俳誌だけでなく鈴鹿野風呂記念館や図書館も運営、地域の文化活動にも貢献されていると聞く。

今回の『風の唄』は大結社の主宰として結社誌以外にも俳句総合誌等に寄稿の機会も多く、発表に際しては、一門の先頭に立つ主宰として当然のことではあるが精選して発表されてきたので、ほんの少し省いただけで「ありのまま」の作品としてまとめられたとのことである。私は前の句集『雲の唄』を鑑賞し、特徴の一つとして写生句の豊富なこと、表現に難渋な点がないことを指摘したが、『風の唄』を拝誦して、その分析の誤りでなかったことを再確認して都峰の世界により共鳴し親近感を覚えた。

麦青む湖風に根元まで応へ　（平成十五年）
空蟬のただに朽ちたき土まみれ　（〃）
高原や朝風黄葉をみな起たす　（〃）
いそいそとなぎさは東風の日のあそび　（平成十六年）
べに鶴の脚組みかへて草霞む　（〃）
穴まどひ夕日がみたいだけのこと　（〃）
城は今芽吹の陣の旗印　（平成十七年）
木下闇うすき十字架刻む墓　（〃）
城址灼け丘の畑として起伏　（〃）

一年三句抽いてみたが有季定型のなかで景の切り取り方、写生から得る季節の言葉の選び方などに都峰の世界を感ずる。

この純粋な自然諷詠に人物の映像が加味されたとき、都峰の世界は一段と拡がり、これが「京鹿子」の世界なのかと印象的になる。

餅花のあたり明るく商ひす　（平成十五年）
花野すぎなほ我が胸の花野なる　（〃）

川筋をともしつらねて北風の街　（〃）
一灯をかかげておぼろ育てゐる　（平成十六年）
花蓼のみちほそぼそと風葬地　（〃）
正面の座は一輪のお茶の花　（〃）
初愛宕わが窓景の上座なる　（平成十七年）
風と手を雲と手を組み野に遊ぶ　（〃）
信仰の磴薫風は上下より　（〃）

同じく一年三句を抽いたが都峰の写生の視線の先にあるものは、どことなくやさしい。自然への讃歌であり自然の一部に没している都峰の感動が伝わる。
ここまでに抽出した作品を読み直して湖風、朝風、東風、北風、風葬、薫風など、風を意識せずに抽いたが『風の唄』らしく風が吹いていることに気がついた。「あとがき」では句集名は過去の句集名の流れのなかで決めたので「風の作品をさがさないでほしい」と述べられているが、さりげなく隠し味のように風が吹いているようである。隠し味は隠し味として賞味しつつ都峰の写生のなかで遠近法の奥義に触れてみたい。

葭切や一声比良に雲動く　（平成十五年）
のうぜんの高ゆらぎして涯まで晴　（〃）
芦刈りて去るや雲さへのこすなく　（〃）

たんぽぽや山なみはてしなく晴れて　(平成十六年)
ふと駆けし駝鳥に春の雲遠し　(〃)
菜の花や山の向かうの村も晴　(〃)
鳥帰るあかねの湖を残しおき　(平成十七年)
春耕す湖東の天をともにして　(〃)
かすみ草抱きしよりの月日かな　(〃)

やはり一年三句を抽いたが季節の言葉は「春の雲」の作品以外はすべて眼前にある。配する景、詠みあげる景は遠く拡がる。前句集『雲の唄』鑑賞でも触れたが、そこに奥義の秘密があるようだ。

同じく前句集の折に感じた史実を背景にした作品の世界は今回も私を大いに楽しませてくれた。

風光る門波寿永の穂立ちとも　(平成十五年)
入水より春いくめぐりの潮頭　(〃)
バラ飾り山手一〇〇番館通り　(平成十六年)
また潜むもののさみだれの切通　(〃)
揚羽翔つ武蔵独行の偈を誦せば　(平成十七年)
雲仙灼け城址の石みな墓碑となる　(〃)

吟行先が史実豊かな土地ということになるが史実だけでなく町の歴史も踏まえた「バラ」の句など横浜でなく「ヨコハマ」という感覚の若さも感ずる。

更に史実を踏まえた作品の流れに忌日作品があり、その味も都峰の多彩な世界のひとつである。

遠山はうすむらさきに夢二の忌　(平成十五年)

嵯峨野なる去来忌ひと日の雨の中　(平成十六年)

玄々と海音つつむ良寛忌　(平成十七年)

湖風に髪乱しゐる義仲忌　(〃)

最後に忌日に添えて「風の唄」のある一句を抽き結びとしたい。

牧水忌もの知りそめし風のころ　(平成十五年)

## 山崎千枝子『日の翼』

句集『日の翼』の著者山崎千枝子は俳誌「燎」を平成八年三月に創刊、その代表に推された。平成十八年「燎」は十周年を迎えた。句集『日の翼』は『素顔』に続く第二句集で、「燎」代表に推されてからは初の句集である。

山崎千枝子は「河」で学ばれていたが松本陽平が昭和五十七年「朝霧」を創刊される時に直ちに参加、以後「朝霧」で研鑽を積み昭和五十九年には「朝霧新人賞」を受賞、その後「朝霧賞」「朝霧昴賞」を相次いで受賞されて「朝霧」の代表作家として注目される存在となった。しかし、平成七年に松本陽平は急逝、「朝霧」も終刊になった。「燎」は翌年に「朝霧」に学ばれた人を中心に創刊され千枝子が代表に推されたものである。句集の第一章は平成元年から平成七年までの作品を「露の世」と題してまとめられているが、この期間は「朝霧」で松本陽平の指導を受けつつ充実した作句活動を行っていた期間であり最後は悲しき別れとなった時代である。「露の世」としみじみ思われたことでもあろう。師との別れの作品でこの第一章は結ばれている。

身罷りし師へ一盞の温め酒
露の世の約束反故に遺影笑む

遺されて肩を寄せ合ふ十二月

七年間の作品のなかには

師がなぞる木歩の句碑や花曇

師の一語一語もらさじ寒燈下

など、松本陽平に師事していた日々を詠み残された句も見られる。

句集は「露の世」を第一章に、平成八年から十年の作品を第二章の「初桜」、十一年から十三年の作品を「女瀧」と題して第三章、十四年から十五年の作品を「玻璃囲ひ」と題し第四章、平成十六年から十八年の途中までを「喝采」と題し第五章にまとめ、約十八年間の収穫から三八五句を選ばれている。まさに山﨑千枝子の世界が精選されている。では、その世界はどのような世界であろうか。私は、一貫して読者に自由に鑑賞のできる秘めたる物語の世界と感じた。

蒲公英の絮を吹きつつ待ちぼうけ　（露の世）

糸屑をひろふ身ほとり秋の雨　（〃）

しばらくは開かずの雨戸巣鳥鳴く　（初桜）

日の翼まつすぐに来る冬薔薇　（〃）

鼻の差の判定を待つ馬場小春　（女瀧）

飛花落花目つむれば吾も風となる　（〃）

貰ひ火のあとの算段風光る　(玻璃囲ひ)
聞き役を嵌り役とも薬喰　(〃)
初春や泉の調べとこしなへ　(喝采)
桜蘂ふる胎教のモーツァルト　(〃)

一章二句抽出したが、詠まれている状況や景色は理解できる。しかし、そこに描かれている状況の背景に微妙な綾が秘められて、鑑賞する側にいろいろな連想をさせてくれる。時には俳諧味に、時には意外性に。季題の使い方に類型に陥らぬ発想があるからと思う。一面、千枝子の世界は格調高く詠みあげる写生でもある。

降る雪や太郎次郎は神の杉　(露の世)
椨咲くや高嶺を絶えず雲走り　(〃)
新涼の風さそひ出す木遣唄　(初桜)
冬瀧のこゑ一山の遺跡群　(〃)
霧舐めて乳の重たき牛の群　(女瀧)
流木の肌のつやめく星月夜　(〃)
蛙鳴く故郷の闇濃かりけり　(玻璃囲ひ)
十月の一山統ぶる瀧の音　(〃)
料峭の竹の打ち合ふ宇治上社　(喝采)

喝采は大樹の葉音昼寝覚　（〃）

心地良いリズムに乗る格調は千枝子の微笑みに隠された芯の強さの表現なのかも知れない。「朝霧」終刊後、「燎」の代表に推されるまで、この芯の強さを周囲の方々が認めておられたのかも知れない。

句集『日の翼』の世界は父恋母恋の数々の絶唱でもある。思いを普通の言葉で述べられている点に特徴を感ずる。

眼帯の錫いろ涼し母看取る　（露の世）
手探りの母の手と合ふ茗荷掘り　（〃）
一徹の父を見送り悴めり　（初桜）
遺されし母が大切夕かなかな　（〃）
一山の紅葉且つ散る父の墓　（〃）
追憶を支への母や花は葉に　（女瀧）
よく眠る母やほうたる飛んで来い　（〃）
椚の尉ほろりと崩れ父は亡し　（〃）
一本の桜吹雪へ母の椅子　（〃）
病む母に新たなひと日室の花　（玻璃囲ひ）
母在すことを力に賀状書く　（〃）

冬曙呼べど応へぬお母さん　（玻璃囲ひ）
寒満月母の夜伽に兄弟　（〃）
ちちははに一つの燈明桃の花　（〃）
目つむればちちはは在す花筵　（喝采）

次に句集中の異色の一句、何か思いがあるのであろう。

月寒く地図より消えしソ連邦　（露の世）

そして最後に、いかにもこの花らしいと感銘の一句。

うぐひすかぐら花得て声をかけらるる　（喝采）

## 舘岡沙緻『昭和ながかりし』

「花暦」の舘岡沙緻主宰とは、ある時期しばしば句会をともにする機会があった。句集『昭和ながかりし』を拝読して久しぶりに舘岡沙緻のなつかしい世界を拝誦した。

飲食のつまづきがちに土用照　（平成七年）
秋暑く電車過ぎたる草匂ふ　（平成八年）
青萩に運河の風のとどきけり　（平成九・十年）
夜寒さやひとりの夜具の花の柄　（平成十一年）
さくらの芽鋭く東京空襲忌　（平成十二年）
降り止みて笹の青さも年の果　（平成十三年）
魚籠に鮎山雨けぶれるばかりかな　（平成十四年）
滝の前一歩踏み出す身の揺らぎ　（平成十五年）

句集は平成七年から十五年までの作品が収録されている。一年一章を基本に平成九年と十年だけは二年で一章である。この平成十年に「花暦」を創刊主宰されたのである。

その句集構成の作品からまず一年一句、かつて共に句会を楽しんだ時に印象に残っていた沙緻の世界の作品を抽出してみた。

句の作りがしなやかなのである。それでいて芯の強さを感ずるのである。それは使用される季節の言葉に対して詠まれる対象のつかず離れずの味つけが見事なのである。句会で清記稿が廻ってきた時につい見落としそうな素朴さも反面あるが、嚙めば嚙むほど味の出る、そんな味つけなのである。季節の言葉、すなわち季語の直接的な説明はしないで、かといって二物衝撃的な強引さもない。

土用の日照と飲食の作品の句には芯の強さを、秋暑の句には草の匂いの味つけ、青萩の句にはしなやかさ、夜寒の句には情感、三月の東京空襲忌「さくらの芽鋭く」と詠んだ味、年の果の句にはしなやかさと芯のつよさを感ずる。同じことは魚籠の鮎にも言える。鮎が季節の言葉であるが、詠まれる景は鮎から離れて山雨である。そこが嚙めば嚙むほど味の出る、見落としそうで、もう一度嚙んで気がつく味つけの妙なのである。滝の句にも同じことが言える。滝の説明はどこにもない。しかし「身の揺らぎ」と置いた下五は最初の滝の字につながり、滝の様子を読者に感じさせる。まさに沙緻作品の世界なのである。

今回の句集では人間沙緻の愛というものを感ずる。肉親への愛であり、それは哀感の一面も持つ。両親や兄弟についてては

母在せば湯浴みの頃や麦の秋　（平成七年）

初夢の母らしき背の向うむき　（平成八年）

父母の世の花のころなる晒し飴　（〃）
遠山に父母あるおもひ半夏雨　（〃）
古書街に父の匂ひや冬ぬくし　（平成九・十年）
富有柿大きく剝きて兄は亡き　（〃）
ひこばえや風の中なる父母の墓　（平成十一年）
兄の忌や青き木の実を踏むまじく　（〃）
遠く棲む弟病めり火取虫　（平成十二年）
病む弟吾を送るに雪を掻く　（平成十三年）
ちちははの話におよぶさくらんぼ　（〃）
抗癌剤効くか弟に炎暑来る　（〃）
弟の骨壺抱きて枯の中　（〃）
末の妹恃む月日の冬苺　（〃）
弟の家ひきはらふ梅雨の果　（平成十四年）
冷房車遺骨遺影と隣り合ひ　（〃）
初雪と知らず喪中の家に覚め　（平成十五年）

と、まさに毎年欠かさず肉親を詠み続けておられる。最後の二句は妹のご主人、沙緻にとり義弟との別離であった。

水飯やむかし卓袱台誰かゐて　（平成七年）
血縁のさびしくなりぬ洗ひ髪　（平成十二年）
女ばかり四人で送る冬の葬　（平成十三年）

昔の大家族時代から次第に寂しくなる身辺をたんたんと詠み残されているだけに切ない。句集の題名は『昭和ながかりし』であるが、その昭和を生き抜いてきた肉親も平成の世になり一人また一人と別離の時代に入られたのである。

昭和ながかりし麦稈帽古りぬ　（平成七年）

昭和一桁の同世代には共鳴する方々も多いであろう。昭和一桁にとり「昭和ながかりし」であり、それだけに長い歳月の間にいろいろなことがお互いにあったので共鳴できるのである。しかし、この句に「麦稈帽」という季感ある言葉を持ってくるところが冒頭にあげた沙緻の世界であり「古りぬ」の止めに時代の変遷を簡略に詠みとめて見事である。

花木槿戦後友嫁きわれは病めり　（平成七年）

沙緻さんの戦後は「あとがき」にも記されているが病気のために苦労された。「私の昭和は語り尽くせない」と記されている。
私が沙緻さんと句会を共にした時期は主に「春嶺」の二代目主宰宮下翠舟時代であり、後に

「海嶺」を創刊主宰された畠山譲二編集長時代であった。そして、その二人も既に黄泉の国へ旅立たれた。

翠舟亡き鎌倉五山しぐれけり　（平成十一年）
青無花果に運河の風や譲二逝く　（平成十二年）
無頼派俳人一人減りたる男梅雨　（〃）

句集『昭和ながかりし』を繰り返し拝誦して、沙緻の世界を堪能していると、句会をともにした人の追悼句も出てくる。その追悼句にも沙緻の調べともいえる世界がある。譲二を偲ぶ青無花果や男梅雨の季節の言葉の味は譲二を知る私の胸にも強く響く。最後に沙緻の世界から二句特に強く印象を持った作品を記して結びとしたい。

紅梅の百蕾紅のしづくとも　（平成十三年）
止どまれば吾も梅雨の木歩まねば　（〃）

## 大高霧海『鵜飼』

「風の道」主宰の松本澄江さんの訃報には驚いた。最近までお元気な姿をお見かけしていたからである。副主宰の大高霧海さんがその後を継がれたのは外部から見ても自然の流れのように思われる。句集『鵜飼』はその大高霧海の『水晶』に続く第二句集である。平成十六年の上梓であり

蹤きて来しことむづかしく爽やかに　　松本澄江

の序句をいただき巻頭口絵をやわらかな筆跡で飾られている。昭和六十年「風の道」の創刊とともに参加、「風の道新人賞」を昭和六十三年に、「風の道賞」を平成五年に受賞、「風の道」の歴史とともに成長してきた愛弟子に対する師松本澄江の万感の想いの籠る序句であり、それから約二年後に後事を託することになることを予期されているような雰囲気もある。句集上梓のほぼ一年前には澄江は霧海を副主宰に推してもいるのである。

霧海の郷里は広島県の三次（みよし）とのことである。三次は私にも思い出の強烈な土地である。数十年前になるが自由民主党の宏池会の先生方と同道して池田勇人先生の生家を訪ね、銅像除幕にも参列した。私には水の豊かな何処に行っても水音の聞こえていた記憶があるが句集名「鵜飼」はその郷里の古式ゆかしい風物詩を望郷の想いで名付けられたよしである。しばらくは、その『鵜

飼』の作品を拝誦して句集を楽しみたい。

舷に白鵜翼をひろげたる　（平成七年）
舷に疲れ鵜並みて序列あり　（〃）
潜く鵜の綱ゆるびなき泳ぎかな　（〃）
入念に鵜匠鵜ならし舟溜　（平成八年）
疲れ鵜の白羽ふるはせ籠に佇つ　（〃）
疲れ鵜の籠にこもりて低く啼く　（〃）
舟出待つ肌着の鵜匠暮れ切れず　（〃）
母逝けど鵜飼の川は今日もあり　（〃）

句集は平成七年から十三年までの七年間の句を一年一章の七章にて構成されているが「鵜飼」の作品は最初の二年に集中している。最後の「母逝けど」の句にあるように父母の死とともに望郷の念とは別に故郷へ足を運ぶ機会も少なくなられたのであろう。故郷に両親を残して上京されて半世紀、母は平成七年、父は平成十二年に亡くなられたと「あとがき」に記されている。

亡母遺す被爆者手帳原爆忌　（平成七年）
生き長らへ聖夜みまかる父鳩寿　（平成十二年）

句集『鵜飼』を繰り返し拝誦して三つ感じたことがある。旅吟の数と迫力、多彩な人物の登場、作品から聞こえる水音、である。

たぎつ瀬に息をひそめし螢の火　（平成七年）

私は霧海の故郷三次の記憶に水音をあげたが霧海の作品には水音と直接表現はしていないが作品に聞こえる水音がある。この蛍火の作品も一例である。以下一年一句水音が隠されていて聞こえる作例をあげる。

流し雛濁世の汚れ一身に　（平成八年）
紅葉狩橋下に橋峡の底　（平成九年）
湖心に舟傾ぐほどに蜆掻く　（平成十年）
大川端老妓の膝に絹団扇　（平成十一年）
水馬歩巾をはかり跳びにけり　（平成十二年）
青梅雨の玉藻稲荷や池妖し　（平成十三年）

次に多彩な人物の登場である。澄江師譲りかも知れない。作品に詠まれた人物を一人一句上げてみたい。

芽吹いまタゴール像の煌めける　（平成七年）
早雲の覇権の夢や七変化　（〃）

晋平碑五線譜ともす恋螢　（〃）
のぼり来し晶子の書屋露しとど　（〃）
老残の小町をしのぶ油点草　（〃）
格天井虚子の句仰ぐ一茶の忌　（〃）
吉良邸の間取図掲ぐ石蕗の花　（〃）
義士源吾署名もありぬ散紅葉　（〃）

平成七年だけでこれだけの数の人物が登場する。俳人に絞り拾い上げてゆくと

鳥雲に楸邨訪ひし黒木御所　（平成八年）
抱星句碑万緑の風笛となる　（〃）
山頂の茅舎墓碑訪ふ草の露　（〃）
はせを像句帳にほろと関しぐれ　（〃）
声出して虚子「五百句」を読初　（〃）

という調子である。俳人は流派を超えて、俳人以外は幅広い分野にわたって登場しており、博学多識な点は俳句ばかりにのめりこむ傾向の多い俳壇では少し見習うべき点も感ずる。

次に旅吟であるが「小諸六句」とか「修善寺五句」とか前書された連作が多く収録されている。連作的に収録されているので拝誦していると共に旅をしているような感覚になるが平成九年以降

の作品から一個所一句抽いてみたい。

近衛兵青ズボン穿き更衣　(平成九年／北欧九句)
夏蝶のつぎつぎと来て存問す　(〃／小諸虚子庵六句)
残菊や湯宿の帳場木ばこ置き　(〃／奥の細道七句)
虎御前を忍石とや恋椿　(平成十年／曽我の郷四句)
貴妃しのぶ花の離宮の浴槽に　(〃／中国十三句)
日蓮の伊豆法難図涅槃変　(〃／日蓮岬五句)
行々子鋭き声あげし朱雀門　(〃／奈良九句)

平成十年の途中までであるが精力的ご活躍ぶりである。主宰になられ益々ご多忙かと思うがご自愛ご健吟を祈りたい。最後に以上の三つの特徴には入らないが印象の一句を記して結びとしたい。

運動会騎馬戦の鬨をみな声　(平成十年)

## 黛まどか『忘れ貝』

黛まどかが平成十八年十月に上梓された句集『忘れ貝』を拝読しつつしばしば往時を回想した。そしてまた拝誦を重ね回想を繰り返した。それは十数年前のある日から始まる途切れ途切れの記憶のかけらであった。それはいわゆる超党派句会やパーティの折の吉田鴻司さんとの会話のなかで登場した黛まどかの名前の記憶であった。そして超党派句会で、しばしばご一緒したご父君黛執さんに関する記憶でもあった。同席していた一人はのちに「海嶺」を創刊された畠山讓二さんであった。その後、私は讓二さんに乞われて「海嶺」の創刊から「平成俳誌展望」と題して俳誌批評を連載した。その創刊号の冒頭に取りあげたのが鴻司さんの所属する「河」であった。その文章のなかで私は次の作品を引用した。

遠雷や夢の中まで恋をして　黛まどか

彼女からすぐに礼状が届いた。

「寒中お見舞い申し上げます。先日は『海嶺』創刊号に於きまして、私の拙い作品をお取り上げ下さり本当にありがとうございました。思いがけないことでしたので感激もひとしおでした」に始まり「父もお世話になっているようでありがとうございます」で締められたものであった。

私は彼女を当時俳句友達の黛執さんの娘さんと承知していただけで面識もなかったのでご丁重な礼状には驚き、執さんからのお声がかりとも思い執さんに喜んでいただいたように思いつつ礼状を拝読したことであった。

その黛まどかが一九九四年「B面の夏」五十句で角川俳句賞奨励賞を受賞、更に「東京ヘップバーン」を発足させて俳壇に華々しくデビュー、高齢化俳壇に数々の刺激を与えたのは、「海嶺」創刊の一年以上も後のことであった。

この度上梓された『忘れ貝』は第六句集である。第一句集『B面の夏』を一九九六年世に出されてから約十年、句集以外にもエッセイあり紀行集ありで精力的なご活動には眼を見張るものがある。

さて、回想の世界から眼前の『忘れ貝』に目を落とすと、そこには新しい黛まどかの世界が広がる。

「ヘップバーン」の印象が強く残り黛まどかの句集は横書きと思っている人もいるが『B面の夏』も今回の『忘れ貝』も縦書きである。ただ『B面の夏』では作品ページの端に一句記されて中央部が白く空いていてやはり話題を呼んだが、『忘れ貝』は一ページに一句ではあるが作品はページの中央にしっかりと印刷されている。

また、俳句を始めて三年未満の作品は「これまでのどの句集にも収録したことがない」とのことであるが、今回は初期の作品から

病室のものごたごたと西日かな

など「母病む」作品群も収録している。この句集をひとつの区切りとされるお考えのように拝察した。

同じ区切りとしては吉田鴻司さんとの「北京・西安」吟行の作品も今回収録されている。まどかにとり初吟行であったよし。

園丁の人民服や薔薇の昼

などの作品群である。こちらの区切りは鴻司さんの急逝も影響しているように感ずる。追悼句として

白鳥の白を尽くして翔ちにけり

も収録されている。

まどかが「河」に所属していたことは冒頭に記述したが「河」でも吉田鴻司さんに直接指導を受けたそうである。鴻司さんから「恋を読みたければどんどん詠めばよい。但し季語の勉強を怠らず十七文字の定型を守れ」と指導されたとお聞きしたことがある。『B面の夏』では

舌たらずで終る葉書や枇杷の花
恋冷ますため冬のブランコ漕いでをり

待ちし一枚その中にあり年賀状

などもあったが概ね型を守られていた。少し余談になるが『B面の夏』所収の

会ひたくて逢ひたくて踏む薄氷

香水の枕詞のごと匂ふ

妹を泣かして上がる絵双六

などの作品は現在教科書にも採用されている。
さてこの度の『忘れ貝』でも「季語に恋し定型に恋し歴史的仮名に恋する」スタンスは守られ次の二句ほどが特殊であった。

なのはな菜の花そよ風に爆風に

さくらさくらもらふとすればのどぼとけ

むしろ、オーソドックスな季語を駆使した本格的作品が眼に止まり愛とか恋という青春時代が過ぎ去り、新しい黛まどかの姿が垣間見られた。恩師吉田鴻司の急逝を期に、そして主宰されていた「ヘップバーン」を百号を期に終刊にして、この句集も一つの区切りにされる心意気のようなものを句集より感じた。印象十句を抽く。

ややありて流れはじめし雛かな

いろいろの灯を抜けて来し花衣
海の日の銀座の角を曲がりけり
道問へば麦を指しをり麦の秋
冷し酒湖を渡れる湖のこゑ
夢より覚めて合歓の闇あるばかり
かりがねや提げて重たき師の鞄
舟発ちて二百十日の杭残る
ひとときは掌のなかにある毛糸玉
目を入れて父に似てゐる雪だるま

私がまどか作品に初めて出会ったときは「夢の中まで恋」であったが十数年を経て〈夢より覚めて合歓の闇あるばかり〉のまどか句集として眼前に現れ、私はしばしば回想しつつ『忘れ貝』を幾度も読み返し十年後のまどかを夢見たのであった。

## 清水基吉『清水基吉全句集』

清水基吉は大正七年（一九一八）生まれの午年である。私は一回り下の午年である。その縁で超結社の句会仲間として同席する機会に恵まれた。その時期は基吉が鎌倉文学館の館長を務めておられた時期でもあった。鎌倉界隈を吟行したメンバーは鎌倉文学館に集合して海を一望できる部屋を借りて句会を楽しんだものであった。

海を見に勤めるに似て秋立てり　（『離庵』）

基吉の俳歴は長い。戦時中、那須温泉で療養中に「鶴」を知り、一時は編集も担当された。戦後は「馬酔木」に所属したが「鶴」の復刊とともに復帰。「鶴」の主要作家の一人であった。昭和三十三年（一九五八）には主宰誌「日矢」を創刊された。この度の『清水基吉全句集』は米寿記念であるとともに「日矢」の通巻五百号を記念して日矢同人会が発行したものである。基吉には『寒蕭々』をはじめとして『宿命』『冥府』『遊行』『浮橋』『恩寵』『十日の菊』『花の山』『離庵』の九冊の句集がある。今回の全句集はその句集ごとにまとめ平成十四年以後の作品を『離庵』以後として加えられている。

基吉には句集以外にも『俳諧師芭蕉』など俳書の著作も多いが少なくとも俳句作品については

必要なものは網羅されているようである。基吉は「あとがき」のなかで「『全句集』とは故人になってからのことのようだが、目の黒いうちに過ぎし境涯、哀歓から生れた三千余句を改めて愛惜し、また親しい諸兄諸姉にひとまとめして披瀝できることは、願ってもないよろこびである」と記されているが基吉と句会をともにした者にとっても嬉しい全句集である。

基吉は横光利一門に入り小説も学ばれた。戦後すぐの昭和二十一年（一九四六）には小説「雁立（かりたち）」で第二十回芥川賞を受賞されている。二十代後半のことであった。

第一句集『寒蕭々』にはその頃の作品が収録されている。

二十路のつひの衣を更ふるかな　（『寒蕭々』）
文弱の酒こぼすなり菊の夜　（〃）
独り身の火吹き起すや雁渡る　（〃）
煤掃いて師恩母恩の年逝かす　（〃）

横光利一は愛弟子の芥川賞受賞を見届けて昭和二十二年十二月三十日に亡くなられた。

冬日中墓石ばかりがおもてあぐ　（『寒蕭々』）
黙契の末弟子木の葉髪古りつ　（〃）
北風の墓へ縁由の酒をそそぐなり　（〃）
きびきびと冬の朝日や横光忌　（『冥府』）

短冊の筆誤まりて横光忌　（『十日の菊』）
同門の酒の手の落ち横光忌　（〃）

そして横光利一百年祭に際しては

河骨の三角が池に咲く頃ぞ　（『離庵』）
庄内米白粥にして横光忌　（〃）

などと折に触れ詠み残されている。基吉にとり横光忌は終戦前後の思い出とともに忘れ得ぬものがあるのであろう。
太平洋戦争中に始まり平成十七年まで休むことなく詠み継がれた作品群は詠み込まれた素材を拾うだけで時代の変遷が反映しており懐旧の情を誘われる。人間探究派の句集の味であろうか。

飯粒の沈む雑炊捧げ食ふ　（『寒蕭々』）
春闘行進わが部下の眼ぞためらふな　（『宿命』）
つくねんと三十六階時雨るるや　（『冥府』）
昭和元禄浪人の子や年送る　（『遊行』）
パラソルの女乗せけり自衛艦　（『浮派』）
焼酎や疎開児童も五十路過ぐ　（『恩寵』）
宅急便で送れぬ荷あり宝舟　（『十日の菊』）

馬刺食ふ鉱泉宿の褞袍着て　（『花の山』）

初午のワンタンすする仲古りし　（『離庵』）

なまごみを出す日や路地の石蕗黄なり　（『離庵』以後）

時代は飯粒が底に沈む雑炊を捧げ持った世からワンタンをすすり、なまごみの増加した時代へと変貌してゆくのである。

小説の師が横光利一ならば俳句は石田波郷である。

横光忌訃をききし日も病床に　石田波郷

と、ともに横光忌を詠んだ波郷も昭和四十四年十一月二十一日に亡くなった。基吉には五歳年長の俳句の師であった。

何いそぐ落葉溜りの溝跳んで　（『冥府』）

酒中花は蕾捧げぬ波郷亡し　（〃）

藪からしいなす小風も忍冬忌　（『遊行』）

鵙鳴いて波郷忌十三回忌かな　（『浮橋』）

むくろじのこたびは十七回忌かな　（『恩寵』）

波郷忌のふりかへること何々ぞ　（『十日の菊』）

花八つ手波郷に遺書のなかりけり　（『花の山』）

波郷忌の酒酌みに来よ仏たち　（『離庵』）

波郷忌の昌寿稚魚呼ぶ死は親し　（『離庵』以後）

毎年詠み継ぐ波郷忌であった。昭和二十年代の某日、鎌倉の鶴句会に集った面々は

青嵐垢面蓬髪ばかりかな　（『寒蕭々』）

であったが

波郷忌の二合の酒をあましけり　（『離庵』以後）

と、残されし者も老いを感ずる時期になられたのである。

基吉全句集を拝誦してほのぼのと感じたことは幸福な家族愛でもあった。

寒蕭々めとらむとすやゆるびけり　（『寒蕭々』）

と大雪の日に結婚されてより、良き子良き孫に恵まれて家族との折節を詠み継がれた句は戦後を生き抜いた家族の物語でもあった。

七五三頰っぺたつけて嫌はるる　（『離庵』以後）

良き老を迎へむ衣更へもして　（〃）

## 鈴木貞雄『遠野』

「若葉」主宰鈴木貞雄の句集『遠野』は第三句集である。平成十八年の上梓であるが平成元年から十三年までの作品を収められている。この間に平成八年に「若葉」の編集長を継ぎ十一年には三十五年間師事されてきた清崎敏郎の逝去に伴い「若葉」主宰を継承されている。何かと身辺多忙であられたので句集上梓が遅れたようで平成十四年以降の作品は次回に譲り五十代の作品を中心にまとめられている。

りんごの実赤らみ霧の遠野郷　（平成七年）
野菊晴神も遊行をしたまへり　（〃）
水ぐるま廻し花野を流れけり　（〃）
夜遊びの河童に月の煙草畑　（〃）
語りべの婆が連れきし雪ばんば　（〃）

「遠野十五句」として収められた作品より五句を抽いた。句集『遠野』を繰り返し拝誦して「若葉」の富安風生時代によく耳にした「中道俳句」の味を思い出した。
同時に虚子・風生・敏郎とつながる「花鳥諷詠」の路線の強みも感じた。たまたま別の執筆の関係で父の遺した資料のなかの「若葉同人会会報」昭和六十二年二月号を手にしているが清崎敏郎の新年同人会挨拶が掲載されている。父の朱線を引いている部分の最後のところは「俳句の原点はあくまで花鳥諷詠である。その上に立って新しい俳句を開拓してほしいと思う。つまり、わからない俳句では困るのである。俳句の基準は、季題と十七音であるが、現在、若い人は若い人なりに俳句の新しい基準を求めたがっているようである。しかし、何といっても『若葉』は花鳥諷詠と写生をモットーに今年も進んで行きたい」である。その清崎敏郎を継がれて句集『遠野』は「花鳥諷詠と写生」をモットーに中道俳句を邁進されている句集と感じたのである。一年二句に絞りそのように感じるにいたった印象的な句を記す。

ふるさとのべつたら市の灯が見え来　(平成元年)
べつたら市に逢うて別れて秋深む　(〃)

鈴木貞雄は東京日本橋生まれ。日本橋大伝馬町一帯の通りで毎年十月に開かれるべったら市であるが懐旧の情を抑えて余韻に富む。「灯が見え来」の止めは上五の「ふるさと」に戻り読者も引き込まれる。「秋深む」も「べつたら市」と季題を重ねて「ふるさと」を訪ねて旧知と「逢うて別れて」なればこその「秋深む」と首肯される。

夏炉焚き俳諧の槀説きにけり　(平成二年)
蜻蛉の飛んでをりたる星月夜　(〃)

「俳諧の素」は中道を歩んでいるからこそ説得力がある。蜻蛉の句はまさに写生の迫力である。

風鈴の舌にもはねし陶土かな　（平成三年）
虫売りの籠に精粗のありにけり　（〃）
火事現場見たる鏡の煤けゐる　（平成四年）
火事跡の抛りだされしものに雨　（〃）

写生の極致ともいうべき作品が続く。火事の作品は自宅の小火の折の作品、客観写生の業ともいえる凄みすら感じる。

鳳凰のぬれにぞぬれし神輿かな　（平成五年）
荒神輿足袋の鞐の弾けとぶ　（〃）

深川八幡の祭礼、水掛け祭ともいわれる。その雰囲気が的確な写生で描写されて躍動する祭の雰囲気が伝わる。

目配りのはや競ひゐる歌がるた　（平成六年）
香水なき母の香りのなつかしき　（〃）
厩士来て馬に御慶を申しけり　（平成七年）
長鞭を発止と当てぬ騎馬始　（〃）

歌舞伎談義して羽子板をひさぎゐる　（平成八年）
羽子板に今も青年裕次郎　（〃）

花鳥諷詠の世界での人事の扱いに私は「中道俳句」の妙を感ずる。共鳴する点の多い作品である。

撃つ相手なければ空へ水鉄砲　（平成九年）
銀杏ふんで万太郎句碑秀雄歌碑　（〃）

銀杏の句は慶應義塾三田キャンパスの作品。同じ中道俳句といっても風生若葉時代と比較して慶應色の濃さを感ずる。逆にいえば風生時代は逓信色の濃さであったが。

老梅のくれなゐの艶風生忌　（平成十年）
春灯に向きあふ師弟屛風かな　（〃）

風生忌の作品は角川学芸出版の『俳句歳時記』第四版に風生忌の例句として採用されている。ところが昨年十二月に発行された『角川俳句大歳時記』では「風生忌」が季題から削除されている。他の忌日季題の扱いと比較しても異例でおかしい。中道俳句派軽視か。

師弟屛風の句は小諸の高浜虚子記念館での作品である。

大いなる泰山木の花散華　（平成十一年）

胸奥の一滝に耳傾けむ　（〃）

初刷や一誌承け継ぐこと重し　（平成十二年）

迷ひなきこの道をゆく石蕗の花　（〃）

平成十一年は敏郎先生の追悼句、十二年は「若葉」継承の感慨である。歴史ある大結社を継ぐ緊張感を感ずるが、その後の「若葉」の元気には眼を見張るものがある。

牡丹咲いて師の遺墨展はじまれり　（平成十三年）

俳句文学館で開かれた富安風生展の作品である。私も依頼されて芦屋の（財）虚子記念文学館に寄贈していた父の大臣就任祝いの風生色紙と手紙を取り寄せて展示に協力した。

貞雄若葉の益々の健闘に期待したい句集『遠野』であった。

## 岩垣子鹿『やまと』

岩垣子鹿は「未央」の主宰を平成十八年継承された。句集『やまと』はその子鹿の第一句集である。子鹿には『初日』という句集が既にあるが、これは朝日俳壇入選が百句に達したのでその記念に入選百句をまとめられた句集である。朝日俳壇に入選百句を果たすほどの実力と長い俳歴を持つ岩垣子鹿が本格的な句集が今回が初めてということにまず驚いた。

句集上梓には俳人それぞれの考えがありベテランでもなかなかまとめない人もいれば若い新人でも数年の経歴でまとめる人もいる。「ホトトギス」派の方々のなかには句集をなかなかまとめない人が比較的多いといわれる。私の父もそうであった。富安風生先生より「君は句集らしい句集がまだないのはどういうわけか」という主旨のお話が父橙青に届いたことがある。そんな昔のことを思い出しつつ『やまと』を拝読した。主宰を継がれた「未央」は関西の「ホトトギス」系俳誌として長い歴史を持ち有力作家を多く有する名門である。

拝読して作家論のペンを持ち当惑した。序文を稲畑汀子「ホトトギス」主宰にいただき、跋文を「未央」の前主宰吉年虹二が寄せており、既に子鹿俳句の世界が語り尽くされている。

まず写生派としての見事な句柄である。汀子序文で引用されたのは八句、そのなかにも

のぼりきることなき煙峡の冤
秋草に小雨が色を配りゆく
梨花ゆれてうすきみどりの風残る
煮凝に鮃嵌まつてをりにけり

などがある。
次に素材の特徴である。とにかくいろいろな「風」が詠まれている。いわば「風の子鹿」である。これも吉年虹二が序文で詳しく解説され「風は氏の俳句の一つのモチーフであり特に初期は随所に現れた」と述べられている。

げんげ田を濃き紫に風変へる
風鈴をはなれし風を風が追ふ
蜻蛉の集めてをりし山の風
早春の野へ風ひろげ椋大樹
新樹いま風の起点に終点に
どの風も虞美人草に凭れけり

吉年虹二前主宰は「一」を「未央」創刊主宰の高木石子の愛用語として挙げ、その他の用語などにも石子の手法の継承を説かれている。「未央」調ともいえるものであろうか。石子を知らぬ私には「一」は子鹿の愛用語として印象に残った。

一人して春暁の温泉を溢れしむ
一弟子としての追憶梅二月
一隅といふ処得て沙羅落花
一片の花に水あり舟のあり
一山の青嵐連れ僧戻る
一枚の湖一枚の紅葉より

「一」が最初にくるとは限らないが最初に「一」がおかれている句も多い。虹二の指摘のなかにはないが最後の一枚の句には子鹿作句工房のもう一つの特徴が見られる。それは

或る高さ或る高さあり藤かかる
重ねても重ねてもなほ薄紅葉
冷まじと思ひ慄然とも思ふ
咲くことに咲くことに生き寒牡丹
三角が消えテント村消えにけり
幹消えて森消えて霧そして霧

などであり一読作句工房の特徴がわかる。

多様する表現、愛用する素材とは別に意外に少ないのが家族詠である。句集の見返しの絵は奥様の手遊びの絵更紗屏風であると「あとがき」で紹介されているが、作品では

振り向けば妻はげんげを摘んでをり
虹の輪の中より妻の戻り来る
向ひつつある妻ならむ雪霰

と収録三六〇句中三句しか須賀子夫人は登場しない。収録された三句の情感は素晴らしいが素材として多用されていない。奥様以外の家族詠は一句もない。人も自然の一部ともいうが純粋な自然諷詠に多くを割かれているようだ。人を詠むときには特定の故人を推定されぬように省略が効いている。

燃ゆる色してセーターも恋衣
栗を剝く少し知的な顔をして
広島に生き八月の便りくる
香水や静かにこぼれゐる才気

子鹿は「眼科の名医としても有名」と汀子の序文にあるが家族詠同様に医業に従事していることを詠まれた句は

雪眼診て山の天気を聞いてをり

の一句と少ない、これは少し意外であった。
生活詠は少ないが夏は軽井沢の山荘に籠り、正月は海外に静養されている折節は詠まれている。

かさと栗鼠かさかさと鳥荘の秋
御慶のぶニイハオと言う国に覚め
ホームズもクリスト伯も避暑の荷に
真珠湾翼下にしたり初景色

最後に自然諷詠に励む子鹿の世界から二句を抽く。

道路鏡暑さ歪んで映りをり
滴りにありし静脈不整脈

## 山下美典『風彦』

句集『風彦』は山下美典の第六句集である。今までの句集は『海彦』『里彦』『森彦』『河彦』『城彦』と題されているのでその「彦シリーズ」の流れである。

美典は大阪市の東にある八尾市にて、父が創刊した「河内野」の主宰を平成三年に継がれ四代目である。今年九月に大阪の帝国ホテルで四十周年記念祝賀会を予定されている。関東に生まれ育った方には八尾というと馴染みの薄い地名かも知れないが、戦前戦中派などの世代にとり八尾のある河内とは楠木正成一族の本拠地として親しみのある地名であろう。

「河内野」を創刊した父山下豊水には

河内野に埋もれ老いぬ正行忌

という作品があるが、河内の人に楠公父子は格別の存在なのであろう。八尾と書くと近年特に俳人には風の盆の故郷である八尾が思いつかれるが風の盆は「やつお」。こちらは東本願寺別院の寺内町として発展してきた「やお」である。

句集の題名を「彦シリーズ」とされているが「風彦」と今回は特に「風」と冠されている以上どこかに「風」の拘りがと幾度も拝誦しているうちに気がついた。そのような読み方は美典は嫌われるかもしれないが読者は著者の気持ちに関係なくいろいろな読み方を自由にさせていただくものである。

句集の作品は平成十二年から十七年までの六年間の作品を一年ごとに区分して六章にわけられている。章題は特に設けられていない。最初の平成十二年は五十四句が収められているが、そのなかの七句が「風」の句であった。

乱心となりて鳶舞ふ春疾風

若緑匂へる風に御所巡る

魚島の生れ潮風生ぐさし

朴青葉大きな風が煽ちをり

風白く見せて真葛ヶ原騒ぐ

芒原風の乾ける匂ひして

枯葉舞ふ風の流れを見せながら

最後の年、平成十七年は七十八句を収録しているが「風」の作品は八句である。

芽柳の風に流るるとき光る

振幅の揃ひて風の罌粟坊主

宣伝の団扇の風のけばけばし

土用丑とて生臭き朝の風
立秋と言ふ朝風に出合ひけり
大文字果てたる煙臭き風
山風を甘く濁らせ葛の花
一渓の風音に乗りくる枯葉

平成十二年と十七年を抽出検討したが「風」の句が一割以上あること、その「風」の十五句のうちに、匂いに関する句が五句と三分の一に達することなど美典作句工房の特徴らしきものが垣間見える。美典の「風」は風吹くとか風音という本来の「風」の描写の他に、意外な風が詠まれる。

夾竹桃風を燃やしてをりにけり　（平成十三年）
撒水機土用の風を濡らしけり　（〃）
コスモスのもたれる風のなき姿　（平成十四年）
風に乗る雪とは顔を叩くなり　（平成十五年）
颱風に家のふん張る音のして　（平成十六年）

さて、ここまでは「風」をテーマに分析してきたが美典作句工房の微妙な省略の味についても検証したい。

繊細なことが格式古ひひな　（平成十二年）
香水や別れる時に匂ひたる　（〃）
飛魚の波の尖端光り飛ぶ　（平成十三年）
外の景涼しく見えて冷房車　（平成十四年）
マスゲーム好きな国ありチューリップ　（平成十五年）
雑踏に無視されてゐる社会鍋　（平成十七年）

詠まれている季題は、雛、香水、飛魚、冷房、チューリップ、社会鍋であるが、その季題を生かしつつ詠んでいる背景の省略されたものが微妙である。「古ひひな」を飾る格式の家とは？香水という匂うものが別れる時に匂うとは、そこに省略されているものは？　チューリップでマスゲームを連想するとは？　マスゲームの好きな国とは？　社会鍋を無視する雑踏、それを淡々と写生する作者の眼は諷刺？　飛魚の句の波の尖端という的確な言葉の選択、光り飛ぶという描写、飛魚そのものを写生していないようで一瞬の飛魚の光り飛ぶ姿が隠し味のように写生されている。冷房車にいて見える外の景色、「涼しく見えて」という描写の背景として隠されているものは窓の外の炎暑であろうか。「見えて」であるから。このように美典作句工房には微妙な省略の世界がある。また美典俳句の世界には「意外な措辞」の使用が見られる。

春風邪に曇りガラスとなる頭　（平成十二年）
古都二月鰯の頭古びゆく　（平成十三年）

回転と見えざる独楽の絶頂期　（平成十四年）
回転の末期酔ひどれ独楽となる　（平成十五年）
封建の暗さに錆びし武具飾る　（平成十六年）
田植機に早苗凝縮して積める　（平成十七年）

独創的とも意外とも言える表現であるが季題の座りの良さは独特の持ち味がある。有力俳誌を率い、全国展開に多忙のなかの上梓である。愛誦一句を記し発展を祈りたい。

小屋きしむ程に玉葱吊り下げる　（平成十四年）

## 有馬朗人『分光』

句集『分光』は有馬朗人の第七句集である。二〇〇一年から二〇〇五年に至る五年間の四二四句を収録されている。前句集『不稀』以降の作品であるが『不稀』と同じように海外での作品は含まれていない。『不稀』時代の一九九六年以降の海外作品は別にまとめる予定とのことである。俳句以外の仕事でも海外へ出られることが多く、海外での作品も多い朗人の海外作品句集も楽しみである。この度、国際俳句交流協会の会長に就任されたので近々にはその句集を目にすることもできそうである。

私は句集『不稀』も熟読してこの連載ではないが鑑賞を記したことがある。それだけに『分光』を拝読しつつ『不稀』で感じた朗人の世界との違いや類似点、『不稀』では気がつかなかった新しい世界などが頭に浮かんだ。その点から解析してゆきたい。

春曙火の玉となる赤ん坊　（二〇〇一）
天上天下赤ん坊泣く麗かに

初孫の誕生である。朗人作品に新しい素材が生まれた。そしてご自分の孫以外にも幼児を素材とされる雰囲気が生まれたようである。

初湯して満身で笑む赤ん坊　（二〇〇二）
しつかりと赤ん坊にもお年玉　（〃）
赤ん坊に敷く大いなる宝船　（〃）
霾や嬰にしつかり蒙古斑　（〃）
新涼やいつの間に子の土踏まず　（二〇〇三）
子の本の絵が飛び出して年送る　（〃）
子曰くと教へて祖父の年始　（二〇〇四）
ぶらんこをひつそりと夜に漕ぐ子かな　（〃）
大勢の子どもが迎へ鰹船　（二〇〇五）
子の汽車の客は団栗のあにおとと　（〃）

朗人俳句の世界に軽妙な調べがある。『不稀』のときより顕著に感ずる。

これはこれは口の真赤な鷽替へる　（二〇〇一）
これはこれは出雲の国の大粽　（二〇〇四）

この軽妙さが隠れた朗人の世界なのかも知れない。朗人の作品は難しいと感じている人もいるようだが、作りが軽妙な句が多いのである。難しいときもあるかも知れないが、素材消化の手法として俳諧味を感じる作品が数多い。

雲に窓つぎつぎ開けて鳥帰る　(二〇〇一)
昼寝して三途の川を眺め来し　(〃)
村芝居せりふ忘れて跳んでみせ　(〃)
ぼろ市の罠が捕へし客の裾　(二〇〇二)
みんな留守われも居留守や甚平着て　(〃)
直立のロボットが言ふ春ですね　(二〇〇三)
幽霊は美人に限る冬牡丹　(〃)
花は葉に偽書も古典になりにけり　(二〇〇四)
星が少し足らないやうな天道虫　(〃)
蝌蚪静かどんな蛙に成ろうかと　(二〇〇五)

『不稀』にも〈水鉄砲古稀となりても面白く〉などの作品があったが『分光』ではますます俳諧味濃くなられたように感ずる。

『不稀』では忌日俳句が〈伯林に都が戻り青邨忌〉〈また一つ頭に来たる我鬼忌かな〉など多く見られたが『分光』では「青邨忌」の作品は収録されず、他の忌日作品も『不稀』に比して少ない。前回も〈寅彦忌地軸傾け冬日入る〉があったが

火口湖に立つ冬帽や寅彦忌　(二〇〇一)

と今回も「寅彦忌」が詠まれて収録されていることが私には印象的であった。むしろ個人の忌日ではないが

沈黙の海あをあをと原爆忌　（二〇〇四）
角曲るときの光や原爆忌　（二〇〇五）

などを拝誦すると「理論物理学の研究者として原子核構造を中心に研究し」てこられたという「後記」の文章とも重ねあわせて朗人の学者としての想いのようなものを感ずる。
『不稀』では気がつかなかったが『分光』には食物の句の世界がある。それも市井の庶民の食物である。

葛湯とく眼のよく見ゆる日なりけり　（二〇〇一）
亡き父の拳骨芋のとろろ汁　（〃）
晩秋の粥に紅濃き渡り蟹　（二〇〇二）
真青な富士の麓のかき氷　（二〇〇三）
汽笛鳴る春曙の玉子焼　（二〇〇四）
朝日さす谷深々と南瓜粥　（二〇〇五）

海外に出られることの多い朗人であるが和食の世界を強く感ずるし料亭というよりは茶店や軽食屋の雰囲気である。

『不稀』では海外作品が収録されていなくても地球を丸く使って活躍される朗人の世界を『不稀』のなかから〈フランスは今も遠しや赤とんぼ〉や〈ヒマラヤの青き芥子恋ひ仏生会〉などを抽いて鑑賞したが『分光』では日本の古典を訪ねられる世界がより印象的であった。

晩年の蕪村の恋や三味線草　（二〇〇一）
縄文も弥生も親し藁ぼつち　（二〇〇二）
書紀よりも古事記親しや読み初む　（二〇〇三）
天の川古事記に隠岐の島三つ　（二〇〇四）

『不稀』を思い起こしつつ『分光』を鑑賞してきたが、更に海外作品を拝誦して朗人の世界に迫りたいと思う。

## 水田むつみ『青葡萄』

句集『青葡萄』は「田鶴」主宰水田むつみの第三句集である。第一句集は「田鶴」主宰を父桑田青虎より継いだ三五〇号記念に上梓された。第二句集は四百号記念に『花明り』と題して上梓された。同時に「田鶴」の発行所も姫路の父のところから宝塚の自宅に移された。しかしその後も父青虎はむつみにとり何かと心の支えになり後ろ楯でもあったと思われるが、その青虎も昨年九十三歳で亡くなった。
今回の『青葡萄』は「田鶴」の四五〇号記念の上梓であるが、同時に父亡き後の自立の一書でもある。「田鶴」は東京でこそあまり目立たないが北海道から九州、更に海外にまで会員を有する大結社である。

絶やしてはならぬ決意の春著かな　（平成十九年）

主宰を継がれてから東京にも定例句会を創設し毎月上京されるなど、父の育てた地盤の強化に腐心されているが昭和十七年生まれのむつみにとりこれからの十年が勝負どころである。

新しき命育む芽の力　稲畑汀子

「ホトトギス」直系誌であり序句を寄せた汀子の期待も極めて大きいと思われる。むつみにとり父の青虎を別にすれば汀子は大いなる師であり、むつみは汀子直弟子中の直弟子なのである。句集に収録された作品からは、師汀子の息吹を継がれている点がまず印象に残る。それは定型の墨守、前書や脚注に頼らず十七文字で勝負される姿勢である。句集には平成十五年から平成十九年四月までの「ホトトギス」と「田鶴」に発表された作品から三五四句を自選されているが、すべて十七文字の勝負で字余り字足らずはもちろん、前書脚注もない。

佐藤健逝き万象の凍ててをり　（平成十五年）
シベリウス共に聴きゐる通夜の月　（平成十八年）

多くの句集では「佐藤健逝く」とか前書したくなる句柄であり、父の通夜に何故「シベリウス」なのか、つい脚注など書き込みたくなるところであるがすべて避けておられる。この姿勢は汀子に通ずる。汀子直弟子でもここまで姿勢を承けついでいる弟子は珍しい。

さて、作句の素材として人は誰でも好みがある。独自の世界がある。むつみの世界は風と雨である。

雨意去りて春月城に近づきぬ　（平成十五年）
雨脚の吸ひこまれゆく花明り　（〃）
雨脚の静かに至る松の芯　（〃）

抜きん出て雨意明るかり松の芯　（〃）
錆びさせてならず山梔子雨に剪る　（〃）
暮れ残る花合歓にまた雨意深む　（〃）
山荘へ指すほどに雨花芒　（〃）

梅雨とか時雨という雨の季題の句を別にしても雨に詩情を刺激されるむつみの世界は鮮明である。雨の季題の句も

見舞ひたき人遠く住み梅雨深し　（平成十五年）

などと詠んでおられるのである。平成十五年が雨が多かったわけではない。

雨がちの花の十日を旅がちに　（平成十八年）
萩の苑雨滴明りでありにけり　（〃）
雨磨き上げたる街の灯の良夜　（〃）
電飾の青胸を突く雨寒し　（〃）

とむつみの世界に雨は欠かせない。風も同じくである。

白もまた雅や藤の風の香に　（平成十五年）
万蕾の蓮池風の張りつめて　（〃）

一水の風の流るる秋の蟬　（平成十五年）
油天草風の隙間の律義なる　（〃）
風よりも灯に誘はれてゐる落花　（平成十八年）
通されて風は湖より葭戸の間　（〃）
はや庭に括るものあり風晩夏　（〃）
結ひ上げて風を着てゐる上布かな　（〃）

同じく平成十五年と平成十八年から風の句四句を抽いてみたが、なかには雨と風の同居の句もある。

風軽くなりつつ萩の雨放つ　（平成十八年）

素材としての風と雨がむつみの世界の構成要件であれば作句技法の特徴はリフレインである。今度は一年二句抽く。

波の渦光の渦も雪解川　（平成十五年）
突然に湧き彼岸花彼岸花　（〃）
日の競ひ花の競ひとなりゆけり　（平成十六年）
薔薇園の風の解く鏤零す鏤　（〃）
日の隙間風の隙間を縫ふ緑　（平成十七年）

逢へさうな日差に逢へて帰り花　（平成十七年）
坂がかる風の梅より日の梅へ　（平成十八年）
日を巻きて巻きて貝母の蔓の先　（〃）
夜のミサの風冷え冷えと冬薔薇　（平成十九年）
風の街ミモザの一樹一樹かな　（〃）

リフレインとしてご紹介した作品のなかにも風の句がありいかにも「風のむつみ」ともいえる雰囲気である。

リフレインの変形としては

春めきてうすくれなゐに明けし海　（平成十五年）
春めきてうすむらさきに暮るる海　（〃）

という例もある。父の手ほどきで中学生時代から俳句に親しみ、その父を継いで大きな「田鶴」を率いたむつみの今後の活躍に期待して最後に一句を抽き鑑賞を結ぶ。

外つ国に育つ句座あり青葡萄　（平成十六年）

## 鷹羽狩行『十五峯』

狩行の句集は今までに度々どこかの雑誌で取りあげて私なりに分析して狩行の世界を垣間見た。最新の句集『十五峯』を拝読して一つだけ今までと違う世界を感じた。

狩行作品の世界のひとつは上五の切れ字「や」の活用が多くオーソドックスな定型作品が特徴と感じていた。狩行は第五句集『五行』以後は何番目の句集かわかるように数字入りの題名とされて三年ごとに一冊の句集を編まれてきた。

平成十年に上梓された句集『十二紅』は平成七年から九年までの作品から六〇九句を収録されていた。そのうちの七十一句が上五が「や」の切れであった。一年一句例示する。

数へ日や二つ返事の子の使ひ　(平成七年)
熱燗や降りこめられてもう一本　(平成八年)
海の日や戦なき世の自衛艦　(平成九年)

今回の『十五峯』は平成十六年から十八年までの作品から四三七句を収録されている。「あとがき」によると、この間に発表された作品は約一二〇〇句になるとのこと。その中から絞られたわけである。この中で上五が「や」切れの作品は五十八句である。『十二紅』時代より更に増加して格調高く、時には俳諧味豊かに詠まれている。しかし今までと違う世界ではない。まず『十五峯』より上五「や」切れの印象句を一年三句描いてから今までと違うと感じた世界に踏み入りたい。

うすものや破門の沙汰もなきごとく　（平成十六年）
七夕や忘じやすきは初一念　（〃）
数へ日や用の多くて無きごとく　（〃）
亀鳴くや人老いて去り富みて去り　（平成十七年）
露けしや名刀に銘筆に銘　（〃）
秋風や寄れば柱もわれに寄り　（〃）
凍星やきびしかりしは誓子選　（平成十八年）
ふるさとや靡き揃ひて水草生ふ　（〃）
新涼や細身に架けて島の橋　（〃）

さて、今までと違うと感じた世界は、やはり「や」であるが上五だけでなく中七などで切る手法が大幅に増加している点が「従来と違う」特徴と感じたのである。

まず同じように『十二紅』で中七の「や」切れ作品を調べてみると平成七年八年ともにない。

強いて拾えば

金銀の火の粉や牡丹焚火爆ぜ　（平成八年）

のように途中で切られている句もあるが一句だけである。

平成九年に入り

水差しの刃びかりや朝寝覚め　（平成九年）

噎せて火の玉のごとしや麦こがし　（〃）

次の場の鬩うるさしや菊人形　（〃）

の三句がようやく登場するが句集収録六〇九句の読後感としては印象に残る数ではない。その点が『十五峯』では強く印象に残り中七「や」切れの作品が毎年収録されて十四句にも達していた。上五の「や」切れの増加もあってより印象を強めていた。一年二句を抽く。

乙姫も納めに来しや針まつり　（平成十六年）

あの雲に乗り給ひしや送り盆　（〃）

畦みちは急がぬ道や仏生会　（平成十七年）

やはらかくとらはれの身や秋の蚊帳　（〃）

七人は重たからずや宝船　（平成十八年）

水門は鉄の館や行々子　（〃）

一方で『十二紅』と比較して目立たなくなったのが選句に関する作品である。『十二紅』では、

選句してつのりしものに湯ざめかな　（平成七年）

を初めとして

句選びは種子採りに似て冬ごもり　（平成九年）

など毎年選句を素材の作品が納められ数が多いわけではないが何となく目についた。『十五峯』では

老　病　死　愛　恋　選　句　始　か　な　（平成十六年）

の一句だけである。仕事の句は詠まれても

夜仕事の更けて餅焼くならひかな　（平成十七年）
もの書けるわれを見上げて夜の蟻　（平成十八年）

と選句に絞る詠み方の句は先にあげた一句だけである。

『十二紅』では詠まれずに『十五峯』で登場する素材にはゴルフがある。スポーツ俳句はいろいろな方の句集を拝見しても少ない。あっても観戦句でプレーヤーとしての作品はあまり見かけない。その点狩行はゴルフもお上手であると聞く。スコアカードに作品を書き留める余裕もある

ようだ。

かぶりもの脱いでキャディーの御慶かな　（平成十八年）
パット寸前のラインへ落花かな　（〃）
菖蒲湯へ持ち込むゴルフ談義かな　（〃）

パットの句などまさにプレーヤーならではのゴルフ俳句である。作品とともにパットも見事にカップインされてバーディで上がられたのであろう。
今回は『十五峯』を鑑賞するにあたり書架の狩行コーナーからかつて書評を記した『十二紅』を取り出して対比しつつ想いを述べてきた。最後に『十五峯』からあらためて印象に残った句のなかから五句を記して結びとしたい。

啓蟄や庭よりあがり稿を継ぐ　（平成十六年）
いとま乞ふ間のむつかしき年始かな　（平成十七年）
梅雨晴や近きが遠き帆を隠す　（〃）
一枚の海に戻して花火終ふ　（平成十八年）
登り来て島より低き鰯雲　（〃）

## 茨木和生『椣原』

句集『椣原（しではら）』は茨木和生の第九句集である。平成十六年から十八年の三年間の作品から三四五句を選んで編まれている。私はこの句集を手にする少し前に朝日新聞の夕刊で「中上健次自筆の句」「奈良の俳人が色紙保管」の二つの見出しの記事を親しく読んでいた。その記事によれば熊野大学が創設された一九九〇年六月三日の夜、打ち上げを新宮市内の料理屋「司」で開催した折に書かれたよし。色紙には

あきゆきが聴く幻の声夏ふよう　中上健次

と記されていた。「あきゆき」は秋幸で中上の小説「枯木灘」に登場する主人公である。色紙は新宮市立図書館に寄贈されて今年の熊野大学市民講座で公開されたそうである。

句集『椣原』を拝読して「序に代えて」を書かれた秋山巳之流も和生の「あとがき」でも、中上健次との交流についていろいろと述べられているのであらためてその朝日新聞の記事を思い出したのである。

熊野灘出水に逆高波立てり　(平成十六年)

大岩の熊野を歩く旱かな　（平成十六年）

和歌山の名勝那智の滝は

神にませばまこと美はし那智の滝　高浜虚子

で知られるが近年水量の減少が目立ち懸念されている。その水量を維持確保するため芦屋の虚子記念文学館も森の再生の運動に協力をしているが、その以前から自然風土を守るため森の回復運動を個人としても訴求して活動していたのが和生である。なかなか行動的な野性味のある俳人といえる。そのような和生の自然諷詠には自然を守る愛の視線を感ずる。

見上げたる青空高き氷柱かな　（平成十六年）

春兆し来たり干拓地の沖も　（〃）

水中に歩きゆきたる巣立鳥　（〃）

海を押し分けて出水の流れけり　（〃）

一穂の稗も立たずに稲黄ばむ　（〃）

畝立ててあり立春の山畑　（平成十七年）

新雪は凍て残雪は汚れたる　（〃）

滝上へ飛びて戻らず道をしへ　（〃）

飲料に適さざれども泉澄む　（〃）

根付きたる栗の苗木に鵙の贄　（〃）
枝々の紅さす桜初詣　（平成十八年）
泥炭の崖現れし雪崩かな　（〃）
崩落をしたる岩にも栄螺つく　（〃）
岩山は大樹育てず山桜　（〃）
水走り出て水馬地を歩く　（〃）

そのような視線を感じつつ一年五句抽いた。
茨木和生は昭和十四年奈良県大和郡山市に生まれ新聞俳壇の選を通して右城暮石を知り暮石の主宰する「運河」に入会された。のちに山口誓子の「天狼」でも学ばれた。

新比古と裏に刻める墓洗ふ　（平成十六年）

は「山口誓子の墓」と前書がある。

この夜長酒呑もといふ暮石かも　（平成十六年）
冷房を一日入れず暮石の忌　（平成十八年）
汗だくで歩けり暮石忌の山を　（〃）

茨木和生は平成八年『西の季語物語』で俳人協会評論賞を受賞された。平成十七年には更に

『季語の現場』を上梓されている。風土、特に西国の風土を詠み、隠れた季節の言葉を掘り起こし、埋もれゆく季語を生き返らせる地道な努力を続けられている。和生の今までの句集でもよく眼にしたが、今回の『椣原』でもその努力の所産である珍しい季語、例句の少ない季語などが現地を歩いて検証された迫力も加えて収録されている。

　嫁が君荒神棚を跳びにけり　（平成十六年）
　穴一の穴を知りゐる者をらず　（〃）

穴一は正月の遊びの一つ。

　懸想文売の狐目忘られず　（平成十六年）
　羽織ごろひとり来てゐる鶏合　（〃）
　中入に砂入れ足せる鶏合　（〃）
　軽暖の潮引きたる磯歩く　（〃）
　もの書いて棲まむ半裂とならば　（〃）

半裂は山椒魚のこと。

　養蚕は廃れたれども大原志　（平成十七年）

大原志は「おばざらし」と読み京都府天田郡三和町にある大原神社の祭礼、昔の歳時記では春秋の祭が季語とされていた。地元では風土の季語を守るために奉納俳句大会などを開催されていると聞く。

女湯のこゑ秋上げのことをいふ　（平成十七年）
虫出の雷や崖土濡れてゐず　（平成十八年）
試みむ芭蕉食べたる焼芹を　（〃）
草の王これよこれよと婆にこやか　（〃）

草の王はケシ科の越年草。秋上げは稲作不良の米価高。

患へる肝に温石あてにけり　（平成十八年）

句集名の由来も風土に根ざす。前書に「わが棲む菊美台は」とされて

椣原は旧の字の名初景色　（平成十七年）

と詠まれている。奈良県生駒郡平群町菊美台である。風土愛に満ちた讃歌である。更に風土色濃い二句を抽き鑑賞を結ぶ。

闇を抜け来て限りなく螢とぶ　（平成十七年）
八穀の粥を土用に炊きにけり　（〃）

## 稲畑汀子『虚子百句』

「花暦」の皆様は「俳句研究」誌上で「虚子百句」をお読みになった方もおられると思う。平成十年一月号から「虚子百句」と題して稲畑汀子の連載が始まり平成十八年四月に百句完結した貴重な労作を「俳句研究」を出版していた富士見書房が一冊にまとめて平成十八年九月に発行されたものである。

私は「虚子百句」連載中に、超党派句会の仲間の「アンチ虚子」の方から注目して毎月読んでいると聞かされた。いわゆる「アンチ虚子」には二通りある。食わず嫌いの人と「アンチ巨人は隠れ巨人ファン」という発想と似た「アンチ虚子」の人である。私に連載中の「虚子百句」を愛読し注目していると話した人は「アンチ虚子」ではあるが後者に属する人である。私は彼等は「アンチ虚子」ではなくて「アンチホトトギス」なのだといつも話を聞きつつ思っていた。彼や彼のグループの話を聞いているとそれは「アンチ現代ホトトギス」であった。食わず嫌いの「アンチ虚子」は、食わず嫌いだから「虚子百句」という題を聞いただけで読まない。食わず嫌いでない方々は「虚子百句」の執筆者が虚子の孫であり「ホトトギス」主宰である稲畑汀子と知り、むしろ大きな関心を持ちお読みになったのである。その感想や意見を句会などの機会に私にぶつけてきたのである。

彼等は虚子の孫であり今の「ホトトギス」を率いる稲畑汀子が執筆しているのだから「それぞれの作品についての解説や解釈に身近に居た人でないと判らない虚子の日常や作句過程が記されている」のは当然であり参考にはなるが、ただそれだけのものではなかろうかと思いながら眼を通されて「虚子百句」が、それだけではない洞察がなされている点に感銘され、その文章力にも感心されていた。

山国の蝶を荒しと思はずや

の作品を句会で清記したのが年尾であり、短冊に「蝶は」と最初書かれ、「は」を消して「の」と直されていたこと。一年後に「ホトトギス」に句日記として発表された時は推敲されて「蝶を」と直されたというような内輪話の披露だけでは感銘しない。

汀子が「敢えて私なりの鑑賞を試みてみよう」と前置きして、この作品の「小諸の風土、自分の生活振りを余すところなく伝えた」「挨拶性」を指摘し、さらには、のちに「俳句は存問の詩」と説いた虚子のなかに、存問についての萌芽を読み取り、「荒し」の措辞に秘められた背景の解説にも興奮していたのである。また彼等にとり関心の強い

爛々と昼の星見え菌生え

についても句会に出席していた人の昼の星を見たという証言にとどまらず、虚子のなかで作り上げた「壮大な宇宙」を読み「信濃の国に対する虚子の万感を込めた別れの歌であり、最高の信濃

のである。

の国の誉め歌」と説き明かしてゆくところに前述の方々に強い共感を持たれて賛辞を寄せられる

人間吏となるも風流胡瓜の曲るも亦

については「守旧派を唱え、有季定型派の総帥と自他ともに認める虚子」が「字余りの破調の句を作った時期が二度」あったことを指摘して第一期は明治二十九年からしばらくの間、第二期は大正六年から八年ごろにかけて、と解説し虚子の心情を解説してゆく過程も「アンチ虚子」を首肯させるものがあったようである。

虚子は生涯に二十万句もの作品を残したといわれている。

そのなかにはいろいろな傾向の作品が存在する。そのなかから百句を選ぶのは難しい作業であったと思われるが「花暦」の方々ならばご存じの作品が一句以上必ず含まれているはずである。

まずはその一句について、どのように解説されているのかお目通しされることをお勧めしたい。

それは作品を作る場合にも句会で互選をされる場合でも参考になることが必ず含まれているからである。

## あとがき

店たたむ春燈一つ切れしまま

舘岡沙緻さんの第一句集『柚』に収められている作品である。前書きに「酒場『幸』閉店」とある。

着流しの九十二翁椿咲く

という富安風生先生を鴨川の別荘に訪ねた作品もある。

昭和五十一年、俳句文学館が完成、沙緻さんは俳人協会に勤務されることになり酒場経営を止めた時の作品と思う。また風生先生は俳句文学館の用地取得について角川源義さんを応援、父の橙青ともいろいろと打合せされていた。

鴨川の別荘で風生先生と沙緻さんは今後のことを相談されたことだろう。

沙緻さんとは風生先生の高弟が創刊した「春嶺」の編集部で苦楽をともにした。その縁もあり沙緻さんが「花暦」を平成十年に創刊された時は創刊号に頭文字を「祝創刊花暦沙緻祝」で揃えた折句を贈った。

祝ぐ夢の明日へふくらむ年新た
創刊のくはだてを聞く爛熱う
刊行の継続といふ恵方かな
花道を一誌舞ひ出つ初芝居
暦選りあるじの居間へ花暦
沙汰運び大川越えし初暦
緻密なる花柄の四季織始
祝創刊句稿を送る初電話

そして毎月作品や文章を寄稿した。「花暦」は沙緻さんの体調が悪化して平成二十八年休刊、間もなく沙緻さんも亡くなった。
沙緻さんと親交のあった「俳句四季」西井社長のご支援をいただき、「花暦」

に発表した作品は昨年二冊の句集にまとめた。今回は句集評などの文章を一冊にまとめた。採りあげた一冊一冊に沙緻さんを思い出すとともに、平成の句集史に知らず知らずになっていることに気がついた。沙緻さんは五月十日生まれであるが五月一日に亡くなった。令和元年の五月一日は祝賀ムードのテレビを見ながら沙緻さんを偲んだ。そして頭文字を「追悼舘岡沙緻」として句をまとめた。

追善の心新たに五月くる
悼痛や生れも逝くも五月とは
舘とせし酒場は「幸」や新茶古茶
岡に立つ沙緻の闘志を偲ぶ初夏
沙緻親し病みて電話の声涼し
緻工なる沙緻の調理や軒風鈴

これで『花の暦は日々新た』としてまとめた舘岡沙緻追悼三冊の締めとしたい。

令和元年五月十二日

大久保白村

## 著者紹介

大久保白村（おおくぼ・はくそん）　本名　大久保泰治

昭和五年（一九三〇）三月二十七日生まれ

**学歴・職歴**

立教大学経済学部卒業（昭和二十七年）。富士銀行入行。昭和四十八年、上福岡支店長以後、上六、千住など支店長経験約十年勤務。後、銀行の斡旋で日本橋興業（現ヒューリック）取締役経理部長に転じ、六十五歳で退職。

**俳句歴**

父が俳句をしていたので、門前の小僧として学生時代より作句。銀行就職後、富安風生指導の職場句会で本格的な指導を受け、主に富安風生主宰の「若葉」をはじめ「若葉」系の「春嶺」「岬」「朝」で学び、以後中断することなく「ホトトギス」「玉藻」「藍」などでも研鑽、現在にいたる。現在の所属結社は主に「ホトトギス」（同人）。

**協会等**

公益財団法人海上保安協会評議員
公益社団法人日本伝統俳句協会副会長
公益財団法人虚子記念文学館理事
一般社団法人東京都俳句連盟顧問（前会長）
国際俳句交流協会常務理事
俳句ユネスコ無形文化遺産登録推進協議会常務理事
公益社団法人日本文藝家協会会員

**句　集**

『おないどし』『翠嶺』『山櫻』『梅二月』『桐の花』『茶の花』『月の兎』『精霊蜻蛉』『中道俳句』『一都一府六県』『「朝」の四季』『門前の小僧』『続・中道俳句』『海にも嶺のあるごとく』『花の暦は日々新た　忌日俳句篇』『花の暦は日々新た　花の俳句篇』

**エッセイ集**

『俳句のある日々』

**連絡先**

〒一〇七―〇〇六二　東京都港区南青山五―一―一〇―九〇六　こゑの会事務局

# 花の暦は日々新た　平成の句集と評論を読む

令和元年六月十日　初版発行

著　者●大久保白村

発行人●西井洋子
発行所●株式会社東京四季出版
〒189-0013 東京都東村山市栄町二―二二―二八
電　話　〇四二―三九九―二一八〇
ＦＡＸ　〇四二―三九九―二一八一
shikibook@tokyoshiki.co.jp
http://www.tokyoshiki.co.jp/
印刷・製本●株式会社シナノ
定　価●本体二八〇〇円＋税



ISBN978-4-8129-0984-3